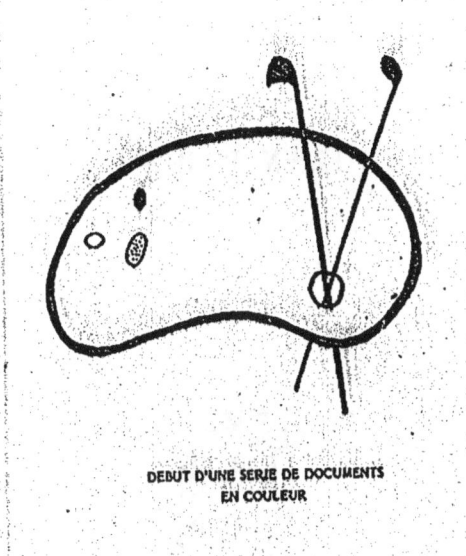

DEBUT D'UNE SERIE DE DOCUMENTS
EN COULEUR

JEAN RICHEPIN

Braves Gens

ROMAN PARISIEN

PARIS
MAURICE DREYFOUS, ÉDITEUR
13, RUE DU FAUBOURG-MONTMARTRE, 13

1886

MAURICE DREYFOUS, Éditeur, 13, Faub^r-Montmartre

ŒUVRES COMPLÈTES
DE

JEAN RICHEPIN

POÉSIE

La Chanson des Gueux.	1 vol.
Les Caresses.	1 vol.
Les Blasphèmes	1 vol.
La Mer.	1 vol.

PROSE

Madame André	1 vol.
La Glu	1 vol.
Miarka la fille à l'ourse	1 vol.
Quatre petits romans	1 vol.
Les Morts bizarres	1 vol.
Le Pavé	1 vol.
Braves Gens.	1 vol.

THÉATRE

La Glu	1 vol.
Nana-Sahib	1 vol.
Monsieur Scapin	1 vol

AVIS

Les œuvres complètes de Jean **RICHEPIN** sont publiées comme suit:

1º Une édition courante, grand in-18 jésus, à 3 fr. 50 le vol. Toutes les œuvres, *Poésie et Prose*, ont paru dans ce format.

2º Une édition de luxe, papier teinté, petit in-12, tirage restreint, à 6 fr. le volume. Ont déjà paru dans cette édition : *La Chanson des Gueux, Les Caresses, Les Blasphèmes, La Glu, Le Pavé* et *Madame André*. — Le reste suivra prochainement.

3º Le Théâtre, qui est publié : 1º en petit in-8º, à 4 fr. le volume ; 2º en grand in-18 jésus, à 2 fr. le volume.

En outre, il est fait des œuvres poétiques une édition de bibliophile, véritable chef-d'œuvre typographique, de Ch. Hérissey, dans le format grand in-4º carré ; tirage à 500 exemplaires numérotés, aux prix de : 20 fr. le vol. sur vélin, — 40 fr. sur Hollande, — 60 fr. sur Whatman — et 80 fr. sur Japon. Ont déjà paru dans cette édition: *La Chanson des Gueux, Les Blasphèmes* et *La Mer*. — En préparation: *Les Caresses* et *Le Théâtre en Vers*.

PARIS. — IMPRIMERIE CHAIX, 20, RUE BERGÈRE. — 50854-6.

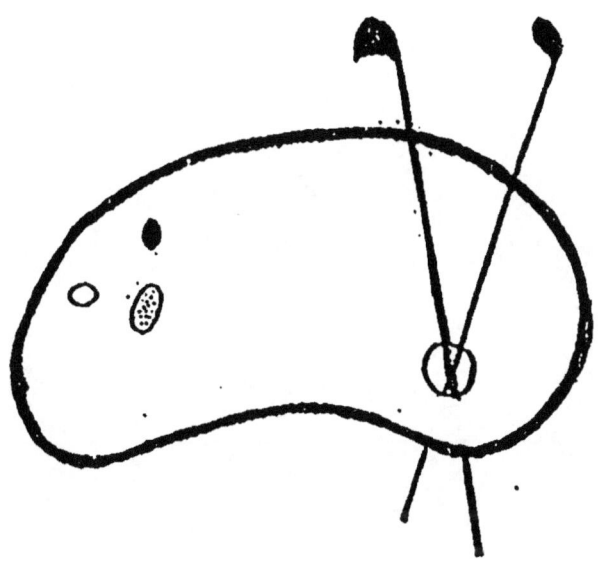

FIN D'UNE SERIE DE DOCUMENTS
EN COULEUR

BRAVES GENS

ASNIÈRES. — IMP. LOUIS BOYER ET Cⁱᵉ, 7, RUE DU BOIS.

JEAN RICHEPIN

BRAVES GENS

ROMAN PARISIEN

PARIS

MAURICE DREYFOUS, ÉDITEUR

13, RUE DU FAUBOURG-MONTMARTRE, 13

1886

A

LA MÉMOIRE DE

CABANER

JE DÉDIE CE

LIVRE

J. R.

BRAVES GENS

I

Tous les soirs, au moment où Yves de Kergouet quittait son petit café-concert de l'avenue des Ternes, les trois quarts après minuit sonnaient à l'église Saint-Ferdinand; et c'est toujours avant une heure qu'il arrivait chez lui, rue Chevallier, à Levallois-Perret. Pourtant, il n'avait pas l'air de courir. Même, il ne semblait pas marcher, tant ses pas faisaient peu de bruit sur le macadam, où l'on eût dit que ses gros souliers posaient des semelles de feutre. Il glissait plutôt, mais à longues enjambées. Cela, d'ailleurs, sans se forcer, naturellement. Car, s'il n'avait presque pas de buste, en revanche il était doué d'un compas fondu jusqu'au bréchet, ce qui lui donnait devant son piano l'aspect d'un faucheux aux grandes

pattes repliées, et, dans la rue, l'allure d'une saute-
relle d'eau patinant à la surface d'une mare.

Ainsi, rapide et furtif, il dévalait jusqu'aux for-
tifications, prenait la route de la Révolte, puis
enfilait une venelle qui coupait au court à travers des terrains vagues et des jardinets de
maraîchers. Quoique le chemin fût dangereux, il
ne s'en inquiétait guère, n'y ayant jamais fait de
mauvaises rencontres. Et néanmoins, à certains
jours, ce pauvre diable eût été de bonne prise,
quand il avait touché le matin ses appointements
d'organiste en second à Sainte-Ursule de Passy,
l'après-midi le prix de ses corrections d'épreuves
chez l'éditeur Bernheim, et le soir son cachet
mensuel de pianiste-accompagnateur au café-
concert de *la Boule-Verte*. Ces jours-là, il avait
quelquefois en poche près de quatre cents francs,
et il n'eût pas été difficile de les lui prendre, chétif
et malingre comme il était. Mais il faut croire que
son gibus colossal et son mac-farlane aux ailes
battantes servaient d'épouvantail aux oiseaux
nocturnes. Peut-être aussi les rôdeurs de barrière
ne le voyaient-ils point. Il allait si vite, et se
fondait tellement dans l'ombre, avec sa silhouette
fantômale et chimérique !

Cette nuit-ci, toutefois, il allait moins vite. Il
s'arrêtait même par moments. Hélas ! ce n'est pas
qu'il fût chargé d'argent plus que de coutume.
Bien au contraire ! Ce qui ralentissait sa marche,
c'est justement qu'il réfléchissait aux tristes

récettes du mois qui venait de s'écouler. Un mauvais mois! Pas de chance! La piété des fidèles de Sainte-Ursule avait tiédi effroyablement, et l'orgue avait été peu demandé aux messes de mariage et de funérailles, en sorte que l'organiste titulaire avait gardé pour lui tout le casuel, ne laissant à son second que le maigre fixe de quatre-vingts francs. D'autre part, Bernheim, qui se plaignait des affaires, avait donné moins de besogne, pour soixante-trois francs en tout. Cela, joint aux cent sous par soirée du café-concert, ne faisait que deux cent quatre-vingt treize francs. Pour comble d'infortune, il n'y avait pas espoir que la situation dût s'améliorer. Elle menaçait d'empirer plutôt. Le titulaire de l'orgue, ayant pris le pli d'accaparer les petits bénéfices, s'en trouverait bien et s'y tiendrait. Bernheim, encombré de clichés, n'éditerait pas grand'chose de nouveau avant l'hiver prochain. Le café-concert lui-même, la plus sûre et la plus grosse ressource, n'allait que cahin-caha; le patron commençait à lancer des phrases insidieuses sur la nécessité de diminuer ses frais. Qui sait si bientôt il ne proposerait pas de baisser le cachet de cent sous à quatre francs, comme son confrère de l'*Étoile des Batignolles*? Que cela finît par arriver, et qu'en même temps Bernheim s'obstinât dans son chômage, et le malheureux Yves en serait réduit à deux cents francs par mois.

Il s'arrêtait pour se plonger dans d'intermi-

nables opérations d'arithmétique, en vue d'équi-
librer son budget au cas possible d'une pareille
réduction. Mais il avait beau faire des prodiges
de calcul, rogner des centimes ici et là, multiplier
ces rognures sur les dépenses pour boucher les
trous faits aux recettes, il ne parvenait pas à
joindre les deux bouts avec dix louis seulement.
Et il repartait, les bras désespérément levés au
ciel, en se parlant tout haut :

— Il faudra trouver autre chose. Il n'y a pas
moyen à moins de deux cent trente francs, au
minimum. Pas moyen !

Parbleu ! s'il avait été seul, s'il n'avait dû penser
qu'à lui, le problème eût été résolu tout de suite.
Son logement, sa nourriture, son entretien, et
même ses vices, la belle affaire ! Avec cent francs
il en voyait la farce. Oui, même ses vices. Car il
en avait deux : la cigarette, et l'eau-de-vie de
cidre. Il ne pouvait composer sans fumer ; et,
d'autre part, en vrai Breton, il ne se reposait bien
de la besogne qu'en se trempant un peu dans le
rude alcool du pays. Et c'est bien là-dessus qu'il
rognait dans ses calculs, le brave garçon, là-dessus seulement, discutant avec lui-même s'il valait
mieux diminuer la ration quotidienne de tord-
boyaux ou courageusement renoncer au caporal
pour se résigner au tabac de cantine. Quant à sa
nourriture et à son entretien, ils étaient déjà tellement réduits au strict nécessaire, qu'il essayait
en vain d'y grappiller encore quelque économie

probable. Sa cuisine sommaire, qu'il faisait lui-
même, avait atteint depuis longtemps la limite
infranchissable de la portion congrue, au delà de
laquelle il ne restait plus qu'à mourir de faim.
Sa toilette était un miracle de patients rafistolages,
sous le cache-misère du mac-farlane. Tout de
même, les souliers sans trous et le linge propre
demeuraient obligatoires. Et pareillement la
chambre, choisie exprès à Levallois-Perret pour
la payer moins cher, mais qui coûtait néanmoins
soixante francs par trimestre. Somme toute, donc,
même en prélevant une dîme sur les vices, on ne
pouvait guère s'en tirer à moins de cent francs le
mois ; mais enfin on pouvait cela ; et certainement Yves se serait trouvé le plus heureux des
hommes avec deux cents, s'il n'avait pas eu
d'autres charges que sa peu exigeante personne.

Le dur, c'est qu'il avait en outre trois chapitres
de dépenses, desquels il ne voulait absolument
rien rabattre : d'abord, comme il disait, ses deux
mères ; puis son art ; enfin ce qu'il appelait son
devoir de justicier.

Avant tout, avant même de penser à manger, il
y avait ses deux mères, c'est-à-dire sa mère et
sa sœur, qu'il confondait ainsi dans un seul
amour filial. Les dames de Kergouët vivaient à
Saint-Malo, chichement et avec une invraisem-
blable économie, mais honorablement et sans dé-
roger à leur nom, grâce aux cent francs mensuels
qu'il leur envoyait. Et rien au monde ne l'eût fait

transiger sur cette obligation. Il aurait mieux
aimé casser des pierres le long des routes que d'y
faillir. Et jamais depuis sept ans il n'y avait failli,
en effet, même à ses plus pénibles heures, se ré-
duisant alors presque à la famine, s'endettant,
courant le cachet à quinze sous, s'épuisant en
d'accablantes et viles besognes de copiste, plutôt
que de ne point leur servir cette rente. Ne la leur
devait-il pas, et plutôt deux fois qu'une, et au sens
strict du mot? C'est pour lui, pour qu'il pût venir
à Paris étudier la musique et conquérir la gloire
espérée, c'est pour son rêve que les courageuses
et confiantes femmes s'étaient peu à peu dépouil-
lées de tout. Pendant quatorze années, sans lui
demander de comptes, sans se plaindre, elles
avaient hypothéqué, puis vendu, l'un après l'autre,
les quelques champs qui restaient du patrimoine
des Kergouët, environ la valeur de trente-cinq
mille francs. Au moyen de cette petite fortune
grignottée à même, Yves avait subsisté de dix-
huit à trente-deux ans sans autre souci que celui
de son art, et voire, ainsi qu'il se le reprochait
aujourd'hui, ne se privant de rien pour satisfaire
cette absorbante passion. Un Érard de concert,
une riche bibliothèque musicale, des voyages en
Allemagne pour entendre du Bach et du Beetho-
ven, en Hongrie pour s'imprégner des rhapsodies
tziganes, les pèlerinages de Bayreuth pour assister aux drames lyriques de Wagner, tout cela était
indispensable, paraît-il, à son avenir. Il l'avait

pensé de bonne foi, et les dames de Kergouët l'en avaient cru sur parole et s'étaient sacrifiées à son inconscient égoïsme d'artiste, sûres d'ailleurs qu'au bout de leur douloureux chemin de croix il y avait pour lui l'apothéose. Mais l'avenir attendu avait reculé sans cesse, tandis que s'approchait la fin des ressources; et cependant le chemin de croix là-bas les avait finalement conduites au dénuement absolu, avant qu'ici l'apothéose fût en vue, même de loin. Alors Yves, saisi de remords, s'était justement accusé de leur misère, dont son rêve était cause. Brave, il s'était mis à l'œuvre pour gagner désormais sa vie, et surtout la leur. Sa mère ne devait point achever ses jours dans une maison de refuge, ni sa sœur vieillie entrer en service quelque part comme institutrice ou gouvernante, ainsi que le lui avaient proposé les deux héroïques créatures. Et depuis ce temps il leur envoyait la pension modique, mais régulière, qui leur assurait le pain et l'indépendance ; sans songer du reste qu'il eût à cela le moindre mérite, pas plus qu'elles n'en avaient trouvé elles-mêmes à leur longue abnégation.

Les dépenses relatives à son art, pour ne venir qu'en seconde ligne, n'en paraissaient pas moins nécessaires au musicien, qui n'avait pas abdiqué l'espoir de la palme à conquérir. C'était, il est vrai, un chapitre plus léger, de vingt francs par mois seulement, mais irréductible aussi. Il éditait ses œuvres lui-même, au moyen d'une presse à

bras et de planches lithographiques, et d'après
une combinaison qui lui laissait presque tous ses
frais pour compte. Discuter avec lui sur l'absur-
dité de sa combinaison était peine perdue. Ce qui
lui en plaisait, c'était précisément le manque de
gain. Il prétendait, non sans quelque raison, se
répandre mieux en se vendant moins cher, et
disait volontiers que, si jamais il devenait riche,
il distribuerait ses compositions gratis. Cela
tenait d'ailleurs à une conception spéciale sur ce
que doit être dorénavant la musique, art démo-
cratique par excellence, disait-il, langue universelle, seule poésie accessible à la foule. Et, de
fait, mettant sa théorie en pratique, il avait
renoncé à l'opéra, à la symphonie, à tout ce qui
exige des auditeurs raffinés, et son idéal était la
simple chanson populaire. Quand il enfourchait
ce dada, il allait loin, et finissait, ma foi, par vous
convaincre qu'il n'était pas aussi toqué qu'il en
avait l'air au premier abord. Pour sa presse, c'é-
tait une autre affaire, et il n'était pas difficile de
lui prouver qu'il aurait pu atteindre son but de
publication à bon marché sans se publier lui-
même; mais il se défendait néanmoins comme un
beau diable, et vous clouait généralement le bec
avec ce mot :

— Je ne veux pas être exploité par les éditeurs.

Il s'exploitait donc en personne. Coût : vingt
francs par mois.

Quant à ce qu'il appelait son devoir de justi-

cier, c'était tout bonnement un irrésistible besoin
de faire du bien. Ce pauvre se plaisait à être
généreux envers de plus pauvres que lui. Il aimait
à tenir toujours en réserve quelques pièces de
vingt sous à cet usage. C'était en somme, chez
lui, une sorte de passion, aussi impérieuse que
celle de la cigarette en travaillant et celle de
l'eau-de-vie de cidre après le travail. Mais il ne
voulait pas s'avouer qu'il fît cela d'instinct, et
pour sa joie personnelle. Il professait même une
horreur de doctrine contre la charité, qu'il traitait d'amollissante. La justice, la seule justice
lui semblait belle. Il avait lu Proudhon et en avait
gardé un coup de soleil, à quoi se mêlaient des
souvenirs d'éducation chrétienne, obscurs et
tenaces ; et de tout cela sortait pour lui une façon
de mysticisme social, dont il ratiocinait à perte de
vue, et dont le résultat le plus clair était un angé-
lique amour des misérables. Sous prétexte d'é-
quité réparatrice, ce soi-disant justicier faisait
simplement l'aumône, et jouissait de la faire ; et
son grand manteau de philosophe lui servait à
cacher aux autres et à lui-même sa nature de
petit manteau bleu.

Très peti manteau bleu, sans doute ! Encore
l'étoffe n'en pouvait-elle revenir à moins de dix
francs par mois, au désespoir du justicier honteux
d'allouer si peu aux *fonds secrets* de sa justice.
Descendre plus bas, il n'y consentait point. Or,
ces dix francs, les vingt pour la musique, la grosse

1.

somme pour la pension de ses mères, cela représentait bien cent trente francs, les cent trente irréductibles. Et comme, d'autre part, les réductions sur la nourriture, le logement, l'entretien, même les deux vices, n'étaient guère possibles non plus, Yves se débattait en vain dans un insoluble problème pour établir une équation entre les deux cent trente francs nécessaires et les deux cents tout court qu'il voyait à l'horizon du mois prochain. Et voilà pourquoi il levait désespérément les bras au ciel en se disant tout haut :

— Il n'y a pas moyen, pas moyen. Il faudra trouver autre chose.

Autre chose, cela signifiait des leçons, de lamentables cachets, une longue procession d'heures perdues en courses, perdues pour la musique, pour le loisir indispensable à la composition des œuvres et à leur publication par la presse. Il en perdait tant, déjà ! Toutes ses soirées à la *Boule-Verte !* Et combien de lambeaux de ses journées, hachées par les offices de Sainte-Ursule ! Il n'avait vraiment de bon, d'une affilée, que l'après-midi, entre les vêpres et le café-concert ; non pas même le dimanche, ni les jours de fêtes catholiques, tous accaparés par l'Église. En tout, donc, six après-midi par semaine. Surquoi il en consacrait trois aux séances de chant avec mademoiselle Madeline. Allait-il donc être obligé de rogner ces séances pour y trouver les heures qu'exigeraient des leçons nouvelles ! Hélas !

C'est qu'elles lui tenaient fort au cœur, ces séances.

Madeline était à la fois son élève, sa collaboratrice et sa Muse. C'est elle qui, d'après les indications du compositeur, arrangeait en paroles rhythmées les *monstres* nécessaires à ses mélodies. Et s'il lui enseignait le chant, et gratis, il en était payé, et avec usure, par une double joie. D'abord elle traduisait, juste dans la poétique rêvée par lui, les sujets qu'il exprimait musicalement. Puis, et cela surtout semblait précieux à l'auteur sans public, elle interprétait et *réalisait* ces œuvres. C'est seulement alors, quand ses chansons planaient aux vibrations de ce contralto pénétrant et velouté, c'est seulement alors qu'il les sentait palpiter, vivre, et qu'il prenait confiance en son génie. De là une passion toute artistique pour la jeune fille. Oui, artistique, et rien autre. N'avait-il pas dix-sept ans de plus que Madeline? Mais la conscience même de sa pureté dans cette passion permettait à Yves de s'y livrer absolument, sans arrière-pensée. Et c'était si doux, si délicieux, si réconfortant, qu'il souffrait à l'idée de sacrifier quoi que ce fût de ces chères séances. Déjà il les trouvait trop rares et trop brèves; et, n'était son devoir de compositeur qui lui commandait de réserver au moins la moitié de son temps libre au travail créateur et à sa presse, il eût fait de ces après-midi une habitude quotidienne, car il s'y emparadisait.

Madeline était la fille et la petite-fille de se
voisins du rez-de-chaussée, madame et monsieu
Loupiat. Quoique leur vie fût très renfermée, à
cause de la maman paralytique, et quoique Yves
lui-même eût l'humeur peu liante, il avait fini pa
nouer connaissance avec eux. C'était inévitable
dans cette petite maison de la rue Chevallier
ancien pavillon de garde du parc Borghèse, et où
n'habitaient que trois locataires : eux en bas, e
au premier étage Yves à côté d'un vieux garçon
employé à la mairie de Levallois, M. Pigeollet.
Grâce à l'absence de concierge, ils avaient bien
chacun leur clef d'entrée, ce qui les rendait indé
pendants les uns des autres. Mais le vestibule
l'escalier et la cour étaient en commun ; et surtou
dans la cour on se rencontrait forcément
chacun y jouissant d'un bout de plate-bande, e
tous n'ayant qu'un seul puits pour se fourni
d'eau. M. Pigeollet prenait ses repas au restaurant et ne rentrait guère qu'à l'heure de se coucher. M. Loupiat, le grand-père de Madeline,
venait seulement pour dîner, et encore était-ce
irrégulièrement. Souvent même il restait des
nuits entières au dehors. Non pas à s'amuser, le
pauvre diable ; mais parce que son métier l'y
obligeait. Quel métier ? Yves eût été bien embarrassé de le dire. Il avait vaguement entendu
parler d'un bureau, et, n'étant pas indiscret,
n'avait jamais demandé là-dessus la moindre
explication. Ce qu'il savait, en revanche, c'est que

le bonhomme était excellent, et qu'il se donnait
un mal de galérien pour subvenir aux besoins de
sa famille, surtout aux exigences de malade de sa
bru infirme. Ce qu'il s'avait surtout, c'est que
Madeline adorait son grand-père, et qu'elle en
était adorée ; et c'était plus qu'il n'en fallait pour
qu'Yves lui-même le tint en estime et en affection. Et ainsi il était entré peu à peu dans l'intimité de ces gens, avec la connivence de la cour
commune et du puits, qui avaient d'abord mis en
présence, puis en relations, les deux seuls êtres
vivants dans la maison presque toujours déserte :
cette jeune fille et ce grand enfant de musicien.
On s'était rendu mutuellement de petits services.
On était de part et d'autre peu fortuné. La sympathie avait éclos tout naturellement. La musique avait fait le reste. Madeline chantait. Qui sait
si un jour, le grand-père étant mort ou malade,
elle n'aurait pas là une suprême ressource, comme
professeur? Yves s'était offert pour la perfectionner. Sans frais, cela va de soi, en ami. On avait
accepté avec joie. Et, depuis, il y avait plusieurs
mois de cela, tous les lundis, mercredis et samedis,
quand il n'était pas pris par des offices supplémentaires, il avait trois heures de bonheur devant
le vieux clavecin de Pape, dont Mme Loupiat
disait mélancoliquement :

— C'est tout ce qui nous reste d'autrefois.

Il était dans le salon, ce vieux clavecin, dans

ce qu'on appelait le salon, parce que c'était la
seule pièce où il n'y eût pas de lit. Elle donnait
sur la rue, par une fenêtre, l'autre fenêtre de la
façade étant celle de la chambre où couchaient Madeline et sa mère. Dans cette chambre-ci brûlait
toujours une veilleuse, dont la lumière, filtrant par
le haut du volet, semblait tous les soirs à Yves,
quand il arrivait devant sa porte, le doux scintil-
lement d'une étoile. Aussi fut-il très étonné, ce soir
là, de ne point la voir, et de constater en revanche
au volet de l'autre fenêtre, ordinairement obscure,
la lueur vive d'une lampe. Est-ce qu'il y avait un
malheur? Du coup, il oublia ses précautions
habituelles, de tourner légèrement la clef dans la
serrure et de soulever un peu la porte sur ses
gonds afin de n'éveiller personne. Sa surprise et
son inquiétude augmentèrent, quand, une fois
dans le vestibule, il trouva, au seuil du rez-de-
chaussée, Madeline qui l'attendait.

— Oh! ne vous effrayez pas, monsieur Yves,
dit-elle en voyant sa mine effarée. Maman n'est
pas plus malade.

— Mais que se passe-t-il donc, pour que vous
soyez debout si tard?

— Voici, répondit-elle, en le faisant entrer dans
le salon et en lui montrant le grand voltaire où un
homme dormait profondément.

Yves regarda ce long individu, aux jambes
interminables, au corps fantastiquement maigre,
à la tête décharnée, absolument rase et glabre; et

il resta bouche béante, avec un geste des deux bras
écartés, un geste qui signifiait :

— Connais pas.

— C'est parce qu'il a les yeux fermés, dit Madeline. Moi non plus, tout d'abord, en lui ouvrant
la porte, je ne l'ai pas reconnu. Il est si changé !
Mais tout de même, à son regard, je ne m'y suis
pas trompée longtemps.

— Enfin, qui est-ce ?

— Je ne sais pas son nom, monsieur Yves, et je
n'ai pas même songé à le lui demander. Au reste,
nous n'avons pas causé beaucoup. Il arrive de
New-York, voilà tout ce que je peux vous apprendre. Il voulait vous voir et ignorait où vous
travaillez, pour aller vous rejoindre. Alors je lui
ai indiqué la *Boule-Verte*. En même temps,
comme il avait l'air très fatigué et que c'était un de
vos amis, je lui ai offert d'entrer un moment chez
nous, afin de se reposer. Ce n'était vraiment pas
de refus. Car il s'est assis là, pour quelques
minutes seulement, disait-il ; mais il était tellement las qu'il s'est endormi presque tout de suite.
Ma foi, je n'ai pas eu le cœur de le réveiller. J'ai
pensé qu'il vous attendrait mieux ici, et que sans
doute vous le feriez coucher chez vous, comme
vous l'avez déjà fait pendant huit jours, il y a
deux ans.

— Comment ! c'est Marchal, s'écria Yves,
à qui ce détail avait soudain rendu la mémoire.

— Hein? Quoi? fit Marchal, en sursaut. Tiens!
je dormais. Pardon, mademoiselle!

— Eh bien! mon pauvre vieux, dit le musicien.
C'est donc toi? Du diable si je t'aurais reconnu,
par exemple, avec ce corps et cette tête-là!

— Oui, je ne suis plus le même, n'est-ce pas?

— Dame! Toi qui étais un colosse! toi qui
portais autrefois une crinière de Mérovée et une
barbe de Nabuchodonosor!

— Je t'expliquerai tout ça, répondit Marchal, et
aussi mon changement de nom. Car j'ai changé
de tout. Je ne m'appelle plus Marchal. C'est une
histoire. Mais je suis trop fatigué aujourd'hui.
Demain, n'est-ce pas, demain!

Et ses yeux se refermaient; il parlait comme
dans un rêve, d'une voix rauque et lointaine.

— Allons, montons nous coucher, fit le musicien
en le prenant par dessous le bras. Mille excuses
pour le dérangement, et mille mercis, mademoiselle Madeline!

— Merci, mademoiselle Adeline, bégayait Marchal en répétant machinalement les derniers sons
entendus.

— De rien, de rien; tout à votre service, répondit la jeune fille, qui les éclaira d'en bas avec sa
lampe, le bras gracieusement levé dans un mouvement de statue porte-lumière.

Quand ils furent entrés dans la chambre du premier étage, Marchal se laissa d'abord tomber sur
le petit divan, comme pour reprendre son som-

meil. Mais la montée de l'escalier l'avait dégourdi. Il s'étira, bâilla, et cette bouffée d'air lui rendit la fringale dont il souffrait autant que de la fatigue, et dont il n'avait point parlé en bas.

— Mâtin ! que j'ai faim ! dit-il.

Yves avait l'habitude de souper, en revenant du café-concert. D'autant mieux qu'il ne dînait point. Il ne faisait qu'un repas chaud, à midi. Le matin, avant de sortir, et la nuit, avant de se coucher, il se contentait d'une façon de goûter, composé généralement de pain, de fromage, et de beurre salé, envoyés du pays, et, les jours de grand appétit, d'un hareng saur. Il mit sur la table son plus beau gendarme, un bout de Saint-Renan, le pot de grès, et le quignon de pain qui devait servir à son repas de cette nuit et à son déjeûner du réveil.

— Tiens, mon vieux, fit-il.

— Et toi ?

— Oh ! moi, j'ai mangé une soupe à l'oignon et bu des bocks à la *Boule-Verte*. Je vais faire seulement une petite tartine pour te tenir compagnie. Là, pas plus. Une lèche ! Tu finiras bien le chanteau de pain, n'est-ce pas ?

— Tu peux le dire, fit Marchal, la bouche déjà pleine, et qui dévora sans plus parler, tandis qu'Yves mangeait sa beurrée lentement pour rendre vraisemblables son mensonge de soupe à l'oignon et ses bocks imaginaires.

— Par exemple, tu sais, je n'ai pas de vin. Un vrai Breton, moi ! Le cidre et l'eau-de-vie de cidre,

je ne connais que ça. Et du cidre, il n'y en a pas
de bon à Paris. Mais j'ai là un certain croquomolle qui n'est pas dans un sac, tu vas voir.

Et il tira d'une armoire sa bouteille d'eau-de-
vie de cidre, sa bouteille dont il était pour lui si
ménager, son élixir de travail, comme il l'appelait.
Il en versa une verrée entière à Marchal, se
contentant pour lui-même d'une petite gorgée,
toujours sous prétexte de tenir compagnie.

— Ah! ça va mieux, dit Marchal en allumant
une grosse cigarette faite avec le tabac du musicien. Je suis tout à fait réveillé maintenant. Je
vais te raconter, si tu veux...

Mais ce n'était qu'un éclair de réveil, suscité
par le coup de poing de l'alcool. Il bâilla de nouveau, repris aux pesanteurs de la fatigue, à présent que sa fringale était apaisée. Il n'avait pas
même la force de tirer des bouffées de sa cigarette, qu'il posa sur le coin de la table et laissa
éteindre.

— Non, décidément, reprit-il, il faut remettre
mon histoire à demain. J'ai trop sommeil encore.

Et il s'allongea sur le divan.

— Pas là, pas là, dit le musicien. Couche-toi
donc dans le lit. Tu te reposeras bien mieux.

— Et toi?

— Moi, je t'y rejoindrai dans un moment. J'ai à
travailler. Au moins pour une heure, peut-être
plus. Fourre-toi toujours dans le portefeuille, en
attendant. Tu me chaufferas ma place.

Il débarrassait la table, y étalait du papier à musique, avait l'air joyeux et pressé.

— Vite, vite, dépêche-toi, disait-il. Au lit! les puces ont faim.

Marchal se déshabilla, se coucha, et immédiatement ronfla. Yves vint doucement lui border la couverture, puis s'installa devant son papier blanc. Il se sentait, en effet, plein de verve, le cœur content, l'esprit dispos, très en train de travailler. Bah! il passerait une nuit à peu près blanche, mais fructueuse, et laisserait le lit tout entier à Marchal, et ferait un petit somme sur le divan quand la lassitude arriverait! Machinalement, comme toujours pour favoriser l'inspiration, il se mit d'abord en devoir de confectionner une cigarette. Il prit dans sa blague en vessie une pincée de tabac, une belle mèche de caporal, brune, frisée, fleurant bon, qu'il savourait d'avance en la roulant. Comme elle était jolie, sa fine sibige, toute menue, coquette et vierge, et quelles rêveuses mélodies allaient s'envoler dans le déroulement de ses volutes bleues! Il frotta l'allumette avec une sorte de religion, comme s'il s'agissait d'aviver la braise d'un encensoir. Soudain, il aperçut la grosse cigarette, à peine entamée, qu'avait abandonnée Marchal : un vilain mégot, mouillé, triste. Il hésita un instant, poussa un grand soupir; puis, bravement, il lâcha la fine sibige et ralluma l'informe boudin en se disant :

— Il faut faire des économies. Soyons avare!

Sans la crécelle du réveil-matin, ils auraient dormi tous deux jusqu'au milieu du jour; car Marchal, n'ayant pas couché depuis longtemps dans un lit, s'accagnardait à la tiédeur des draps; et d'autre part Yves ne s'était étendu sur le divan qu'à la pointe de l'aube, éreinté par une demi-nuit de besogne fiévreuse. Mais à neuf heures un quart l'aigre roulement du coucou leur sonna la diane. Yves avait sa grand'messe à Sainte-Ursule pour dix heures précises. Pas de temps à perdre. Hop! hop! un bout de toilette, et filer. Marchal s'étirait paresseusement.

— Tu sais, dit le musicien, tu n'es pas forcé de te lever. Profite du lit. Étale-toi. Parce que ce soir, dame, il faudra te serrer un peu dans la ruelle. Ce n'est pas tous les jours fête et le lendemain dimanche.

— C'est vrai, fit Marchal en bâillant, tiens, tu m'as laissé toute la place pour moi seul. Ah!

mais, ce soir, plus de ça, je prendrai le divan.

— Tu prendras ce que je veux. Va donc ! Nous tiendrons bien tous les deux dans le lit. Tu es tout en longueur, maintenant, comme moi. Nous ne nous gênerons pas.

— Non, non, par exemple, je refuse, répondit Marchal. Le divan ou rien du tout. C'était bon pour cette nuit, le dodo. J'arrivais de New-York. Mais on n'arrive pas tous les jours de New-York. Je serai très bien sur le divan. Ça me connaît, la dure. J'y dors mieux..

— Eh bien ! moi aussi.

— Eh bien ! tu te sacrifieras, voilà tout. Je tiens au divan, ou sinon je n'accepte pas l'hospitalité.

— Écoute, fit le musicien contrarié, ne perdons pas de temps en chicane. Je n'ai plus que sept minutes à moi. Je propose un moyen terme. Nous aurons le divan chacun notre tour. C'est mon dernier mot. Et si tu dis non, c'est que tu ne veux pas rester chez moi, c'est que tu n'es pas un frère. Entendu, hein ?

— Du moment que tu le prends comme ça !

— Soit ! j'ai un sale caractère, dominateur, entêté, Breton, quoi ! Mais il ne s'agit pas de me changer. Il faut m'admettre tel que je suis. Tu demeures donc ici jusqu'à ce que tu aies trouvé quelque chose de mieux. Tu vas te mettre en courses tout de suite. Je chercherai aussi de mon côté. Ça ne sera pas commode ; mais enfin !

— Fichtre non, ça ne sera pas commode, répéta

mélancoliquement Marchal qui s'était assis sur son séant, et qui, les poings aux chevilles, le front aux genoux, avait l'air d'une cariatide écrasée.

— Dame ! fit le musicien tout en barbottant, le nez dans sa cuvette, que veux-tu ? Quand on ne fait pas de concessions ! Et remarque bien, ajouta-t-il en coupant la parole à Marchal qui allait regimber, remarque bien que ce n'est pas un reproche. Tu as raison, mille fois raison, d'être intransigeant. En art, il faut aller tout droit son chemin, coûte que coûte. Ainsi, moi...

Ses phrases étaient à demi étouffées par le va et vient de la serviette dont il se débarbouillait rapidement.

— Moi, n'est-ce pas, je n'en fais pas non plus, de concessions. J'ai mon idéal, la chanson populaire, la musique pour tous. Je n'en démords pas. Ni opérette ni romance ; rien. La grande mélodie simple, profonde, humaine. Brr ! brom ! brom ! Et pas même d'oratorio. Pas d'harmonie savante. Humphr ! Heum ! Brom ! Et pourtant, c'est crânement beau, la passion du père Bach, de notre saint père le Bach ! Oui, sans doute. Brom ! brom ! Mais voilà ! On a un idéal, ou on n'en a pas. Eh bien ! toi, tu as le tien aussi. C'est parfait. Je t'approuve. N'empêche qu'avec ton idée d'être le tragédien absolu...

— Quoi ! le tragédien ! s'exclama Marchal en sautant du lit. Mais il n'y a plus de tragédien, mon vieux. Ah ! la tragédie ! j'en suis revenu de cette blague-là. Un art inférieur! Talma, Rachel, des pitres! La tragédie, n'en faut plus.

— Toi! c'est toi qui parles ainsi! répliqua Yves stupéfait, qui en resta la serviette en l'air, sans essuyer sa figure où l'eau dégoulinait comme s'il était tout en larmes. Mais alors, tu es donc plus changé encore au moral qu'au physique?

—Eh! oui, parbleu, oui. Ne te l'ai-je pas dit hier au soir? Tout changé, tout. Mes cheveux, ma barbe, rasés! Rasés aussi, les alexandrins! Perruque, tout ça, panache, vieux jeu, pas moderne, pas vivant. J'ai trouvé l'art nouveau, le vrai, le seul, la synthèse dramatique. C'est à New-York que ça m'est venu. Je vais te raconter la chose avec mon histoire.

Il allait et venait, agité, gesticulant, en pans de chemise.

— Cristi! interrompit le musicien, voilà la demie qui sonne. Et moi qui bavarde et qui t'écoute! Et il faut que je sois là-bas à dix heures précises. Là-bas, Sainte-Ursule, Passy, pour mon orgue. Tu ne peux pas me dire ça en deux mots, pourtant. Ça m'intéresse trop. La synthèse dramatique! Je n'en reviens pas. Mais il n'y a pas à tortiller, je n'ai plus le temps. Et je ne peux pas même rentrer déjeûner. J'ai répétition à midi à la *Boule-Verte*. Nous ne nous retrouverons que tantôt, après vêpres. Presto! je décampe. A cette après-midi! Qu'est-ce que tu vas faire en attendant?

— Des courses. Oh! j'ai des gens à voir, des ribambelles de gens.

— Pour ton idée?

— Oui, oui.

— Tant mieux! Si tu pouvais trouver quelque-chose tout de suite! Ce n'est pas pour me débarrasser de toi, d'ailleurs. Tant qu'il n'y aura rien de sûr et certain, il est convenu que tu vis avec moi, n'est-ce pas?

Et, lui serrant affectueusement les deux mains, Yves mit toute son amitié dans ces simples mots, qui valaient les plus chaudes protestations du monde :

— Mon vieux Marchal, va!

— Non, pas Marchal, cria l'ex-tragédien en le retenant. J'ai changé de nom aussi, tu sais bien.

— Ah! oui, c'est vrai. Je n'y pensais plus. Et tu t'appelles?

Marchal prit une pose majestueuse et dit :

— Je m'appelle Tombre.

— Tombre! Quel drôle de nom!

— C'est encore une conséquence de mon idée, tu verras.

— Vraiment? Allons, soit! Eh bien! au revoir, Tombre, à tantôt! Pardonne-moi; mais je n'ai pas le loisir de m'épater.

Il était dix heures moins vingt-cinq minutes. Yves se sauva en courant, puis remonta quatre à quatre la moitié de l'étage, pour revenir crier par la porte entrouverte :

— A propos, j'oubliais de te dire. Je t'ai laissé sur le coin de la commode de quoi ne pas mourir de faim et d'ennui jusqu'à ce soir.

Et cette fois il dégringola l'escalier à la galopade, tandis que l'ombre trouvait en effet, dissimulés derrière le pot à eau, un fond de paquet de caporal, un demi cahier de papier persan et deux petites pièces de dix sous.

— M'man, sommes pas arrivés? demanda le gamin d'une voix plaignarde.

— Si, mon mignon, si, dans un instant, répondit la jeune femme.

Elle l'embrassa tendrement, puis continua, le
nez en l'air, à regarder les numéros des maisons,
aussi impatiente que lui d'arriver. Elle l'avait
emmené pour qu'il ne restât pas tout seul dans la
chambre d'hôtel garni qu'ils habitaient. Mais s'il
ne s'amusait guère de cette course, elle non plus
ne la faisait pas de gaieté de cœur.

Le petit traînait la jambe de plus en plus. Il ne
semblait pas habitué à marcher à pied sur le pavé gras, où ses jolies bottines mordorées se tor-
daient et se crottaient. Elles étaient, d'ailleurs,
toutes neuves, et juraient ainsi avec son costume,
de velours, mais râpé. Quant à la toilette de la
femme, elle sentait la mode de l'année dernière;
et le luxe fripé et rafistolé n'en paraissait que
plus inopportun, dans cette rue où sa traîne de

soie avait besoin d'être relevée fort haut pour ne
point ramasser la boue. Cela permettait toutefois
d'apercevoir des dessous soignés, du linge très
propre, même riche, aux tuyautés empesés raide
et aux entre-deux de dentelle.

Ce mélange de pauvreté et d'opulence ne laissait pas d'intriguer quelques passants, d'autant
qu'il était accentué encore par un paquet que la
jeune femme portait à la main tout en retenant la
queue de sa robe. Simple paquet roulé en tapon
dans une serviette blanche, mais d'où s'échap-
paient par les coins des envolées de gaze bouil-
lonnante. Encouragés par ces allures ambiguës,
par son alléchant minois de blonde ébouriffée,
par ses grands yeux qui en regardant les numéros
des maisons prenaient des airs chercheurs, déjà
trois ou quatre messieurs s'étaient mis à la suivre,
quand elle s'arrêta enfin, ayant trouvé.

Elle pensa d'abord s'être trompée d'adresse.
Quoi ! C'était là, dans cette vieille et vilaine maison de la rue Saint-Marc ? Bien sûr, elle ne s'attendait pas à un palais ; mais cependant, entre un
palais et ça ! L'escalier, noir, étroit, aux marches
gluantes, dévalant presque jusque sur le trottoir,
sans loge de concierge, semblait un escalier de
service. Pas même ! Il faisait songer plutôt à l'entrée louche de quelque réduit hanté par des dé-
bauchés furtifs. Non, ce n'était pas là. Impossible ! Mais si. Au chambranle gauche de la porte,
parmi d'autres écriteaux en tôle vernie, il y en

avait un de carton, où se crispait un poing à l'index démesuré, montrant l'escalier d'un geste impérieux, au dessus de ces mots calligraphiés à la main : *Agence Grimblot, troisième étage*. La jeune femme hésita, le cœur gros. Des larmes lui vinrent aux yeux. Elle avait envie de rebrousser chemin.

— C'est-il là, m'man ? Pourquoi nous n'entrons pas ?

A la voix de l'enfant elle se ressaisit soudain. Puis, l'embrassant de nouveau, plus tendrement encore que tout à l'heure :

— Allons-y ! fit-elle, avec un soupir de résignation, mais en même temps avec un crâne petit air de bravoure, qui arrêta sur les lèvres de l'un des suiveurs une déclaration prête à roucouler.

Et elle entraîna l'enfant dans l'escalier noir, qu'elle se mit à gravir résolument, comme si elle montait à l'assaut.

C'est qu'il lui fallait vraiment du courage, à elle, mademoiselle Georgette, ex-danseuse du premier quadrille dans les théâtres de Lyon, Bordeaux, Toulouse et Marseille, pour s'en venir ainsi à l'agence Grimblot, avec ses chaussons et son jupon de gaze dans un baluchon, comme une débutante allant à l'examen. Sans doute elle ne se posait pas en étoile ; mais elle n'était pas non plus n'importe qui. On a sa gloriole de ballerine, quand on a gagné jusqu'à cinq cents francs par mois avec ses pointes. En être, après cela, réduite à l'agence Grimblot, c'était dur. Car elle la connaissait de réputation, et surtout pour en avoir fait maintes gorges chaudes, cette agence dont l'estampille était presque un brevet de ridicule dans les corps de ballet. Maison de dernier ordre, quasi interlope, recours des disgrâciées et des guignardes, espèce de décrochez-moi-ça bon pour les irrégulières du jeté-battu et les duègnes de l'entrechat. Et dire qu'elle, mademoiselle Georgette... !

Oh ! oui, c'était pénible. Et à vingt-six ans ! Et jolie comme un cœur ! Mais quoi ! On a beau être jolie ; il faut se faire voir encore. Sans cela, pas de *position!* Sa *position*, elle l'avait perdue depuis quatorze mois, grâce à un drôle pour qui elle s'était ruinée. On a de ces coups de bêtise-là. Pour lui elle avait lâché le théâtre. Puis, un jour, c'est elle qui avait été lâchée. Et malade, à deux doigts de la mort, dans Paris où elle ne connaissait personne, ayant toujours vécu en province. Ses bijoux vendus, ses robes au Mont-de-Piété, la débine ! Et Georget à élever quand même, le pauvre mignon ! Enfin, elle en était sortie. Elle en sortirait de plus en plus, maintenant qu'elle se sentait d'aplomb. Mais voilà : d'abord et d'une, il s'agissait de remonter sur les planches, pour retrouver une *position*. Or, l'époque des engagements était passée. L'agence Ravinelli, la seule importante, n'avait pas seulement voulu lui accorder une audition. Il y avait eu, d'ailleurs, cette année-là, une

2.

invasion de sauterelles italiennes râflant toutes
les places. Rien que de toutes jeunes ballerines,
envolées de Milan dans leur prime fleur, et cueil-
lies à bon compte, ce qui gâtait le métier. Force.
était donc de se rabattre sur cet ignoble Grimblot,
et de se raccrocher au pied-de-biche crasseux de
cet ancien mime devenu placier en danseuses.

Elle y était maintenant, après les trois étages
montés, devant ce pied-de-biche, sur un paillasson moisi, à côté d'une fenêtre à guillotine qui
prenait jour dans un plomb. Elle soufflait un peu,
en secouant son mouchoir, dont le parfum, quoique acheté au rabais dans un bazar, exhalait un
nuagé de sent-bon parmi les fades pestilences de
l'escalier.

— Dis donc, m'man, fit Georget, c'est pas chic,
cette boîte-là. Je vais rien m'embêter là-dedans.

— Sois tranquille, chéri, répondit-elle. Ça ne
sera pas long, va.

Et, de fait, elle pensait bien que le Grimblot,
habitué à sa camelotte, serait tout de suite pincé
devant un véritable *sujet*. La seule question était
de savoir s'il avait quelque chose de convenable
à lui offrir. Si oui, l'affaire ne traînerait pas. Elle
était tellement sûre de son effet, que Grimblot la
trouva toute souriante quand il vint ouvrir la porte.
Elle était en train de se dire :

— Pauvre vieux ! Il ne voit pas souvent des
jambes comme les miennes.

Elle croyait avoir toujours ses bonnes et belles

jambes d'antan, et elle y sentait même des déman-
geaisons, comme des envies de prendre l'essor,
depuis si longtemps qu'elle les gardait à ne rien
faire. Elle avait bien été forcée de reconnaître
qu'elles étaient un tantinet maigries, quand tout
à l'heure, avant de sortir, elle avait passé par-des-
sous son maillot et son tutu. Mais bast! C'est vite
remplumé, ca! N'empêche qu'elle était mademoiselle Georgette, danseuse de premier quadrille.
Aussi, une fois son nom et ses qualités déclinés,
avec l'objet de sa visite, et le tout d'un ton dégagé,
quand elle eut ôté sa robe, mis son jupon de gaze,
et glissé ses chaussons en écrasant de la semelle
un brin de colophane, ce fut avec une sorte de
condescendance pour Grimblot, comme si elle lui
faisait une faveur, qu'elle se dressa devant lui sur
ses pointes, et lui exhiba ces fameuses jambes
dont la seule vue devait le jeter en extase.

Ses braves jambes! Hélas! Elle ne pouvait
s'imaginer à quel point la maladie et quatorze
mois d'inaction les avaient raidies. Grimblot ne le
lui envoya pas dire, le brutal! Renversé dans son
fauteuil, carré comme un juge sur son rond de
cuir, gonflant ses joues de grenouille, se donnant
la mine d'un personnage avec sa tabatière en
doublé et sa perruque noire qui tournait au vert, il
n'avait pas du tout l'aspect d'un homme extasié.
Bien loin de là! A peine eut-elle esquissé une
pirouette et deux entrechats, qu'il l'arrêta net d'un
clappement de langue dédaigneux, et prononça

magistralement cette sentence, en humant une
large prise :

— Ma petite, vous n'avez plus deux liards de
ballon.

Elle en resta interloquée, un pied en l'air.

— Vous dites ? fit-elle.

— Je dis, répéta tranquillement Grimblot, que
vous n'avez plus deux liards de ballon. Tout ça
est en mauvais état.

Il avait souligné le *tout ça* d'un geste méprisant,
une façon de pichenette, dont il époussetait de
tabac sa cravate sale, et semblait en même temps
envoyer au diable les jambes de la danseuse,
comme des allumettes qui ne prennent pas.

— En mauvais état, mes jambes ! s'écria-t-elle.
Ah ! par exemple !

Elle s'était retournée vers Georget, machinalement, et faillit invoquer son témoignage.

— Il n'y a pas de par exemple ! reprit Grimblot.
Votre gosse vous le dirait comme moi, s'il avait
quelques années de plus. Dame ! qu'est-ce que
vous voulez ? Je ne suis pas ici pour vous faire des
compliments, n'est-ce pas ? Les affaires sont les
affaires. Vous venez chercher un engagement. Eh
bien ! ces flûtes-là, mon enfant, ça vaut soixante-
dix sous par soirée, pas un fifrelin de plus.

Il se fourra une nouvelle prise dans les narines,
une prise plus petite, cette fois, avec un fin reni-
flement qui voulait paraître régence, et il ajouta
galamment :

— Et encore, c'est à cause de votre figure.

La danseuse l'avait écouté bouche béante, n'en croyant pas ses oreilles. Elle éclata soudain d'un beau rire clair, se pencha par-dessus le bureau, et faisant au bonhomme un pied de nez à deux pouces de la face :

— Dites donc, répondit-elle, regardez-moi un peu comment j'ai le nez fait, surtout quand je joue de la clarinette au bout.

— Je ne dis pas non, riposta Grimblot sans se fâcher; vous avez le nez très bien fait. Mais vous ne dansez pas dessus, je suppose.

— Pas précisément, mon vieux. Seulement je ne le mets pas dans ma poche quand je danse, ni mes yeux non plus, ni mes cheveux, ni mes épaules, ni le reste. Et si tout ça ne vaut que soixante-dix sous par soirée, c'est que les jolies femmes sont pour rien cette année-ci.

— Comme vous avez l'avantage de le dire, ma petite, pour rien. Il y en a même qui paient pour être marcheuses. On a de la beauté à revendre pour le quart d'heure.

Ses joues tremblotaient. Il engloutit des deux narines à la fois une prise énorme. Puis, d'un ton vexé, ironique et insolent, il dit à dents serrées :

— Au jour d'aujourd'hui, l'étalage coûte cher.

Il n'eut pas le temps de savourer son effet. La danseuse, les lèvres frémissantes, les regards étincelants, avait empoigné un gros livre sur le bureau et le lui jetait à la tête. Il veut se garer, se baisse,

porte ses mains à son front, et du coup sa perruque lui dégringole sur l'oreille, laissant voir un
tiers de crâne jaune comme du beurre. Georget
éclate de rire, et la jeune femme aussi, soudainement, toute sa figure changée en un clin d'œil.

— Mâtin! quelle physionomie! s'écrie Grimblot
avec la rapidité de jugement d'un maquignon.

Et, tout en rajustant sa perruque :

— Un instant, ma belle, un instant! Ne vous
emportez pas. J'ai une idée. Est-ce que, par hasard, vous seriez mime?

— Dame! Regardez mes engagements. C'est
écrit dessus, je pense : danseuse-mime.

— J'entends. Mais c'est la formule ordinaire
des engagements, ça. Je veux dire : Au besoin,
sauriez-vous jouer la pantomime?

— C'te bêtise! J'ai commencé par là.

— Où donc?

— A Marseille, chez Rouffe.

— Chez Rouffe! Pas possible.

— Lui-même, monsieur. Rouffe, l'élève de ...

— L'élève de feu Jules, interrompit Grimblot
en se levant.

Georgette devint très digne, et c'est d'une voix
presque solennelle, lentement et respectueuse-
ment, qu'elle articula :

— J'ai même joué avec feu Jules.

Grimblot, qui s'était rassis, se releva, et fit un
profond salut à la danseuse, qui le lui rendit, non
sans un certain air de supériorité. Et c'était si

franchement comique, leur soudaine gravité à tous deux, que cela fut senti par l'enfant. De nouveau, comme s'il était à Guignol, il éclata de rire.

— Ne ris pas, bébé, lui dit sévèrement sa mère. Il s'agit de choses sérieuses.

Il ignorait que feu Jules avait été un grand mime, le rival provençal de Deburau, un homme célèbre à Marseille, à Toulon, jusqu'en Italie, et qu'avec lui était mort le mimodrame classique. Il ignorait aussi, et surtout, quelle importance les artistes attachent au souvenir de ceux qui se sont illustrés dans leur art. Il ne connaissait pas encore le cabotin qui vous dit avec des larmes plein les yeux :

— Oui, ma vieille, c'est moi qui tous les soirs, au trois, recevais dans le bas des reins le fameux coup de pied de Frédérick.

Grimblot, en l'honneur de feu Jules, se moucha bruyamment, et avec des *temps*, comme s'il étouffait dans son mouchoir de gros soupirs. Puis il profita de ce que son nez était libre pour le recharger de tabac, cette fois avec un geste philosophique qui signifiait clairement que nous sommes tous mortels, hélas ! même les plus grands. Après quoi, ayant repris possession de lui, l'artiste fit place à l'homme d'affaires.

— Mais, continua-t-il, il y a longtemps de ça ; au moins douze ans. Vous étiez gamine. Vous avez dû oublier.

— Allons donc ! fit Georgette. Ça ne s'oublie pas plus que de nager. Et puis, on l'a dans le sang. Voulez-vous, pour voir, que je vous donne une *audition* de pantomime ?

Et, sans attendre la réponse, la voilà qui fait une entrée de Colombine, en sautillant d'un pas glissé et s'arrêtant court sur un entrechat, une main au cœur, l'autre en l'air, le petit doigt coquettement écarté, le sourire aux lèvres.

— Et la réplique ? s'écria-t-elle tout à coup. Je ne peux pas jouer sans la réplique.

— C'est vrai. Attendez ! Je vais vous la donner.

Grimblot avait sauté de son fauteuil, très lestement pour son âge, avait pris dans un coin sa canne, un jonc à bec de corbin, et s'était campé à côté de Georgette, de trois quarts, face au public, que représentait l'enfant.

Public indulgent, qui s'amusait d'avance ! Mais tout autre eût trouvé aussi le tableau intéressant. Dans cette petite chambre au jour blafard, au parquet carrelé, aux murs tapissés de vieux cartonniers verts, c'était un spectacle curieux que cette danseuse en jupe de gaze et en corsage de ville, minaudant devant ce Cassandre au naturel, incliné sur sa canne tenue à deux poings, le chef branlant, le pas traînard et saccadé.

Le père Grimblot jubilait. Cela lui rappelait son bon temps. Il se retrouvait dans la peau du bonhomme. Tout de suite il attaqua la scène légendaire où Cassandre veut marier Colombine

contre son gré. Hochant la tête, brochant des
babines, il frappe par terre de son bâton, qu'il
brandit ensuite d'un geste à la fois furieux et
tremblotant. Georgette pirouette autour de lui en
faisant une moue de dénégation. Puis, c'est une
expression de prière, avec des poses attendries et
languissantes. Elle lève les yeux au plafond, se
presse à deux mains le sein gauche, en agitant
ses coudes comme des ailes. Elle fait signe de
se passer au doigt un anneau, et dessine ensuite
dans l'air une silhouette de joli cavalier qui a des
moustaches en virgules poignardant le ciel. Elle
lance à cet amoureux imaginaire un audacieux
jeté-battu et un long regard en coulisse. Cassandre riposte en courant sur elle, le bâton menaçant. Elle lui échappe d'un bond, frappe du pied
avec colère, tourbillonne autour de lui. Il s'arrête
essoufflé, s'offre une prise pour se remettre, s'ap-
puie sur sa canne pour humer cette prise avec la
dignité qui convient. Mais à ce moment, Colombine se dresse sur ses pointes, d'un air héroïque
et résolu, passe devant lui en le narguant, vient
lui faire ballonner ses jupes près de la figure, et
finalement se sauve après avoir donné un croc-
en-jambe à la canne de Grimblot, qui perd l'é-
quilibre, et s'étale tout du long, sa tabatière d'un
côté, sa perruque de l'autre.

Georget se tord de rire, surtout au dénouement,
la seule chose qu'il ait bien comprise. Mais Grimblot, lui, ancien mime et connaisseur, a tout com-

pris, et maintenant il est extasié pour de bon. Il
a savouré le jeu de Colombine, sa physionomie
maligne et voluptueuse, l'art avec lequel elle a
dépeint le beau Léandre, la passion qu'elle a mise
à le demander pour mari, à en refuser un autre,
sa mutinerie aux ordres de Cassandre, ses supplications changées en révolte, sa fuite comique et en
même temps gracieuse, et tout cela rapide et
voltigeant, sans qu'un geste faux ou simplement
exagéré ait rompu le rhythme des pas, sans que
la mélodie mimique ait jamais cessé de se fondre
dans l'harmonieux accompagnement de la danse.

— Parfait! parfait! s'écrie-t-il en s'époussetant.

Et, dans sa joie, il porte sa perruque à sa poche
et se verse sa tabatière sur le crâne.

— Non, vrai, reprend-il, vrai, ma petite, tous
mes compliments ! C'est un avenir que vous avez
là, un avenir qui...

Il s'arrêta. L'homme d'affaires reprenait le dessus, et imposait silence à l'artiste emballé par
l'enthousiasme.

— C'est-à-dire, continua-t-il, qu'il y a quelque
chose à faire.

Il avait remis sa perruque d'aplomb, après
avoir ramassé sur son crâne de quoi se bourrer
le nez d'une nouvelle prise.

— Oui, quelque chose, sans doute. Seulement,
dame ! voilà !

A la première phrase pleine de promesses, la
danseuse avait embrassé son fils en disant :

— Hein, Georget ? je crois que ça y est.

Et elle s'était mise à se rhabiller, preste et gaie, voyant déjà la chose dans le sac. Aux réticences de la phrase finale, elle se retourna, surprise :

— Voilà quoi ? fit-elle.

— Eh ! répondit Grimblot, il s'agit maintenant de vous *inventer*. Tout est là. Je crois que j'ai votre affaire. Je crois. Mais, ça dépend encore.

— De mes prétentions, n'est-ce pas ? Oh ! je suis raisonnable, allez ! Qu'est-ce que c'est, votre affaire ?

— Je ne pourrai vous dire ça que samedi. Pour le quart d'heure, il faut d'abord voir à nous arranger. C'est très joli de faire de l'art, sans doute ; mais...

Georgette avait déjà passé sa robe. Elle la retroussa jusqu'aux genoux, leva la jambe droite, et fit frétiller son pied dans le geste classique du Pierrot qui signifie ainsi sa joie comme un chien remuant la queue.

— Enfin, dit-elle, ça, est-ce chic ou n'est-ce pas chic ? Et ça, ajouta-t-elle en esquissant dans un rond de bras une envolée d'ailes ? Et encore ça ?

Elle donna successivement plusieurs jeux de physionomie, une bouche en cœur soulignant des yeux pâmés, un froncement de narines dédaigneux, un grand éclat de rire au silence illuminé par une double rangée de perles, et elle répéta :

— Enfin, voyons, la main sur la conscience, est-ce chic ou est-ce mouche ?

— Parfait! redit Grimblot, derechef emballé.
Oui, sans doute! Ah! ce que c'est tout de même
que d'avoir la *tradition!*

— Dame! vous comprenez, mon cher, reprit-
elle avec orgueil et gravité, c'était un patron, un
vrai, celui-là, feu Jules.

— Savez-vous, fit Grimblot négligemment, combien il gagnait, feu Jules, à sa belle époque?

— Non.

— Trois cents francs par mois, ma petite. Et la
pantomime faisait florès alors.

— Cela veut dire que vous m'offrez?...

Il allait offrir cent cinquante. Mais en voyant la
moue de la danseuse, il se reprit et alla jusqu'à
deux cents; puis comme elle tournait le dos et
faisait mine de s'en aller, il dit deux cent cinquante.

— Ah! deux cent cinquante, voyons! Presque
autant que feu Jules. Vous vous donniez comme
raisonnable. Hein? Ça va. Non? Réfléchissez.
D'ailleurs nous avons jusqu'à samedi. Ce n'est
peut-être pas tout à fait mon dernier mot. Je verrai mes commanditaires. Samedi, à deux heures,
voulez-vous? Nous nous arrangerons, j'en suis
sûr. Je suis rond en affaires, moi!

Et il la reconduisait, ne la laissant pas parler,
craignant qu'elle ne formulât quelque chiffre impossible, l'étourdissant de sa volubilité pour qu'il
restât bien entendu que trois cents francs repré-
sentaient le suprême maximum. Du haut de l'es-

calier, penché sur la rampe, il lui criait encore :

— A samedi, n'est-ce pas? Deux cent cinquante. Demandez conseil à n'importe qui, vous verrez. Et dites-vous bien que feu Jules n'avait que trois cents. A sa plus belle époque, eh! Trois cents, pas plus. Et, nom d'un petit bonhomme, feu Jules, après tout, c'était feu Jules.

Georgette était au milieu du second étage, quand ces paroles lui arrivaient. A ce moment, elle fut croisée par une espèce de spectre qui montait, et elle se rangea contre la muraille pour le laisser passer, tant elle eut peur de ce grand corps maigre et dégingandé, de cette physionomie sinistre. Comme on chante dans les ténèbres pour se donner du cœur, elle éprouva le besoin de parler à voix haute et de se prouver, en répondant à Grimblot, qu'elle n'était pas le jouet d'un cauchemar.

— Bien sûr, lui cria-t-elle, bien sûr, feu Jules c'était feu Jules.

L'homme-fantôme s'arrêta, la regarda fixement avec des yeux étrangement clairs et enfièvrés, et l'interpella ainsi :

— Qu'est-ce que vous dites de feu Jules, madame?

— Pardon, monsieur, répliqua-t-elle. Mais je je n'ai pas l'honneur de vous connaître.

— Tombre, madame. Je m'appelle Tombre. Et je l'ai pratiqué, votre feu Jules.

Il y avait dans le « votre » une intention dédai-

gneuse qui la piqua au vif, et la fit bravement
riposter :

— Eh bien ! je vous en félicite ; car vous avez
pratiqué un maître.

Tombre haussa les épaules ; et comme elle continuait à descendre, enchantée d'avoir rivé son
clou à ce malotru, elle l'entendit lentement croas-
ser, d'une voix caverneuse et magistrale :

— Fou Jules n'était qu'un âne.

IV

Georgette était encore toute interloquée de cette rencontre, et en même temps très joyeuse du résultat de sa visite à Grimblot, quand elle se retrouva dans la rue. Aussi ne remarqua-t-elle pas qu'elle était de nouveau suivie par le monsieur qui tout à l'heure, au moment où elle entrait, avait failli lui adresser la parole.

C'était, d'ailleurs, un de ces hommes qui n'attirent guère l'attention. Ni grand ni petit, ni beau ni laid, ni vieux ni jeune, habillé avec une correction banale, terne et décoré, il ressemblait à tout le monde. Il n'avait de caractéristique qu'une lippe inférieure assez forte, d'autant plus apparente que le tour de sa bouche était soigneusement rasé. Toutefois, à une sorte de tic qu'il avait, d'humecter souvent cette lippe par un fréquent et rapide mouvement de langue, un observateur n'eût pas manqué de diagnotisquer en lui des habitudes oratoires, et de conclure à quelque chose comme un professeur, un avoué, un avocat.

A la coupe un peu surannée de ses vêtements, et
à la gaucherie de son allure dans les coudoiements
de la rue, on eût deviné aussi un provincial. Mais,
pour faire de telles inductions, au moins eût-il
fallu considérer le personnage, et Georgette ne
l'avait même pas aperçu.

Il méritait pourtant bien un regard, ne fût-ce
que par sa constance. Tandis que les autres suiveurs avaient abandonné la piste en voyant la
jeune femme disparaître dans l'escalier, il avait,
lui, patiemment et consciencieusement monté la
garde sur le trottoir d'en face, sans se décourager
à l'attendre si longtemps.

C'est qu'elle en valait bien la peine, pensait-il
tout en faisant le pied de grue. Une jolie fille,
élégante, parisienne ! Oh ! parisienne surtout. Il
se délectait particulièrement à ce mot, qu'il répétait tout bas, avec un mouvement plus rapide
pour humecter sa lippe, avec des gourmandises
de nouveau débarqué à Paris. Certes, une Parisienne ! Cela se comprenait tout de suite à sa
marche sautillante, à sa façon de relever sa jupe,
au coquet attifage de son gamin. Et non seulement
une Parisienne, mais, de plus, une actrice sans
doute. Double régal, dont la promesse activait le
tic lubréfiant de la langue. Oui, une actrice ! Car
il était observateur, lui, et se piquait de pénétra-
tion. Or il avait lu après elle la pancarte de Grimblot, et, cette lecture ayant soudainement éclairé
ses méditations sur les toilettes un peu interlo-

pes que portaient la mère et l'enfant, il avait
déduit que l'agence Grimblot devait être une
agence dramatique. N'était-ce pas un argument
de plus pour son hypothèse, que ce baluchon
d'où débordaient des touffes de gaze ? Quelque
costume de théâtre, évidemment ! Ainsi raison-
nant avec lui-même, en syllogismes serrés et
graves sur ces choses légères, le monsieur correct
se félicitait *in petto* de ses subtiles associations
d'idées, et souriait au sentiment de sa perspicacité logique, non sans y prendre un petit air vainqueur et content de soi. De là le coup d'audace
qui tout à l'heure, malgré sa réserve ordinaire,
l'avait poussé à risquer une déclaration. De là
sa ténacité maintenant à ne point garder pour
compte cette déclaration, qui lui était demeurée
sur la lippe, coupée par le brusque départ de
Georgette.

Et il avait besoin de s'excuser ainsi dans son
for intérieur, et d'attribuer sa conduite au simple
désir de vérifier une hypothèse. Car, au fond, il
ne se dissimulait pas combien cette conduite était
puérile, indigne de lui, peu congruente à sa situation et à son caractère. Lui, monsieur Lepottier,
homme marié et père de famille, chevalier de la
Légion d'honneur, avocat, une des lumières de sa
ville, notable que ses concitoyens venaient d'envoyer comme député à la Chambre, était-ce donc
sa place, de treuler par les rues à suivre ce minois
rencontré par hasard? Qui sait même si cet acte

3.

puéril n'était pas aussi dangereux? Est-ce qu'il
la connaissait, cette femme? Est-ce qu'elle ne
pouvait pas être une de ces sirènes qui...? Il les
redoutait, ces fameuses sirènes de Paris dont on
parle dans les romans-feuilletons. Et madame
Lepottier surtout les redoutait, madame Lepottier
si jalouse, si rigide, qui avait vu avec terreur
l'élection de son mari, qui ne s'en était consolée
que par la pensée ambitieuse de devenir femme
de ministre, et qui, le jour du départ pour la capitale, l'avait quitté toute en larmes, comme s'il entre-
prenait un long et terrible voyage, presque comme
s'il était Dante prêt à visiter les cercles de l'enfer!
C'est qu'elle ne plaisantait pas avec ses droits
d'épouse légitime, madame Lepottier. Deux ou
trois essais de fredaines, là-bas, avaient été répri-
més de verte façon. Elle n'entendait pas que sa
fortune fût dilapidée en *orgies*, sa fortune à elle,
mariée sous le régime dotal à un petit avocat dont
elle voulait faire un personnage. Et elle le tenait
en bride, la gourmette serrée. Qu'arriverait-t-il, si
monsieur Lepottier se lançait dans une aventure,
et qu'elle en eût vent? Bast! bast! Cela ne tour-
nerait pas à l'aventure. Il y mettrait bon ordre.
Il n'était pas un godelureau qu'une femmelette
mènerait par le bout du nez. Il en prendrait ce
qu'il voudrait, pas plus. Et puis, elle n'avait pas
l'air d'une sirène, cette mignonne qui trottinait là
avec un enfant à la main. Et quand même, quand
elle serait un peu sirène, n'était-il pas fort, astu-

cieux ? Ne saurait-il pas se défendre ? On exagérait le péril. Et ce péril, après tout, s'il y en avait,
c'était justement là l'excitant. Et monsieur Lepottier, sûr de lui, jouissant de son célibat provi-
soire, se laissait éperonner par cet aiguillon de
l'inconnu qui faisait se cabrer en lui sa jeunesse
tardive au tournant de la cinquantaine.

Toutefois, ce cabrage n'était pas un tel mors-
aux-dents, que l'honnête monsieur Lepottier en
fût à commettre des extravagances. Toute sa hardiesse se passait plutôt en réflexions ; et même il
ne pouvait prendre sur lui de renouveler son coup
d'audace. Nulle part l'occasion ne lui semblait
propice. Tantôt il y avait trop de monde, tantôt il
n'y en avait pas assez, pour risquer une déclara-
ration. Ici, il craignait qu'elle se perdît dans le
brouhaha. Plus loin il avait peur de l'importance
que lui donnerait la solitude. Et toujours décidé,
mais jamais décisif, il continuait à suivre la jeune
femme, sans oser bravement l'aborder.

— Oh ! mâman, s'écria tout à coup Georget,
achète-le moi, dis, ce cheval. Si, si, achète-le moi.
Je le veux.

Il se cramponnait au bras de sa mère, et l'avait
forcée à s'arrêter devant un magasin de jouets, où
cavalcadait un escadron de chevaux à mécanique.
C'est le plus grand qu'il désignait, un superbe
dada pommelé, affiché quatre-vingts francs.

— Voyons, mignon, tu es fou, disait-elle. C'est
trop cher.

— Alors un plus petit. Tiens, celui-là, le dernier.

— Mais non, mon chéri. C'est encore trop cher. Trente francs. Eh bien ! merci. Allons, viens donc. Tu ne vas pas pleurer, n'est-ce pas ?

— Si, là, je vais pleurer. Tu ne m'achètes jamais rien.

Il se mit, en effet, à faire une scène, piétinant, sanglotant, ne voulant plus avancer. Georgette ne savait comment en venir à bout, n'ayant qu'une main de libre, l'autre occupée à tenir sa traîne et son baluchon. Mais M. Lepottier eut une inspiration soudaine. La voilà enfin, l'occasion attendue de lier connaissance ! Il ne s'agissait que d'en profiter spirituellement.

— Attends, attends, fit-il avec une grosse voix. Qu'est-ce que c'est que ça, un petit enfant qui n'est pas sage ?

— Ah ! tu le vois, dit Georgette, tu le vois le vilain monsieur qui emporte les mauvais sujets.

Et, après un remerciement du regard au croquemitaine improvisé, elle se dépêcha d'entraîner Georget, dont la colère factice s'était calmée tout à coup, et qui courait vite à côté d'elle, en se retournant de temps à autre.

— M'man, dit-il au bout d'une dizaine de pas, il nous suit.

Elle regarda en arrière à son tour. Il les suivait, en effet, un peu penaud d'avoir été appelé le vilain monsieur, mais content néanmoins d'avoir osé

dire quelque chose et d'en avoir été récompensé
par un regard. Cette nouvelle œillade le ragaillardit tout à fait. Il se rapprocha.

— M'man, il veut me prendre, cria l'enfant en
s'accrochant à Georgette avec épouvante.

— Ne crains rien, mon petit ami, dit M. Lepottier. Maintenant que tu es sage, je ne te ferai
pas de mal. Il est sage, n'est-ce pas, madame?

— Oui, monsieur, vous voyez, répondit Georgette.

— Le bel enfant! reprit M. Lepottier.

Elle se rengorgeait.

— Mais, ajouta-t-il, est-ce qu'il n'est pas fatigué,
depuis si longtemps que vous marchez ainsi ?

Georgette eut un sourire malicieux. Elle avait
compris qu'il ne s'était pas trouvé par hasard sur
leur chemin. En un coup d'œil elle fit l'inventaire
du particulier. C'était un homme *bien*. Pas un
suiveur d'habitude. Pas un freluquet non plus.
On pouvait encourager ses galanteries. Elle n'avait
pas une vertu farouche, loin de là! Pourtant elle
eût regimbé à une attaque brutale. Celle-ci était
adroite, et plutôt timide. Tout au plus M. Lepottier avait-il contre lui un certain air de suffisance,
que lui donnait en ce moment la conscience de
son adresse. Mais cet air jurait tellement avec sa
physionomie bonasse, avec sa lippe un peu tremblante, qu'il n'y avait moyen ni de s'en fâcher ni
d'en concevoir quelque inquiétude. Le résultat
de son examen rapide se traduisait exactement

pour Georgette dans cette phrase qu'elle pensa :

— C'est un bonhomme que je mettrai dans ma poche quand je voudrai.

Elle minauda cependant un refus, tout d'abord, quand il offrit une voiture ; et même un refus presque blessé. Il se confondit en excuses. Mais Georget insista pour aller en voiture. Il trouvait le monsieur très gentil. Il était si fatigué, lui ! Pendant le débat, un fiacre fut hélé.

— Mais non, monsieur, je vous en prie. C'est si près, d'ailleurs.

— Qu'importe ! madame. Ça fait plaisir à l'enfant. Je lui dois bien cela, pour mon croquemitaine de tout à l'heure. Nous disons : rue...?

Elle donna l'adresse, et l'on partit. Dix minutes seulement. C'était tout près, en effet. Trop près, hélas ! pour M. Lepottier ! A peine le temps de tourner quelques banalités complimenteuses, avec embarras, non sans humecter souvent sa pauvre lippe. C'en fut assez toutefois pour que Georgette pût dire qui elle était. Et vraiment, elle eût voulu tout exprès inventer quelque chose pour achever sa conquête, qu'elle n'eût pû mieux imaginer. Une danseuse ! C'était une danseuse ! M. Lepottier ne se connaissait plus de joie et de désir. Et, du coup, il s'enhardit jusqu'à demander, quand on lui dit adieu à la porte :

— Est-ce que je n'aurai pas le plaisir de vous revoir ?

— Mon Dieu ! monsieur, répliqua Georgette, ce

ne serait peut-être pas fort convenable. J'ignore à qui j'ai l'honneur...

M. Lepottier perdit alors tout à fait la tête. Il avait été très étonné de l'adieu, qui le laissait bredouille sur le trottoir. Il eut peur maintenant qu'on lui refermât au nez, pour toujours, le paradis que ses rêves avaient entrouvert. Il en oublia toute prudence, tira précipitamment son portefeuille de sa poche, y prit une carte, et la remit à la danseuse. C'était une carte d'un cent tout neuf, qu'il avait fait faire depuis huit jours seulement, et qui portait tout au long ses nom, profession et qualité. Georgette réprima un oh! de surprise admirative en la lisant, et se contenta de répondre avec son plus gracieux sourire :

— Maintenant que les présentations sont en règle, monsieur, je serai très heureuse, croyez-le bien...

Et elle se sauva néanmoins, craignant qu'il ne mît tout de suite la permission à profit, et jugeant qu'il valait mieux lui en laisser désirer le plaisir.

Mais M. Lepottier était décidément en veine d'audace. Puisqu'il avait commis l'impair de compromettre en quelque sorte son nom, au moins voulait-il que ce ne fût pas en pure perte. Il se sentait affriolé, d'humeur à n'en pas avoir le démenti. Une danseuse! Et combien charmante! Ah! ces sirènes, il savait les prendre, lui! Les prendre? Les prendre? Ma foi! non. Elle s'échappait, celle-là. Oui, pour aujourd'hui. Mais puisqu'il pouvait revenir. Eh! c'est aujourd'hui qu'il fallait... Certes, aujourd'hui. La place était à demi emportée. Allons! Allons! Du courage! Une idée! On est don Juan ou on ne l'est pas.

Vingt-cinq minutes plus tard on sonnait à la porte de mademoiselle Georgette, au troisième, le couloir à gauche, chambre numéro 15. Elle ouvrait, et se reculait tout d'abord, stupéfaite de revoir M. Lepottier, un gros paquet dans les bras.

— Oui, pardon, madame, c'est encore moi, dit-il en bégayant un peu. J'ai pensé que mon petit ami..., que je lui devais..., enfin qu'un souvenir... Excusez-moi!

Il arrachait fiévreusement le papier d'emballage; et dessous apparaissait le grand cheval à mécanique, que Georget accueillit par des cris fous de joie, pendant que la maman murmurait :

— Oh! que vous êtes gentil, monsieur, que vous êtes gentil!

Et la lippe de M. Lepottier couvrit d'un vaste baiser la petite main tendue de la danseuse.

V

C'est dans un cénacle de réformateurs artistiques, il y avait dix ans de cela, qu'Yves et Marchal s'étaient connus et pris d'amitié pour la première fois. On y rêvait une révolution radicale et
universelle de la pensée humaine. Les poëtes y
parlaient d'un vers nouveau, où l'idée serait rem-
placée par une musique, où les mots auraient des
couleurs et des harmonies de tons, où les simples
nuances de sonorité des syllabes suffiraient à
évoquer des images, et ils appelaient cela *l'écriture suggestive*. En revanche les peintres préten-
daient à une peinture psychologique en quelque
sorte, ne voulant traduire que l'impression des
choses, ceux-ci par le papillottement fugitif de la
lumière infiniment décomposée au plein air, ceux-
là par la synthèse d'un dessin *initial* et *primitif*.
Quant aux musiciens, ils ne cachaient pas que
leur art devait finalement absorber tous les autres,
étant à la fois le plus sensuel et le plus intellectuel, le plus naturiste et le plus mathématique,

le seul apte à exprimer l'inexprimable, et le seul
aussi qu'on pût réduire en formules chiffrées et
générales ainsi que des équations d'algèbre. Yves
était particulièrement entiché de cette opinion, et
s'occupait alors de raffiner sur Wagner, qu'il traitait volontiers de précurseur, comme qui dirait de
Saint-Jean-Baptiste, dont il se croyait *in petto* le
futur Jésus.

Marchal était entré de plain pied dans ce milieu,
où ses théories sur l'art dramatique ajoutaient
une note à la symphonie révolutionnaire. Il rêvait,
lui, un théâtre tout ensemble suggestif, impressionniste, initial et algébrique. Voici ce qu'il entendait par là. Le vers devait être chanté uniformé-
ment, comme une mélopée, sur laquelle l'acteur
broderait des variations d'attitudes, de temps, de
gestes, mettant dans ces soulignements toute
l'analyse chatoyante d'un caractère, dont la synthèse serait donnée par le débit monotone et une
physionomie *organique* appropriée *scientifiquement* au personnage. Il expliquait cela très clairement, par raison démonstrative ; car ce n'était
pas un cabotin vulgaire, grisé de phrases incom-
prises, et il avait philosophé sur son art en toute
conscience et en toute sincérité.

Du reste, il ne se bornait pas à bavarder ses
théories ; il les mettait bravement en pratique.
Sans grand retentissement, cela va sans dire.
Troisième rôle au théâtre des Gobelins, il n'avait
guère occasion de se manifester glorieusement

dans l'informe prose des mélodrames où il jouait
les traîtres. Toutefois, sa voix gutturale et som-
brée, ses allures de colosse, sa gesticulation éner-
gique, sa tête chevelue, sourcilleuse et truculente,
lui attiraient du populaire assez de malédictions
pour qu'il pût croire à un succès.

— Ah ! disait-il souvent, si j'étais au Français,
ou seulement à l'Odéon, et si je donnais tout, c'est
alors qu'on verrait.

Mais le Français, même l'Odéon, chimères !
Est-ce qu'on y voudrait entendre parler de ses
réformes ? Jamais de la vie, jamais. Il ne sortait
pas du Conservatoire, lui ! Il le mettait dans ses
bottes, le Conservatoire.

Il avait eu cependant son jour, son quart d'heure
de célébrité parisienne. Célébrité grotesque, il
est vrai : calembourgs et blagues dans les petits
journaux, même dans les grands ; caricatures à la
première feuille des illustrés ; son nom écrit par
les critiques ; sa figure coloriée à la devanture
des kiosques.

Ah ! cette soirée au théâtre des *Délassements-
Lyriques !* Cette soirée où il avait joué Oreste
devant le Tout-Paris ! Un petit héritage lui avait
permis de louer la salle et de se faire impresario,
pour un jour. Il avait formé une troupe de bric
et de broc, monté *Andromaque*, convoqué la
presse. C'était la renommée à conquérir d'un
coup, son rêve prenant corps enfin, un public
lettré appelé à juger combien ses théories étaient

justes et fécondes. Et tout le cénacle était là, prêt
à le soutenir s'il y avait bataille. Hélas ! il y avait
eu déroute, malgré leurs efforts, malgré sa vaillance. On ne l'avait pas compris. Il avait été mal
secondé, d'ailleurs, par sa troupe de raccroc, à
laquelle il avait essayé d'inculquer son jeu, et
qui n'y avait vu goutte. En vain il s'était prodi-
gué, *donnant tout*, comme il disait, pour rattraper la partie perdue par eux. Plus il donnait tout,
moins ça marchait. Les autres faisaient sourire
seulement. Lui, il faisait rire aux éclats. La physionomie *organique*, *scientifiquement* appropriée
au personnage, soulevait des tempêtes de gaîté. On
se roulait, chaque fois qu'apparaissait ce masque,
si consciencieusement établi, pareil à une figure
d'expression modelée par un sculpteur frénétique,
et qui ne détendait jamais sa face convulsée de
terreur, ses yeux hagards, son rictus figé dans
une stéréotypie d'épouvante. La synthèse, ainsi
voulue, et affirmée encore par la mélopée uniforme
du débit, étant accueillie de la sorte, il avait tâché
de reprendre pied au moins par l'analyse, par
son fameux soulignement mimique. Loin de se
démonter, il s'était cabré sous l'insuccès, exa-
gérant avec crânerie ses variations d'attitudes,
de temps, de gestes. Fouetté par les applaudissements du cénacle, bien maigres pourtant dans la
tonitruante rafale des rires, il avait accentué
rageusement tous ses *effets*. La cabale avait beau
faire, il lutterait jusqu'au bout, il serait sugges-

tif, impressionniste, initial et algébrique. Et il
avait été tout cela tellement, qu'on avait dû baisser la toile sans achever la représentation, les
uns croyant à une fumisterie, les autres opinant
pour un accès d'aliénation mentale, tout le monde
se tenant les côtes, et des gens pouffant encore
sur le boulevard, une demi-heure après, au souvenir de cet Oreste inimaginable, de cette face
immobilement horrible d'où sortait un monotone
ronflement de gros tuyau d'orgue, tandis que ce
grand corps contorsionné phrasait des jambes,
chantait des reins, ponctuait des hanches, s'excla-
mait des épaules et vocalisait des bras.

Ce four lamentable n'avait pas découragé Marchal. Le cénacle ne l'en estimait que davantage.
Tous avaient soif d'un pareil martyre. Être nié,
vilipendé, n'est-ce pas le sort des novateurs? Il
avait été superbe de conviction. On le comprendrait plus tard.

— Être sifflé par le Tout-Paris, disait Yves,
mais c'est le commencement de la gloire. Vois
donc le Tannhæuser, et Berlioz, et...

Les exemples ne manquaient pas. Et les théories de Marchal, au lieu de s'apaiser, s'exaspéraient. Le reste de son petit héritage passa dans
une tournée de banlieue et de province, en tout
quatre représentations, qui ne furent pas plus
heureuses que la première. Les journaux de Paris
avaient donné le *la* des sifflets et des rires; et Cor-
beil, Pontoise, Creil et Versailles ne voulurent

pas être moins spirituelles que la capitale. Ses
comédiens et leurs voyages payés, Marchal dut
revenir aux Gobelins, bien heureux encore qu'on
l'y acceptât pour reprendre ses traîtres de mélo-
drame. Il y continua en petit l'application de son
système, autant que le permettait le patois inter-
prété. Et de même il essaya d'y acclimater la province, ayant par ci par là un engagement de troisième rôle à Dunkerque, à Vesoul ou à Béziers,
mais rentrant toujours à Paris où il se promettait une revanche. Car il n'avait pas dé-
sarmé.

Et des années s'étaient écoulées ainsi, depuis
le jour où il avait fait connaissance avec Yves dans
le cénacle de la rue Fontaine. Le cénacle, d'ailleurs, s'était dispersé. Les poëtes à l'*écriture
suggestive* étaient devenus journalistes au français
douteux et banal. Chose, qui citait toujours Proudhon, portait maintenant le frac brodé de sous-
préfet. Machin, qui reprochait à Wagner ses concessions dans *Rienzi*, fabriquait des opérettes.
Des peintres avaient été reçus au Salon. Un était
photographe. Seuls, Yves et Marchal demeuraient
intransigeants, et ne se perdaient pas de vue. Ils
se sentaient toujours les coudes, chaque fois qu'ils
se retrouvaient ensemble. Yves avait évolué, mais
pour arriver à une théorie plus exclusive, à son
idée de la chanson populaire, aboutissement suprême de la musique *sociale* et *absolue* Marchal
n'avait pas changé d'une ligne son rêve de tragé-

die. Tous deux se rejoignaient dans un idéal commun, qui se définissait toujours, comme autrefois, par le même vocabulaire : art suggestif, impressionniste, initial et algébrique. Et tels ils s'étaient quittés la dernière fois, il y a deux ans, au moment où Marchal partait pour jouer les troisièmes rôles au théâtre français... du Caire.

Comment, embarqué à destination de l'Egypte, revenait-il de New-York, sans avoir jamais donné de ses nouvelles? Comment, surtout, avait-il perdu en route sa passion pour la tragédie? Pourquoi s'appelait-il à présent, non plus Marchal, mais Tombre? Autant de problèmes dont Yves fut préoccupé tout le jour, et qui lui firent distraire par plus d'une fausse note les fidèles de Sainte-Ursule. Les aventures probables piquaient encore moins sa curiosité que la transformation esthétique du tragédien. Il se le rappelait avant le départ pour le Caire, à l'époque où la province elle-même était brûlée pour lui, aucun directeur ne voulant plus engager cet excentrique incapable de faire tolérer seulement ses trois débuts réglementaires. Marchal était en ce temps-là plus farouche que jamais, plus entier, réduit à une misère noire, et d'autant moins malléable qu'il se serait cru lâche en cédant. Yves avait conscience de n'avoir été que strictement-juste en l'hébergeant alors pendant huit jours, chose qu'il aurait faite même s'il n'eût pas été son ami, et par simple admiration d'un pareil héroïsme artistique. Et

voilà qu'aujourd'hui cet art, à quoi Marcha
s'était sacrifié, Marchal le reniait!

— La tragédie, avait-il dit ce matin, j'en su
revenu, de cette blague-là. La tragédie, n'en fa
plus.

Aussi, en retrouvant Marchal le tantôt, apr
les vêpres, Yves eut-il pour premier mot :

— Enfin, tu vas donc m'expliquer.

— C'est que j'ai tant de choses à te dire, répo
dit Marchal, que je ne sais par où commencer...

— Oh! d'abord, ton art nouveau, ce qui t'e
venu à New-York.

— Bon. Mais avant, laisse-moi t'apprendre qu
ma course a réussi.

— Quelle course ?

— Chez Grimblot, à l'agence de la rue Sain
Marc. Tu ne connais pas ?

— Si. Seulement je ne comprends pas. Grin
blot place bien des danseurs?

— Parfaitement.

— Tu es donc danseur, maintenant?

— Mime, mon vieux, mime! s'écria Marcha
Et j'ai entortillé le vieux et son associé, qui e
arrivé par bonheur pendant que j'étais là. l
dame! il y avait de quoi les entortiller. Je leu
ai dit mes idées sur la pantomime moderne, sy
thétique. Je leur ai raconté mes effets à New
York. Mon physique les a épatouflés. Oui, cet
mine-là, sinistre, spectrale, sans cheveux, sa
barbe, rien. Pierrot en noir, quoi! Et pas de pr

tentions pour les appointements. Qu'est-ce que ça me fait ? De quoi manger, pas plus. Le succès viendra. Alors on verra bien. L'important, c'est que Paris le voie, ce Pierrot neuf, ce Pierrot psychologique, le Pierrot que j'ai inventé là-bas, le seul Pierrot, celui qui est là.

Il cognait son front d'hydrocéphale de son long index décharné, et s'emballait, le regard fiévreux.

— Tu comprends, reprit-il, sans laisser à Yves le temps de placer un mot, tu comprends tout de suite, toi, n'est-ce pas? D'ailleurs c'est tellement fort, qu'eux-mêmes, ce vieux serin, et son petit jeune homme d'associé, ils ont sauté dessus du premier coup. Tu vois ça d'ici, hein? Le Pierrot en habit, sans une ligne de linge, et la face et les mains toutes blanches, mais pas d'un blanc gai, non! D'un blanc blafard. D'un blanc d'alcoolique américain, d'un blanc lugubre. Un fantôme, enfin. Mais un fantôme réel. Plus de Pierrot qui fait rire. Le Pierrot qui fait frissonner, et penser. Penser surtout. En un mot, le Pierrot-Ombre.

Il prononçait fortement le *t* de la liaison.

— Le Pierrot-Ombre, tombre, tombre, répéta Yves machinalement. Tiens, c'est donc pour ça que tu t'appelles...

— Tombre, oui, répondit-il. Ce sont mes camarades à New-York qui m'ont baptisé ainsi, par blague, parce que je les bassinais avec mes théories sur le Pierrot-Ombre. Et cependant, Dieu sait que sans ça nous crevions tous de faim en

4

Amérique. L'impresario du Caire nous avait déjà
laissés en plan, sans le sou. Un autre nous avait
embauchés à Naples, au retour, pour une tournée
de classique aux États-Unis ; puis, va te faire
fiche! Après un voyage comme émigrants, dans
l'entrepont, les femmes seules en troisième
classe, nous arrivons, moi sixième, pour initier
à nous six les Yankees aux beautés tragiques.
Tableau, n'est-ce pas? Une série de fours, je ne te
dis que ça. Nouveau lâchage d'impresario. Alors,
quoi faire? La grande jeune première avait un
galoubet. Elle entre comme chanteuse dans un
music-hall où elle beugle l'*Amant d'Amanda*,
terminé par un pas de cancan, danse nationale
française. Mais nous autres cinq! Heureusement,
j'ai une idée. Si nous jouions la pantomime? Et
on s'y met. Pantomime parisienne, disent les affiches. Je me rase le poil. J'étais maigre comme
une chimère. Nous mangions si peu! Et voilà
Pierrot. Et nous vivotons. Et tout en vivotant, je
prends goût au métier. La pantomime m'apparaît
ce qu'elle est en réalité : l'art dramatique supérieur, absolu, débarrassé de la parole qui met des
lisières au génie du comédien. Et je raffine, et je
fais des trouvailles, et j'invente enfin mon Pierrot-
Ombre, qui nous a nourris tant bien que mal pendant huit mois, jusqu'au jour où notre Colombine
a été enlevée à San-Francisco, malgré son amant
l'Arlequin, tué d'un coup de revolver par l'enle-
veur. Pauvre bougre d'Arlequin! Tu l'as peut-

être connu. Il jouait avec moi à Montparnasse, il y a cinq ans. Durosoy, un amoureux! C'est lui qui m'a le premier surnommé Tombre, tiens! N'est-ce pas que c'est un crâne nom?

— Tombre! Tombre! répétait Yves de plus en plus machinalement, encore abasourdi par le récit volubile de cette odyssée.

— Tu ne trouves pas? fit le mime.

— Si, si. Mais comment êtes-vous revenus de San-Francisco?

— Oh! n'importe! Au petit bonheur, en traînant nos guêtres, en donnant des bouts de représentation tronquée. Tu penses, sans Colombine et sans Arlequin! Et puis Cassandre est mort à Boston. Un nommé Herbert, un vieux, qui a été à l'Odéon dans le temps. Moi je suis tombé malade à Philadelphie. Un mois d'hôpital. Je ne sais pas ce que sont devenus les autres. C'est le consulat qui m'a fait rapatrier de New-York. Mais tout ça, qu'est-ce que ça fiche? Me voilà à à Paris, et engagé, c'est le principal.

— Grimblot t'a engagé? Où ça donc?

— Je ne sais pas. Il parait que c'est un secret. Ils montent une affaire. Pourvu que j'aie des gens d'attaque pour jouer avec moi! Dame! je ne veux pas des mimes vieux jeu, je le leur ai dit. Il s'agit de faire un pétard. Une chose digne de mon nom, enfin. Tombre! Mais tu n'as pas l'air de le savourer, mon nom? Il est pourtant beau, voyons. C'est comme un *magnificat* accompagné par le *de profundis*. Écoute, toi, musicien.

Et, d'une voix sépulcrale et triomphale tout ensemble, il répéta :

— Tombre ! Hein ! Il y a du trombone et du tambour. Tombre !

— Oui, c'est vrai, répondit Yves. Et à combien est-il engagé, Tombre ?

— Cent par mois, et vingt sous de feux, mes costumes à mes frais. Oh ! ce n'est pas le Pérou. Mais il y a de quoi vivre. Et on m'augmentera si ça marche. Ils ne sont pas trop chiens. Ils m'ont donné de l'avance, crois-tu.

Il fit joyeusement sauter deux grands écus de cinq francs.

— Et à propos de ça, ajouta-t-il, j'ai oublié de te dire une chose, au milieu de toutes mes histoires : c'est que je t'emmène dîner.

— Mais non, mais non ; pourquoi ça ? Garde ton argent.

— Je n'ai pas besoin de tout, puisque je n'ai pas de chambre à payer. J'ai mon divan ici.

— Oui, mais pour manger !

— Tu veux dire pour boire ? Car ce que je mange peu ! Cette nuit, c'est parce que j'arrivais de voyage. En temps ordinaire, je ne baffre pas comme ça. D'abord, j'engraisserais, et adieu Pierrot-Ombre ! Par exemple, je bois, c'est vrai. Rien que de l'eau-de-vie. Il me faut ça pour jouer. Mais je ne joue pas encore. Donc...

— Tra la la ! interrompit le musicien. Moi je

suis pour l'économie, tu sais. Pas de bohême !
C'est ça qui est vieux jeu. Ton argent t'est nécessaire...

— Eh bien ! voilà cinq francs que je place dans
ta caisse, fit Tombre. Maintenant, j'ai un compte
ouvert chez toi, espèce de banquier. Mais l'autre
roue de derrière, zut ! Nous allons lui casser le
cou, je ne connais que ça. Que diable ! Une fois
par hasard, laisse-moi être oncle d'Amérique,
puisque j'en viens.

— Allons, soit, dit le musicien d'un air résigné.
Du moment que tu y tiens tant que ça, dépensons
tes pauvres cent sous... Faisons la noce !

VI

Le lendemain était un vendredi, jour de musique avec Madeline. Yves proposa au mime de l'accompagner chez les Loupiat, pour lui faire un peu entendre ses œuvres.

— Car enfin, dit-il, tu ne sais pas où j'en suis, depuis deux ans que nous nous sommes quittés. Et j'ai marché rudement, tu verras, pendant ces deux ans. A l'heure qu'il est, je crois que je tiens ma note. Tu connais mon idéal, ma théorie de la chanson populaire ; mais c'est le résultat qu'il faut juger. Et tu penses bien qu'avec ma voix...

— Oui, une voix de musicien.

— Parfaitement. Tandis qu'avec la voix de Madeline, tu m'en diras des nouvelles. Une voix, mon cher! Tiens, par moments, ça m'en donne peur.

— Pourquoi donc?

— Dame! Peut-être est-ce son organe, son expression, qui me font trouver belle ma musique. Sans compter que les paroles sont d'elle, où à

peu près. Je lui fournis des sujets, des *monstres*.
C'est elle qui en tire des chansons. Et simples,
et naïves! Ça vous a une franchise, une carrure.
Ça sent l'âme du peuple, enfin! Ah! si mes mélodies sentaient ça autant! C'est ce que je cherche,
parbleu! Elle, elle le trouve naturellement. C'est
curieux, va! On ne dirait pas, à la voir, hein?

— Non, en effet. Elle a l'air d'une petite bourgeoise, toute simplette.

— Oui, mais ses yeux, as tu remarqué?

— Ma foi! je l'ai mal regardée l'autre soir. Et,
il y a deux ans, je n'y ai pas fait attention non
plus.

— Eh bien! contemple-les tout à l'heure, ses
yeux, surtout quand elle chante. C'est comme
des yeux d'alouette. La belle alouette gauloise,
tu sais, notre oiseau breton, si brave, si doux, si
gai, si français, pour tout dire, le vrai symbole
du pays. Et sa voix est comme ses yeux. Enfin,
quoi? Je ne peux pas t'exprimer ça. Tu éprou-
veras la chose toi-même. Allons-y.

Bien que Tombre connût de longue date à quels
emballements Yves se laissait emporter par pure
exaltation artistique, il lui sembla qu'il y avait
là quelque chose de plus. Est-ce que le musicien
serait amoureux de Madeline? Cette pensée tra-
versa l'esprit de Tombre, mais ne tint pas devant
les réalités qu'il observa tout de suite.

Et d'abord, l'allure même de Kergouët. Il n'avait
pas en face de la jeune fille l'émotion gauche d'un

homme épris, ni même son habituelle timidité,
mais au contraire une sorte d'autorité grave, à
quoi d'ailleurs elle répondait par une attitude
presque respectueuse. On devinait du premier
coup un tête-à-tête de maître à élève, et que leurs
entretiens devaient être exclusivement consacrés
à la musique, en laquelle seulement ils commu-
niaient. Puis, il y avait entre eux une trop grande
différence d'âge, soulignée précisément par le
sérieux de leurs relations, et accusée encore
davantage par l'air très enfant de Madeline. A
vingt-deux ans, elle n'en paraissait guère plus de
seize, étant petite, mignonne, d'une maigreur
grêle et mièvre de fillette. A vrai dire, du reste, ce
n'était point une beauté, du moins selon le goût
de Tombre, qui voulait des figures accentuées,
tragiques et fatales. Elle avait plutôt un charme
de grisaille, pour ainsi parler, quelque chose de
vague, d'indéfini, d'effacé même. Sa chevelure,
abondante pourtant, était d'un blond si pâle et si
cendré, et coiffée si serrée et si plate, qu'elle
semblait pauvre. Son teint n'était ni mat, ni
éclatant, mais d'une blancheur comme fanée. Son
nez un peu long, sans être gros toutefois, donnait
à tout le visage de la mélancolie, presque de la tristesse, malgré le sourire gracieux d'une bouche
aux lèvres bien arquées et aux dents jolies. Quant
aux yeux, Tombre ne pouvait décider si la comparaison de son ami était juste; car Tombre ne
connaissait pas fort exactement les yeux d'a-

louette. Il trouva seulement ceux de Madeline naïfs et tendres, mais sans la profondeur et l'étrangeté qu'il aimait dans les regards.

— Enfin, pensa-t-il, nous verrons quand elle chantera.

Pour le moment, elle achevait de faire boire à sa mère une tasse de bouillon, en soufflant sur chaque cuillerée, comme on fait pour les enfants. La paralytique, étendue dans le grand voltaire, mollement entourée d'oreillers, semblait heureuse ; et sa figure, d'ordinaire sombre, s'était éclairée pour souhaiter la bienvenue au musicien et à son ami, qu'Yves avait présenté en disant :

— Monsieur Tombre, artiste dramatique.

— J'ai raffolé du théâtre, monsieur, avait-elle répondu. Nous avions à Douai une très bonne troupe. Surtout d'opéra-comique, n'est-ce pas, mignonne ? Et vous chantez, monsieur, probablement ? Les basses, sans doute ?

— Pardonnez-moi, madame, je ne chante pas. Je ne parle même pas.

Et, après un temps pour laisser bien se produire son effet de surprise, Tombre ajouta qu'il était mime.

— Mime ! c'est singulier, fit-elle.

— Oh ! oui, c'est singulier ! répéta Madeline.

— Bourgeoise, décidément, se dit Tombre, qu'un pareil étonnement froissait un peu.

Il allait répliquer et leur démontrer qu'en somme un mime n'est pas une coquecigrue ; mais

déjà Yves était assis devant l'épinette, et, après
avoir casé tant bien que mal ses longues jambes
de faucheux, il plaquait de furieux accords en
mineur. Cela rompit les chiens.

— Du nouveau, monsieur Yves? demanda Madeline.

— Non, mademoiselle, non, répondit-il en se
retournant. Aujourd'hui, si cela ne vous ennuie
pas trop, nous repasserons tout notre répertoire,
pour mon ami qui ne le connaît pas. Je voudrais
bien avoir son avis.

— Ah! monsieur est amateur? fit la malade.

Tombre s'inclina en grimaçant un sourire.

— Eh bien! monsieur, reprit Mme Loupiat
après avoir bu sa dernière gorgée de bouillon,
puisque monsieur Yves a foi en votre apprécia-
tion, vous devriez faire chorus avec moi, et le
pousser à changer parfois de manière. Oh! je ne
veux pas dire que ses mélodies populaires ne me
plaisent pas. Loin de là! Elle ont du bon, sans
doute. Mais la romance de mon jeune temps,
monsieur, et nos jolis airs d'opéra-comique,
n'étaient pas à dédaigner non plus. Il me semble
que la *Dame Blanche*, le *Châlet*, les *Noces de
Jeannette*...

Yves avait cessé de plaquer des accords, par
politesse, pour ne pas couvrir la voix de la malade,
qui pérorait lentement, en s'écoutant parler avec
complaisance. Mais il s'agitait sur son tabouret,
les jambes inquiètes, les doigts agacés. Tombre

s'en aperçut bien, mais n'osait couper impoliment la parole à Mme Loupiat. Par bonheur Madeline s'en aperçut aussi, et interrompit soudain sa mère.

— Allons, maman, fit-elle en l'embrassant et en lui tapotant ses oreillers, je vais d'abord chanter pour toi la cavatine du *Domino noir*, que tu aimes tant.

Et vite elle courut vers le musicien, et lui dit avec une inflexion charmante de prière :

— Cela ne vous fait rien, n'est-ce pas, monsieur Yves ?

— Comment donc ? répondit-il. Mais, au contraire !... Avec plaisir.

— Hum ! pensa Tombre, des concessions ! Il en est peut-être amoureux, tout de même.

La cavatine, un peu trop haute et trop pleine de roulades, n'était pas bien dans les moyens de Madeline. Cela n'empêcha pas Mme Loupiat de se pâmer. En revanche, pour Tombre, cette première impression fut loin de répondre à l'idée qu'il s'était faite du talent de la jeune fille d'après l'enthousiasme de son ami.

La voix était ronde, mais mal assouplie, rude et presque criarde dans les notes élevées, remarquable seulement dans le registre grave, et alors même d'un timbre plutôt masculin, ce qui contrastait d'une façon quasi choquante avec les apparences graciles de la chanteuse. Quant aux yeux, Tombre eut beau les contempler, il n'y trouva

point toutes les belles choses qu'Yves lui avai
annoncées.

— Oui, oui, se disait-il de plus en plus, il e
est amoureux, c'est certain. Il se monte la tête
C'est une petite quelconque. La vraie fille de s
mère, et rien autre chose.

Soudain Yves attaqua une ritournelle au rhy
thme franc, à la mélodie toute simple, roulant su
six notes, et Madeline entonna :

Sous le so-leil et sous la nu', La terre est noir',
la terre est nu'. O-hé! ses fils, ha - billez la, Lon
la landigue lon la! Que le semeur passe par là!

La vieille mère n'est plus nue,
Car une rob' lui est venue.
O robe vert', robe de soie,
Lon la landigue lon la !
V'là le semeur passé par là.

Puis une reine est devenue;
Une autre rob' lui est venue.

O robe d'or et de gala,
Lon la landigue lon la !
Que le faucheur passe par là !

La bonne mèr' s'est souvenue
Qu'on ne l'a pas laissé' tout' nue.
Elle nourrit qui l'habilla,
Lon la landigue lon la !
V'là le faucheur passé par là !

Aux meurt-de-faim l'heure est venue.
'Terr' moissonné' n'est pas tout' nue.
Pour les glaneurs y a de quoi,
Lon la landigue lon la !
Ohé ! les gueux, passez par là !

— Ah ! mâtin ! que c'est beau ! s'écria Tombre
en se levant.

Et ce fut un soulagement pour lui. Car son enthousiasme était d'autant plus fort qu'il y avait
été rebelle tout d'abord. Mal disposé par l'audition de la cavatine, il ne s'était pas rendu immédiatement au charme réel de cette voix chaude,
vibrante et veloutée à la fois, pleine de vigueurs
mâles et de caresses féminines. Il avait commencé par en être surpris. Madeline, d'ailleurs,
gênée par la présence d'un étranger, n'avait pu se
défendre, aux premières mesures, d'une sorte de
chevrotement presque pénible. Mais peu à peu
elle s'était ressaisie. Sa gorge, serrée, s'était dé-
tendue. Son souffle s'était élargi. Elle chantait
vraiment avec une ampleur et une expression
extraordinaires. Comme Yves l'avait très bien dit,

cela sentait l'âme du peuple. Et ses yeux, cette
fois, ses yeux tout à l'heure simplement naïfs et
tendres, avaient maintenant une flamme, douce
encore, mais sauvage en même temps, ainsi que
des yeux d'oiseau. Tombre trouvait même que
la comparaison avec une alouette ne suffisait pas,
et il imaginait quelque oiseau plus étrange, plus
chimérique.

Une chose notable aussi, et dont il ne s'avisa
qu'après coup, c'est qu'il n'avait presque point
pris garde à la musique elle-même, tout entier
occupé des paroles et surtout de l'exécution.
Aussi son compliment s'était-il adressé d'abord à
Madeline. Il lui fallut un effort de réflexion pour
féliciter Yves.

Et le même effet se produisit, à mesure que la
jeune fille chanta d'autres chansons : une *Com-
plainte de roulier*, monotone et mélancolique ;
une *Ronde de vendangeurs*, folle d'entrain ; une
Marche de pluie, plaignarde et comme mouillée,
aux sonorités sourdes et clapotantes, à peine mé-
lodique d'ailleurs, et plutôt semblable à des murmures rhythmés ; puis une *Berceuse*, d'un zézaie-
ment câlin et puéril ; puis une *Légende* dramatique, féroce, sinistre, où il lui sembla entendre
les glouglous de sang d'une gorge coupée. C'est
toujours l'organe et l'art de Madeline qu'il admirait, et quelle expression profonde, sincère, poi-
gnante de réalité, elle donnait aux paroles, tandis
qu'il ne prêtait pas attention à la musique.

Il ne put s'empêcher d'en faire la remarque.

— N'est-ce pas? répondit Yves. Oui, c'est bien vrai. Moi aussi, j'éprouve cela. C'est ce que je te disais tantôt. Par instants, j'en ai peur, de cette sensation. Il me semble que tout cela est beau uniquement parce que c'est vous qui chantez, mademoiselle.

— Pas du tout, repartit Madeline. Votre musique a justement cela d'admirable, qu'elle ne fait pas songer une minute à l'artiste, au compositeur. On dirait qu'on l'a toujours entendue, qu'on la connaît d'avance, qu'on l'a dans le cœur et sur les lèvres. N'est-ce pas le caractère même des chansons populaires, de ces mélodies que vous appelez si bien des mélodies éternelles, absolues?

— Eh! eh! fit Tombre, l'observation est fine. Très juste! En effet, ça doit être ça la cause. Car, du moment....

— Non, non, interrompit le musicien. J'ai beau vouloir me faire illusion. La seule mélodie absolue, elle est dans votre voix.

— Ah! pour ça, s'écria Tombre, il est sûr que mademoiselle chante...

— Plus bas, monsieur, je vous prie, fit la jeune fille avec un chut; maman s'est assoupie.

Tombre reprit, en mettant une sourdine à son tuyau d'orgue :

— Car Yves a raison : vous chantez, c'est une merveille! Quel instrument! Et ces notes graves, surtout. Passez-moi l'expression, ça vous prend au ventre. Et comme vous donnez leur valeur aux paroles! Elles sont admirables, vous savez, les paroles. Suggestif, initial, comme nous disons. Et votre mimique! Vous ne vous en doutez pas, de votre mimique. Ah! les yeux! Un foyer, un éclat, une étrangeté. Voilà des regards, sapristi! D'alouette, je ne dis pas. Mais mieux encore, par moments. D'aiglonne, parfois, aussi de fée, et de Muse, et d'enfant, et de sirène et de sphinge. Oui, de sphinge! Quelle artiste! Quelle femme!

Ne pouvant s'exprimer à voix haute, il accentuait de gestes fous ces phrases exaltées, dont il étouffait les syllabes vibrantes; et ce n'était pas sans étonner Madeline, peu habituée à de semblables manifestations.

— Tenez! ajouta-t-il pour conclure, c'est bien simple; vous vous transfigurez. En chantant, vous devenez superbe.

Elle ne retint pas un petit éclat de rire; et Yves, subitement, rougit, puis devint tout pâle.

— Entendons-nous, reprit Tombre. Je ne veux pas dire que vous êtes laide quand vous ne chantez pas. Mais enfin, on croit voir une fillette... quelconque, une petite bourgeoise, une... Je m'explique mal... Bref, à première vue...

Madeline rit de nouveau, devant l'embarras du pauvre garçon; mais elle rit de bon cœur, sans arrière-pensée coquette ni maligne; et elle lui tendit la main, au contraire, d'un mouvement gracieux et tout reconnaissant. Tombre en fut si touché,

qu'il oublia l'assoupissement de la malade ; et
comme son enthousiasme débordait, comme il
cherchait en vain des mots littéraires pour s'exprimer, et n'en trouvait pas, il s'écria tout à coup,
en déchaînant les tonitruances de son, ancienne
voix tragique :

— Vous êtes un ange !

Réveillée en sursaut, Mme Loupiat ne comprit
rien à ce qui se passait. Elle eut même un moment de frayeur, et il y avait bien de quoi, devant
cette explosion d'enthousiasme qui ressemblait à
une déclaration d'amour rugie par un trombone.

On était en train de lui éclaircir la chose, parmi des éclats de rire, quand le grand-père arriva.
Est-ce à cause du bruit qu'on faisait, ou à cause
du peu de bruit qu'il fit lui-même? Toujours est-il
qu'on ne l'entendit ouvrir ni la porte du vestibule
ni celle du salon. Il était entré comme furtivement.

C'était d'ailleurs, un homme d'allure timide ;
presque honteuse même, au premier abord. Il produisit sur Tombre un fâcheux effet. Malgré la
grande honnêteté de ses yeux clairs, sa figure
était chafouine. Sa vieillesse même n'avait rien
de vénérable. Il devait être âgé de soixante-cinq
à soixante-dix ans; mais on eût juré qu'il n'avait
employé ce long temps qu'à de basses et ténébreuses besognes, car il lui en était resté quelque
chose dans son attitude, à la fois humble et rusée.
Son front bas et fuyant, ses joues maigres, son

nez pointu surtout, faisaient songer tout de suite à un museau de renard. Il donnait invinciblement l'idée de ces gens qui n'ont jamais opéré qu'en tapinois, à la sourdine; et il semblait avoir traversé la vie, comme il venait d'entrer tout à l'heure, en s'effaçant et de guingois.

— Oui, il marque mal, pensa Tombre. Mais quoi? Ce n'est peut-être pas une raison. Il paraît que c'est un si brave homme. Les bureaux vous donnent souvent cet air-là.

Pendant que Tombre réfléchissait ainsi, le bonhomme avait tendrement embrassé Madeline, puis serré la main du musicien et salué le visiteur, et maintenant il expliquait le motif de son retour inattendu avant l'heure du dîner. Il venait quatre à quatre manger un morceau sur le pouce, et avertir qu'il ne rentrerait pas de la nuit.

— Ah! vous avez... quelque chose? demanda la paralytique avec une sorte de moue méprisante.

— Oui, répondit-il très doucement. Une assez bonne affaire! Au moins quarante francs à gagner.

Et sa figure ingrate s'épanouit, comme il ajoutait en souriant à Madeline:

— Ça sera pour ta tirelire, mignonne.

Cette tirelire, Yves le savait, servait surtout à la jeune fille pour la malade, dont les caprices aimaient la gâterie.

— Je n'ai besoin de rien, je vous remercie, fit la paralytique d'un ton sec.

Le bonhomme eut l'air de ne pas avoir entendu,

et se mit tranquillement à table, tandis que Madeline lui dressait vite un couvert.

— Il y a justement, dit-elle, du bon bouillon.

— Garde-le pour ta mère, répondit-il tout bas.
Donne-moi seulement un peu de bœuf. Et arrange
m'en une autre tranche dans du pain, pour cette
nuit. Mais je vous prie, messieurs, continuez votre
musique, ajouta-t-il en voyant que les deux visi-
teurs s'apprêtaient à sortir.

— Oh ! nous avions fini, bon papa, dit la jeune
fille.

Elle semblait pressée de les voir dehors, et
naïvement l'avait laissé entendre par cette phrase,
échappée presque malgré elle.

— D'ailleurs, reprit-elle pour en atténuer l'effet,
ces messieurs ne m'en voudront pas de m'occuper
un peu de toi. Pauvre grand-père, comme tu vas
être fatigué demain !

Et elle lui rendit ses tendres baisers de tout à
l'heure, avec une effusion qui fit brusquement
faire à Mme Loupiat une imperceptible mais
aigre grimace.

Yves et Tombre prirent congé. La malade leur
minaudait des au-revoir cérémonieux. Madeline
les reconduisait hâtivement, comme gênée, d'un
air à la fois inquiet et distrait. Elle était toute occupée de répondre à son grand-père, qui s'interrompait de manger pour lui faire des recomman-
dations méticuleuses ; et elle semblait se dépêcher
et de répondre et de les reconduire, précisément

pour qu'ils ne prissent pas garde à ce que disait le bonhomme.

— Prépare-moi mes grosses bottes, n'est-ce pas, petite.

— Oui, bon papa.

— Les clouées.

— Oui, oui, je sais, les plus neuves.

— Et ma houppelande, hein? Parce que je crois qu'il pleuvra cette nuit.

— Oui, bon papa.

Comme ils étaient déjà dans le corridor, et qu'elle leur donnait vite une poignée de main :

— Et n'oublie pas mon...

— Non, non, ne crains rien, lui cria-t-elle sans lui laisser achever sa phrase.

Et Tombre crut sentir trembler la menotte de Madeline, qui rentra précipitamment, toute frissonnante.

VII

— Pardon! pardon! J'ai pris avis de mon conseil, et mon conseil m'a défendu de signer à moins
de cinq cents.

Et Georgette gonflait de son mieux ses joues
pour donner toute l'importance qu'il fallait à ce
mot : mon conseil.

— Diable! avait fait Grimblot. Et qu'est-ce que
c'est, sans indiscrétion, votre conseil? Un jeune
avocat?

— Mieux que ça, mon bonhomme. Un vieux
député.

Grimblot avait eu un petit sifflotement d'admiration, et tout de suite avait compris ce que parler voulait dire. Georgette avait un protecteur et
n'était plus à merci. Et cela n'était pas une frime.
A sa mise requinquée, à son assurance, on voyait
qu'elle pouvait attendre dorénavant et qu'elle
tiendrait la dragée haute. Toute discussion devenait inutile. Il fallait en passer par ses volontés.
Encore bien heureux qu'elle ne demandât pas

davantage! Car en somme, elle était la seule Colombine disponible pour le moment sur le pavé de
Paris. Il avait donc baissé pavillon, et cédé à cinq
cents.

— Sauf, bien entendu, l'approbation des commanditaires et du directeur.

Et il avait reconduit Georgette en mau-
gréant :

— Je ne sais pas trop comment ils prendront ça.
C'est dur, tout de même, cinq cents! Mâtin! Des
exigences d'étoile, quoi !

Mais, au fond, il se sentait une certaine défé-
rence pour cette femme qui ne se laissait plus
marchander et qui avait en si peu de temps trouvé
un si bon *conseil*. Et c'est vraiment en étoile qu'il
la traita, le jeudi suivant, à l'assemblée où il avait
convoqué la troupe qu'il devait présenter au directeur. Tandis que les autres cabotins étaient
relégués dans l'ombre, sur la banquette de bois,
quatre seulement sur des chaises de paille, il
avait réservé à Georgette, au premier rang, en
pleine lumière, près du bureau, l'une de ses deux
chaises de reps. Il ne lui fit seulement pas un
reproche, mais au contraire lui offrit galamment
le bras pour la mener à ce siège d'honneur, quand
elle arriva, pourtant fort en retard; car il était
trois heures moins dix, et les bulletins de convo-
cation portaient deux heures un quart pour la
demie. Et comme elle disait, en minaudant :

— Je ne suis pas bien exacte, n'est-ce pas?

— Bah! répondit-il avec son plus gracieux sourire, bah! quand on est jolie femme!

Mais il reprit aussitôt son air digne, et allant ouvrir la porte de sa seconde chambre, il annonça, en voix claire, une voix d'ancien régisseur *chargé de parler au public :*

— Monsieur Fernand du Glaizat, le délégué de nos commanditaires.

Puis, faisant au personnage qui venait d'entrer une cérémonieuse révérence, comme celles dont il honorait jadis l'avant-scène du sous-préfet, Grimblot ajouta :

— Notre sympathique directeur!

Il y eut un murmure d'approbation dans l'assistance, habituée à souligner les *effets*, et Georgette ne retint pas un rapide haussement des sourcils, qui signifiait :

— Ah! charmant!

Il était charmant, en effet, ce Fernand du Glaizat, que Tombre avait baptisé l'autre jour « le petit jeune homme d'associé ». Un petit jeune homme, oui, élégant, d'apparence affable. Rien du monsieur grave qu'on pouvait supposer sous ces grands mots de directeur et délégué des commanditaires. Il était même plutôt trop joli, et manquait ainsi de prestige pour de si hautes fonctions. Il avait surtout l'air d'une poupée, avec ses cheveux de petit Saint-Jean aux boucles d'un blond pâle, sa bouche souriante comme celle des Sidonies de coiffeur, sa barbe ronde, vaporeuse, pareille

aux crôpés des postiches. Pourtant, Tombre
qui était physionomiste, et qui en ce moment,
du fond de son coin sombre, examinait attentivement ce visage au plein jour, y aperçut les quelques *coups de vieux* qui lui donnaient son âge
réel, de trente-cinq ans fort usés. C'était une patte
d'oie aux tempes et une bouffissure plissée aux
paupières, comme des rides accumulées là par
l'habitude d'un sourire de commande. C'était, sous
la soie floconneuse de la barbe, un empâtement
des bajoues, annonçant les fanons prochains.
C'était une sorte d'affaissement du nez, dont le
bout pointu menaçait de cacher de jour en jour
davantage la lèvre supérieure trop courte. C'étaient
surtout les yeux, sans jeunesse aucune, mal bor-
dés de cils maigres, à la sclérotique injectée de
jaune et veinée de fibrilles rouges, et dont les
prunelles, d'un bleu faux, faisaient songer à des
fleurs fanées, ou plutôt à des fleurs artificielles
déteintes.

Mais il fallait le regard aigu de Tombre, pour
distinguer ces détails; et lui-même n'y avait pas
pris garde dans une première entrevue. C'est dire
qu'ils ne furent remarqués de personne, et que
l'impression d'ensemble fut celle que produisait
toujours du Glaizat, celle qu'avait traduite si éloquemment la mine enchantée de Georgette.

La séduction fut complète dès qu'il eut parlé.
Les présentations furent prétextes à mots aimables pour chacun, jusques et y compris les deux

malheureux à soixante francs par mois, dont le
vague emploi était stipulé sous la rubrique : *des
utilités*. C'est particulièrement envers la Colombine que le directeur se mit en frais, déployant
toutes les grâces de son esprit. Il en avait, ou plutôt de ce bagoût boulevardier, qui est au véritable
esprit ce que le strass est au diamant, mais qui
papillote comme le strass, et éblouit comme lui
quand on n'est pas connaisseur. Tout en expliquant à *ses* artistes son plan, ses idées, les espérances auxquelles il les associait, du Glaizat
avait l'air de s'adresser à Georgette seule, placée
près du bureau, et qui semblait ainsi faire en
quelque sorte partie de la direction.

— Vous comprenez, mademoiselle, disait-il,
parmi tant de choses que nous inventons, c'est
vous que nous inventons tout d'abord. Vous serez
notre petite Amérique. Grimblot m'a parlé avec
enthousiasme de vos mines renversantes en Colombine. Ça sera des mines d'or, j'en réponds.
Et pour tout le monde, messieurs, pour tout le
monde.

Un sourire creusait des fossettes dans les joues
bleues.

Le théâtre qu'il s'agissait de fonder, et qui ou-
vrivrait le mois prochain, dans une mignonne salle
en bonbonnière rose, au faubourg Saint-Honoré,
aurait pour nom les *Folies-Elégantes*. On y jouerait (et c'est en cela que consistait la trouvaille de
génie) la pantomime pour les gens du monde.

L'idée était de Grimblot, mais du Glaizat la considérait comme sienne. Car du Glaizat seul avait amené les commanditaires, grâce à ses relations de journaliste interlope, mi-partie barbouilleur de papier et tripoteur d'affaires. Il jugeait Grimblot très suffisamment payé par dix actions et le titre de directeur de la scène.

Une autre idée de génie, c'est qu'on ne jouerait pas la pantomime connue, banale, mais quelque chose de neuf, d'inédit, d'imprévu. Ici, du Glaizat s'embarbouilla un peu dans ses explications. Cette autre idée de génie était celle de Tombre; mais du Glaizat ne l'avait pas faite sienne aussi aisément que l'idée de Grimblot. Il l'avait bien saisie au vol, c'est-à-dire volée, dans la conversation de l'autre jour avec le mime; mais volée comme un coffre dont il n'avait pas eu le temps de vider tous les compartiments. Il avait compris seulement tout le parti à tirer de ce *nouveau* artistique, dont il aurait l'air d'être l'inventeur. Car il avait une ambition littéraire, ce marchand de copie frelatée, connu par quelques chroniques à scandale et deux mauvais romans à clef où il avait crocheté la vie privée de ses confrères. Méprisé comme homme, il l'était plus encore comme écrivain; et rien ne l'eût flatté davantage que de faire œuvre d'artiste oseur, original, à quoi il comptait bien arriver en signant la pantomime qu'il filouterait adroitement à Tombre. Pour le moment, il se contentait de la subodorer; mais, bien qu'il

s'en crût déjà l'auteur, il n'était pas même en état
de la définir. Il en parlait donc en termes im-
précis, répétant, sans trop les comprendre, des
mots empruntés au vocabulaire de Tombre, et
qu'il avait depuis quelques jours commencé de
répandre dans les cafés et les journaux.

— Quelque chose, enfin, messieurs, concluait-
il, de suggestif, d'initial, d'algébrique, et de vécu
néanmoins, de coudoyé. Bref, la pantomime
moderniste.

Et il toussotait d'un air entendu.

A vrai dire, Tombre seul voyait clair dans ce
galimatias dont il avait le shiboleth. Pour le reste
de l'assemblée, comme d'ailleurs pour les bureaux
de rédaction où du Glaizat allumait sa gloire
future, l'explication demeurait ténébreuse. Et cependant, il en sortait ceci, qu'on susurrait, ici
comme là-bas, quand il avait fini de parler :

— Il est fort, tout de même.

— C'est un malin.

Ainsi pensa Georgette, dont le ravissement
tournait à l'admiration. Ainsi pensait Grimblot
lui-même. Et pourtant tous deux sentaient vaguec-
ment que cette fameuse pantomime *moderniste*
était la condamnation de la vieille pantomime.
Mais quoi! Grimblot songeait aux commanditaires, aux dix actions, au titre de directeur de la
scène ; et Georgette au bonheur d'être une étoile
découverte par le joli astronome dans les yeux
duquel elle se mirait en souriant.

Une seule chose gâtait sa joie : la pensée d'avoir
Tombre pour partenaire. Elle avait eu un frisson
désagréable, quand, au moment des présentations
individuelles, elle avait reconnu le nom et surtout
la figure sinistre du fantôme rencontré naguère
dans l'escalier. Comment ! C'est ce grand dépen-
deur d'andouilles, cette face de croque-mort,
qu'elle aurait pour Pierrot ! Elle n'avait pu, en
le regardant alors, réprimer une grimace d'horreur ;
et Tombre, croyant être aimable, avait esquissé
un large sourire silencieux qu'elle avait pris pour
une provocation ironique.

Elle voulut s'en venger avant de partir. Et,
comme on s'en allait, et que du Glaizat la retenait
en la complimentant, elle dit à haute voix, en
regardant fixement Tombre :

— Dame, monsieur, je suis élève de feu Jules,
moi.

Mais elle avait compté sans son hôte. Aussi
sentencieusement que l'autre jour, d'un ton aussi
caverneux, Tombre riposta :

— Tant pis !

— Voyons, voyons, mes enfants, fit du Glaizat
avec un geste familier et directorial à la fois,
pas de discussion encore. Attendez les répétitions.

Et comme Georgette était blême de colère, et
Grimblot cramoisi, et Tombre tout renfrogné, il
essaya de détendre la situation par un trait d'esprit :

— Vous vous mettrez tous d'accord aux *rac-cords*.

Mais ce fut peine perdue. Georgette et Grimblot, blessés dans leur culte, bondirent vers Tombre, et ensemble, inspirés par la même pensée, comme s'ils parlaient un duo, ils lui crièrent:

— De qui donc êtes-vous l'élève, vous ?

Tombre s'arrêta sur le seuil de la porte, fit un grand salut, et répondit lentement, en tirant les sons du fin fond de sa poitrine :

— Élève de moi-même.

VIII

Huit jours plus tard, la réclame, chauffée et sur-
chauffée par du Glaizat, commençait à ronfler
dans les échos de théâtre autour des *Folles-Elégantes*. Les reporters, stylés par lui, racontaient
comment le poëte (il ne dédaignait pas de se faire
appeler ainsi) s'était improvisé impresario par
amour de l'art, et quels durs sacrifices d'argent il
s'imposait pour risquer cette partie. Même plus
que des sacrifices d'argent, disait-on : car il avait
dû se brouiller avec la Société des Auteurs dramatiques, afin de pouvoir donner sa propre pièce
sur son théâtre. Cette pièce serait une surprise à
la fois pour le *high-life* et pour le monde des lettres. Il ne s'agissait de rien moins que de ressus-
citer la pantomime française, ou plutôt de la créer,
en l'élevant d'ailleurs au *niveau distingué* qu'elle
n'avait jamais atteint du temps des Funambules
populaires. Les artistes eux-mêmes étaient d'une
école toute nouvelle, formés par les conseils et
selon les théories de l'auteur en personne. Bref.

ce serait, à tous les points de vue, une révélation.

Et sur des affiches multicolores, qui bariolaient transversalement les murailles, on lisait partout :

FOLIES ÉLÉGANTES

INCESSAMMENT L'OUVERTURE

avec

L'AME DE PIERROT

PANTOMIME MODERNISTE

en quatre actes et huit tableaux

En même temps, dans le théâtre encombré de tapissiers, de menuisiers, de peintres et de machinistes, on poussait ferme les répétitions, de jour et de soir. Tombre rentrait toutes les nuits harassé de fatigue à Levallois-Perret.

Yves, en effet, continuait à lui donner l'hospitalité, et même de temps à autre quelque monnaie, prise, disait-il, sur l'argent déposé entre ses mains par le mime. Ce dépôt s'était augmenté de quinze francs, touchés encore par Tombre à titre d'avances. Le brave Tombre, d'ailleurs, sentait bien qu'il était en reste avec son ami. Mais il se promettait de régler tous ses comptes au jour du triomphe espéré et des appointements énormes. D'autre part, Yves ne voulait absolument pas lui permettre de le quitter.

— Non, non, disait-il. Une fois que tu serais à Paris, je ne te verrais plus. Et alors, à qui pour-

rais-tu parler de ce que tu fais, et avec qui te
consoler de ce qu'on te fait? Quand tu rentres
énervé, tu as besoin de quelqu'un qui te comprend. Et puis, moi, je suis un égoïste. Il me faut
ta société, tes nouvelles. Ça m'intéresse tant, cette
tentative !

Tombre avait essayé de l'y intéresser davantage,
et avait voulu le proposer pour faire la musique
et conduire l'orchestre de la pantomime. Mais
Yves avait refusé. La chanson populaire, il ne
sortait pas de là ! Son siège était fait de ce côté !
A chacun son champ de bataille ! Ce qu'il ne disait
pas, c'est qu'il ne se reconnaissait pas le droit de
courir une aventure et d'y risquer le pain de *ses
deux mères*. Ce qu'il disait moins encore, c'est
qu'il avait parlé de ce projet à Madeline, et
qu'elle lui avait répondu tristement :

— Alors je n'aurai plus de paroles à vous
faire !

Non, mieux valait s'en tenir au cachet quoti-
dien et sûr de la *Boule-Verte*, et surtout aux
douces séances avec Madeline. Hélas ! il n'avait
déjà que trop de chagrin pour une qu'il était forcé
de supprimer par semaine ! Car il avait dû prendre
une leçon, procurée par Bernheim, et fort bien
payée, à huit francs pour trois heures, dans un
pensionnat. Cela faisait trente-deux francs par
mois, et même quarante quand le mois aurait cinq
mercredis. Avec ce supplément, il rétablissait
l'ordre dans son budget menacé, et il pouvait sub-

venir aux frais nouveaux imposés par la cohabitation de Tombre.

Tombre était surtout fatal à l'eau-de-vie de cidre. C'est par lampées qu'il la buvait chaque nuit, en rentrant. Et en vérité Yves n'osait lui en faire reproche, d'abord parce qu'il était un bon hôte, et ensuite parce que le mime y puisait réellement un réconfort nécessaire à ses nerfs surmenés.

— Avec qui, disait le musicien, pourrais-tu te consoler de ce qu'on te fait?

Avec l'eau-de-vie de cidre et avec Yves. L'une lui déliait la langue et l'autre l'écoutait parler. Et il en avait à dire, tous les jours! A la fois auteur, acteur, metteur en scène, professeur, il avait à lutter contre du Glaizat qui l'engluait de collaborations niaises, contre Grimblot qui voulait imposer des *traditions*, et contre tous les camarades qui regimbaient à ses conseils.

Georgette surtout se montrait rebelle. Fière de sa qualité d'étoile et de la protection nullement dissimulée du directeur, elle prétendait n'en faire qu'à sa tête, à sa petite tête de linotte. Et c'étaient des chamailleries perpétuelles, où elle s'emportait, et où du Glaizat lui donnait toujours raison.

— Je lui pardonne quand même, disait Tombre en racontant la chose à son ami. Je lui pardonne, parce que, en somme, elle aime son art.

Pas assez cependant, au jugement du mime, qui, lui, adorait cet art, et s'y dépensait rageusement, n'était jamais satisfait de lui-même, encore moins des autres. De là une irritation incessante, dont il énervait et les autres et lui-même. Car c'est lui, le plus souvent, qui soulevait les discussions.

— Allons, bon ! Encore des *cheveux !* criait-on à tout moment.

Et ces chicanes, ces haltes coléreuses, que l'argot théâtral appelle de ce nom pittoresque de *cheveux*, c'est presque toujours l'ombre qui en était cause. Méticuleux, fouilleur, tâtillon, toujours à la piste de la *petite bête*, il embrouillait comme à plaisir ces maudits *cheveux*, dont on ne pouvait plus sortir.

Parfois aussi, à vrai dire, il complimentait Georgette, à laquelle il trouvait tout ce qu'il faut pour avoir du talent. Mais ses compliments eux-mêmes agaçaient la jeune femme, tant ils étaient bizarrement exprimés.

— Le premier geste, s'écriait-il, admirable ! Parfait ! Ça entre dans l'œil comme un coup de couteau, droit, net. Un aveugle le comprendrait. C'est du grand art.

— Mon geste, un coup de couteau ! Eh bien ! il est joli, alors ! ripostait Georgette, qui tenait avant tout à être gracieuse.

Trop gracieuse ! Trop jolie ! Voilà justement ce qu'il lui reprochait d'être et de vouloir paraître. Il la bousculait surtout à propos de ses pirouettes finales.

— C'est le paraphe de Jules, grognait-il.

Et le combat s'engageait sur cet éternel champ de bataille, Georgette et Grimblot exaltant leur dieu, et Tombre devenant amer et ironique à le blasphémer.

— Allons donc! faisait-il. C'était le Brard et le Saint-Omer de la pantomime.

Et, comme cette insulte n'était pas comprise, il la commentait :

— Oui, oui, des arabesques de geste, des pleins et des déliés avec des queues en spirales! Assez! Il nous faut aujourd'hui du trait à l'eau-forte, et sans floriture. Ziz, zag, paf!

Le poing fermé, les doigts crispés convulsivement, le pouce seul ouvert et détaché en ligne raide, il décrivait dans l'air des figures anguleuses aux cassures brusques.

— Qu'est-ce que vous nous chantez, ripostait Georgette, avec vos zig, zag, paf? C'est vous qui l'êtes, paf! Je ne peux pourtant pas faire des ronds de jambe en zig-zag.

— Ça vaudrait mieux, répondait-il très sérieusement. Mais, à défaut de ça, tâchez au moins de ne pas confondre rond et rondouillard.

Et sur des mots pareils, la danseuse éclatait en sanglots, en attaques de nerfs. On était obligé de la remonter dans le cabinet du directeur, qui faisait alors demander Tombre pour lui laver la tête et l'obliger à des excuses.

— C'est toujours moi que vous *attrapez*, criait Georgette.

— Parce que vous seule en valez la peine, concluait Tombre. Les autres sont des quelconques. Il n'y a ici que vous et moi qui ayons une nature, du foyer. Mais il faut travailler ça, le faire sortir, se donner du mal. Un artiste n'est digne de ce nom que s'il aspire au génie. J'y aspire pour vous, voilà tout.

— Et vous-même?

— Moi, j'en ai.

Des réponses de ce genre, et il en était prodigue, achevaient d'exaspérer tout le théâtre contre lui. Surtout Georgette, qu'il aurait voulu conquérir à ses idées cependant; car vraiment il lui reconnaissait des aptitudes remarquables, et en même temps, sans se l'avouer, il éprouvait pour elle un peu plus qu'un sentiment artistique. Et c'est bien pourquoi il la rudoyait si fort, à la fois comme maître désireux de faire progresser une élève bien douée, et comme amoureux sans espoir. Mais elle n'y pouvait rien comprendre, et ne voyait en lui qu'un grincheux, un vaniteux, et en outre un mauvais camarade qui, comme on dit, tirait à lui toute la couverture.

Cette dernière opinion était d'ailleurs l'opinion générale; et non sans raison, il faut bien en convenir. Véritable auteur de la pièce, il va sans dire que Tombre s'y était taillé le rôle de Pierrot de façon magistrale et absorbante. Toutefois, ce n'était pas uniquement par vanité cabotine, comme on s'en plaignait. En réalité, il avait été presque

forcé d'en venir là, à cause de l'insuffisance de la
troupe. Recrutée tant bien que mal et à la hâte
par Grimblot, elle offrait peu de ressources à une
distribution équitable des rôles. Le Léandre était
un ancien ténorino, qui avait perdu sa voix, mais
gardé sa fatuité. N'ayant jamais été un comédien,
même passable, il ne pouvait guère devenir un
mime. Il n'avait pour lui que le physique bellâtre
de l'emploi. L'Arlequin, danseur de caractère
pêché en Belgique, résumait toute son ambition à
battre des entrechats le plus haut possible et à
imiter la toupie en tourbillonnant sur une seule
jambe. Le Niais, frais émoulu d'une baraque
foraine, où il faisait la parade en Paillasse, avait
des grimaces amusantes, mais toujours les mêmes,
et ne pouvait se déshabituer de les ponctuer de cris
et de rires, ce qui rendait Tombre furieux, toute
manifestation du gosier lui paraissant un sacrilège dans la pantomime. Le commissaire, le spa-
dassin et les gendarmes étaient de purs comparses.
En dehors de Georgette, il ne se trouvait, en
somme, de sortables, que le Cassandre et la
duègne, qui avaient jadis *doublé* ces rôles aux *Funambules*. Avec un personnel aussi imparfait, que
pouvait le pauvre Tombre ? Il avait bien tâché
de les dégrossir, de mettre chacun en valeur pour
le mieux. Mais vainement, malgré toute sa bonne
volonté. Et alors, retranchant à leurs répliques,
il en augmentait d'autant les siennes, sans songer
à mal, fatalement, impartialement, se bourrant de

6

béquets pour ne pas détruire l'économie de sa pièce. Cela, on le conçoit, mécontentait tout le monde; et il n'y avait pas si mince porteur de lettres, larbin de figuration, même personnage immobile, qui ne répétât plusieurs fois par jour :

— Ah! zut! on me coupe tout. En voilà un qui s'en ajoute, du *gras !*

Et plus il s'ajoutait de ce fameux *gras,* plus le mime devenait maigre. La fièvre du travail le minait, cette ardente et chère fièvre des répétitions acharnées, violentes, rageuses, où l'on s'exténue à chercher midi à quatorze heures, mais où l'on finit quelquefois par trouver cette chimère.

— Ah! que c'est bon, çà, vois-tu! disait-il à Yves, les soirs où il rentrait avec un *effet* nouveau. Ça, cette chasse au génie, ces éclairs qu'on a soudain, après une heure de tâtonnements dans les ténèbres, ça, c'est la vraie, l'unique jouissance de notre sacré métier. Et ceux qui n'ont pas passé par là ne peuvent pas s'en douter seulement. Bah! les applaudissements du public, la salle qui tonne sous le flamboiement du gaz, tout cela n'est rien. Le coup de poing dans le cœur et dans la tête, c'est là, aux répétitions, qu'on le reçoit, quand on *trouve*, quand les camarades eux-mêmes, éreintés, envieux, mais empoignés malgré tout ne peuvent pas se retenir de crier: Cré nom! ça y est !

De ces bons moments-là, l'ombre en avait souvent, surtout quand quelques verres d'eau-de-vie lui mettaient le feu au ventre. Jamais il ne se montrait plus inventif, plus subtil, que lorsqu'il se ruait à la besogne avec les jambes un peu molles et le cerveau congestionné. Il semblait alors qu'une lampe magique s'allumât dans sa tête; et tous, même Georgette, se laissaient parfois incendier par le feu étrange qui jaillissait, en ces instants, de ses pâles prunelles resplendissantes. Un jour, les larmes aux yeux, la gorge serrée d'émotion, les lèvres tremblantes, la danseuse lui sauta au cou, après une de ces trouvailles, et l'embrassa.

— Tant pis ! dit-elle ensuite à du Glaizat qui se moquait d'elle. Tant pis ! Vous n'y comprenez rien, vous; vous n'êtes pas un artiste. Qu'est-ce que vous voulez! Avec sa tête de mort et sa dégaine de squelette, il y a des minutes où il est beau, cet animal-là !

IX

L'écho de ces luttes et de ces triomphes, rapporté à Yves par Tombre et par Yves à Madeline, révolutionnait la maison de Levallois-Perret. Tout le monde s'y intéressait à la pantomime, et Mme Loupiat en particulier se passionnait, curieuse, gourmande de détails.

— Vous devriez composer un opéra-comique, disait-elle au musicien.

— Maman, répondait Madeline, puisque monsieur Yves t'a déjà déclaré qu'il voulait se borner aux chansons.

— Alors, au moins, faites-les chanter, vos chansons, reprenait Mme Loupiat. Pourquoi ne les faites-vous pas chanter ?

— Mais je les fais chanter, madame.

— Où çà ? Par qui donc ?

— Ici, par mademoiselle Madeline.

— Je veux dire en public, monsieur Yves, en public. C'est en public que je voudrais vous voir

les produire. Par exemple, pourquoi ne les don-
neriez-vous pas à votre café-concert ?

Yves bondissait à cette idée. Il expliquait à
Mme Loupiat combien vulgaires et bas étaient ce
public et ce personnel de petit café-concert : non
pas du peuple naïf, mais de la populace corrom-
pue, et de la bourgeoisie imbécile ; non pas des
artistes pour émouvoir un tel auditoire, mais des
grimaciers ; et personne, dans ce milieu-là, qui
entendît rien à la musique, à la poésie, personne !
A peine si le tiers de la troupe savait solfier. Il
fallait leur seriner leurs airs, pourtant d'une si
écœurante banalité, et presque toujours les mêmes.
Seul, un baryton, ancien choriste en province,
lisait à première vue ; et il n'était bon d'ailleurs
qu'à roucouler de fades romances ou à brailler
des couplets patriotiques. Vraiment, Yves ne
pouvait confier à de pareils interprètes ses chansons, de style simple, sans doute, mais néanmoins
assez difficile, à cause des changements de ton et
surtout de mesure qu'il y multipliait.

— Car, ajoutait-il, ces sautes de modulation et
de rhythme sont essentielles et caractéristiques
de la musique populaire.

Mme Loupiat, tout en se donnant un maintien
connaisseur, écoutait ces explications sans y
comprendre grand'chose, mais flattée qu'on la
crût capable de s'y rendre. En réalité, c'est surtout à Madeline qu'Yves les adressait. La jeune
fille, en effet, aurait voulu aussi que, malgré

6.

tout, l'épreuve du public fût tentée, quel que fût ce public. Elle voyait, dans cette horreur à se produire, une faiblesse, un manque de confiance, qui lui semblaient blâmables.

— Vous n'êtes pas assez brave, disait-elle. Si vous y mettiez de l'entêtement, vous finiriez bien par faire chanter votre baryton, tant bien que mal. Et n'y eût-il dans la salle que dix personnes, que trois, qu'une seule, pour vibrer à l'unisson de votre pensée, vous le sentiriez et ce serait un encouragement.

— Mais je n'ai pas besoin d'être encouragé, répondait-il. Vous me suffisez pour cela, mademoiselle, et au-delà de mes espérances.

Et, ce qu'il n'avouait pas, c'est que faire chanter par une autre voix les paroles de Madeline, la musique entendue dans sa voix à elle, lui eût paru comme un sacrilège. Sans le dire expressément, il le laissa deviner.

— J'aurais trop de peine, murmura-t-il un jour, à entendre massacrer quelque chose à quoi vous auriez, vous, donné la vie.

— Eh bien ! répliqua la jeune fille. Qu'à cela ne tienne ! Prenez une poésie toute faite dans un livre, mettez dessous une de ces belles et larges mélodies que vous trouvez, et laissez-la exécuter à votre baryton, sans que je l'aie chantée, moi.

— Exécuter est bien le mot propre, soupira-t-il.

Et il essaya quelques objections encore. Mais Madeline insista. Cela lui ferait tant plaisir !

Elle l'en priait ! Mme Loupiat se joignit à elle. Tombre lui-même, consulté, vint à la rescousse. Il était tout allumé de ses répétitions, de son prochain succès, et sa flamme communicative acheva de dégeler les hésitations du musicien, qui finit par se décider :

— Allons ! dit-il, puisque tout le monde le veut, je livrerai aussi ma petite bataille.

Il la livra en effet, et, contre son attente, ce fut une petite victoire. Il avait mis en musique une chanson à boire d'Olivier Basselin, joyeuse et naïve. Le baryton, heureux d'avoir une *création* à faire, l'avait étudiée consciencieusement avec lui, renonçant pour une fois à ses ports de voix et à ses points d'orgue intempestifs. L'air avait de l'entrain, de la carrure, et, comme les paroles, un peu archaïques, il sentait le vin, le terroir. Un peu du vieux sang français, resté malgré tout dans les veines de ce public, en fut émoustillé. On applaudit de bon cœur. Et le pauvre Yves, les doigts tremblants d'émotion, les tempes battantes et emperlées de sueur, plus embarrassé que jamais de ses longues jambes, ne sut plus où les fourrer, ni où se fourrer lui-même, quand il entendit toute la salle crier :

— Bis ! Bis !

— Ah ! ça ! dites-donc, vous, lui fit le patron de la *Boule-Verte*, je ne vous croyais pas de cette force-là. C'est tapé. Faudra nous en confectionner d'autres, hein ?

Ce soir-là, Yves ne mit pas dix minutes à rentrer. On l'attendait dans le salon. Mme Loupiat
elle-même avait tenu à ne pas se coucher, pour
avoir des nouvelles. Et comme le grand-père, content de sa journée faite et d'un congé pour le lendemain, allait et venait en sifflotant, elle lui
disait :

— Ne soyez donc pas si turbulent. Vous voyez
bien que vous troublez nos angoisses artistiques.

— Un succès ! c'est un succès ! cria Yves en en-
trant, tout essoufflé.

— Bravo ! firent les deux femmes, Mme Loupiat en levant au ciel son bras bien portant, comme
s'il s'agissait d'une délivrance nationale, et Madeline avec un sanglot de joie.

Le grand-père entendit ce sanglot étouffé, et,
sans savoir pourquoi, eut les yeux humides. Puis,
lui, si peu démonstratif d'ordinaire, il secoua violemment les deux mains du musicien en lui disant
d'une voix cordiale :

— Ah ! mes bons compliments, jeune homme !

— Mais laissez-le donc tranquille avec vos
compliments ! interrompit Mme Loupiat agacée.
Laissez-le nous raconter la chose, à nous.

— Oui, oui, qu'il nous raconte tout, continua
Madeline, qui en même temps embrassa tendrement le vieillard pour compenser la brutalité de
sa mère.

Ce baiser donna du courage au grand-père, qui
courbait habituellement la tête sous les rebuffades

de sa bru, et qui cette fois eut l'audace de manifester un désir qu'il avait.

— Pardon, fit-il, ma chère amie, si je suspends
encore un peu le plaisir d'entendre monsieur
Yves nous raconter... ; mais d'abord je voudrais
proposer quelque chose.

— Oh ! mon Dieu ! grogna la malade, que vous
êtes énervant !

— Parle, bon papa, dit Madeline.

— Eh bien ! voilà. Si on mangeait un morceau
ensemble, pour causer ?

Quoique émise par le grand-père, l'idée était
si agréable qu'elle sourit à Mme Loupiat. Et
d'ailleurs, avant même qu'on eût pu la discuter,
Madeline avait mis sur la table des assiettes, des
couverts jetés en tas, un restant de rôti froid et
du pain. Puis, vite, elle avait roulé le fauteuil de
la paralytique, et s'était sauvée en lui disant, dans
une caresse :

— Je vais chercher du vin frais et ton eau de
seltz.

On commençait à manger, le vieux se frottant
les mains entre chaque bouchée, et Yves enta-
mant son récit, la fourchette en l'air, quand on
entendit la porte de la maison s'ouvrir.

— C'est monsieur Tombre, fit Madeline.

— Eh bien ! s'écria le grand-père, décidément
en veine d'amabilité, invitons-le.

— J'allais justement le dire, ajouta Mme Loupiat d'un air pincé.

Mais déjà Madeline était dans le vestibule et
introduisait le mime, qui, sans se faire prier, et
sans prendre le temps de saluer cérémonieusement la compagnie, courut à Yves et l'embrassa
comme un frère.

— Ah! mon vieux, clama-t-il, que je suis content! Je sais ton succès. Je suis passé par la *Boule-
Verte* en m'en revenant. J'y ai trouvé le baryton.
Il est aux anges. Eh bien! qu'est ce que nous si
disions, tous? Tu vois bien.

— J'étais sûre d'un triomphe, moi, flûtait
Mme Loupiat.

— Triomphe! triomphe! c'est beaucoup dire,
objectait Yves modestement. Petit triomphe!

Et il allait enfin raconter la soirée. Mais Tombre
lui coupa la parole, au grand dépit de Mme Loupiat. Il était fort exalté, Tombre. Quand il avait
embrassé Yves, le musicien, malgré sa joie, avait
flairé une odeur d'eau-de-vie carabinée. Et cette
eau-de-vie flambait aussi aux yeux du mime,
presque hagards, et sur ses pommettes, si rouges
dans sa face blême. Il avait néanmoins, à peine
assis, avalé un grand verre de vin, et tout de
suite, le verre reposé, il s'était emballé sur le dernier mot de « petit triomphe ».

— Il n'y a pas de petit triomphe! Au contraire,
ces petits-là sont les plus gros. Un public de crétins, de goîtreux! Vaincre ça, c'est ce qu'il y a de
plus difficile. Quand on ne fait pas de concessions, naturellement. Et tu n'en as pas fait, j'en

suis sûr. Tu leur as flanqué de la musique à toi,
n'est-ce pas? De la musique à nous. De notre art,
enfin. A la santé de l'art suggestif!

Et il se versa de nouveau un rouge-bord.

— Bien certainement, répliqua Yves, je n'ai
pas fait de concessions. Le baryton a essayé de
me soutirer une petite vocalise, pour finir, une
coda bébête. Mais halte-là !

Il raconta ce qu'il avait cherché, voulu, pourquoi il avait choisi les vers de Basselin, comment il les avait traduits en musique, et l'effet
ressenti à la minute des premiers applaudissements, et son frisson de joie et son trouble quand
on avait bissé. Tous l'écoutaient religieusement.
Mme Loupiat roulait des yeux de carpe. Le
grand-père se frottait les mains à s'enlever la peau.
Madeline ne respirait pas. Tombre lui-même
s'était tu, et laissait devant lui son verre plein
sans le vider, et se rappelait les émotions semblables qu'il avait éprouvées tant de fois, qu'il trouvait toujours neuves cependant. Quant à Yves,
tout au feu de son récit, il parlait maintenant de
son œuvre, et presque du baryton lui-même, avec
enthousiasme.

— Oh ! je la chanterai aussi, moi, votre chanson,
dit Madeline, non sans une imperceptible pointe
de mauvaise humeur qui ressemblait quasiment
à de la jalousie.

— Mille fois mieux que ce baryton, répondit le
musicien.

Et il rougit, comme si tout à l'heure, en exaltant
cet interprète, il avait commis une sorte d'infidé-
lité envers la jeune fille.

— Pourtant, fit Mme Loupiat, avec une minau-
derie, c'est une chanson à boire. Il me semble
qu'un homme est préférable pour...

— Et les Bacchantes ! s'écria Tombre.

Madeline éclata de rire, tandis que Mme Loupiat faisait un oh ! de pudeur en alarmes, et que
le musicien donnait un coup de pied au mime
pour l'inviter à ne pas aller trop loin.

— Eh bien ! quoi ! oui, les Bacchantes ! reprit
Tombre. Est-ce que j'ai dit une bêtise ? Pourquoi
mademoiselle ne rendrait-elle pas l'âme d'une
Bacchante, aussi bien que l'âme d'une sainte ?
L'art est impersonnel. L'art exprime tout. L'art
est comme le soleil, qui brille dans l'eau, dans le
vin, dans le sang, dans la boue même. N'est-ce
pas, monsieur ?

— Mon Dieu ! oui, sans doute, répondit le grand-
père ainsi interpellé, et sans bien comprendre ce
qu'on lui demandait.

— Mais montrez-la moi un peu, votre chanson,
fit Madeline. Oh ! rien que pour jeter un coup d'œil.

Yves alla dénouer son rouleau de musique et la
lui tendit, tout honteux et ne s'expliquant pas
pourquoi. Elle la parcourut rapidement, fredon-
nant à voix basse, et sa figure s'éclairant à mesure
que la mélodie se développait.

— Très bien ! très bien ! dit-elle en achevant.

— Charmant! ajouta Mme Loupiat. Autant du moins qu'on en peut juger ainsi. Je suis sûre, moi, que c'est votre chef-d'œuvre.

— Oh! non, répliqua vivement Madeline.

Mais elle se repentit aussitôt de cette vive dénégation, dictée par un involontaire dépit. Elle avait senti qu'Yves pâlissait.

— C'est-à-dire, reprit-elle...

— Non, vous avez raison, mademoiselle, interrompit le musicien. Ce n'est pas mon chef-d'œuvre, en effet. Et je préfère notamment toutes les choses vraiment populaires que nous avons faites ensemble.

— Ah! ça, dit Tombre, si mademoiselle nous la chantait pour tout de bon! Cela vaudrait bien mieux que de discuter.

Madeline sauta sur cette idée, enchantée de réparer par cette gentillesse la peine qu'elle avait faite tout à l'heure au musicien. Vite elle courut ouvrir le piano et y plaqua le premier accord, en appelant Yves pour continuer.

— Mais, objecta soudain le grand-père, il est peut-être bien tard pour... On va réveiller monsieur Pigeollet.

— Bah! répondit Mme Loupiat, il nous réveille bien assez le matin, lui, quand il frotte lui-même ses carreaux.

— L'art excuse tout, cria Tombre.

Yves se mit au piano un peu à contre-cœur. Il en voulait à la jeune fille de l'espèce de dépit

7

qu'elle avait laissé percer contre sa pauvre chanson. N'était-ce donc pas elle qui l'avait poussé à se faire interpréter par un autre? N'était-ce pas pour lui obéir, à elle, qu'il s'était résigné à affronter ce public méprisé et à profaner en quelque façon sa musique? Et voilà qu'au lieu de lui savoir gré de l'obéissance, elle en était presque fâchée, intérieurement du moins. Cela, il le sentait, il en était sûr. Et sans réfléchir à la délicatesse, flatteuse pour lui, de cette jalousie bizarre, il en souffrait comme d'une ingratitude. Il entama donc la ritournelle sans entrain, mal disposé envers Madeline, et à la fois furieux contre lui-même, trouvant maintenant sa chanson tout à fait ridicule.

Mais ce mauvais sentiment fut vite dissipé. Comme pour racheter son accès de dépit, dont elle se repentait à présent, Madeline s'appliqua de son mieux à exprimer, à rehausser même, l œuvre de l'ami qu'elle avait maladroitement blessé. Jamais elle n'avait chanté d'une plus belle voix, d'un style plus large, avec plus d'âme. Elle semblait vraiment, selon le désir de Tombre tout à l'heure, se faire Bacchante pour traduire la pourpre et la gloire du vin, qui flambaient et bouillonnaient dans les vers du vieux poëte ivrogne et dans la mélodie truculente ensemble et naïve du musicien. Elle avait pris à dessein le mouvement un peu plus lent qu'il n'était marqué, et cela donnait à la chanson comme une allure d'hymne, un déroulement triomphal et religieux.

— Si, si, c'est ton chef-d'œuvre! s'écria Tombre quand ce fut fini.

— Certainement, votre chef-d'œuvre, je le disais bien, répétait Mme Loupiat, tandis que le grand-père, sans pouvoir mieux exprimer son admiration, embrassait sa petite-fille en pleurant de joie.

Yves, lui aussi, avait de grosses larmes dans les yeux. Larmes de regret pour sa mauvaise humeur, qu'il trouvait injuste à présent. Larmes de bonheur pour avoir entendu sa pensée si magistralement rendue, mieux qu'il ne l'avait conçue lui-même pour ainsi dire, oui, réellement créée cette fois, magnifiée, lyriquement vivante.

— Ah! mademoiselle, balbutiait-il en serrant les mains de Madeline, oui, oui, c'est un chef-d'œuvre, c'est votre chef-d'œuvre. Et c'est toujours ainsi, tout ce que je fais, quand vous le chantez, vous.

— Mais non, monsieur Yves, répondit-elle. Je ne suis rien, moi. Je ne suis qu'un instrument bien accordé par vous.

Et elle ajouta, non plus avec dépit maintenant, mais avec une mutinerie souriante :

— Mieux accordé que votre baryton, voilà tout.

— Oh! ne me parlez pas de cet imbécile! s'écria Yves. Je suis honteux de lui avoir laissé chanter ça, à lui. C'est un vol que je vous ai fait, oui, un vol, et je vous en demande pardon. Faire interpréter ma musique par un autre que par vous, c'est un crime, un crime envers vous, un crime envers moi-même.

— Et un crime envers le public, ajouta Tombre.

— Que veux-tu dire?

— Que mademoiselle n'a pas le droit de rester inconnue, qu'une voix pareille appartient à tout le monde, que tu es coupable de la garder pour toi seul, égoïste!

Yves voulut l'interrompre; mais Tombre s'était tourné vers Mme Loupiat, qui machinalement acquiesçait de la tête; et, fort de cet appui, il continuait :

— Je dis que l'art passe avant tout, et que c'est une lâcheté de ne pas s'y sacrifier quand on le peut. Et mademoiselle le peut. Donc elle le doit. Voilà mon avis. Et si elle ne le fait pas, c'est que tu l'en empêches. Oui, toi, parfaitement. Je m'entends, et tu m'entends aussi. Tu es son professeur. C'est à toi de la pousser où il faut qu'elle aille, où sa vocation l'appelle, où l'Art l'exige. Au combat! A la victoire! Et, comme il n'y a pas de petite victoire, il n'y a pas de petit champ de bataille. Fût-ce sur des tréteaux, devant des brutes, on peut cueillir le laurier. Il pousse partout. Des tréteaux! Frédérick a commencé aux Funambules. Des brutes! Orphée chantait pour les ours. Bref, en un mot comme en cent, il faut que mademoiselle débute.

— Ma fille, à l'Opéra! s'écria Mme Loupiat, avec un vague geste d'épouvante, mais en même temps avec une flamme d'orgueil dans les yeux.

— Non, non, madame, pas à l'Opéra, riposta Tombre.

Madeline et Yves n'avaient pas eu le temps de placer un mot, et se regardaient, comprenant confusément à quoi songeait le mime. Le grand-père s'était levé, très grave, les mains tremblantes. A la dénégation de Tombre, il poussa un soupir de soulagement. Mais ce fut pour avoir aussitôt un hoquet de stupeur, quand Tombre reprit, après un silence :

— Non, pas à l'Opéra. Mais bien à la *Boule-Verte.*

Il n'y eut qu'un cri d'indignation. Yves tout le premier n'en revenait pas d'une proposition aussi saugrenue. Mme Loupiat, elle, s'était cachée la figure dans son mouchoir, comme si l'on avait dit une indécence. Madeline elle-même, malgré tout son dévouement à l'œuvre du musicien et tout son amour de l'art, était choquée. Quant au grand-père, il demeurait muet, pensant à part lui que le mime était ivre.

Ce fut Madeline qui se ressaisit tout d'abord, ayant brusquement compris, dans un éclair artistique, ce qu'il y avait de raisonnable au fond de cette idée folle.

— Pourquoi pas? dit-elle à mi-voix.

— Madeline! A quoi penses-tu? fit le grand-père, en prenant un accent de sévérité qu'il n'avait jamais eu pour elle.

Et venant se camper devant Tombre, avec une décision qu'on n'eût guère attendue de son âge et de ses allures ordinairement si humbles, le vieillard ajouta :

— Je ne veux pas, monsieur, que ma petite-fille chante en public. Ce n'est pas là un métier d'honnête femme.

Tombre allait répliquer, se trouvant insulté en quelque sorte ; mais Yves le retint.

— Je t'en prie, mon ami, lui dit-il, n'insiste pas. D'autant plus que je suis absolument de l'avis de monsieur.

— Comment ! Toi aussi ! s'écria Tombre. Toi, un artiste, tu as des idées pareilles sur le théâtre ! Des idées de bourgeois ! Allons, ce n'est pas possible. Tiens, il n'y a ici, à part moi, qu'une seule âme d'artiste : c'est mademoiselle.

— Pardonnez-moi, fit Mme Loupiat. S'il s'était agi de l'Opéra ou de l'Opéra-Comique....

— L'endroit importe peu, interrompit le grand-père. Ce qui est déshonorant, à mon sens, c'est l'acte même de monter sur les planches. Pour les femmes, monsieur ; je parle pour les femmes. Les hommes font ce qu'ils veulent, c'est une autre affaire.

— Oui, glapit aigrement la malade, les hommes ramassent leur pain....

— Où ils peuvent, madame, répliqua le grand-père, d'une voix triste mais ferme, et avec une extraordinaire autorité qui imposa silence à tout le monde, même à Tombre.

—Bon papa! maman! je vous en supplie, disait Madeline courant de l'un à l'autre.

L'altercation s'apaisa, mais dans une gêne pénible. Mme Loupiat se mordait les lèvres qu'elle avait frémissantes. Yves cherchait son chapeau et rangeait sa musique. Tombre se promenait de long en large. Le grand-père était redevenu l'être furtif et effacé qu'il semblait habituellement. Il paraissait comme honteux de son accès d'énergie; et ses yeux, tout à l'heure si impérieusement fixés sur chacun, n'osaient plus regarder personne.

On se sépara froidement et cérémonieusement, Madeline seule essayant de se montrer affable.

— Ah! ça, dit Tombre à Yves, quand ils furent en haut, qu'est-ce qui t'a pris, à toi, de faire le Prudhomme avec ce vieux serin? En voilà un idiot! Trouver le théâtre déshonorant, je vous demande un peu! Quel métier fait-il donc, lui, pour mépriser le mien? Un bureaucrate! Un cracheur d'encre! Un rond-de-cuir! Et toi qui es de son avis, ça, c'est trop fort!

— Mais non, répondit le musicien. J'étais de son avis à propos de Madeline, voilà tout. A moi aussi, ça me déplairait, si elle chantait en public.

— Ah! Et pourquoi ça?

— Je ne sais pas.

X

Yves avait accoutumé d'attendre Tombre toutes les nuits, pour souper et bavarder. C'était une heure ou deux de veille, qu'il employait soit à composer, soit à manœuvrer sa presse. Et, lorsque arrivait le mime, on prenait une demi-heure de repos, parmi les racontars et les discussions ésthétiques, tout en mangeant des tartines de beurre arrosées du fameux croquomolle.

Il s'était résigné à le voir filer grand train, son pauvre *élixir de travail* ; car, si Tombre se nourrissait à peine, en revanche il s'abreuvait d'autant. Yves avait même profité du supplément de ressources apporté par sa nouvelle leçon, pour faire venir du pays un petit tonnelet de rechange. Ce n'était pas du superflu. A mesure qu'avançaient les répétitions, Tombre buvait davantage.

Yves en était effrayé parfois. Non pas à cause de son tonnelet, le brave garçon ! Mais à cause de la santé du mime, qui, déjà si enfiévré par sa besogne, achevait de se consumer avec cette incessante absorption d'alcool.

Si encore il n'eût ingurgité que la saine eau-de-vie de cidre, fleurant la pomme, quitte même à en avoir par ci par là une trop forte charge, cela n'eût pas inquiété Yves autrement. Lui-même, en vrai Breton, professait à l'égard de ce réconfort une morale très indulgente, et le jugeait bienfaisant, fût-ce pris à dose excessive. Une bonne *flambée* de temps en temps ne lui faisait personnellement pas peur. Naguère encore, avant de connaître Madeline, il ne se refusait pas cette petite débauche à l'occasion. Il l'eût donc pardonnée à son ami, même si Tombre avait outrepassé l'axiome de l'Ecole de Salerne qui recommande de s'enivrer une fois par mois.

Le malheur, c'est qu'en ce moment Tombre comptait les mois comme s'il y en avait trois cent soixante-cinq dans l'année. Le malheur surtout, c'est qu'il buvait n'importe quoi, un tas de drogues, de l'absinthe notamment, de l'infâme absinthe de mastroquet. Cela se sentait du reste à son haleine, dont il aromatisait la chambre en rentrant. Et ces alcools frelatés, atroces, lui brûlaient tellement la gorge et l'estomac, qu'il disait ensuite, à la lampée de la rude eau-de-vie de cidre :

— Ah ! comme c'est frais, ça !

Mais le pire du pire, c'est qu'il était imbibé en quelque sorte de son ivresse, et qu'il ne dégrisait pas, sans pourtant jamais être ivre perdu. Voilà

7.

ce qui inquiétait Yves par dessus tout. Il eût mille
fois mieux aimé lui voir quelqu'une de ces *flam-
bées*, dont il avait gardé lui-même d'agréables
souvenirs, un de ces bons bains d'oubli dont on
sort moulu mais retrempé, une de ces grandes
purges de ribotte où il semble qu'on s'est nettoyé
le corps et l'âme avec du feu. Mais non ! Familia-
risé avec l'alcool comme avec un poison, Tombre
ne se laissait point entamer par lui et le dominait
toujours. Il gardait sa tête et son aplomb. Il en
avait même, pour tout dire, l'esprit plus lucide et
la parole plus éloquente. Son ordinaire exaltation
artistique se confondait dans celle-là, si bien qu'un
étranger n'eût su distinguer l'une de l'autre, il
fallait le connaître aussi intimement qu'Yves le
connaissait, pour sentir quand il avait dépassé la
mesure qui eût jeté par terre un autre homme.
Mais il avait à ces moments-là une fixité dans le
regard, une raideur dans la tenue, une pâleur
étrange, qui lui donnaient au contraire l'air plus
calme que d'habitude. D'ailleurs, il restait à ce
point sans descendre plus bas. Et, quand Yves lui
faisait remarquer amicalement que cela tourne-
rait mal quelque jour :

— Ne crains rien, répondait-il. L'eau-de-vie ne
me mangera pas. Je la mène en laise et muselée.
Je suis le dompteur de cette bête fauve.

Elle le mangeait néanmoins, non pas tout d'un
coup, sans doute, mais peu à peu, par lentes
et insensibles morsures. Il maigrissait de plus en

plus. Ou plutôt, car il ne pouvait plus guère maigrir, il se séchait, se cuisait, se racornissait.

— C'est pour mieux avoir le physique de mon emploi, disait-il avec un sourire sarcastique. Qu'est-ce que tu veux ? Je n'ai pas besoin de chair, puisque je joue les Tombre.

— A ce compte-là, répondait tristement le musicien, tu finiras par jouer les morts.

Touché par cette tristesse qui prouvait de fraternelles angoisses, Tombre essayait alors de se défendre, protestant d'abord de sa parfaite santé, et faisant ensuite et surtout la théorie de son ivrognerie, qui n'était pas un vice, soutenait-il, mais bien une méthode de travail. Il avait des arguments à lui, qu'il développait avec enthousiasme, et qui n'étaient pas sans force sur l'âme d'artiste du musicien.

— Comprends-moi, disait-il. J'ai à entrer dans la peau des autres, n'est-ce pas ? Eh bien ! Qu'est-ce que j'ai de mieux à faire, pour ça ? Avant tout ? Sortir de la mienne. Les lyriques, les sibylles, les prophètes, qu'est-ce que c'est ? Des gens hors d'eux. Les martyrs ? La même chose. L'inspiration, la foi, l'art, des évasions dans le bleu ! Et la clef de ces champs célestes, la meilleure, la seule, la voilà : c'est l'eau-de-vie. Quoi ! Un gueux se soûle, et son bouge lui semble un Eldorado. Quelle puissance ! Quelle féerie ! Que sera-ce donc, si au lieu d'un gueux, c'est un demi-dieu qui boit ? Si l'ivresse fait d'une loque un manteau de pourpre,

que ne fera-t-elle pas du manteau de pourpre en
personne ? Et puis, d'ailleurs, tout ça, ce sont des
mots. Veux-tu des faits ? Eh bien ! moi, qui te
parle, moi qui ai du génie, je n'ai pas de génie, ce
n'est pas vrai. Celui qui a du génie en moi, c'est
l'alcool ! Tout ce que je trouve de bien, c'est lui
qui me le souffle. Je ne suis qu'un pantin dont il
tire les ficelles. Quand il me lâche, patatra, n'y
a plus personne. Quand il est là, je suis Tombre.
Tiens, il y a des moments où je n'y vois plus
goutte dans ma sale pièce, où tout est noir, noir
comme dans un four, le four que je ferais si je
jouais à jeun. Ils m'ont tant fourré de remaniements, de coupures, de béquets, de flanquage à
droite pour ce qui était à gauche, que je n'y reconnais rien. Ça danse, ça tourbillonne, ça s'em-
brouille. C'est de la nuit en écheveaux. Je siffle
une absinthe. Paf ! Tableau ! Tout devient clair.
Illumination ! Feu d'artifice ! Et je retrouve, et je
trouve encore. Le geste se met au bout de mon
bras, tout seul, comme si on me le posait dans la
main. Il n'y a pas d'erreur. C'est aussi net que
deux et deux font quatre. La physionomie se fixe,
se transforme, toujours juste. Je la sens passer
sur ma face, en équation avec mes pensées. Il me
semble qu'on m'y colle et qu'on m'en arrache cent
masques à la minute, comme des changements à
vue entre cuir et chair. Et qui, on ? Lui, parbleu !
Lui, le génie de l'alcool. Ah ! n'en dis pas de mal.
Sans lui, je ne serais qu'une brute, ni plus ni

moins que les autres. Sans lui, c'est ténèbre et compagnie. Quand je répète à sec, je ne vaux pas un pet de lapin.

— Tu te calomnies, répondait le musicien.

Mais, au fond, il convenait de la part de vérité cachée sous cette théorie excessive. Lui-même avait plus d'une fois éprouvé la décuplation des forces et le hors-de-soi que communique ce terrible inspirateur. Et qu'était-ce, après tout, que sa plus innocente et néanmoins impérieuse manie de cigarette, sans laquelle il ne pouvait travailler ? N'y avait-il pas là un phénomène d'excitation cérébrale, inférieure, mais analogue, à l'ivrognerie du mime ? Il comprenait donc son ami, et l'excusait. Il aurait voulu au moins le modérer un peu, et qu'il ne s'exténuât pas à cette perpétuelle exaltation. Tant que les répétitions duraient, il ne se sentait trop le courage de rien dire, puisque le mime, en sacrifiant à l'ivresse, sacrifiait surtout à l'art. Mais aujourd'hui les répétitions tiraient à leur fin ; la *première* devait avoir lieu le surlendemain ; l'ombre avait *établi* son rôle et trouvé tous ses effets, semblait-il. Il ne devait plus avoir besoin, par conséquent, de se fouailler autant le cerveau à coups d'alcool. Et cependant il redoublait. Depuis près d'une semaine, il rentrait toujours avec son regard fixe, son allure raide, sa pâleur étrange, tout ce qui indiquait chez lui le dernier degré d'ivresse où il pût atteindre. Et cette nuit, plus que jamais, en revenant à quatre

heures du matin, il portait les stigmates tragiques
de sa passion.

— Tombre, lui dit gravement le musicien, tu as
encore trop bu.

— Aujourd'hui, c'est vrai, répondit le mime.

— Et pas seulement aujourd'hui, ajouta Yves;
mais depuis tantôt huit jours, tu bois trop. Et
maintenant c'est sans excuse, puisque tu m'as
affirmé avant-hier que tu tenais ton rôle désormais.

Tombre ne tenta pas de se défendre, cette fois,
ni de s'échapper en des discussions esthétiques,
comme il en avait coutume. En était-il incapable ?
Yves le crut un instant, à le voir s'asseoir si
morne, si abattu, les coudes aux genoux et la tête
dans les mains. Mais Tombre se redressa aussitôt,
les yeux clairs. Malgré son effroyable état, il était
certainement de sang-froid.

— C'est encore vrai, fit-il avec une douceur inusitée, tu as raison. Oui, depuis huit jours, je bois
décidément trop.

Cet acquiescement et cette douceur donnèrent
de l'espoir à Yves. Il fallait en profiter pour
morigéner sérieusement ce grand enfant qui convenait de sa faute. Yves trouva de bonnes paroles,
que Tombre écouta d'un air convaincu. C'était
une folie de se tuer de la sorte ! C'était un crime
envers l'art lui-même ! C'était transformer une
méthode de travail en un vice, c'est-à-dire en
quelque chose de bourgeois !

— Oui, de bourgeois! répéta Yves, à un mouvement de Tombre.

Et, ayant mis ainsi le doigt sur la corde sen-
sible, en bon musicien il appuya sur cette chan-
terelle. Boire pour produire, pour s'extasier,
comme Poë, comme les fakirs se martyrisent,
c'était d'un artiste! Boire pour boire, c'était le
caveau, le flonflon, Désaugiers, Béranger! oui,
Béranger!

Béranger représentait pour Yves le fin fond de
l'abaissement intellectuel, le dernier échelon du
méprisable. Tombre, à cet outrage, sourit mélancoliquement. Yves eut peur d'avoir été trop
sévère, et reprit :

— Tu n'en es pas là, bien sûr; mais enfin, tu es
sur la voie.

— Moi, Béranger! soupira Tombre, en prenant
machinalement la pose paterne et bénisseuse du
chansonnier.

La mimique était si drôle, qu'Yves se mit à
rire.

— Ah! je n'ai pourtant pas envie de rire, dit-il
en se resaisissant soudain.

— Moi non plus, va! répondit Tombre d'un air
navré.

— Est-ce que je t'ai fait de la peine? dit vivement le musicien. Oh! c'est sans le vouloir, alors;
tu le sais bien, n'est-ce pas? Ce que je t'en dis,
preuve d'amitié. Pas autre chose. Certes, je ne
blâme pas ton habitude, quand il s'agit de chercher,

de trouver. Moi aussi, dame, j'ai ça, en fumant, et avec le petit verre à l'occasion. Je ne m'en défends pas. Je ne suis pas un saint non plus. Sans doute que l'eau-de-vie vous donne un coup de fouet, sans doute. Et ces coups de fouet-là sont bons. Seulement, vois-tu, quand on donne trop de coups de fouet à un pur sang, on en fait une rosse.

— Oui, oui, une rosse, c'est ça ! s'écria Tombre en se levant. Tu as raison encore. Tu as raison toujours. Une rosse ! C'est fait. C'est ce que je suis. Laisse-moi parler. Laisse-moi te dire ça. Ah! mon vieux, ça m'étouffe depuis huit jours. Et c'est pour ça que je bois tant. Tu croyais que c'était pour l'art. Non. Je mentais. Je suis un Tartufe. L'art, je me suis assis dessus pour lui faire plaisir, à elle !

— Qui, elle ?

— Georgette !

— Comment ! tu l'aimes donc ?

— Hélas ! oui. Et pour elle j'ai consenti à des concessions. Moi, des concessions ! Pour une femme, hein ? C'est ça qui est bourgeois et Béranger. Tiens ! je suis le Béranger de la pantomime. C'est honteux. J'ai taillé, rogné, à leur idée. J'ai laissé du Glaizat me donner des conseils, et Grimblot m'imposer des traditions. J'ai admis qu'elle, elle floriturât des ronds de jambe. Dieu me damne ! Je crois que j'en fais aussi, moi, des ronds de jambe. Et c'est pour ça que je ne te donne plus de nouvelles depuis huit jours. C'est pour ça que je t'ai dit que je tenais mon rôle. Menteur ! Menteur ! Ce que je tiens, c'est la chandelle. Car je ne t'ai pas dit le pire encore. Et voilà ce qui m'étouffe, autant que ma honte de renégat. Voilà ce que je voudrais oublier dans cette eau-de-vie où je ne peux plus me noyer à force d'y avoir trop tiré ma coupe. Oui, je n'ai pas même, comme Judas après avoir trahi son Dieu, reçu mes trente deniers. J'ai été lâche, oui, et lâche gratis. Elle m'a entortillé de coquetteries. Elle m'a payé en mines, en monnaie de singe. Elle aime cet idiot, cette canaille, cette espèce de filou, qui m'a volé ma pièce, et qui me vole son cœur par dessus le marché, et qui lui volerait son argent si elle en avait. Au fait, elle en a. Un député, mon cher ! Et tu comprends, contre un député et un directeur, qu'est-ce que je peux faire, moi ? Un rôle ! Je le lui ai fait, comme elle l'a voulu. Et elle y a du talent tout de même, tu sais, malgré ses ronds de jambe. Une nature ! Une vraie nature ! Ah ! entre mes mains, ce qu'elle deviendrait ! Car c'est comme artiste que je l'aime. Ça m'a pris par la tête, pas par le cœur. Non, là, dans le cerveau. Elle me faisait comme l'eau-de-vie. Je trouvais, quand elle me regardait avec ses yeux d'enfant qui admire. Un jour elle m'a embrassé, pour un *effet*. Embrassé, moi qu'elle détestait avant, moi qui la bousculais toujours ! Et je lui ai paru beau. Est-ce d'une artiste, ça ?

Il était beau encore en ce moment, radieux à ce

souvenir, les regards étincelants de tous les sentiments divers qui avaient passé à la galopade dans la charge endiablée de son discours.

— Ah! mon pauvre vieux, s'écria-t-il soudain, je te dis tout cela pour me dégonfler le cœur. J'en avais besoin. Ne me réponds rien. Je suis une rosse, tu vois. Mais je voudrais l'être tout à fait. Béranger! Bourgeois! Je voudrais pleurer. Je voudrais pleurer. Je ne peux pas.

Brusquement il empoigna la bouteille d'eau-de-vie, et but longuement au goulot, en écartant Yves qui tâchait de l'en empêcher. Et tout d'un coup, comme cette fois la mesure était comble, il tomba par terre, assommé.

Yves le porta sur le divan, et l'y coucha. Il avait assisté souvent, en Bretagne, à ces coups de massue de l'alcool, auxquels le sommeil seul remédie. Ne pouvant dormir lui-même, il resta auprès du malade, à le veiller, à l'éventer doucement. Bientôt la respiration de l'ombre, d'abord tumultueuse, s'apaisa, puis devint régulière. Et en même temps qu'un sourire de rêve détendait sa face contractée, ses paupières mi-closes laissèrent enfin rouler deux grosses larmes.

XI

Georgette avait-elle réellement usé de coquetterie envers l'ombre, ainsi qu'il le lui reprochait?
Oui et non.

Non, au sens où on l'entend d'ordinaire. Elle
n'avait guère envie, en effet, d'inspirer de l'amour
à ce singulier homme, dont la première impression
sur elle avait été si désagréable, dont les théories
absolues et l'orgueil outrecuidant l'avaient tant
révoltée comme artiste, dont la laideur bizarre,
le débraillé, l'ivrognerie, la choquaient toujours
comme femme. Il ne lui venait seulement pas à
l'idée qu'une telle chose fût possible. Ou bien
alors elle voyait cela comme une monstruosité pu-
rement grotesque. C'est ainsi qu'un jour, au commencement des répétitions, comme l'ombre lui
disait, moitié goguenard, moitié sérieux déjà :

— Tout de même, hein? Si je vous aimais dans
la vie comme je vous aime dans la pièce?

— Oh! avait-elle répondu en riant, ça serait

très farce. Ça me rappellerait Anvers. Il y avait
là, au jardin zoologique, un orang-outang qui
était fou de moi.

Et cependant, avec Tombre, comme d'ailleurs
avec l'orang-outang jadis, elle n'avait pu se défendre d'être aimable et de chercher à charmer.
Sa nature même la portait à vouloir être trouvée
charmante par tout le monde, et plus particulièrement encore, sans qu'elle s'en doutât, par ceux
qui regimbaient à sa séduction. Or, c'était le cas
de Tombre, en apparence du moins; car, on l'a
vu, son amour d'abord ne s'était manifesté que
par une rudesse plus grande. Ses premières décla-
rations se traduisaient en d'incessantes critiques,
souvent brutales. Comment eût-elle deviné un
homme épris, sous ce metteur en scène grincheux,
dont elle disait au contraire :

— En voilà un, par exemple, qui ne peut pas
me sentir !

Justement à cause de cette antipathie qu'elle
supposait, tout en bataillant là-contre elle batail-
lait en femme. Très vite elle avait trouvé le défaut
de la cuirasse par où elle touchait le prétendu
ennemi. Non pas des emportements, auxquels il
ripostait par des colères tonitruantes; ni même
des attaques de nerfs, qui lui faisaient hausser les
épaules ; mais bien des câlineries, auxquelles il ne
savait pas résister. Ce qu'elle n'arrachait pas du
même au bout d'une heure de discussion, elle le
gagnait tout de suite avec un sourire. Le meilleur

moyen de lui tenir tête était de la lui faire tourner.

— Mon petit Tombre, vous seriez bien gentil de me laisser essayer ça. Pas tout à fait ce que vous vouliez ; mais presque.

Un regard en coulisse, des lèvres entr'ouvertes et montrant les quenottes, une fossette dans la joue, et *mon petit Tombre* disait oui. Elle arrangeait ainsi, peu à peu, son rôle à sa guise. Quelle cabotine, à sa place, n'en eût profité? Était-ce coquetterie? Eh! non, mon pauvre Tombre. Manège d'enfant qui veut un bonbon! Rouerie instinctive de chatte qui vous caresse pour qu'on la gratte derrière l'oreille !

Enfin, et ceci était tout à son honneur, elle en était arrivée à vraiment admirer Tombre ; car elle avait, comme il le disait tant, une *nature*. Artiste, elle avait bien été forcée de reconnaître qu'il était un artiste aussi, et un grand artiste, au moins d'intention. Et, sans y mettre aucune espèce de calcul cette fois, elle lui donnait de son admiration des marques où l'on pouvait se tromper, toute fatuité à part. C'était l'embrassade de l'autre jour, si spontanée et si touchante. C'était, surtout, une attention de tous les instants, curieuse et sincère, quand il cherchait pour son propre compte ou indiquait pour les autres, pour elle en particulier. C'était un élan d'enthousiasme, quand il trouvait. C'était une reconnaissance émue, quand à son tour il la récompensait d'une trouvaille, d'un effort, par un compliment. Elle avait alors des attitudes, des regards, où se lisait une sorte de tendresse.

Elle s'était habituée à l'étrange tournure de ces compliments, n'en redoutait plus l'expression baroque, les goûtait singulièrement, en était friande plus que de toute autre approbation. Sans renoncer à être fière de feu Jules, et à taquiner l'ombre de ce souvenir, elle s'avouait que le jeu de Tombre était plus hardi, plus imprévu, et il ne lui déplaisait pas de s'entendre répéter à tout bout de champ :

— Laissez-nous tranquille avec votre feu Jules ! Mais vous êtes cent fois plus forte que cet imbé-cile.

Elle n'en voulait plus autant à Tombre de se proclamer un génie, depuis qu'elle se savait asso-ciée par lui à cette prétention dont il la jugeait digne. Elle faisait complaisamment chorus avec lui pour penser :

— C'est vrai, en somme, dans toute la troupe il n'y a que nous deux.

— Dans toute la troupe ! Vous pouvez mettre hardiment : dans tout Paris ! ajoutait Tombre, quand elle se laissait aller devant lui à ces bouf-fées d'orgueil.

Car c'est à lui seul qu'elle osait se confesser de la sorte, craignant de froisser les autres camarades. Et ainsi elle en faisait le confident de ses secrètes ambitions. C'était un lien qui les unissait. Nous deux ! Ce simple mot semblait à Tombre comme

un aveu d'amour. Et c'est de l'amour aussi qu'il
voyait dans les câlineries de la comédienne l'en-
jôlant au profit de son rôle, dans l'admiration de
l'élève enthousiaste, et dans les mille frôlements
qu'amenaient les répétitions des scènes à deux,
la familiarité du travail ensemble, la promiscuité
des coulisses. Il lui reprochait tout cela maintenant comme autant de coquetteries. En quoi il
était injuste. C'est lui-même qui avait donné aux
cirsconstances un sens qu'elle n'avaient point.
C'est sa propre passion qui colorait tout. Il en
était venu naturellement à rêver dans leur communion artistique beaucoup plus que n'y mettait
Georgette, et à s'imaginer que, faisant ainsi la
paire sur les planches, ils pourraient bien faire
un couple dans la vie.

Une autre chose avait encouragé Tombre au
début de son espoir, et l'avait ensuite consolé
dans sa désespérance: c'est la grande affection
qu'avait pour lui Georget. Aimant les enfants, il
avait tout de suite adoré celui-là, très mutin,
très déluré, et qui ressemblait tant à sa mère. Le
choyer, c'était se rapprocher d'elle encore. Lui
être cher, à lui, c'était un peu l'être à elle.

Il ne savait qu'inventer pour plaire au gamin,
jouait avec lui, se prêtait à ses quatre volontés.
Sur son pauvre argent, se privant de quelques
verres d'eau-de-vie, il lui apportait du sucre
d'orge, du pain d'épice, des billes, des toupies,
des masques d'un sou, un tas de babioles, de ces

riens avec lesquels on prend ces petits cœurs mieu
que par de gros présents. Il le régalait plus encor
en monnaie de singe, au vrai sens du mot, c'est-à
dire en grimaces. Il les faisait mirifiques, et l'er
fant en raffolait.

— Encore une ! Encore une ! criait toujour
Georget, insatiable.

Et le mime déformait son visage de caoutchou
avec cette rapidité qui lui faisait dire de lui
même :

— Les chanteurs ont des roulades dans le gosie
Moi je les ai sur la peau.

En même temps il grimaçait aussi du corps, e
quelque sorte, se disloquait les membres, jouai
le moulin à vent avec ses bras, la gigue avec se
jambes, changeait à vue son attitude, tantôt rata
tiné en bossu, tantôt allongé en pendu, souven
par terre à quatre pattes, Georget à califourcho
sur ses reins, ce qui constituait une mon ure fan
tastique autrement amusante que le fameux che
val à mécanique lui-même.

— Tu abuses, disait parfois Georgette.

— Non, non, criait l'enfant, à qui Tombre don
nait raison.

— Mais si, reprenait la mère. Voyons, Georget
assez ! Tombre n'est pas un pantin.

— Oui, là, c'est un pantin, répondit un jour l
polisson. C'est mon pantin à moi. C'est comme s
j'avais un grand polichinelle en vrai.

Et la mère et Tombre de rire, Tombre tout heu

reux de voir qu'en somme cela faisait plaisir à
Georgette. Elle lui savait gré de ces gentillesses,
et l'en récompensait avec de jolis et bons regards
qui lui allaient au fond du cœur. Quelquefois il
avait plus encore, une vive poignée de main, une
phrase caressante :

— Vous êtes mignon comme tout, mon vieux
Tombre !

L'enfant non plus n'était pas ingrat. Souvent,
après une belle grimace, il s'écriait en sautant de
joie :

— Oh ! celle-là, tu sais, je vais t'embrasser pour
la peine.

Quand l'enfant l'embrassait ainsi, devant la mère
qui souriait, il semblait à Tombre que dans ce
sourire Georgette elle-même lui envoyait un baiser.

Baiser imaginaire, hélas ! Baiser par procura-
tion ! De ces baisers-là il devait se contenter. Les
autres, les réels, n'étaient pas pour lui, ne seraient
jamais pour lui. Il le savait à présent. Il ne se faisait plus d'illusions, comme naguère. A mesure
qu'avaient avancé les répétitions et que son amour
avait augmenté, il avait vu croître celui de Georgette pour du Glaizat. Ce n'était un secret pour
personne dans le théâtre, et Georgette elle-même
ne s'en cachait pas, sinon aux yeux de son fils,
envers qui elle avait gardé ce reste de pudeur et
de qui peut-être aussi elle craignait quelque indiscrétion d'enfant terrible auprès de M. Lepottier.

8

Ah! ces précautions envers l'enfant! De là venait le pire supplice pour Tombre. Que de fois, en effet, on le lui laissait comme en garde, profitant de ce qu'il l'occupait, pendant que la jeune femme s'enfermait dans le cabinet du directeur! Les prétextes ne manquaient pas. Conversations d'affaires! Costumes à discuter! Mais Tombre ne pouvait s'y tromper pourtant. Il flairait là de furtifs baisers, de rapides étreintes, de ces menus suffrages que volent à la dérobée les tout jeunes amoureux. Et Georgette avait l'air d'en être à son premier amour, tant elle était affolée de du Glaizat, éprouvant l'incessant besoin des pressions de main, des mots chuchotés à l'oreille et terminés en claquements de lèvres. Il fallait tous les froncements de sourcil, toutes les objurgations muettes de du Glaizat, pour qu'elle se retînt de l'embrasser devant le monde. Il ne la calmait qu'en l'appelant pour quelques minutes en tête à tête, et lui parlait alors de son prestige directorial, de son *décorum*, qu'il était nécessaire de ne pas trop compromettre. Elle lui fermait la bouche d'une caresse, satisfaite d'ailleurs de cette brève dînette d'amour. Et, pendant ce temps-là, Tombre souffrait de sa jalousie impuissante, et aussi de sa lâcheté à servir ainsi de bonne d'enfant.

— Qu'est-ce que t'as donc, Tombre? disait alors Georget.

— Rien, rien, répondait le mime, en serrant les dents avec rage.

— Mais pourquoi fais-tu cette grimace-là ? Elle
n'est pas drôle du tout, tu sais. Je ne l'aime pas,
moi.

Et, sans comprendre que son ami était triste,
Georget le câlinait, en le taquinant, avec ce naïf
et tyrannique égoïsme des petits, qui n'admettent
pas qu'on s'occupe de quelque chose si ce n'est
d'eux-mêmes.

— Non, elle n'est pas belle, celle-là, continuait-
il. Tu es bête comme un âne en ce moment. Sois
gentil, dis ! Fais-en une autre.

Tombre obéissait machinalement, et détendait
sa pauvre face contractée en une grimace cocasse
et douloureuse, devant laquelle l'enfant éclatait
de rire, devant laquelle un homme aurait eu
plutôt envie de pleurer.

XII

L'absorbante passion de Georgette n'était pas
sans embarrasser du Glaizat. Sous ces gamineries
de baiser entre deux portes, il redoutait un amour
qui menaçait de devenir encombrant.

Certes, il avait désiré la jeune femme, fort
attrayante en effet. Il n'était pas fâché non plus
de la dominer à ce point. Cette domination l'avait
servi. Il avait pu en jouer pour insinuer adroitement à Tombre les remaniements qu'il n'osait lui
imposer comme collaborateur. Il en avait usé surtout pour lui flibuster définitivement et sans résis-
tance la paternité de sa pantomime. Il trouvait
donc à la fois plaisir et profit à être l'amant de
son étoile.

Mais, tout de même, il l'eût préférée un peu
moins collée à tous ses pas. Ce n'est pas que son
prestige directorial en souffrît, comme il disait.
Ce qui pouvait en souffrir, quelque jour, c'était
son intérêt bien entendu. Il songeait d'avance à
plus tard, à ce *plus tard* qu'il calculait toujours,

et où Georgette risquait d'être une gêne possible.

— On ne sait pas ce qui arrive, disait-il souvent à Grimblot, devenu son âme damnée. Ce qu'il y a de sûr, c'est que je ne veux pas un crampon, moi. Tâchez de la modérer.

Il ajoutait plus souvent encore, très préoccupé de ce point :

— Et surtout, qu'elle ne se monte pas la tête sur la question argent! Retranchez-moi toujours derrière les commanditaires.

— Mais elle n'a pas d'exigences de ce côté-là, répondait Grimblot.

— Ça peut venir. Je les connais, les femmes. Tout désintéressement pour commencer. Et puis, après, ça vous parle de sacrifices faits pour vous, de position perdue, un tas de balançoires! Pas de ça! Il y a des choses que je ne peux pas lui dire, vous sentez bien. Mais faites-les lui comprendre, vous, en douceur.

Oh! non, elle n'avait pas d'exigences sur la *question argent*, la pauvre Georgette! Elle en avait même si peu, que du Glaizat était parvenu, sans peine, à lui rogner un bon morceau des cinq cents francs mensuels consentis par Grimblot. Pas ouvertement; mais par un biais ingénieux. « Sauf, avait dit Grimblot en consentant, sauf approbation du directeur et des commanditaires ».

Le directeur avait bien approuvé. Mais les commanditaires avaient réservé, paraît-il, un tout petit point. Presque rien, d'ailleurs! Une vétille! *Les*

*costumes excentriques seraient à la charge de
mademoiselle Georgette.* Coût, rien que pour la
première pièce : deux mille francs. Car enfin,
n'est-ce pas, mademoiselle Georgette ne pouvait
décemment pas débuter habillée comme un torchon ! Il est vrai que du Glaizat l'avait tirée d'embarras en la présentant à une couturière de ses
amies, laquelle ouvrait un crédit sur sa recommandation. Mais, d'autre part, recommandation
ne signifiait pas garantie. Les billets souscrits par
Georgette étaient bel et bien à son nom tout seul.
La garantie, c'est Grimblot qui en avait parlé à
la couturière, à mots nullement couverts d'ailleurs,
avec renseignements à l'appui, en dévoilant le
protectorat de M. Lepottier.

— Garantie morale, disait-il.

Et c'est précisément à propos de cette garantie,
de ce protectorat, que du Glaizat désirait faire
entendre à Georgette tant de choses que sa *dignité*
lui défendait d'exprimer lui-même.

Ce protectorat pesait à la jeune femme. Elle
l'avait accepté dans un moment de gêne, mais
sans trop de répugnance toutefois, surtout grâce
à la façon toute galante dont il s'était présenté.
M. Lepottier, en effet, y avait mis de la délicatesse, de cette délicatesse ingénieuse prouvée dès
le premier jour par son achat de cheval à mécanique. C'est avec des prévenances et des attentions
du même genre, qu'il avait installé Georgette
dans un petit appartement modestement meublé,

mais convenable et même assez coquet. Il ne lui
convenait pas d'avoir une liaison en chambre
garnie. C'était donc une liaison ? Il ne se l'avouait
pas. L'aventure durait un peu plus qu'il n'avait
pensé, voilà tout ! Et puis, il se donnait comme
excuse une sorte d'attachement pour Georget.
Sans enfants, il aimait celui-là ; et cela rehaussait
sa fredaine d'une espèce de devoir à remplir. Au
fond, il était tout bonnement très épris de la danseuse, un peu fier d'en être le possesseur, et en
même temps grisé d'une indépendance qu'il goûtait pour la première fois. Il y avait donc bien des
chances pour que cette liaison prît de jour en jour
sur lui plus d'empire.

Ce qui l'y attachait précisément davantage c'est
le peu d'efforts que faisait Georgette pour l'y retenir. Elle semblait, au contraire, avoir à tâche de
l'en dégoûter depuis quelque temps. Son humeur
enjouée, folâtre, des premiers jours, avait disparu.
Elle devenait fantasque, grincheuse, aigre. Ses
caprices se multipliaient, impossibles à satisfaire ;
car on la fâchait en les prévenant. Elle avait des
taquineries déraisonnables, mortifiantes parfois,
tournées en rebuffades, en méchancetés gratuites,
comme de lui imposer des rendez-vous où elle
manquait, de le faire attendre jusqu'à des cinq
heures du matin sous prétexte de répétitions tar-
dives, et de le renvoyer alors en disant :

— Pourquoi m'avez-vous attendue ?

Au lieu de se rebuter, M. Lepottier s'épre-

naît davantage à ces mauvais traitements. Il les
mettait sur le compte des maudites répétitions,
qui la rendaient ainsi agacée, agaçable et aga-
çante. Il baissait la tête et supportait tout, se bor-
nant à écrire le lendemain un billet de doux reproches. Car il avait l'amour épistolier, en vrai
collégien d'amour qu'il était, malgré son âge. Cela
lui paraissait galant et romanesque d'aligner
quelques phrases fleuries, où il se prouvait d'ailleurs à lui-même sa supériorité, songeant aux
correspondances intimes des personnages histo-
riques. Il n'était pas loin, à ces moments-là, de se
comparer aux Mirabeau, aux Fox, aux Cavour, à
tous les grands hommes d'Etat qui ont *sacrifié
aux Grâces*, et en qui la sévère histoire ne dé-
daigne pas telles faiblesses. Et puis cela le rajeunissait. Il signait de son petit nom : *Paul.*

De ces poulets, Georgette, quand elle se donnait
la peine de les ouvrir, faisait des gorges chaudes.
Non pas seule, mais avec du Glaizat, à qui elle les
montrait, beaucoup par moquerie, un peu pour
tâcher de le rendre jaloux. Elle aurait voulu, en
effet, qu'il montrât quelque mauvaise humeur de
la savoir maîtresse d'un autre homme. Mais il n'y
mordait guère et se contentait de trouver ridicule
cette correspondance de galantin prétentieux.
Sans en prendre d'ailleurs le moindre ombrage.
Il affectait même de ne pas comprendre que le
bonhomme avait des droits; et Georgette, plus
délicate en cela que bien de ses semblables, ne se

résignait pas à le lui signifier crûment, aujourd'hui, après le lui avoir caché tout d'abord. N'avait-elle pas dit naguère à Grimblot, au lendemain de sa première fugue avec du Glaizat :

— Ne lui parlez pas du député, n'est-ce pas ? C'est inutile.

Une chose aussi l'empêchait d'être plus explicite : cette fameuse *question argent*, qu'il aurait fallu trancher (et comment ?) en quittant M. Lepottier tout à fait. Malgré qu'elle en eût, un lien la tenait par la patte dans cette cage qu'il avait dorée, où elle avait la becquée pour son gamin. Était-ce reconnaissance ? Peut-être. Mais surtout nécessité. Prendre la clef des champs ! Quelle tentation ! Oui ! Et vivre, alors ? Et subvenir aux frais d'une installation nouvelle, aux toilettes, aux voitures, indispensables maintenant qu'on était étoile ? Et les deux mille francs de billets souscrits ? Et Georget ? Et pour tout cela cinq cents francs par mois ! Il n'y avait pas moyen. Ou bien il fallait demander à du Glaizat l'équivalent, à peu près, de cette *position* perdue. Georgette ne voulait pas, par amour-propre. Elle attendait qu'il le proposât de lui-même. En attendant elle devait rester en cage, et s'y aiguisait le bec aux barreaux, c'est-à-dire sur M. Lepottier.

Il ne se montrait pourtant pas fort exigeant, le brave homme. Si peu, en somme, que ses droits auraient fort bien pu passer inaperçus aux yeux d'un plus naïf que du Glaizat. Le soin de ne pas

s'afficher le tenait éloigné des coulisses. Sa nature
même, qu'il s'exagérait volontiers en imagination,
n'avait en réalité rien de volcanique. D'autre part,
le travail des répétitions offrait à Georgette toutes
les occasions de liberté dont elle avait besoin. Il
était donc admissible que du Glaizat, malgré la
communication des billets doux, se fît des illusions. Georgette se plaisait à le croire.

Elle fut bien forcée d'en douter, cependant, le
jour où, pour en avoir le cœur net, elle résolut de
s'en expliquer avec Grimblot. Sans compromettre
tout d'abord le patron, Grimblot laissa entendre
clairement, tout en ayant l'air de donner des conseils personnels, que ces conseils n'avaient pas
la désapprobation de du Glaizat.

— Vous comprenez, ma petite, lui dit-il, qu'un
député ne se trouve pas tous les jours. Et surtout
un comme ça, gentil, qui vous laisse tranquille en
somme. Ce serait une bêtise de lâcher ça. Et pourquoi, je vous demande un peu? Ma parole! On
dirait que vous êtes née d'hier.

— Comment! Pourquoi? Mais pour être toute à
Fernand! répondit-elle. Pour n'être rien qu'à Fernand!

— Ta! ta! ta! reprit Grimblot, en haussant les
épaules. En voilà des idées!

Puis, brutalement, pour mettre les points sur
les i :

— Vous croyez donc que ça lui fait quelque
chose, votre député?

— Dame !

Elle connaissait pourtant bien l'histoire banale de ces amours partagés, qui, loin d'être une exception, sont presque la règle dans le monde galant. Elle-même n'était pas sans reproches à se faire à propos de ces faiblesses, ayant eu ses *toquades* comme tant d'autres. Non, elle n'était pas née d'hier ! Et, cependant, elle ne s'était pas préparée à cette idée, touchant du Glaizat. Pourquoi ? Elle n'en savait rien. Elle le trouvait différent des cabotins quelconques à qui elle avait accoutumé d'associer cette idée-là. Elle le voyait en directeur, en auteur, dans ce *décorum* et ce prestige qu'il évoquait volontiers.

— Alors, vous êtes sûr... ? fit-elle d'un air étonné.

— Oh ! je ne suis sûr de rien, répliqua Grimblot, ne voulant pas engager du Glaizat plus qu'il ne convenait. Je vous donne mon sentiment, mon impression. Pas davantage. Je suis un vieux routier, moi, vous concevez. Et du Glaizat n'est pas un gosse non plus, n'est-ce pas ?

Il huma une large prise, et ajouta, en clignant de l'œil :

— Je suppose, du moins. Or il en serait un, et pommé, s'il s'amusait à vous faire perdre une position, quoi ! Il ne peut pas vous la rendre, hein ? Mettez-vous bien ça dans la tête. Directeur, je ne dis pas. Mais la caisse n'est pas à lui. Que ça ne marche pas, que nous buvions une goutte, et il est sur le pavé, comme vous. Il ne faut donc pas compter sur lui. Alors, quoi?

— C'est vrai, tout de même, soupira Georgette.

— Tandis que votre député, continua Grimblot, ça, c'est sérieux. Et pas encombrant, ce bonhomme-là! Un monsieur qui a des ménagements à garder, une situation à tenir au clair. Enfin, le rêve, pour tout dire. Pas d'embêtements! Tout agrément!

Nouvelle prise, menue cette fois, ce qui indiquait l'intention d'être spirituel; et Grimblot de conclure en souriant:

— Mais, mon petit, on paierait pour avoir un amant pareil!

Elle ne put s'empêcher de rire, et de s'avouer qu'il n'avait pas tort. Oui, c'était la sagesse, ce que disait ce vieux misérable! Et pourquoi misérable? Raisonnable, tout simplement. Sans doute du Glaizat devait penser ainsi. La première fois qu'elle l'avait vu, ne l'avait-elle pas jugé par ce mot, tout à son éloge:

— C'est un malin.

Eh bien! un malin était sûrement de cette opinion-là. Vouloir qu'il fût d'une autre, c'était le prendre pour un imbécile. Elle s'en rendait compte, maintenant.

— Oui, oui, un vrai protecteur, une perle, continuait Grimblot. Car nous avons pris nos renseignements. Il a le sac, monsieur Lepottier. Marié sous le régime dotal, sans doute; et sa femme a

le gros morceau, et ne le laissera pas entamer.
Mais il a d'autres ressources, le matin ! Son cabinet d'avocat, son traitement de député, des petits
coups de bourse en sondeur. Et pas chien, avec
ça. Ça se voit de reste. Vous êtes lingée. .

— Ma foi, oui, assez ! dit Georgette avec un joli
éclair d'orgueil, en faisant froufrouter sa robe
neuve.

—Sans compter, reprit Grimblot, qui se moucha
bruyamment pour préparer un effet, sans compter
qu'à l'occasion, en sachant s'y prendre, on en ferait peut-être un commanditaire.

— Tiens ! je n'avais pas songé à ça.

— Oui, mais nous, pas bêtes, nous y avons
songé.

Nous! Nous! voilà deux fois qu'il disait ce
nous. Cela signifiait bien du Glaizat et lui. Ainsi,
du Glaizat lui-même avait pris ses renseignements ! Il avait guigné dans M. Lepottier un
bailleur de fonds possible! Pour le théâtre ! Pour
la scène dont Georgette était l'étoile ! comme il
était fort !

— Voulez-vous que je vous dise une autre
chose ? reprit Grimblot, à voix basse, en se rap-
prochant, et tellement attentif à peser ses paroles
qu'il en oubliait de bourrer son nez.

— Dites, dites, interrogea Georgette. .

— Eh bien ! il paraît qu'il est sur les rangs,
votre député, pour être sous-secrétaire d'État. Un
futur ministre, est-ce clair? Vous ouvrez de grands

yeux. Vous ne comprenez donc pas? Un fu-tur
mi-nis-tre. (Il accentuait chaque syllabe). Il y a
peut-être là, plus tard, pour du Glaizat, quelque
chose, on ne sait pas. Une préfecture! Un journal! Un théâtre! Et c'est à vous qu'il devrait ça!

A vous! Il ne s'agit que d'en jouer, du futur
ministre.

Georgette ouvrait de grands yeux, en effet, toute
la mine écarquillée, la bouche bée, les narines
battantes. Et comme Grimblot gesticulait tout
près de son visage, la pincée de tabac entre le
pouce et l'index, il avait l'air de vouloir lui mettre
une prise dans le nez. Il en fit la remarque en
riant, s'offrit cette prise qu'il avait bien gagnée;
et, lui parlant maintenant de plus loin, d'un ton
grave, en prédicateur qui achève son sermon, il
termina ainsi :

— Donc, ma mignonne, vous le voyez, pour
vous, pour le théâtre, pour du Glaizat, dans l'intérêt de tout le monde, il faut soigner votre député
comme la prunelle de vos jolis quinquets. C'est
entendu? Et votre petit, que j'oubliais! Ah! votre
petit! C'est quelque chose aussi, ça, hein? Un
avenir, pour votre petit. Il n'a pas d'enfants,
monsieur Lepottier.

Mais Georgette n'avait pas besoin de ce dernier
argument. Tant de raisons pressantes et irréfutables l'avaient convaincue. Oui, Grimblot était
mille fois dans le vrai. Ou plutôt, non pas Grimblot, mais du Glaizat. Car c'est bien du Glaizat, le

malin, le fort, qui avait combiné tout cet admirable plan. Elle en était sûre désormais. Elle comprenait qu'en restant la maîtresse du député, du futur ministre, elle ne déplaisait pas à du Glaizat, au contraire ! Et, loin de l'en mépriser, elle l'en estimait naïvement davantage, et surtout l'en aimait plus follement.

— Quel homme ! dit-elle tout haut, avec une enfantine admiration.

Et Grimblot, croyant qu'il s'agissait de lui-même, se rengorgea, puis se donna un petit air modeste pour mieux savourer son triomphe, et dit en reniflant sa prise d'un geste nonchalant :

— Oh ! un homme qui n'est pas une bête, voilà tout. Des conseils pratiques, ce que je vous dis là, rien de plus ; des conseils de père !

XIII

Il faut croire que la bonne *flambée*, préconisée par ce breton de musicien, était vraiment un remède. Tombre, en effet, se réveilla de son ivresse, comme rasséréné. Ses nerfs, effroyablement tendus pendant son accès de désespoir, s'étaient calmés pendant un sommeil de près de dix heures. Ses chagrins ne l'avaient pas même tracassé en rêve. Il lui sembla qu'il s'en était dégorgé, en quelque sorte, dans ce flux de confidences où il les avait hier jetés hors de son cœur qu'ils étouffaient. Il se sentait maintenant une vague hébétude par tout le corps, et en même temps le moral allégé. Yves, en revenant de Passy pour déjeuner, le trouva la mine défaite, mais les yeux clairs.

— Eh bien ! lui dit-il, ça va donc mieux ?

—Oui, répondit Tombre. Mieux que tu ne crois, même. Je dois avoir une figure de déterré; mais j'ai une âme de ressuscité.

— De ressuscité, en effet, ajouta Yves.

Puis, montrant la bouteille d'eau-de-vie, avec un sourire :

— Tu t'es tiré dans la poitrine un fameux coup de ce pistolet-là.

— Et ça m'a fait du bien, mon vieux. Je n'ai plus que la tête de lourde. C'est drôle ! on dirait que le poids que j'avais là (il montrait son cœur) est remonté. Tout mon mal à présent est un mal aux cheveux.

Il souriait aussi.

— Diablo ! fit le musicien. Mais ça va t'encourager à recommencer, alors ?

— Oh ! non, répliqua Tombre, devenu très grave. Non ! Je me rappelle bien tout ce que tu m'as dit hier, va. Tu as raison. Boire tant que ça, et pour des histoires d'amour, c'est bourgeois, c'est romance. Suicide sentimental, quoi ! Autant allumer tout de suite un réchaud de charbon de bois, et *se périr* comme une blanchisseuse ! Non, non ; on ne m'y repincera plus.

— Vrai ?

— Vrai de vrai. Oh ! te dire que je cesse d'aimer Georgette ! Je mentirais. Ça ne se commande pas, ça. Mais je ne l'aimerai pas si bêtement, voilà tout. Et te dire aussi que je ne boirai plus, ça serait mentir davantage encore. Seulement je boirai en homme, en artiste, pour me réchauffer l'esprit, pour me fouetter le cerveau. Tiens, donne-moi un petit verre, que je me balaie un peu la dalle. J'y ai comme un tombereau de sable.

Ils trinquèrent avec une goutte de croquomolle, deux doigts, pas plus.

— En braves ouvriers, dit gaiement le musicien, pour tuer le ver.

Et, pendant que Tombre s'habillait :

— Pour ta peine, ajouta Yves, je vais te faire du nanan ce matin. Une soupe à l'oignon, ivrogne ! Tu vois si on te gâte, quand tu es sage.

Ils déjeunèrent de bonne humeur, ne parlant que de leurs arts, Yves ayant mis la conversation sur le seul point où ils ne fussent jamais d'accord : à savoir une dispute de suprématie entre la pantomime et la musique.

Pour tout le reste, ils étaient du même avis.

— Nous sommes d'ailleurs les seuls, disait Tombre avec orgueil et aussi avec une pointe de mélancolie.

Ils se rappelaient tous deux, en effet, le petit cénacle d'autrefois, dont les membres avaient si mal tourné depuis : les poëtes *suggestifs* devenus tartiniers politiques ou chroniquailleurs, les peintres *impressionnistes* aujourd'hui médaillés du Salon, les musiciens *de l'avenir* tombés aux succès d'opérette, et le Proudhonien nommé sous-préfet, et l'inventeur du *tachisme* établi photographe.

— Quels farceurs ! s'écriait Tombre.

— Peut-être pas, répliquait Yves plus indulgent. Ils ont eu la foi aussi, en ce temps-là. Mais la vie la leur a mangée. Ils ont eu besoin d'argent, celui-ci pour ses vices, celui-là pour sa femme et ses petits. Est-ce qu'on sait? Il ne faut pas condamner les gens sans savoir.

— Tous les lâcheurs sont des lâches, formulait Tombre.

— Tu es trop féroce, reprenait Yves. Contentons-nous de dire qu'il n'y a que nous de braves.

Et ils se délectaient à cette idée de leur courage. Eux deux, ils n'avaient pas varié. Eux deux, ils se comprenaient toujours. Eux deux, seuls! Et au fond peut-être n'étaient-ils pas fâchés d'être seuls; car cela les grandissait à leurs propres yeux. Il n'était pas jusqu'à l'obscurité et la bizarrerie de leurs termes esthétiques, qui ne les flattât. C'était une coquetterie de n'être pas accessible à tout le monde.

Leurs théories pourtant n'étaient pas si ténébreuses qu'ils se plaisaient à le croire. Ces épithètes mêmes, si abstruses, qu'ils arboraient volontiers, telles que *suggestif, initial, algébrique*, n'étaient que des sortes d'étiquettes, un parler tout de convention dont ils se servaient comme on se sert des vocables de philosophie pour abréger les circuits de la discussion dans la chasse aux idées. Et, si bien des gens après eux avaient répété ces mots, soit pour en rire, soit (comme du Glaizat maintenant) sans y attacher de sens, eux deux savaient très nettement ce qu'ils voulaient dire quand ils les employaient. Ils entendaient par là que la traduction artistique doit *suggérer* tout ce qui est précisément intraduisible ; et cela par des signes aussi près que possible du signe *initial* de la pensée, geste ou cri ; et cela de façon à être comme une formule *d'algèbre*, sous laquelle l'esprit imagine toute une catégorie de problèmes. En somme, débarrassée des épithètes convenues entre eux, leur idée se résumait en deux points, fort raisonnables : l'art le plus près de la perfection est celui qui donne le mieux l'illusion de la vie, et pour y atteindre il faut rechercher de préférence les moyens d'expression les plus synthétiques.

A cet égard, pas l'ombre d'un dissentiment ! Mais cet art est-il la pantomime ou bien est-il la musique ? Ici commençait la divergence. Et c'est sur cette divergence qu'avait compté Yves, pour achever de distraire son ami, déjà tout à l'esthétique, et à cent lieues de Georgette. T'ombre venait de dire, d'un air sentencieux, sa fourchette en l'air brandie à la façon d'un sceptre :

— Non, l'art ne doit pas essayer de calquer la vie. D'abord, parce que c'est impossible. Ensuite, parce que, s'il y arrivait, il cesserait aussitôt d'être l'art pour devenir la science. Il ne s'agit donc pas de reproduire la nature, mais bien de l'évoquer.

— Oui, c'est ça, insinua Yves, comme une mélodie évoque toutes les harmonies latentes qui sont au dessus et au dessous. Et c'est en cela que la musique est plus spécialement *algébrique*, ajouta-t-il sournoisement.

— Non, par exemple, répliqua Tombre. Une physionomie est tout aussi *algébrique*, en évoquant les mille sentiments dont le drame se joue derrière elle.

— Tu veux dire aussi *suggestive*, reprit le musicien. Ça, je l'accorde, à la rigueur. Mais aussi *algébrique*, jamais! La musique peut s'écrire en chiffres.

— On ne l'a pas fait pour la pantomime, sans doute. On pourrait le faire. Je le ferais! s'écria Tombre. D'ailleurs, ce n'est là qu'un détail. Admettons que la musique soit plus *algébrique!* Il reste à la pantomime d'être aussi *suggestive*, tu le reconnais toi-même. Et quant à être *initiale*, à elle le pompon, je crois.

— Du tout! le cri est la première forme de la pensée.

— Erreur ! Le geste a précédé le cri.

Et de prêcher chacun pour sa paroisse, emballés tous les deux maintenant, Yves ne cherchant plus à distraire son ami, mais pris lui-même à la glu de cette discussion. Et c'était l'éternelle bataille rouverte, dont ils savaient bien qu'ils ne sortiraient jamais vainqueurs l'un de l'autre, et à laquelle ils se ruaient avec d'autant plus d'acharnement. Les démonstrations en paroles ne leur suffisaient plus. On courait aux faits, aux exemples. Tombre prenait des attitudes d'horreur, de colère, d'amour, de joie, jouait de sa physionomie comme d'un clavier. Yves ripostait par des

9.

pantomimes de piano, des hoquets de notes, des rauquements martelés, des lamentations en mineur, des envolées d'extase en majeur, et les pirouettes des trilles et l'éclat de rire des arpèges.

—Sans compter cet avantage, ajouta-t-il comme argument suprême, que tout cela reste, au moins, que c'est durable.

Et il montrait triomphalement ses feuillets imprimés.

—Oui, ta presse ! riposta le mime, en faisant dédaigneusement tourner la vis de la machine. Parlons-en, de ta presse ! Mais c'est justement la preuve que ton art est inférieur au mien. Tu fixes. Donc, tu ne donnes plus l'illusion de la vie. La vie est mobile. Elle *devient*, comme tu dis dans ton jargon philosophique. Elle n'est jamais. La chanson populaire est ton idéal, n'est-ce pas ? Eh bien ! cela te condamne. Car elle n'est pas fixée, elle non plus. Elle vole de bouche en bouche, et devient, comme la vie.

—Mais c'est pour cela que je veux en faire, s'écria le musicien. Oui, d'accord ! Et cependant, pour qu'elles volent de bouche en bouche, mes chansons, encore faut-il que je leur donne l'essor.

Puis, caressant amoureusement sa pauvre presse méprisée :

—Mes oiseaux mélodiques, dit-il, voilà leur nid.

Ce mouvement touchant apaisa l'ombre, prêt à redoubler son attaque. Et ce fut d'un ton, railleur en intention seulement, mais attendri en réalité, qu'il répondit :

— Ah! si tu me prends par les sentiments! Si tu fais des mots comme ça, et jolis, il n'y a plus moyen de discuter.

— Le mot n'est pas de moi, fit le musicien très vivement.

— Il en a bien l'air pourtant. De qui donc, alors?

Yves rougit soudain en avouant qu'il était de Madeline.

— Oui, nous parlions justement de tout ça, l'autre jour, de la chanson populaire, d'une nouvelle notation qu'il faudrait inventer pour la mettre à la portée des simples, d'un genre de publication qui serait, comme la musique elle-même, essentiellement initial...

— Comment! interrompit l'ombre stupéfait, tu lui parles *initial* et *algébrique*, à elle, à une femme! Mais elle ne doit y voir que du bleu!

— Tu crois? Eh bien! détrompe-toi, mon cher. Elle comprend admirablement. Je te le jure. Elle est à la hauteur.

— Ah! saperlipopette! Je voudrais bien voir ça.

— Tout de suite, si tu veux. Descendons! Aussi bien, c'est jour de leçon. Tu n'as rien à faire tantôt, n'est-ce pas, puisque vous répétez ce soir généralement. Cela t'occupera et te reposera de ta pantomime. Tu n'en seras que plus frais. Veux-tu?

— Est-ce que le vieux y est ? demanda Tombre en se renfrognant.

Il avait encore sur le cœur, en effet, la sortie prudhommesque que faite l'autre jour par le grand-père à propos des planches déshonorantes. Il en gardait même une espèce de rancune contre la famille tout entière, chez laquelle il n'était pas retourné depuis. Malgré son admiration très sincère pour Madeline, il voyait un peu la jeune fille à travers ce souvenir désagréable. Tous des bourgeois, en somme ! Elle comme les autres, puisqu'elle ne se révoltait pas, puisqu'elle n'envoyait pas promener ce vieux bureaucrate, puisqu'elle ne débutait pas à la *Boule-Verte* envers et contre tous ! Et c'est cette gamine-là, cette petite-fille d'un pareil rond-de-cuir, avec qui on pouvait parler art suggestif, et qui entendait leur Évangile à eux, à eux deux, les seuls ! Allons donc ! Pas possible ! Aussi Tombre accepta-t-il la proposition, dès qu'Yves lui eut assuré que le vieux n'y était jamais l'après-midi.

Le restant de sa rancune ne tint pas d'ailleurs devant l'aimable accueil de Madeline et même de sa mère. Mme Loupiat surtout se confondit en excuses sur cette scène de l'autre jour.

— Une scène ridicule, disait-elle. Mais il ne faut pas y prendre garde, voyez-vous. Monsieur Loupiat est si bouché aux questions d'art ! Heureusement que ma fille n'a rien de lui. Nous avons l'esprit plus large, plus tolérant, de notre

côté. Eh! mon Dieu! Madeline voudrait entrer
au théâtre, que, pour ma part...

— Maman, laissons cela de côté, je t'en prie,
interrompit Madeline. Puisque grand-père ne
veut pas, respectons sa volonté, même quand il
n'est pas là. Monsieur Tombre sait bien qu'à part
cet empêchement nous sommes tous d'accord.

Tombre allait répliquer qu'Yves partageait
l'opinion du grand-père; mais un regard suppliant du musicien l'arrêta. Il se contenta de répéter, en jetant de côté à Yves un clin d'œil malicieux :

— Oui, mademoiselle, tous d'accord,... à peu
près.

— Comment ! à peu près?

— Oh ! son *à peu près*, s'écria Yves, porte sur
un point que nous étions en train de discuter là-
haut, tout à l'heure.

— Un point artistique? interrogea Mme Loupiat, en prenant un air vivement intéressé. Comme
j'aurais voulu vous entendre raisonner tous deux!
J'adore les causeries artistiques. Et peut-on
savoir, sans être trop indiscrète?...

Ces minauderies amusaient Tombre, qui eut
soudain l'idée de faire une farce à la bonne dame.

— Bien simple, allez, madame, dit-il. Une vétille! Un rien! Il s'agissait de décider si c'est la
musique ou la pantomime qui est le plus initiale.

Il avait commencé sa phrase d'une voix flûtée
et la termina en profonde basse-taille. C'était d'un

effet comique irrésistible. Mais, à sa très grande
surprise, Mme Loupiat ne sursauta pas, comme
il s'y était attendu, en entendant ce mot, d'autant
plus baroque ainsi prononcé. Elle avait l'air de le
comprendre presque, ou tout au moins d'y être
familiarisée. Et c'est Tombre lui-même qui fut
étonné, quand Madeline dit tranquillement :

— Moi, monsieur Tombre, je crois que c'est la
pantomime. Cela me paraît évident. Le geste est
plus primitif que la voix.

Elle répétait, à peu près dans les mêmes termes,
ce qu'il avait dit tout à l'heure, lui, en personne.

— Mais, ajouta-elle, la musique est certainement
plus suggestive.

— A coup sûr, affirma Mme Loupiat, comme si
elle avait son opinion faite après mûre réflexion.

Décidément, on n'était pas dans un milieu
profane. Tombre n'en revenait pas ! Et ce fut bien
autre chose, quand, au cours de la conversation,
il s'aperçut que vraiment Madeline avait remué
ces idées; car, si Mme Loupiat répétait les
mots comme une perruche, et pour se donner les
gants d'être *artistique*, Madeline, elle, en pénétrait le sens, et même avec une subtilité fémi-
nine qui en faisait parfois miroiter des facettes
nouvelles. Elle était bien, en théorie autant qu'en
pratique, l'élève du musicien, et une élève qui se
permettait à l'occasion de penser par elle-même,
fût-ce contre l'avis du maître. C'est ainsi que, la
littérature ayant été mise sur le tapis, elle ne se

gêna point pour la défendre. Or, Tombre le savait,
Yves faisait chorus avec lui sur cela, que la littérature est, en tous cas, inférieure à la pantomime
et à la musique.

— Je ne trouve pas, dit Madeline.

— Cependant, fit le musicien, permettez ! Si
l'art doit évoquer la vie synthétiquement, le verbe
y est impropre, étant essentiellement analytique.
L'infinie complexité des choses disparaît sous les
vocables, qui sont précisément des définitions.

Ces termes de philosophie demandaient à Tombre toute son attention. Pensant que la jeune fille
devait les suivre difficilement, il les traduisit à sa
manière, sous cette forme imagée et plus saisis-
sante :

— Autrement dire, le langage parlé dissèque
la pensée. Et l'on ne dissèque que les morts.

— J'entends bien ce que signifie monsieur Yves,
répondit-elle doucement. Mais il ne me convainc
pas. Il me semble qu'il y a des mots très synthétiques, comme il dit, des mots simples, profonds,
qui éveillent un flot d'idées à la fois, qui évoquent
par conséquent. Je ne sais pas trop comment
exprimer cela. Enfin, certains mots, ou plutôt
tous les mots, me paraissent, à moi, comme des
êtres vivants, aussi complexes que des êtres
vivants. Par exemple, quand je prononce le nom
de la rose, je ne vois pas des lettres noires sur
du papier blanc, mais bien une rose, et même des
roses, un champ de roses, et leur feuillage, et leurs

épines, et leur couleur, et je respire aussi leur parfum. Bien mieux, encore ! Je vois toutes les roses possibles et imaginables.

— Vous généralisez, alors, interrompit Yves, qui avait la logique implacable.

— Eh bien! répartit Madeline en souriant, n'est-ce pas encore une des supériorités que vous voulez accorder à vos deux arts seulement ? La littérature, quand elle en est là, ne devient-elle pas, selon vos expressions, non seulement suggestive, mais algébrique?

— Oh ! oh ! s'écria Tombre, te voilà collé, mon ami ! Mais sapristi ! mademoiselle, vous évoluez dans tout ça avec une aisance !

— Monsieur Yves a bien voulu m'expliquer beaucoup de choses, répondit-elle modestement. Les femmes ne demandent qu'à comprendre, voyez-vous. Seulement il faut se donner la peine de les instruire.

— Et il faut qu'elles soient intelligentes, ajouta Mme Loupiat, et que d'abord on leur ait ouvert l'esprit. Monsieur Yves n'aurait pas trouvé à qui parler, sois-en certaine, si tu n'avais jamais causé qu'avec ton grand-père.

— Bien sûr, maman, dit Madeline en la câlinant d'un baiser, pour cacher sous la sincérité de sa caresse l'innocent mensonge de son acquiescement.

— Je dois vous dire, monsieur, reprit la malade en se tournant vers Tombre, que dans notre famille, de mon côté, on a toujours été entiché des

choses de l'esprit. Ma mère était citée dans le
département pour son talent sur la harpe, fort à
la mode au temps de sa jeunesse. Mon pauvre
père, feu le chevalier de Buironfosse, tournait
agréablement les vers. C'est de lui, sans doute,
que tient Madeline.

— Maman, interrompit la jeune fille, je t'en prie,
pas trop de compliments. Cela me gêne, tu sais.
Si nous travaillions un peu, monsieur Yves ! Je
ferai des fautes et vous me gronderez. J'aime
mieux cela.

— Mais il y a longtemps que vous n'en faites
plus, mademoiselle.

— Oh ! vous aussi ! s'écria-t-elle en riant. Tout
le monde m'en veut donc, aujourd'hui ? Rien que
des compliments ! Jusqu'à monsieur Tombre qui
a l'air de chercher ce qu'il va me dire d'aimable !

Elle était mutine, sans coquetterie d'ailleurs,
très simplement, comme elle avait été sérieuse en
discutant tout à l'heure. Et Tombre, en effet,
aurait voulu pouvoir lui exprimer combien il la
trouvait charmante. Toutefois, les mots ne lui
venaient pas; et seule sa figure essayait de parler.
Si éloquente pourtant ! Mais aucune mimique,
même la sienne, n'était capable de rendre les
pensées qu'il avait alors :

— Oh ! une femme pareille, qui vous comprend !
L'aimer et être aimé d'elle, ne serait-ce pas le
rêve pour un artiste ? Si Georgette était comme
ça, elle m'aimerait !

XIV

— Traduire la vie, impossible en somme ! avait dit Tombre un jour dans une de ses discussions esthétiques avec Yves. Essayer ça, c'est de la folie. C'est vouloir mettre des flots en bouteille !

Oui, mettre des flots en bouteille ! Et cependant, cette entreprise chimérique, absurde, c'est à quoi travaillent tous les artistes dignes de ce nom ; c'est à quoi Tombre avait tendu en composant, répétant, faisant répéter sa pantomime ; c'est ce qu'il allait tenter ce soir plus que jamais en la jouant ; c'est ce qu'il faut tenter aussi, simplement pour la raconter.

On en concevrait une piètre idée, de cette pantomime, si l'on devait se la figurer d'après le programme distribué aux spectateurs de la première par les soins de du Glaizat.

Un joli programme, pourtant ! Quatre pages satinées, teintées d'azur, avec de l'or à la tranche supérieure, et imprimées en italiques elzévir

roses. Un programme qui avait, l'air d'un menu
de confiseur, et qui avait fait dire à Georgette :

— A-t-il du goût, hein ! Est-ce distingué !

Un programme qui attendrissait M. Lepottier,
dissimulé dans une baignoire ; car, si l'ombre
discrète ne lui permettait pas de lire les caractères un peu fins du texte, il voyait les lettres plus
grosses où le nom de l'étoile se détachait en
vedette.

Mais ce tant joli programme, c'est du Glaizat
en personne qui s'était donné la peine de le rédi-
ger. Spirituellement, hélas ! Et d'ailleurs, même
l'eût-il écrit en bonne prose, ce ne pouvait être
qu'un rapide résumé. Non pas de la pantomime
imaginée par Tombre, au surplus ; mais bien de
la pièce bâtarde, remaniée, gâchée, enrubannée,
qui était sortie finalement des maquillages peu à
peu imposés par la collaboration du directeur.

— Ah ! disait Tombre plus tard, pour juger ma
pantomime il faudrait l'avoir connue avant que
cet imbécile de plumitif y eût touché. Le *monstre*
que je lui avais fourni était un vrai monstre. Il en
a fait un toutou, avec des faveurs et de la pom-
made.

Ce *monstre*, ce scenario primitif, Tombre n'en
avait conservé que le commencement, et encore à
l'état de brouillon, bâclé de verve. Le reste, grif-
fonné au crayon sur des feuilles volantes, sur-
chargé de béquets pendant les raccords, complètement modifié aux dernières répétitions qui

avaient *chambardé* toute la fin, le reste s'était égaré. Ou plutôt, pour dire le vrai, l'ombre l'avait déchiré jour par jour, à mesure qu'il faisait des concessions par faiblesse pour Georgette. Il avait eu comme une honte de garder ces témoins de ce qu'il avait rêvé, témoins qui lui reprochaient ce qu'il avait la lâcheté de faire. Mais les deux premiers actes, écrits à la plume sur du papier à musique, étaient restés chez Yves.

Il faudrait pouvoir le reproduire graphiquement, ce manuscrit, avec tous les signes dont le mime l'avait historié, et surtout avec l'explication de ces signes, qui étaient pour lui autant de notes, de points de repère : crochets au crayon bleu, croix au crayon rouge, soulignements enchevêtrés, barres écrasées d'un trait violent, fusées d'encre s'envolant en zigzags vers les marges et y éclatant en pâtés qui faisaient bombes. Cela lui rendrait un peu de la vie que l'ombre y mettait en l'écrivant. Tel quel, dépouillé de ce superflu si nécessaire, réduit à son style presque télégraphique, même petit nègre, le voici, avec la distribution agrémentée de curieuses remarques où le mime critiquait lui-même et ses camarades (ces remarques datent du début des répétitions).

L'AME DE PIERROT

Pantomime en quatre actes et huit tableaux

PERSONNAGES

PIERROT, *Mot.* Surtout, pas en Frédérick ! Faire trop large, mòn défaut. Pas de geste ronron. Rien que du pif et du paf ! En coups de couteau. Ou plutôt, de rasoir.

COLOMBINE, l'âme de Pierrot, *Georgette.* La tanner. Trop joli. Je n'ai pas une âme si gracieuse.

ARLEQUIN, *Rosemond.* Ane. Manger ses répliques d'entrechats.

LÉANDRE, neveu de Cassandre, *Champrallet.* Crétin. Rien à faire. Lui boucher les avant-scènes.

CASSANDRE, *Bastide.* Bonne volonté. Le soutenir.

MAD. CASSANDRE, *Pauline.* Idem.

BÉTINET, valet de Léandre, *Auguste.* Grimacier, drôle. A surveiller. Coupe les effets. S'il crie ou ricane, le botter en scène, raide.

LE JUGE, *Brunel.* Quelque chose à faire peut-être.

LE COMMISSAIRE, LES GENDARMES, *N'importe qui.* Tâcher de les rendre en bois.

ACTE PREMIER

PREMIER TABLEAU

SCÈNE PREMIÈRE

Cassandre et sa femme seuls. Comptent écus.
Peur des voleurs. Faudrait bon domestique pour
défendre. Y en a-t-il ? Hélas ! Non.

On frappe. Fourrent écus dans coffre-fort.

SCÈNE II

Léandre suivi de Bêtinet. Vient demander argent.

— Pourquoi faire ?

— Acheter livres, travailler.

— Blague, dit Bêtinet. Pour jouer, boire, femmes.
Refus indigné.

— D'ailleurs, nous Cassandre, pauvres.

— Allons donc ! Et ça ? (coffre-fort).

— Rien dedans.

— Faites voir.

— Jamais de la vie.

— Mais je suis votre héritier.

— Nous ne sommes pas morts.

— Ça viendra.

Léandre sort en les menaçant. Bêtinet accentue.
Pierrot a regardé toute la scène par lucarne.

SCÈNE III

Reprise de terreurs. Rouvrent coffre-fort, en tirent cassette, pour recompter argent, s'il y est encore.

Porte du fond entrouverte. Pierrot regarde de nouveau. Convoitise allumée.

Referme. Frappe. Cachent écus.

SCÈNE IV

Pierrot humble, Tartufe. Se propose comme domestique.

— Bons certificats?

En tire une liasse qu'il éparpille. Encore ! Toujours !

— Assez ! que sais-tu faire ?

— Tout.

Il mime balayer, faire les lits, tirer de l'eau, fendre du bois, brosser, cuisiner, conduire voitures, bercer enfants, même donner à téter.

— Pas voleur?

Montre toutes poches vides.

— Pas gourmand ?

Montre ventre creux. (Me le faire toucher au dos).

— Pas ivrogne?

Montre face blême. Langue aussi, affreusement blanche.

— Pas trop dormeur?

Ouvre et ferme alternativement chaque œil. Ne
dort jamais que d'un.

— Pas poltron ?

Se campe en bravache. Escoffie ennemis imaginaires.

— Fort ?

Les renverse de deux giffles simultanées.

— Bien. On te prend. Nous allons coucher.
Monte la garde.

Ils emportent coffre-fort dans leur chambre.

SCÈNE V

Pierrot seul. Regarde par le trou de la serrure.
Voit et mime tout ce qu'ils font. Ouvrent coffre-
fort. Mettent cassette sous oreiller. Se déshabil-
lent. Passent balai sous le lit. Se couchent. Souf-
flent chandelle. Dorment.

Comment la leur voler ?

Mais, d'abord, faut-il la leur voler ? Et ta conscience ? Et ton âme ? Est-ce que j'en ai une ? Pft

SCÈNE VI

L'âme paraît. Colombine si jolie. Il lui fait
mamours.

— Quoi ! tu veux voler ?

— Je suis las de misère.

— Travaille.

— Je suis fainéant.

— Mais si l'on te prend ?

— Je suis malin.

— Et si les vieux se réveillent ?

— Je les tuerai.

— Un crime ! c'est la damnation. Et Dieu ?

— Il n'y en a pas.

— Moi je te verrai.

— Oh ! toi ! je m'en fiche. D'ailleurs, j'en ai assez, de toi. Mon corps veut s'amuser, vivre, boire, aimer. Tu l'empêches toujours. Va-t'en !

— Si je m'en vais, le diable me prendra.

Il n'y en a pas.

— Regarde.

SCÈNE VII

Le diable Arlequin paraît. Ame terrifiée. Pierrot ravi.

— Veux-tu mon âme ?

— Oui.

— Je t'en supplie, Pierrot, ne me donne pas à ce vilain si noir, moi si rose !

— Si, donne-la moi. Je t'en débarrasse.

— Qu'en feras-tu ?

— C'est mon affaire.

— Bah ! après tout, ça m'est égal. Elle m'embête. Prends-la.

Désespoir de Colombine. Fuite devant Arlequin. Pierrot la livre. Colombine toute rose devient toute noire. S'abîme enlacée par le diable.

Pierrot embarrassé comme quand perdu mouchoir. Lui manque quelque chose.

— Que je suis bête ! c'est mon âme. Veine ! Bon débarras !

Plus de soucis, de remords, léger comme plume.

Tire de la table de cuisine grand coutelas. L'aiguise. Calme, avec petit sourire voluptueux.

Va regarder au trou de serrure.

Ouvre porte de la chambre à coucher, tout doucement. Puis, d'un pas décidé, sort, chandelle à la main gauche, abritant lumière de main droite, coutelas aux dents.

DEUXIÈME TABLEAU

Changement à vue. La chambre à coucher.

SCÈNE PREMIÈRE

Pierrot pose chandelle par terre, derrière meuble, pour que vieux pas lumière sur figure. Alors réfléchit. Retrousse d'abord longues manches. Non. Pas sûr : sang pourrait gicler et tacher blouse. Retire blouse. Passe et boutonne hermétiquement houppelande de Cassandre. Sans précipitation, froidement, s'approche du lit. Tue les vieux.

Sourire satisfait de bon travailleur. Ote houppelande. Sang dessus. Regarde mains. Sanglantes aussi. Les lave méticuleusement dans cuvette. Se mire. Ote gouttelette rouge sur sa joue.

Retire cassette de dessous l'oreiller, avec précautions pour pas se salir. Comme chat marchant dans endroit mouillé.

Comment l'ouvrir? Retire coutelas du corps de la vieille. Le torche aux draps. Fait sauter couvercle.

Contemple écus. Avec ça, ce qu'il fera. Mime noce sardanapalesque.

Se rhabille. Fourre argent dans poches. Va pour sortir.

On frappe. Souffle chandelle. Terreur.

SCÈNE II

Entrent Léandre et Bêtinet, à tâtons.

Pierrot se glisse dehors sans être vu par eux. On entend clef grincer dans serrure. Il les a enfermés.

SCÈNE III

Léandre et Bêtinet cherchent dans l'ombre. Heurtent chaises. Tombent. S'emberlificotent dans houppelande. Arrivent au lit. Palpent. Horreur !

Bêtinet trouve chandelle. Allume. Ils voient.
Bêtinet a les mains rouges. Épouvante! Veulent
se sauver. Porte close.

SCÈNE IV

On frappe. Entrent commissaire, juge et gendarmes, amenés par Pierrot.

Il accuse Léandre et Bêtinet, qui se défendent
en vain. Preuves contre eux, montrées par lui :
mains de Bêtinet ; cuvette où Léandre a dû laver
les siennes ; houppelande ; coutelas ; coffre-fort
vide. Toujours froid et méticuleux. Et lui, rien
dans les poches. On arrête Léandre et Bêtinet.

ACTE II

TROISIÈME TABLEAU

*Un bal masqué. Au premier plan, salon où
l'on joue. Au fond, à gauche, large baie donnant
sur la salle de bal pleine de masques qui passent
en dansant. A droite, un balcon d'où l'on voit la
place publique. L'aurore se lève.*

SCÈNE PREMIÈRE

Pierrot en frac. Il joue. Tient la banque et
abat neuf à tout coup. Cartes énormes, où les
points sont visibles de la salle.

SCÈNE II

Passe Colombine en domino rose, au bras d'Arlequin.

Pierrot abat deux bûches.

Elle disparaît. Les neuf recommencent.

Elle revient. Reprise des bûches. Il se retourne, gêné par la présence du domino qui le regarde. Va soulever le loup de dentelle et reconnaît Colombine. Se met à pleurer.

Arlequin arrache domino. Elle en sort en papillon bleu, qu'Arlequin entraîne dans le bal.

SCÈNE III

Pierrot redevenu souriant reprend place au tapis vert. Neuf sur neuf. Un joueur se lève indigné, vient à lui, lui tire de la manche un paquet de cartes et le soufflète. Tumulte.

Pierrot fait signe que cela lui indiffère. Il n'a pas d'âme.

— Voyez. Je ne rougis même pas.

SCÈNE IV

Rentrée de Colombine échappée à Arlequin. Tombe dans les bras de Pierrot.

Soudain il court au souffleteur, lui rend gifle, et lui donne sa carte. Il enlace Colombine.

— Maintenant j'ai mon âme.

Retumulte. Plus violent. Table renversée.

SCÈNE V

Masques envahissent en dansant. D'abord toutes sortes. Puis, tout à coup :

— Regarde, dit l'âme.

C'est le couple Cassandre qui passe, tourbillonnant, fichés ensemble par grand coutelas. Pierrot terrifié.

— Repens-toi. Va te dénoncer.

Les fantômes le prennent par les mains, l'entraînent dans la ronde. Colombine montre le chemin en pirouettant devant.

SCÈNE VI

Arlequin rentre, enlace Colombine et disparaît avec elle.

Pierrot n'a plus sous les mains, au lieu des Cassandre évanouis dans les dessous, que leurs deux défroques vides.

Son étonnement. Sa joie. Il s'évente. Suait à grosses gouttes.

Cependant les masques ont couru au balcon.
— Qu'y-a-t-il ?

Un monsieur sort de sa poche journal énorme, et montre écrit en grosses lettres :

EXÉCUTION CAPITALE.

Pierrot se sauve.

SCÈNE VII

Par la fenêtre, panorama mouvant. Place en-
vahie par la foule. Au loin la charrette.

QUATRIÈME TABLEAU

Changement à vue. La place de Grève.
Le balcon est maintenant aperçu par son
dehors, au fond de la place. Sur la place, foule
impatiente tournée vers l'angle d'où va débou-
cher charrette. Au premier plan, Pierrot, en
pardessus et chapeau à claque. Voltigeant de
ci de là, une petite mendiante en haillons qui
demande l'aumône.

SCÈNE PREMIÈRE

Arrivée de la charrette, portant Léandre et
Bêtinet.
Pierrot sourit, se frotte les paumes.

SCÈNE II

La mendiante lui tend la main. Il donne un
louis, machinalement. Aussitôt elle devient danseuse. Ses haillons se changent en floches de soie
multicolore. C'est Colombine.

Invisible aux autres, elle l'enveloppe, lui, de pirouettes suppliantes. Il résiste. Elle l'embrasse.

— Arrêtez! Léandre et Bêtinet sont innocents. C'est moi le seul coupable.

La foule s'écarte. Le juge, le commissaire et les gendarmes interrogent Pierrot. Raconte tout. Léandre et Bêtinet le remercient. On les délivre. Ils se sauvent.

Pierrot prend leur place sur la charrette. Il est rayonnant.

Colombine exprime la beauté de ce repentir par une danse noble et lyrique.

SCÈNE III

Soudain Arlequin jaillit de terre, et la touche de sa batte. Elle redevient mendiante. Tous deux se perdent dans la foule.

La charrette va se remettre en marche. Pierrot en saute, bouscule gendarmes.

— Ce n'est pas vrai. Je ne suis pas coupable.
— Mais tu as avoué, fait le juge.
— C'était pour m'amuser... Bonne farce!

Il se tord de rire. La foule aussi. Les gendarmes eux-mêmes, le commissaire, le juge.

Profitant de cet accès général, Pierrot bondit dans la charrette, jette à bas le cocher et enlève les chevaux au grand galop.

. . . .

. . . .

. . . .

Ici s'arrêtait le brouillon manuscrit de Tombre.

C'est la partie qu'avait respectée à peu près du Glaizat. A partir de ce moment, sa collaboration avait insensiblement pris le dessus, grâce aux faiblesses du mime pour Georgette. Sous prétexte de *modernisme*, Colombine devenait femme à la mode, ce qui donnait matière à une sorte de ballet de gommeux et de gommeuses. Arlequin, amouraché d'elle pour tout de bon, transformé d'ailleurs en clubman, voulait l'épouser. Pour la séduire, il consentait à abolir le crime de Pierrot, en ressuscitant M. et Mme Cassandre, qui reparaissaient sous la figure de petits bourgeois caricaturés comme au café-concert. Colombine alors échappait à ce fiancé maudit, qui la poursuivait, tandis que de son côté Pierrot la poursuivait aussi, afin de ravoir son âme. Il en résultait une chasse en imbroglio, genre Palais-Royal, jusqu'à l'instant où tout s'arrangeait, Pierrot pardonné et vieilli rentrant en possession de son âme, ce qui le rajeunissait soudain, comme il convenait pour l'apothéose finale. Bref, le drame rêvé par Tombre s'achevait en vaudeville.

Car c'était un vrai drame, sa pantomime à lui, un drame psychologique et macabre. Dans son idée première, Pierrot, d'abord délivré de toute conscience et de toute morale, comme on l'a vu, par l'absence de son âme, se trouvait bientôt, pour la même raison, privé de toute joie. Le crime lui-même lui paraissait fade, n'étant plus assai-

sonné de remords. Alors il se dégoûtait de tout
peu à peu. Il regrettait son âme. Il en devenait
amoureux fou. En même temps il vieillissait,
tandis qu'elle restait radieusement belle. Désespéré, il pensait à mourir. Mais comment, n'ayant
plus d'âme à rendre? Ah ! la reconquérir ! Pour la
reprendre à Arlequin, il abdiquait tous ses vices.
Après la Vertu, il recourait à la Science. C'est
lui qui ressuscitait M. et Mme Cassandre, en
leur insufflant de vie tout ce qu'il pouvait, ce
qui le rendait lui-même tout à fait spectral. A
mesure qu'il rachetait son crime et qu'il méritait
de ravoir son âme, cette âme s'épurait et prenait
des formes de plus en plus belles et nobles.
Colombine finissait par être une sorte de person-
nification de la Mort elle-même, de cette Mort
qu'il désirait tant, et qui était le suprême objet de
tout son amour. Non pas la Mort hideuse; au
contraire, une apparition suave, idéale, dansante
et ailée. Oh ! la splendide scène de passion du
dénouement, quand elle tourbillonnait autour de
lui comme un divin papillon, et qu'il essayait
de la toucher, et qu'il agonisait à cette chasse
étrange ! Car c'était une agonie véritable, mais avec
les affres de ne pas mourir, puisque le dernier
soupir serait la joie, au lieu d'être la peine,
puisque dans le baiser de Colombine Pierrot
allait enfin reprendre et en même temps rendre
son âme.

— Mais je ne veux pas jouer la Mort, avait dit

Georgette. Voyons, mon petit Tombre, ce n'est pas mon emploi.

— Et puis tout ça est trop funèbre, avait ajouté du Glaizat.

Tombre s'était récrié tout d'abord. Mais on l'avait entortillé de câlineries par ci, de raisonnements par là. Il fallait attendre, pour oser des choses pareilles ! Plus tard, quand le public serait revenu à la pantomime, on lui donnerait ce qu'on voudrait ! Aujourd'hui, pour commencer, il était imprudent de lui demander trop ! On l'épouvanterait ! C'était déjà assez croque-mort, ce tableau de l'assassinat ! Et la charrette, donc ! On ne devait pas oublier que le théâtre s'appelait les *Folies-Élégantes !*

— Soyons fous, faisait le spirituel directeur, mais restons élégants.

Et, comme s'il formulait un axiôme :

— La mort n'est pas élégante.

— Et puis, insistait Georgette, accordez-nous quelque chose, aussi. Moi, vous voyez, je suis gentille. J'ai coupé deux entrechats au trois, et j'ai fait le geste que vous m'avez demandé à ma grande réplique du cinq, le geste en zigzag.

— Sans compter, ajoutait Grimblot, que la pièce est assez *moderniste* comme ça.

Il employait ce mot pour faire plaisir au patron, qu'il trouvait d'ailleurs trop hardi, ce qui chatouillait aussi l'amour-propre de du Glaizat.

— Car enfin, patron, grommelait-il sur un ton

de critique qui ressemblait à de la flatterie, enfin,
il n'y a pas à dire, vous les bousculez, vous,
les traditions. Mâtin! Un Arlequin-diable! Une
Colombine en mendiante, puis en cocotte, avec
une robe à traînes! Et un Pierrot en habit noir,
en gibus! C'est *moderniste*, ou je ne m'y connais
pas.

— Oui, oui, pas mal, répondait du Glaizat en
se pavanant. Dame! Nous voulons du nouveau,
nous, n'est-ce pas, mon cher Tombre? Mais,
cependant, pas trop n'en faut, non plus.

— Ah! vous voyez, reprenait Georgette, il fait
des concessions, lui! A votre tour, hein? mon
petit Tombre.

Et le cher Tombre, mon petit Tombre, en avait
finalement passé par où l'on voulait. Il avait
sacrifié ses deux derniers actes pour se rallier à
l'affabulation de du Glaizat. Il avait lâché jusqu'à
son dénouement, sa mort, puisqu'elle n'était pas
élégante.

Oui, même sa mort! Et pourtant c'était ce qu'il
avait rêvé de plus beau, de plus original, de plus
génial. C'était son *clou*.

Il se voyait si bien à cette scène de passion
suprême, à cette agonie radieuse! Rompant avec
toutes les traditions du Pierrot glabre et coiffé
d'un serre-tête, il imaginait un Pierrot barbu et
chevelu, chenu de vieillesse, centenaire, une espèce de Pierrot-roi-Lear, aux mèches blanches et
flottantes, aux yeux affolés d'horreur, d'amour et

d'extase, aux gestes traduisant à la fois la lassitude de vivre, la soif de mourir et la gloire de
l'apothéose.

— Des gestes, pensait-il, qui donneraient tout
à la fois, par leur tremblotement, l'idée d'une
flamme vacillante qui va s'éteindre et d'une aile
frémissante qui va s'envoler.

Et au lieu de cela...!

— Hélas! disait-il à Yves, le soir de la répétition
générale. Hélas! faut-il que je sois lâche! Avoir
accepté leurs niaiseries! Et je parle de mettre des
flots en bouteille! Ce qu'ils m'y ont fait mettre,
non pas même en bouteille, mais en cruchon, ce
n'est plus que de la limonade.

XV

Limonade, soit! Mais pas tout limonade. Et telle fut justement la grande sottise de ce petit malin de du Glaizat.

Tout en songeant aux recettes futures, c'est-à-dire à ne pas effaroucher son public, du Glaizat n'était pas fâché de le surprendre un peu, d'étonner surtout ceux qu'il appelait ses confrères. Il savait bien ce que vaut à Paris ce titre d'artiste, qui vraiment y est un titre de noblesse, et tout ce qu'il fait pardonner. Autant, et peut-être plus encore que l'argent, il désirait un bout de réputation littéraire, cet invisible ruban d'une Légion d'honneur idéale, dans laquelle ne l'avaient fait entrer ni ses chroniques à scandale, ni ses deux romans.

Et voilà pourquoi, malgré ses transes de directeur, il avait laissé passer comme collaborateur (comme auteur, en somme puisqu'il signait seul) bon nombre des imaginations de Tombre. Il y avait là une pointe d'étrangeté qui lui paraissait

suffisante à prouver ses qualités d'artiste. Cette
pantomime avec des scènes tragiques n'était pas
banale. Cette nouveauté d'un Pierrot macabre lui
donnerait un vernis de hardiesse. Le mélange du
fantastique et de la réalité *moderniste* avait tout
l'air d'une trouvaille. Il serait donc enfin, lui
aussi, un oseur, un inventeur, un poëte! On le
traiterait toujours de canaille, sans doute, mais on
ajouterait :

— Tout de même, il a du talent.

Or, il s'était trompé dans ses calculs. Pour arriver à ce qu'il convoitait, il eût fallu mettre à
l'ombre la bride sur le cou et le laisser galoper en
sa libre fantaisie. Le mime eût rapporté de sa
galopade une œuvre folle, excessive, mais originale et portant la marque d'un artiste. Le théâtre
y eût probablement, presque certainement, perdu
sa caisse. En revanche du Glaizat y eût gagné de
faire dire :

— Eh! l'auteur de ça, c'est quelqu'un.

Avec les demi-mesures prises par lui, on n'avait
plus qu'une pièce hybride, où les audaces de
l'ombre détonnaient, semblaient excentriques, et
en même temps affichaient le secret de la collaboration du mime. Car il sautait aux yeux que les
quelques bizarreries subsistant dans le canevas
devaient appartenir à ce comédien si bizarre lui-
même. On ne se fût aperçu de rien, si tout avait été
de la même main, et on eût cru alors aisément que
cette main était celle de l'auteur en nom. Mais

comment admettre que le librettiste de ce vaudeville quelconque, achevé en vague féerie, fût celui
qui avait conçu la tragédie du commencement, et
le rôle même de Pierrot si magistralement posé
en une sorte de problème psychologique? Évidemment il y avait là deux inspirations. Les artistes
n'eurent aucun doute à cet égard.

Quant au public *élégant*, il fut choqué des as-
pects sérieux sous lesquels on lui présentait tout
d'abord un spectacle auquel il espérait surtout
s'amuser.

— La mort n'est pas *élégante*, avait dit du Glaizat, avec le flair juste de ce public.

Mais le crime, non plus, n'est pas *élégant*, ni le
remords, ni quoi que ce soit de philosophique,
dans un lieu où l'on est venu pour voir des bouf-
fonneries et des pirouettes, pour digérer en lor-
gnant des grimaces drôles et de jolies jambes.

Et encore eût-il mieux valu que ce public fût
tout à fait mis hors de lui par le primitif scenario
de Tombre, violent et funèbre. Au moins ce
lyrisme inattendu l'eût franchement révolté, c'est-
à-dire secoué, et par conséquent empoigné peut-
être après bataille. Au lieu que ces alternatives
de hardiesse inopportune et de banalité prévue,
de tragique voulant faire penser et de puéril ne
faisant pas rire, déconcertèrent absolument, sans
qu'on eût le loisir ni de se défendre ni se détendre.

Ainsi du Glaizat, comme il arrive d'ailleurs tou-

jours quand on veut plaire à tout le monde, n'y
réussit auprès de personne. Il ne contenta pas son
public et ne conquit point les artistes.

Mêmes errements, au reste, à propos de la musique. Une partition originale eût prêté matière à
la discussion; des flonflons de franche opérette
eussent diverti; on n'eut ni l'une ni les autres. A
vrai dire cependant, cette fois, par hasard, du
Glaizat avait eu comme une idée artistique. Il y
avait été conduit par le mesquin désir de ne pas
partager ses droits d'auteur ; toutefois l'idée valait
quelque chose. C'était de commander au chef
d'orchestre une sorte de pot-pourri, composé de
tous les vieux airs des Funambules. Par malheur,
du Glaizat lui-même n'avait pas vu tout le parti
qu'on pouvait tirer d'une idée pareille, et le chef
d'orchestre, homme sans aucun talent, ne l'avait
pas soupçonné davantage. Un musicien véritable
eût conservé à ces ponts-neufs leur charme
vieillot, leur joli et touchant rococo d'épinette et
de serinette. Mais c'est par économie seulement
que du Glaizat les avait exhumés, et non par un
raffinement de goût pour leur antiquaille. Cette
antiquaille, au lieu de la mettre en valeur, il
avait voulu précisément la dissimuler.

— Retapez-moi un peu tout ça, disait-il. Que ça
ait l'air frais, coquet, à la mode, enfin *moderniste*.

Et le chef d'orchestre avait *arrangé* les thèmes
naïfs en polkas triviales, en quadrilles vulgaires,
qui n'avaient pas même la mélancolique banalité

de l'orgue de Barbarie, ni non plus la grosse allégresse canaille du bastringue, ni seulement la fausse distinction d'allure des musiquettes pour demoiselles. C'était médiocre, quelconque, insignifiant. On n'y fit même pas attention.

— Tant mieux ! pensait du Glaizat. Une vraie partition eût détourné les esprits de *ma* pantomime.

Elles les eût tenus en éveil, au contraire. Et ils en avaient besoin. Car, en somme, les jugements se résumaient en ce mot, le plus fâcheux de tous les arrêts dramatiques :

— Ce n'est pas folâtre.

Ce ne fut pas non plus un *four*, cependant. D'abord, la salle était bien faite, comme on dit. Garnie, outre la claque officielle et à gages, de nombreux claqueurs officieux adroitement disséminés. Puis, les spectateurs eux-mêmes ne furent pas trop chiches d'applaudissements. Le théâtre, réellement fort coquet, les jolis programmes de confiseur, la mise en scène avec ses décors et ses costumes battant neufs, luxueux (non sans goût, il faut le reconnaître), tout cela fut encouragé comme il convenait. La troupe, enfin, eut aussi sa bonne part de bravos.

Georgette, en particulier, put croire à une véritable victoire. On lui trouva du charme, de la grâce, de la beauté. Sa mimique, beaucoup plus expressive que celle de la plupart des danseuses, souleva par moments comme des ovations. Cer-

tains *effets*, que l'ombre lui avait indiqués, et
dont elle corrigea d'ailleurs l'âpreté en y mêlant
sa joliesse, lui valurent l'honneur des rappels.
On prononça dans les couloirs, en parlant d'elle,
ce mot de talent auquel du Glaizat haussait vainement son ambition. Sa loge reçut des visites et des
fleurs. Même, entre deux actes, on lui apporta en
scène une énorme brouette de roses, ce qui fit un
peu sourire le public, qui trouva cela *province*;
mais ce qui lui fit grand plaisir à elle, néanmoins.
Il est vrai que ce sourire fut imperceptible, les
vagues murmures de quelques gouailleurs ayant
été aussitôt étouffés sous les battoirs de la claque,
avec lesquels avaient fait chorus, tout de suite,
beaucoup de mains gantées, et notamment une
paire qui travaillait frénétiquement dans l'ombre
d'une baignoire. En somme, M. Lepottier n'avait
pas trop déplu à la salle par ce galant hom-
mage, auquel on s'était associé de bon cœur.
Et, lorsque Georgette était rentrée dans les coulisses précédée de sa brouette, c'est sans ridicule
que Grimblot avait pu lui dire, après s'être mou-
ché bruyamment en signe de vive émotion :

— Permettez à un vieux cabot de vous embrasser. Mon enfant, c'est un triomphe.

Il avait même ajouté, avec un trémolo dans la
voix, et en levant les yeux vers les bandes d'azur
qui figuraient le ciel :

— Ah! si feu Jules était ici, comme il serait
fier!

Tombre lui-même avait eu son succès. Non pas, ainsi que Georgette, d'un bout à l'autre de la soirée, ni unanime non plus.

La majeure partie du public était restée froide à ses savants monologues de mimique, à ces longues dissertations avec lui-même, où il excellait cependant, et où sa face arrivait à traduire les plus subtiles nuances de sentiment et de pensée. Le réalisme de ses gestes, lorsqu'il agissait, avait déplu aussi à ces spectateurs, comme trop net, trop brutal. Encore plus le lyrisme échevelé, dans lequel il prenait de soudains essors, après des terre-à-terre de trivialité. Nul doute que, s'il eût parlé au lieu de mimer, il eût recueilli plus d'un chut, même de cette salle polie. Mais le mutisme de la pantomime impose un peu. On se contentait donc de lui manifester seulement de l'indifférence. A vrai dire, on comprenait mal.

Toutefois, un certain nombre d'artistes et de gens de lettres, entre autres une demi-douzaine de poëtes, et même quelques critiques, anciens admirateurs de Deburau et de Paul Legrand, le suivaient avec une attention curieuse. Déroutés de prime abord, au moins la plupart, par l'indéniable nouveauté de son jeu, ils s'y intéressèrent d'autant plus vivement.

La scène de l'assassinat des Cassandre les empoigna. C'était bien là l'homme désormais sans âme, commettant son crime comme une besogne qu'on soigne, proprement, méticuleusement, d'un

air calme, presque compassé. Quand il se bouton-
nait dans la houppelande du vieux, quand il se
lavait les mains après le meurtre, il vous faisait
froid dans le dos. Bien plus qu'en se servant du
coutelas! Et cela seul était une merveille d'inven-
tion, que d'avoir transposé l'horreur, en quelque
sorte, de l'acte lui-même aux détails vulgaires qui
le précèdent ou le suivent. Le meurtre semblait
une chose sans importance. C'est après coup, par
réflexion, que le tragique vous prenait à la gorge.
Ainsi, la minute vraiment formidable fut celle où
Pierrot très calme, passant devant le miroir un
minutieux examen de sa face, découvrait sur sa
joue blanche une gouttelette rouge, et faisait sauter du bout de l'ongle ce grain de beauté sanglant.
Car il évoquait réellement cette idée de grain de
beauté, de mouche coquette, et en même temps
l'idée du sang qui avait giclé. Sa physionomie
exprimait jusqu'à ce mauvais jeu de mots : une
mouche assassine. Et l'antithèse était sinistre,
entre ce calme goguenard et le forfait accom-
pli, entre ce geste d'homme à sa toilette et le regard
qu'il jetait vers les cadavres, avec un lent sourire
muet et le rapide battement d'une paupière.

Des applaudissements saluèrent cette mimique;
peu nombreux, mal nourris; mais qui allèrent au
cœur de Tombre; car ils avaient précédé ceux de
la claque.

Et ce fut ainsi tout le long de la soirée. La salle
entière ne *donna* pas une seule fois. En revanche,

cette élite ne laissa passer aucun *effet*. Il y avait
trois ou quatre emballés surtout, qui soutinrent
jusqu'à des exagérations évidentes, auxquelles
renaclaient les mieux disposés parmi les rares
partisans de Tombre. Ceux-là étaient irrités de la
froideur générale, et tâchaient de la réchauffer,
même au risque de soulever des protestations. Et
certes, avec des spectateurs moins figés d'indifférence polie, ils y fussent parvenus, eussent pro-
voqué des sifflets peut-être, ce qui eût été le signal
de ripostes en bravos. Mais on ne protesta que
mondainement, non artistiquement. Leur enthousiasme semblait seulement de mauvais goût
comme la brouette de roses tout à l'heure. C'étaient
des amis du mime, sans doute, pensait-on ; ou
quelques poëtes *poseurs* qui voulaient se singu-
lariser en ayant l'air d'être les seuls à comprendre
ce que ne comprenaient pas les gens du monde.

Cet enthousiasme fut même plutôt nuisible à
Tombre. Il lui aliéna les quelques journalistes qui
d'abord lui avaient été favorables par amour
rétrospectif des Funambules. A ses premières
mines, à la vue de son physique, à son jeu original, ils avaient commencé par dire :

— Tiens ! tiens ! il a quelque chose, ce grand
escogriffe-là !

A ses outrances, intempestivement applaudies
par les trois ou quatre emballés, ils regimbèrent.
On voulait lui *faire un succès !* Le leur imposer !
Cela les froissa.

— Un inégal ! fit le plus indulgent.

— Un toqué ! décrétèrent les autres.

Mais le pire, pour Tombre, c'est que son rôle ne se soutenait plus après le second acte. A partir des imbroglios de vaudeville imaginés par du Glaizat, il n'avait plus de grandes scènes psychologiques. Ses *effets*, dans la banalité ambiante, paraissaient désormais plus bizarres. Il n'avait plus le temps de les amener, de les *filer*. Ils éclataient comme des pétards. Redoublement d'admiration chez les trois ou quatre emballés, de mauvaise humeur chez les rares partisans du début, et de sourires décidément dédaigneux chez les spectateurs de bon ton.

Au dénouement, il put se rattraper. Et, pour un peu, il y eût eu bataille. S'il avait renoncé à sa mort, il ne s'était pas résigné à lâcher son Pierrot-roi-Lear. Malgré tous les anathèmes de Grimblot révolté, il tenait à son idée de cheveux et de barbe, et consomma son sacrilège envers les traditions et la mémoire de feu Jules. Et ce fut un étonnement, de toute la salle cette fois, quand on vit apparaître ce spectre, qui ne ressemblait plus du tout à Pierrot, mais au Temps.

— Il lui manque un sablier et une faulx, dit un plaisantin.

— Bravo ! bravo ! crièrent les trois ou quatre emballés, soutenus d'ailleurs par la claque, avec qui le mime avait eu soin de *régler cette entrée* scabreuse.

Mais le sentiment du plaisantin était celui de tout le monde : une envie de se moquer en chuchotant, et non pas un besoin de lutte sérieuse. Et malgré l'étrangeté de la conception, malgré la frénésie provocante des quelques applaudisseurs, qui s'obstinèrent à battre des mains après la claque et qui la firent bisser par leurs cris, malgré tout, Tombre n'eut pas sa bataille.

Et pourtant, il la méritait bien. Non la bataille seulement ; mais la victoire. N'ayant plus, sous sa barbe, la mobilité de peau et la nudité de traits qu'exigent les jeux de physionomie, il concentrait tous ses moyens d'expression dans ses gestes et dans ses regards. Et avec quelle puissance ! Ce n'était pas la sénilité d'un Cassandre, aux pas menus, au dos vouté, à la tête et aux mains tremblantes. C'était un grand vieillard lyrique, aux allures de prophète centenaire, dont les longs bras vibraient plutôt qu'ils ne tremblaient, dont la marche accablée gardait tout le glissement de l'ancien Pierrot, dont le corps ne s'était pas ratatiné avec l'âge, mais fondu, comme évaporé, en sorte que sous sa blouse, flottante ainsi qu'une draperie de fantôme, il semblait n'y avoir plus que de l'ombre. Et de sa barbe et de ses cheveux démesurés, tout blancs autour de sa face blanche, il jouait comme des plis même de sa face, donnant aux mèches l'aspect, le mouvement, l'éparpillé, l'envolé de choses vivantes. Ses yeux surtout étaient extraordinaires. Avec la lorgnette, on y

lisait positivement tout le drame de cette suprême
scène d'amour, où il racontait à Colombine, à son
âme, tout ce qu'il avait fait pour la reconquérir,
et combien passionnément il la désirait, et quel
dégoût il avait de vivre sans elle, et qu'il voulait
la reprendre dans un baiser pour l'exhaler aussitôt dans la mort. Car (bien qu'il dût, pour se con-
former au livret de du Glaizat, rajeunir soudain à
ce baiser qui déterminait l'apothéose finale) il
s'était décidé quand même, au dernier moment, à
rétablir en partie son agonie extatique sous forme
de déclaration d'amour à la Mort. Cela devenait
presque incompréhensible avec le nouveau
dénouement. Mais tant pis! Et les enthousiastes
le comprirent, en effet. Mais eux seuls. Eux seuls
virent, et littéralement, passer dans ses yeux tous
les nuages de sa mélancolie, toutes les larmes
de son désespoir, toutes les flammes de son
idéale convoitise, et toutes les ténèbres du
trépas qui ternissaient peu à peu ses prunelles
pâles et fixes. Le gros du public ne perçut
que des regards effarés et des gestes épilepti-
ques.

— On dirait un père Éternel pochard, murmura
quelqu'un.

Et chacun faisait assaut d'esprit dans ce genre,
tandis que les enthousiastes se démenaient à rappeler le mime, en glapissant :

— Tombre! Tombre!

— Bravo, Frédérick! cria un poëte, lorsque le

mime revint présenter Georgette aux applaudissements.

— Tiens! dit un homme d'esprit. Il s'appelle Frédérick. J'aurais plutôt parié pour Ernest.

On riait autour de lui, trouvant drôle cette ineptie. On était content de rire. Cela reposait. Car, pour dire toute la vérité, l'impression définitive était que la soirée n'avait pas été *amusante*. On le montra de reste par l'accueil réservé qu'on fit au nom de l'auteur, et par les réflexions qu'on échangea en sortant, dans les couloirs.

— Joli théâtre!

— Salle charmante!

— Cette Georgette est gentille.

Mais de la pièce, presque pas un mot. Des moues, des épaules à demi haussées, des monosyllabes comme peuh! ou même pft! Bref tout ce qui signifie :

— Ni bien ni mal! Quelconque! Plutôt ennuyeux!

Quant à Tombre, les gens du monde ne se donnaient même pas la peine de le discuter, n'ayant pas daigné avoir celle de le comprendre. Les gens de lettres et les journalistes, mis en gaieté sans trop savoir pourquoi, continuaient à le *prendre en blague*.

— C'est un Rouvière pour sourds-muets, disait l'un.

— Il doit être du midi, disait un autre. Sa mimique a l'accent.

Seuls, trois ou quatre écervelés déambulaient par les rues en proclamant qu'il avait du génie. Mais à entendre leurs hurlements, à voir leurs gestes menaçant les étoiles, un homme sensé n'eût pas manqué de conclure qu'ils étaient aussi fous que Tombre lui-même.

— Tout ça, aurait-il pensé, c'est Charenton et compagnie. Des exaltés ! Des farceurs, peut-être ! Enfin, des artistes !

XVI

Yves n'avait fait qu'une trotte de la *Boule-Verte*
aux *Folies-Élégantes,* où il était convenu qu'il
viendrait cette nuit chercher Tombre, pour avoir
tout de suite des nouvelles de la première. Hélas !
il comprit, dès l'arrivée, qu'elles n'étaient pas
bonnes, aux discussions qui agitaient les coulisses.
Et même il les crut plus mauvaises qu'elles n'é-
taient, tant ces discussions sonnaient aigrement.

La toile baissée, tandis que la salle se vidait,
avant même que le gaz fût complètement éteint,
Grimblot avait commencé le feu contre Tombre,
lui reprochant d'avoir rétabli l'agonie, cependant
coupée d'un commun accord.

— C'est idiot, criait-il. Ça ne voulait plus rien
dire. Et puis, enfin, quand une chose est convenue,
réglée....

Et il le prenait de haut, comme directeur de la
scène, parlait de son autorité méconnue, de *flan-
quer* une amende.

—·Zut ! zut ! zut ! répondait Tombre, sans se fâcher, très tranquillement, sa perruque sous le bras, et l'air majestueux à cause de sa grande barbe qu'il avait conservée.

— Comment, zut ! ripostait Grimblot. Mais vous pouviez faire *boire une goutte* à Georgette, avec vos répliques auxquelles elle ne s'attendait plus.

— Oh ! il n'y avait pas de danger, disait Georgette, très indulgente à cause de son succès.

— Du moment que ça ne l'a pas gênée, ajoutait Tombre, qu'est-ce que ça vous fait, à vous ? Directeur de la scène, oh ! la ! la ! Zut ! zut !

Grimblot furieux s'était précipité à la recherche du patron, qu'il avait trouvé de méchante humeur. Malgré les félicitations d'usage, reçues à double détente, comme directeur et comme auteur, du Glaizat sentait bien qu'il n'avait pas réussi, ni auprès du public à recettes, ni auprès des lettrés. La froideur de la salle quand on avait annoncé son nom, quelques sous-entendus significatifs glissés parmi les compliments des camarades, ne lui laissaient aucun doute sur le résultat de la soirée. Il était trop intelligent pour ne pas s'avouer la défaite, mais aussi trop vaniteux pour se l'attribuer. Dans son for intérieur, c'est le jeu excentrique de Tombre qu'il accusait de tout le mal. Oui, cela seulement, et non la pièce ; car il en était arrivé à se croire vraiment l'auteur de la pantomime, et son amour-propre blessé la jugeait bonne. Il ne se reprochait que d'y avoir laissé un

peu trop du scenario primitif. Et cela encore
était la faute de Tombre. Mais néanmoins, tout
en pensant ainsi, il n'aurait pas eu de lui-même
l'audace de le dire tout haut. Les récriminations
de Grimblot l'y encouragèrent.

— C'est ce fou qui a failli nous mettre dans les
choux, vint lui crier Grimblot. Avoir rétabli cette
scène, que vous aviez coupée, vous ! Ah ! cristi !
Si j'étais patron, ça ne se passerait pas comme ça.
D'abord et d'une, je lui collerais une amende. Ce
n'est pas de trop, pour avoir changé votre pièce.
Et après l'avoir jouée de quelle façon ! En énergu-
mène ! En alcoolique ! Il est toujours soûl, cet
homme-là ! Du propre ! Pour un peu, il la fichait
par terre, votre pièce. Et elle est jolie cependant.
La fin surtout. Nous aurions dû avoir un succès
à tout casser.

Il hachait ses phrases de prises rageuses, comme
s'il était hors de lui ; mais savait fort bien ce qu'il
disait, le vieux coquin. Votre pièce ! Il faisait
sonner le *votre !* Il insistait sur le : *la fin surtout!* Ah ! c'est qu'il avait des rancunes contre
Tombre, contre cet orgueilleux, dont il ne pouvait
digérer le mépris. En lui bouillonnaient toutes ses
colères rentrées des répétitions, ses observations
accueillies par des ricanements, ses fameuses
traditions vilipendées, son *vieux jeu* bafoué. Et
l'occasion était trop belle pour résister au désir
de se venger enfin.

— Oui, oui, continuait-il, au fond il croit qu'il

vous a sauvé d'un four. Voilà son sentiment. Ça
se voit à sa mine. Il ne le dit pas. Mais, si on le
poussait... Car il est content de lui, vous savez.
Avec son air d'avoir deux airs, il se pousse du
col, encore! On ne l'a pas sifflé, par politesse. Et
ça fait le zouave! Vous devriez lui secouer un peu
les puces.

Ainsi monté, du Glaizat était venu au foyer, où
Tombre était précisément en train d'expliquer que
le public avait commencé de battre froid à partir
du troisième acte.

— Vous trouvez? fit du Glaizat d'un ton vexé.

Il y eut un silence. Tout le monde savait que le
trois était à peu près entièrement du directeur.
Tombre cependant ne tenait pas à engager de
chicane irritante. Il ne répondit pas.

— Et pourquoi ça, monsieur? reprit du Glaizat.

Georgette, en bonne camarade, essaya de
rompre les chiens. Elle s'approcha vivement de
du Glaizat, et lui dit à l'oreille :

— Né te fais pas de bile, voyons, mon chéri. Ça
a très bien marché. Nous allons fêter ça tout à
l'heure gentiment, à souper.

— Je ne soupe pas avec toi, lui répondit du
Glaizat, brutalement, presque à voix haute.

Elle venait justement d'évincer par une carte
M. Lepottier, qui comptait aussi finir cette soirée
gaiement, et qu'elle avait renvoyé bredouille sous
prétexte d'énervement bien naturel après une
première. Elle s'était toute réservée à son Fer-

nand. Et voilà comme il la recevait ! Elle en eut les
larmes aux yeux. Puis, par un mouvement bien
féminin, au lieu de lui en vouloir, à lui, c'est sur
Tombre qu'elle passa son dépit et sa colère.

— Eh! dit-elle, ne faites donc pas attention aux
bêtises de cet aliéné. Il faut toujours qu'il mette
la bisbille partout. D'abord il est bu.

— Ce n'est pas vrai, répondit Tombre. Et puis
je ne dis jamais de bêtises.

— Vous en faites, riposta du Glaizat. Pourquoi
avez-vous rétabli votre stupide scène, oui, stupide, et sans mon autorisation ?

— Ma stupide scène ! C'est ce qui a sauvé la
pièce.

— Quand je vous le disais! cria Grimblot.

— Parfaitement. Sauvé la pièce! reprit Tombre.
Sans cela nous finissions en eau de boudin.

— Mais vous y avez pataugé tout le temps, mon
cher, dans l'eau de boudin, répliqua du Glaizat,
dont les narines se pinçaient méchamment. Si
vous ne vous en doutez pas, je ne vous l'envoie
pas dire, moi. Vous n'avez pas dégelé la salle une
fois. Vous avez fait un joli four.

— On m'a appelé Frédérick.

— Pour se moquer de vous.

— J'ai eu des applaudissements partis avant
ceux de la claque.

— De combien de personnes ? Trois pelés et un
tondu.

— Mais c'étaient des artistes, ces trois pelés et

un tondu. Le reste du public, je m'en bats l'œil.
Des bourgeois !

— Ces bourgeois-là font la recette.

— Ils ne font pas la gloire.

Grimblot avait éclaté de rire sur ce mot. Tombre
lui avait imposé silence par une franche grossiè-
reté. On s'était mis entre eux, tout le monde parlant à la fois maintenant, Georgette tombée en
syncope plus ou moins réelle, mais encom-
brante.

C'est à ce moment qu'Yves était arrivé, guidé
vers le foyer par ce tintamarre. Humble et furtif,
il contemplait de la porte cet étrange spectacle :
les cabotins tous accourus de leurs loges, la plupart à moitié démaquillés, quelques-uns en train
de se débarbouiller au cold-cream ; Georgette
pâmée sur un divan, encore en costume de danseuse, et éventée par une vieille dame en mère
Cassandre ; du Glaizat blême de colère, donnant
des ordres d'une voix perçante ; Grimblot réfugié
derrière un pompier, continuant à déblatérer d'ailleurs, et se fourrant dans le nez des prises imaginaires pour faire preuve de sang-froid ; et Tombre
au milieu de la bagarre, brandissant sa perruque
comme un fouet à neuf queues, tout changé avec
sa barbe qui volait en longues mèches effiloquées,
et vociférant :

— Non, je ne veux pas que ce vieux paillasse se
permette de rire. Non, monsieur le directeur, je
ne le veux pas. Je vous respecte, vous. Mais vous

devez faire respecter vos artistes. Et un grand
artiste surtout ! J'ai eu tort de rétablir ma scène,
c'est possible. Pas au point de vue de l'art. Moi je
suis pour l'art, avant tout. Je ne vous insulte pas.
Mais je suis pour l'art. Rien pour les bourgeois !
J'admets vos reproches. J'admettrais ceux de
Georgette aussi. J'admets tout. Je n'admets pas
de paraître drôle aux doublures de feu Jules. Ce
n'est pas dans mon engagement.

Il aurait parlé longtemps sur ce ton ; car vraiment énervé, lui, beaucoup plus que Georgette,
par cette soirée où il avait lutté contre l'indifférence de toute une salle, et en même temps
exalté par l'espèce de triomphe que lui avaient
fait ses quelques partisans, il trouvait dans cette
volubilité criarde un exutoire à ses quatre heures
de contention silencieuse. Il reprenait donc de
plus belle, quand il aperçut Yves.

— Ah ! mon pauvre vieux, fit-il en courant se
jeter dans les bras du musicien.

— C'est un succès ? demanda Yves timidement.

— Ça dépend pour qui, répondit Tombre, en
jetant un dernier regard de défi vers du Glaizat.

Mais l'arrivée de cet inconnu avait fait une
diversion ; et du Glaizat maintenant était retourné
à Georgette, qui achevait de reprendre connaissance. Il n'entendit donc pas l'insolence du mime,
non plus que Grimblot, d'ailleurs, occupé à reconquérir son autorité de directeur de la scène en
renvoyant les comédiens à leurs loges.

— Ça dépend pour qui, répéta Tombre vainement.

— Pour toi, parbleu !

— Oh ! moi, un vrai succès !

— Ah ! tant mieux.

— Oui, une demi-douzaine d'enthousiastes, dans
une salle de glace. Mais cette demi-douzaine là,
des vrais, tu sais, des purs, des comme nous.
Viens vite, que je me déshabille et que je te
conte ça. Et puis autre chose encore !

Cette autre chose, qui lui donnait la mine moins
sombre que d'habitude, malgré son récent accès
de fureur, c'est une idée qui lui était venue tout à
coup, en se rappelant la parole dite tout à l'heure
par du Glaizat à Georgette :

— Je ne soupe pas avec toi.

Il n'avait pas cessé d'aimer Georgette. Il l'adorait plus que jamais. Il avait renoncé à tout espoir
seulement, au moins actuel. Mais il gardait la
secrète consolation de voir cesser un jour cette
liaison de Georgette et de du Glaizat. Était-ce
donc un indice de rupture, cette réponse brutale,
faite presque à voix haute, et qu'il avait entendue ?
Il n'osait le croire absolument. Mais, enfin, il en
concevait une lueur de bon courage. Cela ne
l'avait pas frappé tout d'abord, au fort de sa
colère contre Grimblot. Il venait d'y songer
brusquement, rendu au sang-froid par l'arrivée de
son ami. Et voici que cette idée folle lui traversait la cervelle : s'il invitait, lui, Georgette à sou-

per ? Accepterait-elle ? Avec Yves. Comme ç
serait gentil ! Mais de l'argent ? Qui sait ? Yve
peut-être en avait. Et puis, quoi? on s'ingénierai
Pendant que Tombre installerait Georgette dan
un restaurant, Yves prendrait une voiture pou
courir à Levallois. Il en avait sûrement chez lu
de l'argent. Oh! il ne refuserait pas, lui, si brave

Tout cela fut imaginé en un clin d'œil. La têt
de Tombre allait vite en fantaisie. Et il avait
peine pris le bras du musicien pour l'entraîne
hors du foyer, qu'il le retint pour lui dire :

— Combien as-tu d'argent à la maison?

— Quatre-vingt-trois francs, répondit Yves.

— Peux-tu me les prêter?

— Quand?

— Tout de suite. Aller me les chercher, en sa
pin.

Yves ne s'informa pas même du pourquoi. S
Tombre parlait ainsi, c'est qu'il s'agissait d'un
nécessité indiscutable. Yves n'avait pas besoi
d'en savoir davantage. Il répondit donc simple
ment :

— J'y vais.

Mais Tombre, qui n'avait pas hésité à exig
de son ami ce sacrifice, dont il appréciait to ute l
valeur, hésita soudain à lui faire faire une cours
peut-être inutile.

— Attends une seconde, dit-il en le quitta
pour aller vers Georgette.

Il cherchait des mots pour formuler son étran

proposition, gêné d'ailleurs par la présence de du
Glaizat. Son attitude était si humble que celui-ci
crut à des excuses. En même temps, la figure
était si franchement comique, en serre-tête, le
facies blanc, les yeux suppliants, la bouche bé-
gayante dans la grande barbe en désordre, que
Georgette éclata de rire.

— Voyons, sois donc sérieuse, fit du Glaizat en
la tutoyant comme si Tombre n'était pas là.

Ce tutoyement acheva de décontenancer le
pauvre Tombre. Et sa mimique naturelle exprima
si nettement le désespoir, que du Glaizat, sans
pouvoir deviner tout, comprit à peu près. Avec
son instinct de méchanceté, il sauta tout de suite
sur un moyen sûr et féroce de vengeance.

— Sans rancune, Tombre, dit-il en lui tendant
la main. Voulez-vous venir souper avec nous?

Tombre balbutia qu'il ne pouvait pas, souhaita
le bonsoir, et retourna tout accablé vers Yves qui
l'attendait derrière un portant.

— Eh bien! fit le musicien, j'y vais, n'est-ce
pas?

— Non, répondit Tombre. Ce n'est pas la
peine.

Et il monta quatre à quatre dans sa loge, où il
se mit à se déshabiller avec rage, en poussant des
jurons inarticulés.

— Qu'est-ce que tu as? fit le musicien qui s'était
essoufflé à le suivre. Tout à l'heure tu avais l'air
si content. Et maintenant...

— J'ai, j'ai..., qu'elle reste avec lui, parbleu!
Voilà ce que j'ai.

Elle! Yves entendit bien qu'il s'agissait de
Georgette, et que c'est elle qu'il avait vue en bas.
Il ne demanda pas d'autres explications, ni sur ce
qui s'était passé, ni sur le soudain besoin d'argent
manifesté par Tombre. Il flaira sous ces mystères
quelque chose de vilain qui le peina. Mais il n'en
laissa rien voir. Il prit, au contraire, une mine
plutôt souriante, et, pour détourner la conversation, s'écria tout à coup :

— Eh bien! et ton succès? Parle-moi donc de
ton succès.

— C'est un four, répondit Tombre.

— Mais cette demi-douzaine d'enthousiastes?

— Des crétins, comme les autres. Il y en a un
qui m'a appelé Frédérick. Pourquoi pas Talma,
tout de suite? Pourquoi pas Déjazet, pendant
qu'il y était?

— Tombre, dit doucement le musicien, tu es
injuste. Voyons, tu as eu ce soir de belles joies
artistiques.

— Ah! s'écria le mime, l'art, je m'asseois dessus
en ce moment. Des blagues, notre art! De la
fumée! De la viande creuse! Tout ça ne vaut pas
un baiser en vrai. Et de ces baisers-là, je n'en ai
pas, moi. C'est lui qui les a, l'autre, ce propre à
rien parce qu'il a des yeux de poupée et une
barbe de coiffeur.

Yves essaya encore de le calmer; mais en vain.

Tombre ne songeait qu'à Georgette et à du Glaizat, et blasphémait l'art, la pantomime elle-même,
tout, et déraisonnait. Il arrachait frénétiquement,
à pleins poings, sa fausse barbe, fortement collée
brin à brin, et se mettait ainsi les joues en sang,
tandis qu'il criait, à la fois ridicule et tragique :

— Mais moi aussi, j'en ai de la barbe! Et de
coiffeur!

XVII

Il était deux heures du matin quand ils sortirent des *Folies-Élégantes.*

En route, Yves eut tout le loisir de faire entendre
raison à son ami, un peu calmé d'ailleurs par le
grand air et la marche. Yves n'était pas un logi-
cien en esthétique seulement. Il savait aussi phi-
losopher sur la vie. D'une philosophie haute et
sereine, qu'il tirait de son idée de justice, mais
qui en pratique, on l'a vu, aboutissait surtout à
l'indulgence et à la charité. Et c'est ainsi qu'au
lieu d'accuser Georgette, il trouva moyen de la
plaindre.

— Pas de sentimentalisme ! disait-il. La justice !
Rien que la justice ! Posons le problème froidement. As-tu le droit de lui en vouloir parce qu'elle
ne t'aime pas ? Non, tu n'en as pas le droit. Moi
je suis net. Aimer, tu me l'avouais l'autre jour, ça
ne se commande pas. Alors, quoi ? Et puis comment l'aime-t-elle, le du Glaizat ? Réfléchis. Accep-

terais-tu cet amour-là, toi ? Un partage avec ce
vieux monsieur dont tu m'as parlé ! Remarque
bien que de cela non plus je ne fais pas un crime à
Georgette. Toujours la justice, moi ! Strictement.
Il faut bien qu'elle vive, la malheureuse. Et son
enfant ? Donc le vieux monsieur est nécessaire.
Et si elle aime du Glaizat, qui sait si ce n'est pas
parce qu'il admet cette nécessité ? Ah ! pauvre
créature ! pauvre créature !

Des arguments pareils attendrissaient Tombre,
naturellement.

— Sans doute, faisait-il, cela est fatal. Mais je
ne lui en veux pas non plus. C'est contre moi que
je suis furieux. Je sais tout cela, et je l'aime quand
même.

— Sois furieux, c'est parfait. Mais non pas de
l'aimer, puisque tu n'y peux absolument rien. Ton
vrai tort, c'est de l'aimer mal. Oui, je veux dire
comme n'importe qui, et non comme doit aimer
un artiste, un grand artiste. Nous autres, ce n'est
pas par les sens que nous pouvons entrer dans le
cœur d'une femme ; c'est par l'esprit. Comprends-
moi bien. Notre force, notre charme, notre beauté,
sont intellectuels.

Des images lui venaient aux lèvres. D'ordinaire,
quand sa pensée se présentait sous cette forme un
peu oratoire, il la réprimait, par timidité surtout.
Aujourd'hui, au contraire, il sentait que cette
verve lyrique n'avait rien de déplacé, et devait
plutôt convaincre Tombre qui se plaisait à ces

panaches de langage. Il lâcha donc la bride
à ses métaphores.

— Il faut, dit-il, pour qu'on nous aime, qu'on nous
voie dans notre élément, dans ce monde idéal où
nous sommes des guerriers, des héros, des triom-
phateurs vêtus de pourpre et couronnés de laurier.
Ouvre ce monde à une femme, et elle y contem-
plera ta gloire, et elle te trouvera supérieur à tes
rivaux, qui n'en ont pas la clef, de ce royaume
chimérique. Et alors elle t'aimera sans doute. A
condition, bien entendu, qu'elle y puisse pénétrer, elle, dans cet Eldorado du rêve. A condition,
en d'autres termes, qu'elle soit de notre race. Eh
bien! ta Georgette en est-elle? Oui, m'as-tu dit
souvent. Une nature! Une artiste! Alors, lui as-
tu suffisamment montré le chemin de ce pays, où
tu es roi? Voilà ce que tu as à te reprocher, si tu
ne l'as pas fait.

— J'ai fait tout ce que j'ai pu, répondait Tombre.

— Pas assez encore, reprenait le musicien. Tu
m'as raconté tes disputes aux répétitions. Je te
vois d'ici. Tu imposais tes idées, au lieu de les
faire comprendre. Tu brandissais une torche au
lieu de la lampe d'Aladin. Pour les hommes, rien
de mieux. C'est par les cheveux qu'il faut les traîner à l'idéal; à coups de poing qu'il faut les y
pousser. Mais, pour les femmes, pas du tout. Des
serpents, les femmes! Il s'agit de les charmer.
Des airs de flûte, et non des taratata de trompette, voilà ce qui les persuade. Et persuadées,

mon ami, on a le bonheur ineffable de voir leur
esprit éclore, s'épanouir, comme une fleur. Et l'on
est le soleil de cet héliotrope. Et l'on est aimé,
du véritable amour qui nous convient, suave, pur,
surnaturel. Est-ce ainsi que tu veux être aimé de
Georgette?

— Hélas! non, fit Tombre avec mélancolie.

— Tu vois bien! Ne t'en prends qu'à toi-même,
si tu ne sais pas hausser ta passion jusque là, si
tu te ravales à un désir vulgaire. Là, du Glaizat
devient ton égal. Ton supérieur plutôt. Tu luttes
contre lui sur un terrain où il est plus fort que
toi. Tes meilleures armes ne t'y servent à rien.
Elles t'y gênent, même. Pourquoi aimes-tu
comme ça? Pourquoi?

— Dame! parce que..., je suis un homme.

— C'est-à-dire que tu renonces à être un dieu. Et
fais-y bien attention! Cela ne condamne pas ton
amour seulement, mais surtout l'objet de ton
amour. Bien sûr! Tu te juges incapable d'élever
Georgette jusqu'à toi. Pour moi qui te connais,
tu te calomnies. C'est elle, au fond, que tu sens
impuissante à cette ascension; voilà la vérité.

— Non, non, interrompit le mime. Elle en est
digne, j'en suis sûr. Elle a de quoi être une artiste. Elle devine des choses. Son instinct est bon.
Son éducation seule a été mauvaise. A quelle
école a-t-elle appris son métier? Avec des imbé-
ciles qui lui ont faussé le goût. Mais elle est de
race, j'en réponds. Artistiquement, c'est comme

une fille de prince qui aurait été volée par des saltimbanques. Sous les oripeaux dont on l'a affublée, elle garde la ligne, l'allure, le sang bleu. Je ne m'y trompe pas, moi qui en ai dans les veines.

— Alors, s'écria Yves avec énergie, tu es un lâche de ne pas arracher cette fille de prince aux saltimbanques, de ne pas la rendre à sa famille, la nôtre, puisqu'elle doit en être. Tiens, moi...

Il s'arrêta. Une pudeur le retenait. Il allait parler de Madeline. Depuis un grand moment déjà, c'est à elle qu'il pensait, en prêchant cette singulière et idéale façon d'aimer. De là, en grande partie, son exaltation. Et Tombre l'avait bien senti, au reste. A plusieurs reprises, il avait été sur le point de lui dire :

— Mais c'est ton roman platonique avec Madeline, que tu me proposes là comme exemple !

Une pudeur aussi l'avait empêché, lui. Malgré toute sa passion pour Georgette, il eût trouvé comme inconvenant envers Madeline de mêler le nom de la jeune fille à celui de la cabotine, maîtresse de du Glaizat et d'un vieux monsieur, et de tant d'autres auparavant. Et cette délicatesse de sentiment qui lui fermait la bouche, il en souffrait. Yves, même, lui semblait cruel, en l'obligeant ainsi à l'avoir. Comment ne comprenait-il pas que cet amour pur, idéal, dont il montrait les splendeurs et les joies, était une sorte d'outrage à celui de Tombre, incapable de s'envoler dans ce beau ciel ?

Mais le cœur du musicien était encore plus
grand et meilleur que Tombre lui-même ne le
croyait. Et c'est pourquoi, après une minute d'hé-
sitation, Yves continua, rehaussant soudain Georgette par cette comparaison :

— Eh bien ! oui, moi, ce que je te dis de faire,
je l'ai fait. Tu devines, n'est-ce pas, qu'il s'agit
de Madeline, de mademoiselle Madeline ? Laissons de côté les différences morales. Ça ne nous
regarde pas, ici. Des détails, d'ailleurs ! Un résultat des circonstances ! Nous planons au dessus de
tout cela, en ce moment. Il s'agit du cas intellectuel. Or c'est le même. Madeline aussi est de notre
race, de notre famille, une artiste. Non pas volée
par des saltimbanques, elle ! Élevée par des bourgeois, ce qui est cent fois pire. Est-ce donc sa grâce,
sa jeunesse, que j'ai aimées ? Est-ce de l'amour
même, comme on l'entend, que j'ai pour elle ?
Erreur. A cela je ne me fusse pas laissé prendre.
Je suis trop vieux pour elle. Je n'ai rien d'un sou-
pirant. Encore moins d'un conquérant. Je me
serais cru ridicule de vouloir lui plaire. Mais son
âme pouvait être à moi. Voilà ce que j'ai tâché de
conquérir. A moi, non ! Ce n'est pas dire assez.
C'est à nous, à la musique, au beau, à l'art, que
je l'ai conquise. Et si elle m'aime (mon Dieu ! j'ai
la folie de l'espérer quelquefois), si elle m'aime,
ce n'est pas comme un homme ! C'est comme un
frère qui l'a sauvée ! Comme un maître qui l'a
instruite ! Comme un justicier qui lui a rendu jus-

tice, qui lui a fait se rendre justice à elle-même !
O le bel amour ! La joie profonde ! Il y a des
minutes où je me vois dans sa vie sous la figure
d'une sorte d'ange. Elle était dans les ténèbres. Je
suis venu lui prendre la main, et je l'ai conduite
doucement vers l'aurore dont elle était exilée.
Quel lien humain vaudrait la reconnaissance qui
l'attache à moi ? Quel baiser de chair serait com-
parable au baiser de nos deux esprits dans la
lumière ?

Sa voix sonnait par la rue déserte. Il avait le
geste large, la stature redressée, comme grandie,
les yeux vers les étoiles.

— Yves, s'écria Tombre enthousiasmé, tout
cela est vrai pour mademoiselle Madeline et pour
toi. Mais tu es un ange, en effet, toi, et elle est
une vierge.

— Elle serait une vierge folle, qu'importe ! répliqua Yves héroïquement, et sans penser l'insulter
par une telle supposition. Oui, qu'importe, pour
cet hymen intellectuel dont je te parle ! Le hasard
aurait pu mettre sur mon chemin une âme pareille
dans un autre corps. Il l'a fait pour toi, si Georgette est vraiment l'artiste de nature que tu ima-
gines. Eh bien ! Aime-la comme j'aime Madeline.
Aime-la pour ce que tu peux et dois aimer en elle.
Et pour cela seulement. Et sans arrière-pensée
égoïste, bourgeoise ! Même en te disant, parfois,
que ton effort ne sera pas récompensé. Car il faut
aussi courir cette chance. Avec Madeline je n'ai

plus ce doute. Mais je l'ai eu tout d'abord. Elle
n'est pas entrée de plain-pied dans cette voie
lumineuse où je voulais la conduire. Cette lumière
même, bien souvent, lui blessait les yeux. Les
opéras-comiques, chéris de sa mère, lui avaient
donné de singulières idées sur la musique, la poésie, le chant, tout. A mes premiers enseignements,
j'ai lu plus d'une fois, dans ses mines de fillette,
des surprises, des effrois, de la moquerie. Elle me
trouvait toqué! Mais, je ne me suis pas rebuté. Et
aujourd'hui, tu vois de quelle envergure elle est
partie dans ce bleu auquel j'ai peu à peu habitué
ses ailes. Ne te rebute pas non plus pour Georgette. Et surtout à cause de ce qu'elle est comme
femme. Toi, t'arrêter à ces préjugés-là, c'est trop
bête! Est-ce que tu ne ramasserais pas un rossignol blessé, parce qu'il serait dans un ruisseau?

— Yves, que tu es bon! fit Tombre en se jetant
dans les bras de son ami.

— Non, répondit le musicien, je suis juste, rien
de plus.

— Mais si le rossignol n'était qu'un moineau,
après tout! reprit Tombre avec amertume.

— Qu'importe encore! répliqua le musicien.
L'essentiel, c'est que tu le croies un rossignol. Il
en est de l'amour comme de l'art, vois-tu bien. Ou
plutôt, pour nous du moins, c'est la même chose.
Illusion! Se faire une grande illusion! Y avoir
foi! S'y sacrifier! Bâtir son œuvre de toutes ses
forces! Aimer ses élus de tout son cœur! Vouloir

la communion d'âme, même sans le baiser. Et la
gloire, même sans le succès! Pour les artistes,
pour nous, tout est là.

— Ah! s'écria Tombre, tu as raison, et je tâcherai de suivre ton Évangile.

— Sans compter, ajouta Yves, avec un doux
sourire, qu'il te mènera au Paradis, car il y a une
justice en tout. Et c'est pourquoi, en vérité, nous
qui avons l'air de martyrs, nous sommes des bienheureux. Ainsi nous voilà deux gueux errant dans
la nuit, deux inconnus, deux ratés peut-être. Mais,
parmi tous ces gens raisonnables qui dorment,
combien y en a-t-il dont les rêves soient aussi
beaux que les nôtres? Et nous les rêvons, les nôtres, tout éveillés!

XVIII

Ce n'était pas une bête, que le du Glaizat! Tant s'en faut. Il n'avait pas volé sa réputation de malin. Faux homme de lettres, il se laissait à l'occasion troubler la visière par sa fâcheuse ambition artistique ; mais, véritable homme d'affaires, il ne s'y obstinait pas outre mesure. Et, comme homme d'affaires, il avait assurément l'intelligence nette, l'action prompte, le flair pratique de la réalité. Aussi, le lendemain de la première, en se rappelant ses impressions de la veille et en lisant les journaux, ne se fit-il aucune illusion.

Un plus naïf que lui se fût senti l'amour-propre agréablement chatouillé par quelques comptes-rendus élogieux, surtout par les *soirées parisiennes*, en général fort aimables, plusieurs même tout à fait dithyrambiques. Lui, malgré sa vanité, ne s'y trompa point. Il savait ce qu'en vaut l'aune, de ces dithyrambes de camaraderie, à charge de revanche. Il constata du reste que tous semblaient

13

s'être donné le mot pour s'extasier uniquement
devant les décors, les costumes, la coquetterie
luxueuse de la salle. Il savait aussi lire entre les
lignes, et voir les *éreintements* sous-entendus que
cachait l'exagération même de certaines apologies
hypocrites. Tous ces soi-disant enthousiasmes
sonnaient faux. Les plus purs en apparence
puaient outrageusement la réclame. Les seuls un
peu sincères étaient hérissés de restrictions. En
somme, un bouquet de roses où il n'y avait guère
que des roses artificielles dissimulant un réel
buisson d'épines !

Il n'ignorait pas non plus que la presse actuelle
presque toute de reportage et de puffisme, ne
prévaut pas contre l'opinion du public, devenu
méfiant à force d'avoir été trompé, et qui se ren-
seigne surtout maintenant d'après les on-dit de
bouche à oreille. Or ce que seraient ces on-dit, et
quelle avait été l'opinion du public hier, il n'en
doutait pas : on s'était ennuyé.

Grimblot croyait donc du Glaizat plus sot qu'il
n'était, quand il vint lui dire, d'un air guilleret, la
bouche en fraise, et la prise au bout des doigts,
avec un geste régence :

— Une jolie presse, hein, patron ? J'espère que
vous devez être content !

— Oui, charmant, répondit du Glaizat ironique-
ment. Un petit four du bon confiseur !

Grimblot ne manifesta pas trop de surprise. Au
fond, il ne pensait pas autrement, le vieux routier.

— Car il ne faut pas nous monter le job, reprit du Glaizat. Trente représentations dans le ventre! C'est tout le bout du monde! Et encore! En vivotant. On ne couvrira pas seulement les frais.

— Oh! si! fit Grimbot, mais sans conviction.

— Et quand même on les couvrirait! Ce n'est qu'un détail, ça. La grosse affaire, c'est que le lancement des *Folies-Élégantes* est raté.

— Par exemple! s'écria Grimblot, avec une épouvante convaincue, cette fois; car il se voyait déjà quittant la direction de la scène, et peut-être sans être payé, avec ses chiffons d'actionnaire pour toute consolation.

— Il n'y a pas de · par exemple. Raté, je vous dis. Entre nous, il vaut mieux regarder les choses en face, n'est-ce pas?

Et se levant dans une allure de défi, les dents serrées, du Glaizat ajouta crânement :

— C'est à recommencer, voilà tout.

— Mâtin! fit Grimblot, d'un ton sincèrement admiratif, vous avez de l'estomac !

— Dame! continua du Glaizat. Il ne s'agit pas de se tourner les pouces devant la caisse vide. Il faut se remuer, se débrouiller..

— Mais, les commanditaires..., hasarda Grimblot, à qui ce mot de caisse vide avait rendu ses transes.

— C'est là justement le hic, interrompit du

Glaizat. Les commanditaires n'en ont pas, eux, d'estomac. Le succès leur en aurait donné. Les recettes baissant leur enlèveront le peu qu'ils avaient. Ils passeront la main, c'est sûr.

— Diable! diable! murmura Grimblot, en soulevant sa perruque pour se gratter le crâne. Et alors..?

— Alors, parbleu, il faut en trouver d'autres qui mettent dans leur jeu, pour les soutenir, pour qu'ils ne lâchent pas. C'est bien simple. Mais ne grattez donc pas votre caillou comme ça, voyons! Vous m'agacez. Vous voyez bien où je veux en venir.

— Parfaitement, parfaitement, fit soudain Grimblot, en replaçant sa perruque d'aplomb, et en s'offrant une large prise pour se récompenser de sa perspicacité.

Il venait, en effet, de comprendre pourquoi le patron était si franc avec lui, et le traitait presque de pair à compagnon. On avait besoin de ses petits offices. On songeait évidemment à M. Lepottier, et c'est Grimblot qui serait chargé de faire à ce propos les démarches auprès de Georgette. Il ne convenait pas à du Glaizat d'ouvrir lui-même cet avis. Non par pudeur! Mais pour ne pas avoir l'air d'être l'obligé de la danseuse, trop ostensiblement. Il fallait que l'idée parût venir d'elle, et que du Glaizat se laissât en quelque sorte forcer la main pour y consentir. Il ne demanderait pas un service; il l'accepterait, non pas même avec reconnaissance, et plutôt pour faire plaisir à la jeune femme. Le vieux madré de Grimblot perçut tout cela en un tour d'esprit.

— Parfaitement, parfaitement, répétait-il en savourant sa prise avec lenteur, pour se donner tout le temps de réfléchir. Oui, oui, je devine. A bon entendeur... ! Enfin, suffit.

Et pour montrer d'un seul mot qu'il avait démêlé tout l'écheveau des secrètes pensées de du Glaizat, il ajouta d'un ton dégagé :

— Et faut-il lui en parler tout de suite, à Georgette ?

— Bien sûr, répondit du Glaizat.

Il était enchanté d'avoir été compris à la muette ; car les coquins, même les plus cyniques, ont souvent plus peur de leurs paroles que de leurs actes. Pourtant, il était nécessaire de s'exprimer en termes précis maintenant, pour que Grimblot ne fît pas de *gaffes*. Il y avait dans le plan de du Glaizat des nuances, qu'il ne pouvait supposer déjà discernées par l'esprit subtil de son confident à demi-mot. Mais c'est légèrement, sans avoir l'air d'y attacher de l'importance, en feignant de ranger des papiers sur son bureau, qu'il continua :

— Oui, le plus tôt possible. Il n'est pas question de faire du tort à qui que ce soit, naturellement. Pendant au moins une semaine nous aurons des recettes propres. L'affaire est donc bonne pour un commanditaire nouveau. Elle serait bonne plus tard aussi, sans doute. Mais pas tant, en apparence. On pourrait se donner les gants de nous sauver. Il ne faut pas ça. Dans les conditions actuelles, au contraire, on demande participation à une chose qui marche. Le commanditaire doit être pris par faveur. Vous entendez bien, Grimblot, par faveur!

— Oui, répliqua Grimblot, j'entends.

Il se moucha, et reprit d'une voix claire, avec une inflexion presque comique :

— Enfin, nous nous ferons prier.

Un sourire involontaire échappa à du Glaizat. Décidément, le vieux n'était pas une bête non plus.

Quant à Grimblot, il riait franchement. D'abord, de son esprit, dont il se félicitait *in petto*. Puis, de planter sans plus de gêne les points nets sur les *i*, en complice subalterne qui tient à montrer qu'il n'est pas dupe des hypocrisies oratoires. Enfin, une douce gaieté s'épanouissait réellement dans son cœur, à l'idée de ses appointements qui seraient augmentés sans doute, et de ses actions qu'il voyait en hausse, et surtout à l'espoir de *mettre dedans,* en tout cas, un brave homme, ce qui est toujours agréable quand la besogne est bien faite.

— Et de combien le taperons-nous ? crut-il devoir ajouter, en veine de façons cavalières.

Le sourire de du Glaizat s'éteignit.

— Ne vous occupez pas de ça, maître Grimblot, répondit-il assez insolemment. C'est mon affaire.

Cette pointe d'insolence piqua Grimblot, qui

laissa voir son dépit en humant une prise les narines pincées. Et du Glaizat s'en aperçut, craignit
d'avoir été trop loin, se dit qu'il fallait ménager le
drôle.

— Ce que vous avez à arranger, reprit-il, est
assez difficile comme ça. Une mission de confiance! Heureusement vous avez les qualités nécessaires, mon cher Grimblot. Et je compte
sur vous, sur votre adresse, sur votre tact. Vous
n'aurez pas à faire à un ingrat d'ailleurs.

Il lui tendit la main. En même temps, sentant
que la meilleure preuve d'amitié envers cet inférieur était de descendre à son niveau :

— Ah! s'écria-t-il gaiement, vous êtes à la
coule, vous, à la bonne heure!

— Et vous donc! riposta hardiment Grimblot.

Pour un peu, il eût tapé sur le ventre à du
Glaizat. Il se vengeait de l'insolence passée et possible par cette familiarité, et il pensait aussi que
ses services valaient bien ce prix-là. Mais à coquin, coquin et demi! Un autre que du Glaizat en
eût été froissé, sans doute. Lui, au contraire!
C'était autant de gagné sur Grimblot, puisque le
bonhomme se payait d'avance, et en nature.

Il faut d'ailleurs lui rendre cette justice à Grimblot, qu'il était expéditif en besogne. Servez
chaud!... Une heure après cette conversation, il
se mettait à l'œuvre. C'est entre deux *raccords*,
pendant que du Glaizat se livrait en scène à des
coupures qui faisaient grincer l'ombre de fureur,

que fut posée nettement à Georgette la question de commandite. Oh! avec adresse, avec tact, comme l'avait espéré du Glaizat. Georgette, attendant derrière un portant sa *réplique*, avait demandé à Grimblot :

— Eh bien! la location, ça marche?

— Admirablement, avait répondu Grimblot Ah! il ne fait pas mauvais d'avoir des actions dans la maison !

Puis, négligemment :

— Vous n'en avez pas, vous? Non? Tiens, je vous aurais crue plus ficelle que ça. A quoi vous sert-il donc, votre député? Comment! Vous ne lui en avez pas fait prendre? Ah! que vous êtes gosse, tout de même!

Un faux départ, comme s'il voulait aller de l'autre côté de la scène. Brusquement, comme si une idée lui traversait l'esprit :

— Dites donc, vous savez, il est encore temps, avant qu'elles ne montent. Il n'y en a plus, me répondrez-vous. Bah! pour vous, quand il n'y en a plus, il y en a encore. Votre député voudrait entrer dans la commandite, que du Glaizat ne pourrait pas le refuser, amené par vous. Il vous doit bien ça, que diable!... A vous la *réplique*, mon petit! vous allez manquer votre entrée.

Georgette avait compris vaguement. Elle ne s'entendait pas aux affaires. Tous ces mots dansèrent dans sa tête, pendant qu'elle pirouettait elle-même machinalement, faisant une entrée à faux dans une scène qu'on était juste en train de couper.

— Mais non, mais non, nous chambardons ça, cria le chef d'orchestre. Oui, tout, jusqu'au finale du trois. Vous ne revenez qu'au finale, mademoiselle.

— Alors je n'ai rien à faire dans le raccord ?

— Rien du tout.

Et elle était retournée dans les coulisses, pendant que le chef d'orchestre tapait frénétiquement sur son pupitre, et que du Glaizat, sans répondre aux grognements de Tombre, répétait avec un air important :

— Voyons, voyons, messieurs, enchaînons.

— Ah! ça, fit-elle à Grimblot, en lui prenant le bras pour monter au bureau directorial, qu'est-ce que vous m'avez chanté tout à l'heure! Je n'y ai vu que du feu.

Grimblot reprit ses explications, en termes fort clairs cette fois; toujours présentant la chose, d'ailleurs, comme une excellente affaire pour Georgette et pour M. Lepottier lui-même. Et ce serait un lien de plus avec Fernand! (Il disait ainsi Fernand tout court, ce qui faisait plaisir à la danseuse.) Fernand, au reste, accepterait! Puis sans qu'il pût s'en douter, cela lui rendrait service! Car la location avait beau bien marcher, on n'était jamais sûr de rien; il valait mieux, en cas de guigne, avoir les reins solides! Et, avec un commanditaire de plus, Fernand serait tout à

fait d'aplomb! Au reste, elle avait bien le droit,
elle, de songer un peu à ses intérêts, à ceux de
son mioche, n'est-ce pas? Le droit, et même le
devoir! Monsieur Lepottier l'aimait sûrement,
ce moutard, si gentil! Eh bien! quoi de plus
naturel que de placer quelque chose pour lui!
Car c'est à lui, au petit, que monsieur Lepottier,
une fois commanditaire, ne manquerait pas d'offrir une part de gâteau dans les actions! Georgette lui ferait entendre ça en douceur! Et ce ne
serait pas volé, dame! On apporte une affaire,
une aubaine, à quelqu'un; il vous doit une petite
commission, hein? Monsieur Lepottier les connaissait, lui, les affaires! Par conséquent.....!

Dans tout ce verbiage, Georgette, qui était fine,
vit surtout une chose: c'est que du Glaizat n'était
pas hostile à la proposition, et que sans doute,
même, il n'y était pas étranger. Et ce qui la frappa
en particulier, fut la simple phrase:

— Ce sera un lien de plus avec Fernand.

Mais il faudrait redevenir aimable envers
M. Lepottier, si on voulait en obtenir une pareille
récompense. Et il allait se montrer exigeant, le
bonhomme, sans doute, d'autant qu'on n'avait plus
désormais le prétexte des répétitions pour se débarrasser de lui. On devrait être aux petits soins
avec son amour, le cajoler d'attentions. Quel ennui! Quel écœurement! Elle s'y résigna toutefois,
prenant soudain le petit air crâne qu'elle avait eu
deux mois auparavant, quand elle avait grimpé

pour la première fois l'escalier de Grimblot en disant :

— Allons-y !

Aussi, quand du Glaizat revint du *raccord*, la trouva-t-il souriante et gaie. Grimblot lui avait donné toutes ses instructions. Sa leçon était apprise, le plan combiné, du Glaizat le vit au premier coup d'œil. Elle ne put s'empêcher de lui dire, en l'embrassant d'un air mutin devant Grimblot :

— Je te ferai peut-être une belle surprise demain, mon chéri.

— Quoi donc? demanda-t-il en jouant l'étonnement.

— Oh ! ça ne serait plus une surprise, si je te le disais tout de suite.

Elle sautillait et battait des mains comme un enfant.

— Que tu es folle ! fit du Glaizat. Tu ne seras donc jamais sérieuse?

— Si, si, tu verras. N'est-ce pas. Grimblot? Et puis non, Grimblot, chut! taisez-vous. Vous me jurez le secret, hein?

— Parole d'honneur, répondit Grimblot gravement.

— A propos, tu sais, Fernand, reprit Georgette devenue grave à son tour, et même triste, nous ne souperons pas ensemble ce soir. Georget n'est pas bien. Tu ne m'en veux pas, dis?

Elle était gênée, et avait parlé très vite pour

dissimuler son embarras. Bizarre délicatesse! E
si inutile!

— Bon, bon, interrompit du Glaizat, en roulan
nonchalamment une cigarette. Est-ce que la loca
tion marche toujours, Grimblot?

— Épatant! s'écria Grimblot, qui avait constat
précisément tout à l'heure que, pour un lende
main de première, elle était maigre.

— Alors, tu es content, ma belle? fit Georgette
ravie qu'on eût détourné la conversation.

— Je te crois! répliqua du Glaizat.

Il se passait joyeusement les doigts dans l
barbe. Et Georgette, le voyant enchanté, parti
enchantée elle-même, sur une dernière poigné
de main de Grimblot, une poignée de main pres
que solennelle, et qui avait l'air de dire :

— Maintenant, faites votre devoir.

Hélas! oui, son devoir. Car si elle songeai
beaucoup à du Glaizat, dont elle allait s'attache
la reconnaissance, elle réfléchissait aussi un peu
et très naïvement, et très maternellement, au mi
gnon Georget, dont l'avenir souvent lui faisai
peur, brave petite maman!

— Ah! pauvre créature! pauvre créature! disai
hier Yves le juste.

XIX

M.. Lepottier avait été profondément déçu et
mortifié, la veille, de ne pouvoir célébrer avec
Georgette *l'heureuse issue de la première*, comme
il disait. Il s'était fait une si jolie fête, en imagination, de ce souper et des *doux moments* qui
devaient le suivre. Une fête d'amour ! Car on ne
le choyait guère depuis ces maudites répétitions,
enfin terminées. Une fête d'amour-propre aussi,
et surtout ! Être seul en tête-à-tête avec cette
femme, que toute une salle venait d'admirer ! Se
carrer dans l'orgueil de la sentir uniquement à soi !
Cela vous avait des airs de conquête, comme un
parfum d'enlèvement ! Et c'est avec un sourire de
triomphe que M. Lepottier avait dit, pendant
la journée, en termes pompeux et parlementaires:

— Je veux faire des folies pour ta validation
d'étoile.

Elle savait bien alors qu'elle ne souperait pas
avec lui; car elle avait réservé cette fête à Fernand. Elle aurait pu dès cet instant inventer un

mensonge pour être libre. Mais à quoi bon se
donner cette peine? N'avait-elle pas, à la dernière
minute, la ressource de deux lignes griffonnées
sur une carte? Cela lui épargnerait une discussion,
puisque monsieur Lepottier ne venait jamais dans
les coulisses. Et ainsi elle avait fait, laissant le
brave homme à son espérance, qu'elle était sûre
de tromper. Sans méchanceté voulue, d'ailleurs!
Avec cette insouciante cruauté de la femme aimée
envers celui qu'elle n'aime pas.

La blessure avait été très cuisante. M. Lepottier s'était presque senti les larmes aux yeux, en
lisant dans sa baignoire le petit billet remis par
une ouvreuse. Deux lignes froides dont les mots
coupants démolissaient tout son beau château en
Espagne! Il avait eu besoin de passer plusieurs
fois sa langue sur sa lippe, pour y ramener la sa-
live. Sa gorge s'était séchée devant l'ingratitude
du post-scriptum, ajouté à la hâte, en style de
télégraphe, comme une chose qu'on avait failli
oublier et dont on ne se souciait guère :

— Merci pour fleurs.

Attristé en sortant du théâtre, il était arrivé
chez lui irrité. Décidément elle en prenait un peu
trop à son aise, mademoiselle Georgette, et se moquait de lui! Il n'en pouvait plus douter. Cette suprême avanie ravivait le souvenir de toutes celles
qu'il avait subies depuis un mois. Car c'étaient
bien des avanies, que ces rendez-vous manqués,
que ces rebuffades, que ces *va-te-faire-lan-laire*

à propos de rien, que cette perpétuelle mauvaise
humeur et ces caprices, dont on l'avait martyrisé
sous prétexte de répétitions. Son amour-propre
aveuglé s'était complaisamment payé de cette
excuse, jusqu'à présent. Aujourd'hui, l'amour-
propre avait les yeux dessillés, grâce à l'outrage
sans raison plausible ; et tous les outrages précé-
dents lui apparaissaient d'autant plus aigus qu'il
avait eu la faiblesse de les pardonner. En même
temps revenaient à l'esprit aigri de M. Lepottier, en pleine lumière désormais, beaucoup
de menus faits qui étaient restés obscurs lorsque
sa vanité dédaignait d'y faire attention. Georgette
parlait souvent de du Glaizat, et ne parlait même
que de lui. Cela s'expliquait, puisqu'il était son
directeur. Mais, à la réflexion, il est bien certain
qu'elle y mettait un enthousiasme, une tendresse,
tout à fait extraordinaires. Elle ne se cachait pas,
d'ailleurs, d'être au mieux avec lui. C'étaient des
déjeuners, des dîners, des soupers ensemble,
qu'elle avouait sans se gêner. Toujours à cause
des répétitions, naturellement ! Et ces diablesses
de répétitions, et la franchise même de Georgette,
coupaient court aux soupçons possibles. Or, à
présent les soupçons naissaient, et tous à la fois,
en faisceau.

— Évidemment elle me trompe avec cet homme,
s'était dit M. Lepottier en se couchant.

Un moment il avait eu l'idée d'aller s'en assurer par une visite inopinée chez Georgette. Sa

dignité l'avait retenu. Il risquait d'être ridicule.

— Mais je le suis quand même, avait-il pensé
subitement. Je le suis aux yeux de cet homme.
Il ne peut pas ignorer nos relations.

Puis une consolation lui était venue.

— Qui sait? Il ignore peut-être. En ce cas, elle
nous tromperait tous les deux. C'est un monstre,
alors ! Ah ! Madame Lepottier avait raison de re-
douter ces parisiennes. Oui, oui, il n'y a pas à dire,
des femmes dangereuses ! Des sirènes !

Une secrète joie à cette constatation. Un petit
frisson de terreur, non sans charme. Un retour
d'orgueil aussi. Il n'était pas un enfant ! Il était
Monsieur Lepottier, un homme d'expérience, un
politicien, une des lumières et des forces de son
département, décoré comme tel, et l'on ne se
jouerait pas de lui, et l'on trouverait à qui parler !

Et il s'était endormi avec un sourire confiant et
presque heureux, malgré tout. Des rêves avaient
bercé délicieusement son amour-propre. Il y avait
vu Georgette en vraie Sirène, à travers des souvenirs de mythologie classique, en Sirène avec une
queue de poisson, tandis que lui-même se transformait en prudent Ulysse, sous un casque qui, ma
foi, allait fort bien à son genre de beauté mûre
et grave. ·

Par malheur, au réveil, il avait fallu en rabattre, de ces consolations, et s'avouer que le prudent Ulysse était parfaitement ridicule, non-seulement aux yeux de Georgette et de du Glaizat,

mais aux yeux de beaucoup d'autres encore, et
notamment du théâtre tout entier. En dépouillant
sa correspondance, M. Lepottier avait trouvé
sous bande un journal auquel il n'était pourtant
pas abonné, et y avait lu l'écho suivant, encadré
au crayon bleu :

La plus récemment découverte de nos petites
étoiles ne fera pas mentir la réputation qu'ont
les danseuses d'être aussi spirituelles que
les danseurs sont bêtes. Elle disait hier, faisant allusion à sa liaison en partie double
avec l'heureux mortel qu'elle aime et le moins
heureux dont elle est aimée :
— Est-ce drôle ! C'est moi qui brille ; c'est
pour le jeune que le four chauffe ; et c'est
le vieux qui éclaire.

Cet écho n'avait pas échappé à du Glaizat. Mais
il ne se troublait pas pour si peu, lui ! Familier
avec ces pointes empoisonnées, dont il se servait
contre les autres, il n'en était point piqué, tant
que les noms n'étaient pas imprimés tout vifs. Il
savait fort bien que la portée de telles armes ne
dépasse pas les bureaux de rédaction, le boulevard, et qu'il faut, quand on en est atteint, se
garder surtout de crier : touche ! Il s'était contenté,
en lisant la chose, de dire avec un sourire de beau
joueur :
— Tiens ! ce n'est pas mal.
Après quoi il avait ajouté intérieurement :

—Ça doit être du gros Pérignat. Je te revaudrai ça, mon petit père.

Il ne l'aurait certes pas pris aussi philosophiquement, s'il avait pu croire que l'écho serait vu par M. Lepottier, et soupçonner l'effet qu'il produirait sur son futur commanditaire. Le journal était assez obscur, en effet; mais Pérignat, qui avait le venin méticuleux, avait pris soin de le faire parvenir à bonne adresse. L'écho n'était pas très compromettant non plus, en somme, puisque vingt ou trente personnes seulement pouvaient le comprendre; mais M. Lepottier était provincial et devait en être bouleversé. C'est bien sur quoi, très habilement, avait tablé Pérignat.

Bouleversé n'est pas trop dire. Le pauvre homme faillit se trouver mal, à la fois de honte, de désespoir et d'épouvante. Ainsi, c'est bien lui qu'on trompait, lui seul, et ce du Glaizat était de connivence, et Georgette s'en vantait publiquement! Car M. Lepottier ne mit pas une seconde en doute que le propos eût été tenu en réalité. Donc, tout le monde savait son ridicule. Tout le monde! Cela courait *les feuilles*! On en ferait des gorges chaudes à la Chambre! Et son probable sous-secrétariat d'État? Et madame Lepottier? Il tremblait à la pensée qu'elle allait recevoir aussi le fatal écho. En tous cas, les gazettes de son département ne manqueraient pas de le reproduire. Il avait des ennemis là-bas. Ah! c'était la ruine de son avenir politique, et de son ménage

peut-être. La belle dot de sa femme, il n'en aurait
plus les revenus à partager, ni le capital à gérer.
Car madame Lepottier viendrait, à Paris sûrement, et irait aux informations, découvrirait le
pot-aux-roses, le petit appartement meublé pour
Georgette, les quatre mille sept cent francs *en-
gloutis* là depuis deux mois. Scène, procès, séparation, scandale! Ainsi M. Lepottier se faisait de
monstrueuses chimères, tellement épouvanté,
qu'il en oubliait jusqu'à son amour tourné en déri-
sion, ne songeant plus à jouer au plus fin avec cette
Sirène, n'ayant en vue maintenant qu'une seule
idée : la fuir. Oh ! être, comme dans son rêve, le
prudent Ulysse, et sans casque cette fois. Ce souvenir lui revenait; et d'un geste machinal, affolé,
il jetait le casque imaginaire pour se sauver plus
vite.

— Voyons, voyons, dit-il soudain en se parlant
à haute voix, ne perdons pas la tête, que diable!
Du calme, monsieur Lepottier, du calme!

Cette apostrophe à sa personne, prononcée d'un
ton oratoire par habitude, après avoir humecté
sa lippe comme s'il pérorait en public, lui rendit
en effet son sang-froid. Et c'est en phrases moins
heurtées, en véritables périodes bientôt, qu'il
continua à tenir conseil avec lui-même. L'homme
logique, pratique, perspicace, la lumière de son
département, se retrouvait. Son courage lui revint
tout entier, en jetant un coup d'œil à sa bouton-
nière.

— Oui, je me dois à moi-même, je dois à ma
situation, je dois à mes électeurs, d'éviter tout
scandale. Il faut donc rompre cette liaison, indigne désormais d'un galant homme qui se respecte,
et qu'on n'a pas su respecter; et il faut la rompre
sans éclat. Certes il restera le tort d'avoir un instant compromis la gravité de mon mandat dans
un égarement incompatible avec les hautes ambitions auxquelles je puis aspirer légitimement.
Mais, est-ce à dire que mes aspirations en de-
viendront moins légitimes, si j'ai eu la loyauté de
reconnaître ce tort passager, et l'énergie morale
de le réparer quand il en était temps encore? Bien
loin de là. Le vrai sage est celui qui a su résister
à sa propre folie; et les plus illustres hommes
d'État n'ont eu précisément toute la raison qui
les distingue qu'après avoir en quelque sorte
trempé cette arme au feu des passions juvéniles.
Si bien qu'on peut dire, messieurs, que c'est aux
faiblesses de leur cœur qu'ils doivent la force de
leur esprit.

Messieurs! Il avait dit à mi-voix ce mot, en
ébauchant le geste accoutumé dont il l'accompagnait à la barre, et il n'avait pu s'empêcher de
sourire au ronron de sa dernière phrase, qu'il trouvait peut-être un peu embarbouillée de *que*, mais
dont le trait lui semblait si brillant. Telle est la
puissance du métier, qu'il ne pouvait d'ailleurs
voir clair dans ses idées quand il ne se les présentait pas à lui-même sous cette forme du dis-

cours. Et puissance heureuse, certes, puisqu'au balancement rhythmé de sa pensée il endormait jusqu'à cette pensée, fût-elle pénible et cruelle pour lui !

C'est ainsi qu'après un long et circonstancié plaidoyer à son propre tribunal, il put prendre sans douleur un arrêt qui condamnait irrévocablement cet amour, où il avait cependant goûté quelques joies naguère, peut-être les seules de ce genre dans sa vie.

Il faillit toutefois avoir une rechute de désir, et en même temps d'amour-propre satisfait, quand Georgette lui sauta au cou, le soir, en lui disant :

— Je viens dîner avec toi, Paul.

Mais il se raidit dans sa résolution, et songea aux Sirènes. Il se raidit sans paraître raide néanmoins; seulement en son for intérieur; très aimable en apparence, puisqu'il avait résolu de rompre sans éclat. Et c'est d'une voix fort douce qu'il répondit :

— C'est impossible, mon enfant. Une affaire de la plus haute importance ! Un voyage ! Et même à propos de ce voyage, il faut que je vous dise tout de suite.....

— Comment ! je t'embrasse et tu me dis vous ! s'écria Georgette.

— Oui, laissez-moi vous expliquer.....

— Encore ! Ah ! tu sais, non; tu vas m'agacer. D'ailleurs, moi aussi j'ai quelque chose à te dire, et tout de suite aussi, et de la plus haute impor-

tance aussi. Voyons, écoute-moi. Je suis sérieuse,
Paul.

Jamais elle ne lui avait paru plus jolie, plus
espiègle, plus attrayante. Elle venait de l'appeler
Paul deux fois en moins d'une minute.

— Allez, je vous écoute, fit-il avec un soupir,
qu'il réprima aussitôt pour se figer dans un maintien grave, comme s'il donnait une audience.

Avec une mine qu'elle tâchait de rendre vraiment sérieuse, et qui la faisait paraître très
experte aux questions d'argent (elle qui n'y
entendait rien), elle répéta la leçon faite par Grimblot. Hélas ! même si M. Lepottier eût dû se
laisser reprendre au charme qu'il voulait fuir,
cette proposition en un pareil moment eût suffi à
l'en défendre. Georgette y perdait jusqu'à ce désintéressement qui était une de ses grâces. Elle
avait l'air cupide ; et les gentillesses mêmes dont
elle enveloppait ses phrases, qu'elle prononçait un
peu à contre-cœur, ces gentilleses l'enlaidis-
saient. Un autre que M. Lepottier (si perspicace
pourtant, à l'en croire) eût compris sans peine
qu'elle se forçait pour être ainsi. Lui, prévenu
contre elle, la trouva simplement abominable.
Enfin, elle se démasquait donc ! Elle en voulait
à son argent. Et pour qui, la coquine, pour qui ?
Pour du Glaizat.

D'ailleurs, la demande était grosse, et il fallait
toute la naïveté de Georgette pour ne pas sentir
quelle maladresse il y avait à tirer ainsi, sans pré-

paration, à boulets rouges, sur la bourse de
M. Lepottier. Diable! Une commandite! Comme
elle y allait! Cinquante mille francs, sans doute,
au bas mot! Même amoureux fou, M. Lepott-
tier n'eût pu se prêter à cette fantaisie, ni ne l'eût
voulu. Ses ressources personnelles n'étaient pas
telles que Grimblot se l'imaginait, d'après des renseignements à vue de nez. Trois ou quatre mille
francs par an, tout au plus, voilà ce dont il avait
la libre disposition, et encore en faisant des prodiges pour soustraire ces revenant-bon au con-
trôle de Mme Lepottier. Il lui avait fallu tout der-
nièrement inventer une perte sur des valeurs
étrangères, afin de subvenir à l'installation de
Georgette. Enfin, tout généreux qu'il fût, il ne
poussait point jusqu'à la prodigalité. Ainsi, même
en pleine lune de miel avec la danseuse, il eût
renâclé devant cette proposition de commandite.
On juge comment il dut l'accueillir aujourd'hui.

Au surplus, il ne donna pas toutes ces bonnes
raisons, qu'il eût fait valoir naguère. Il se contenta
de se les donner à lui-même, en se félicitant de la
la résolution prise, qui le dispensait de discuter
même une semblable question.

— Eh bien! tu ne me réponds rien? fit Georgette
quand elle eût terminé, un peu honteuse de tout
ce qu'elle avait dit, et dit en vain, elle le voyait.

— Ma chère enfant, répliqua M. Lepottier, je
n'ai pu vous interrompre; car vous ne m'avez
pas laissé le loisir de placer un mot. Sans quoi, je

vous eusse épargné toute cette confidence pécu-
niaire, qui m'est pénible, je vous l'avouerai.

Georgette baissa la tête. Puis, songeant à du
Glaizat et à Georget, elle essaya de dire gaiement :

— Mais c'est une bonne affaire que je t'apporte.

— Vous n'eussiez pas eu besoin de me la proposer, interrompit M. Lepottier, si vous m'aviez
permis de vous faire d'abord la communication
importante que j'avais à vous soumettre.

Ce langage solennel n'était pas sans imposer à
Georgette. D'autant qu'elle ne pouvait concevoir
où il allait en venir. Elle tenta encore, cependant,
un dernier effort pour sourire.

— Est-ce que tu es nommé ministre ? s'écria-t-
elle.

— Non, reprit-il, profitant du biais qui s'offrait
à lui pour porter le coup décisif. Non, je ne suis
pas nommé ministre. Mais il faut que nous fas-
sions comme si je l'étais, ma pauvre enfant.
Comprenez-vous ?

— Vous me quittez ?

— Hélas ! les nécessités de mon mandat...! De
graves intérêts politiques...!

Mais il ne continua pas. Un réel désespoir avait
soudain assombri la mobile figure de la danseuse.
Deux larmes lui perlaient aux cils. Le temps
d'un éclair, M. Lepottier eut la faiblesse de
croire qu'il était aimé pour lui-même. Il en fut
tout attendri. Il se ressaisit aussitôt.

— Ce qu'elle pleure, pensa-t-il, c'est sa position

Non, monsieur Lepottier. C'était surtout de ne
pouvoir faire ce qu'elle avait promis à Grimblot,
presque à du Glaizat. Et ce qu'elle pleurait encore,
c'était le pain de son enfant. Elle allait en être
réduite, demain, à ses appointements de danseuse, et elle avait deux mille francs de billets
souscrits à la couturière.

Malgré tout, au reste, M. Lepottier fut correct. Il avait résolu cela aussi, dans son mono-
logue de tantôt. Il ouvrit son secrétaire, y prit
un petit portefeuille qu'il avait préparé à cette
intention. Il y avait mis treize cents francs, ce
qui, joint aux quatre mille sept cents qu'il avait
dépensés depuis deux mois, faisait un compte
rond. Le terme courant de Georgette était payé.
Il se conduisait donc proprement. Il eut même la
délicatesse de dire à la jeune femme, en lui présentant le portefeuille:

— Je vous prie d'accepter ceci pour acheter un
souvenir à mon petit ami Georget.

Elle le prit, touchée de la façon d'offrir plus
que du cadeau lui-même. Elle avait le cœur serré,
des sanglots à la gorge.

— Mais enfin, dit-elle après un assez long
silence, pourquoi? Pourquoi comme ça, tout
d'un coup, sans prévenir?

Elle ajouta, très naïvement:

— Vous êtes pourtant un brave homme!

Cette naïveté, qu'il jugeait feinte, le blessa
d'ailleurs par son inconsciente ironie. Puis ces

14

sanglots, cet attendrissement, cet étonnement,
c'était trop de comédie à la fin! Il ne réprima
pas un haut-le-corps indigné, et tendit soudain le
journal à Georgette, en lui désignant l'écho encadré au crayon bleu.

— Oh! ce n'est pas vrai, s'écria-t-elle. Je n'ai
jamais dit ça.

— Je vous en prie, riposta M. Lepottier, pas de
scène, pas de mensonge. Conduisons-nous tous
deux galamment, ainsi qu'il sied à nos dignités
respectives.

Et, tout à fait grandi par le ton même qu'il
prenait, avec un geste de justicier qui n'admet
pas de réplique, il ajouta d'une voix mesurée, en
distillant tous ses mots, en les ponctuant de rapides coups de langue sur sa lèvre un peu tremblante :

— Je sais que monsieur du Glaizat est votre
amant. Je le sais.

Pour toute réponse, Georgette rejeta le portefeuille sur la table. Et M. Lepottier n'était pas
encore revenu de sa surprise, devant cet accès de
fierté absolument inattendu, que la jeune femme
était sortie.

Elle courut d'une traite au théâtre, pour annoncer la triste aventure à Grimblot, et la lui raconta
tout en pleurant. Grimblot ne trouva qu'une
chose à lui dire :

— Vous avez eu tort de rendre le portefeuille.

Elle rentra chez elle écœurée, et y trouva le

portefeuille, que M. Lepottier y avait envoyé
aussitôt.

— Oui, c'est un brave homme tout de même,
fit-elle en embrassant son gamin.

Pendant ce temps, du Glaizat apprenait par
Grimblot toute l'histoire, et s'emportait contre
elle, contre M. Lepottier, contre Pérignat :

— Quelle dinde ! s'écriait-il. N'avoir pas su
retourner ce bonhomme-là comme un gant ! Et ce
Pérignat, en voilà un qui ne l'emportera pas en
paradis, par exemple ! Mais faut-il qu'il soit assez
de sa province, ce député, pour qu'un écho, un
petit écho de rien du tout...! Un joli mufle, d'ailleurs, ce monsieur qui lâche comme ça une femme,
en lui offrant un portefeuille avec des façons
grossières, exprès pour qu'elle le rende ! Il n'y
avait peut-être rien dedans, seulement. Cristi,
tout de même, que le monde est canaille !

XX

Voilà l'marchand d'chansons qui pa-a-a-a-asse,
Voilà l'marchand d'chanson-on-ons !
Des bell's chansons pour ceux qui les ai-aiment,
Des bell's chansons pour ceux qui les chanteront !
Voilà l'marchand d'chansons qui pa-a-a-a-asse,
Voilà l'marchand d'chanson-on-ons !

Yves était en train, une après-midi, de tirer sur sa presse ce premier couplet d'une composition nouvelle, qui devait servir de préface au futur recueil de ses mélodies populaires. Tout en s'appliquant à ce travail manuel, il chantait le couplet, de sa voix fêlée, à tue-tête, interminablement, le reprenant dès qu'il l'avait achevé. On eût dit qu'il était lui-même ce marchand ambulant, et qu'il ameutait la pratique dans un carrefour de village, le crincrin au menton, et à l'épaule le baluchon d'imprimés. Aussi, tout occupé à sa besogne, et tout assourdi de son vacarme, n'entendit-il ni le coup menu frappé d'abord discrètement à sa porte, ni les trois ou

quatre coups plus forts qui s'y succédèrent
ensuite en manière de roulement. Il ne se retourna
qu'au claquoir de la porte, refermée par le visiteur qui avait fini par entrer sans qu'on le lui eût
dit. Il se tut d'ailleurs aussitôt, en se retournant;
mais surtout de stupéfaction.

Il y avait bien de quoi! Ce visiteur n'était autre
que son voisin, l'employé de la mairie de Levallois, M. Pigeollet, l'être du monde qu'il pouvait
le moins s'attendre à voir. Au surplus, il ne
l'avait jamais tant vu; et, depuis deux ans qu'ils
habitaient cependant sur le même palier, il le
contemplait aussi pleinement pour la première
fois. A peine, en effet, se rencontraient-ils par ci
par là, dans l'escalier, dans le corridor, dans la
rue, à la dérobée, juste assez pour échanger un
mutuel salut; sans trop se regarder, d'ailleurs,
étant timides tous les deux. Encore ces rencontres n'arrivaient-elles que par grand hasard, lorsqu'une circonstance tout à fait anormale avait
dérangé pour l'un ou pour l'autre les heures réglées
de leurs allées et venues, lesquelles, en temps
ordinaire, ne concordaient point. Au moment
où M. Pigeollet sortait, le matin, pour ne rentrer que le soir, Yves dormait encore; et, quand
Yves rentrait à son tour, M. Pigeollet dormait
déjà. Les dimanches, seuls jours où l'employé
avait congé et restait un peu dans sa chambre,
étaient précisément ceux où l'organiste avait tellement à faire qu'il ne déjeunait pas chez lui.

14.

L'honnête Pigeollet, au demeurant, n'était pas moins silencieux qu'invisible. Il fallait le sommeil léger d'une malade comme Mme Loupiat, pour être incommodé du seul bruit qu'il se permit dans la maison, quand il frottait ses carreaux le matin, d'une brosse si furtive cependant. A part cela, aucune manifestation de sa présence. Sans les rencontres dans l'escalier, Yves eût pu se croire seul sur son étage. Et voici qu'aujourd'hui ce voisin, qui vivait comme une ombre, était là, devant lui, en chair et en os! Et il parlait!

— Mon Dieu! excusez-moi, mon cher voisin, disait-il. Je vous dérange, sans doute. Et vous êtes étonné, je le vois. Oui, je devrais être à mon bureau. Nous ne sommes pas dimanche, en effet. Je vais vous expliquer. C'est que j'ai *campos* à cause de la mort de mon oncle. Je viens de l'enterrer, mon pauvre oncle.

L'épithète et le geste, qui voulaient être tristes, juraient avec le sourire des yeux et même des lèvres, qui étaient aimables.

— Prenez donc la peine de vous asseoir, fit Yves de plus en plus interloqué par cette confidence qui l'intéressait si peu.

Pour se donner une contenance, toutefois, il crut devoir ajouter :

— Ainsi, votre pauvre oncle...

— Pauvre! interrompit M. Pigeollet, le sourire élargi. Pauvre! ce n'est qu'une façon de parler.

Il était plutôt à son aise. Il me laisse trente-deux
mille francs, monsieur. J'étais son unique héritier. Mais, pardon! ce n'est pas de cela qu'il
s'agit, pour le moment du moins. C'est de cela,
tout de même. Mais pas encore. Il faut que je
vous fasse part des intentions que..., pour lesquelles..., enfin du service que je viens vous
demander. C'est que, vous concevez, je n'ai plus
de famille du tout, maintenant; et alors je ne
sais trop comment...

— Ah! ça, pensa Yves, est-ce que la mort de
son oncle, ou l'héritage, l'aurait rendu fou?

— Je ne me fais probablement pas bien comprendre, reprit M. Pigeollet.

— Mon Dieu! pas trop, je l'avoue, quoique
néanmoins..., répondit le musicien avec une
extrême politesse, et craignant de l'irriter.

— C'est que j'ai tant de choses à vous dire,
monsieur! Je suis embarrassé pour commencer.
Puis, je suis un peu timide, vous vous en aper-
cevez peut-être. Et ma démarche, enfin, vous
paraîtra si étrange!

— Je vous en prie, monsieur, remettez-vous,
fit le musicien absolument abasourdi, et en même
temps plein de pitié pour ce timide, lui qui l'était
tellement. Prenez toutes vos aises. Commencez
par ce qui vous semblera le moins gênant à
dire.

— Vous êtes bien bon, monsieur, répliqua
l'employé. Je profiterai donc de la permission.

Ne m'en veuillez pas si je suis un peu décousu. Voici! Au jour de l'an prochain, je passe premier commis, et dans une mairie plus importante. On me devait bien cet avancement, d'ailleurs. Tel que vous me voyez, j'ai déjà vingt-et-un ans de service. On ne le dirait pas, n'est-ce pas? Quel âge me donnez-vous?

Il était diablement décousu, en effet! Où voulait-il en venir? Enfin, faisant contre fortune bon cœur, Yves résolut de patienter. Il n'était pas assez hardi lui-même pour couper court à tout ce verbiage par quelques questions nettes et catégoriques. Il se résigna donc à suivre les méandres embrouillés de cette conversation saugrenue, ennuyé cependant, au fond, de perdre son temps. Peut-être cette mauvaise humeur intime perça-t-elle un brin dans sa réponse.

— Quel âge? Dame! Dans les quarante-cinq ans.

— Oh! non, monsieur. Trente-sept. Je parais un peu plus, c'est vrai. A cause de ça.

Il montrait son front, fort dénudé, malgré l'habile ramenage qui essayait d'y voiler un golfe en demi-lune.

— Et vous, monsieur, reprit-il, quel âge avez-vous?

— Bientôt quarante, répondit Yves, qui comprenait de moins en moins.

— Vous n'en avez pas l'air.

— Trop aimable!

— Non, non, je dis ce que je pense ; vous n'en avez pas l'air. C'est sans doute d'être artiste, qui vous conserve ainsi. Ah ! moi aussi, monsieur, j'ai failli être artiste. Je me destinais à l'architecture. Qui sait ? Je serais peut-être plus jeune, si j'avais été architecte.

Sur cette réflexion qui avait égayé Yves, M. Pigeollet devint mélancolique et méditatif.

— Mais il n'y a pas de quoi rire dans tout cela, pourtant, pensa le musicien. Voilà un bavard et un niais qui va me tenir là jusqu'à ce soir. Et pourquoi ? pourquoi ?

Cette perspective menaçante lui donna le courage d'insinuer qu'on oubliait l'objet de la visite, et que dans une demi-heure, au reste, une course indispensable...

— Mille, mille pardons, monsieur, reprit l'employé. J'arrive au fait. Je vous disais donc que j'allais être nommé premier commis. Aux Batignolles, probablement. J'aurai alors, avec les gratifications, bien entendu, deux cent vingt francs par mois, et même deux cent quarante ou cinquante, pour peu que j'obtienne des travaux supplémentaires. Et j'en obtiendrai. Car je suis un piocheur, je ne crains pas de l'avancer. Au surplus, mes notes en font foi. Je ne m'écarte pas du sujet. J'y reviens. Mettons deux cent cinquante. Vous n'avez pas perdu de vue les trente-deux mille francs de mon pauvre oncle. En bons placements, monsieur. Rien que des obligations de chemin de fer et de la rente sur l'État. En somme, tout cela constitue une aisance modeste, mais appréciable. Sans parler de la retraite, au bout. Appréciable, donc! C'est tout ce que je voulais dire.

— Enchanté, monsieur! Mes félicitations! s'écria Yves, convaincu que c'était fini, et ayant parfaitement pris son parti de ne point avoir le mot de cette stupide énigme.

— C'est tout ce que je voulais dire là-dessus, reprit M. Pigeollet. Histoire d'établir ma situation clairement. Quant à mon honorabilité, mes vingt-et-un ans de service administratif en répondent. Il ne me reste plus à aborder avec vous que le point le plus délicat. Mais votre obligeant accueil m'encourage. J'irai donc tout droit au but. Je me sens moins timide à présent.

C'est, en effet, d'un air presque fier, en se levant, qu'il continua :

— Monsieur, je n'ai pas de vices. J'aime seulement une nourriture saine et un tantinet recherchée. Ce faible, d'ailleurs, n'a pas été très gâté chez moi. Les restaurants sont mauvais au jour d'aujourd'hui. J'ai connu le temps où, à Levallois-Perret, pour trente sous on déjeunait admirablement. Tout cela est bien changé, monsieur, hélas! Et je le regrette. Car, c'est vrai, j'ai ce faible d'aimer à manger convenablement. Vous voyez, je ne me fais pas meilleur que je ne suis. Mais à part ce détail, je n'ai pas de vices. Je ne fume même pas. Je ne veux pas dire que de fumer, après tout... Je sais que vous fumez, vous, monsieur, et l'on peut être un parfait honnête homme en fumant. Je ne me permettrais pas de qualifier de vice... Mais enfin, vice ou non, je ne fume pas.

— Nous voilà encore à la débandade ! pensa Yves, et il regarda désespérément son coucou, pour montrer que le temps passait.

— Oui, oui, je vois l'heure, fit avec effroi M. Pigeollet. J'abrège donc. Un mot encore, seulement. J'arrive à la chose difficile. C'est pourquoi je m'attarde en route. Je m'attarde, je le sens. C'est plus fort que moi. Je n'ose pas attaquer de front, vous demander ce grand, cet important service, pour lequel cependant je suis venu. Oh ! croyez bien, monsieur, qu'il m'a fallu une hardiesse singulière pour avoir cette idée, pour la mettre à exécution, pour entrer ainsi chez vous comme un intrus. C'est la mort de mon oncle qui m'a donné cette audace. Oui, monsieur, les trente deux mille francs. Obligations et rentes sur l'État. Avec ça, me suis-je dit, on n'est pas un va-nu-pieds. On n'a pas l'air d'un freluquet, n'est-ce pas ? On est sérieux. Et alors, en revenant de l'enterrement, j'ai pris mon courage à deux mains. C'était d'ailleurs son plus cher désir, à mon pauvre oncle ! Il a dû mourir en se répétant : Pigeollet finira-t-il par se décider ? Eh bien ! monsieur, quand ça ne serait que pour lui faire plaisir, à mon pauvre oncle, je me suis décidé.

— Mais à quoi ? s'écria Yves, impatienté à la fin.

— Comment ! monsieur, balbutia l'employé, je ne vous l'ai pas laissé entendre ! Vous ne devinez pas ? Moi qui n'ai plus de parents, personne à qui confier les premières démarches, j'ai songé que vous seriez assez bienveillant, vous qui êtes de leurs amis, pour remplacer en quelque sorte mon pauvre oncle...

Yves se prit les cheveux à pleins poings, et se secoua la tête en se demandant s'il ne devenait pas fou lui-même, idiot, imbécile. Lui, si doux, il avait envie de sauter à la gorge de M. Pigeollet pour en arracher une phrase qui eût un sens.

— Oui, continuait l'autre, poser des jalons ! En tous cas, sonder adroitement le terrain, voir si je ne déplais pas trop ! Et alors, me présenter chez eux.

Enfin, à défaut de paroles nettes, il fit un geste significatif. Du doigt il montra le plancher, à plusieurs reprises, frénétiquement, le plancher sous lequel on entendait tinter l'épinette des Loupiat.

— Vous voulez épouser mademoiselle Madeline ! s'écria Yves brusquement, en levant les bras au ciel.

M. Pigeollet n'eut pas la force d'articuler un oui, et se contenta de plonger son menton dans son faux-col.

— Et vous avez compté sur moi pour la deman-

der... en mariage... à votre intention ? continua
Yves, dont l'exaspération montait à mesure qu'il
scandait cette phrase.

Car il était exaspéré, cela ne faisait point doute
pour M. Pigeollet. On le voyait de reste à ses
regards étincelants, à son cou gonflé, à ses mains
tremblantes. Et toute sa colère éclata dans cette
violente apostrophe qu'il vint jeter à la barbe
même de M. Pigeollet, cette barbe en maigres
favoris, qui se hérissaient d'épouvante :

— Ah ! ça, monsieur, vous êtes fou !

Par un puissant effort de volonté, le timide
M. Pigeollet se ressaisit. Il songea à toute l'énergie qu'il avait déployée jusque là, à son pauvre
oncle, à la résolution si héroïquement prise au
sortir du cimetière; et il osa répondre, quoique
en balbutiant :

— Mais je suis un parfait honnête homme,
monsieur. Trente-sept ans ! Trente-deux mille
francs ! Je croyais... Et comme nous sommes voisins..., comme vous lui donnez des leçons de
chant... J'avais espéré... Excusez-moi !

Yves s'était calmé, honteux de son emporte-
ment, se demandant en lui-même, avec reproches et avec angoisses, pourquoi il s'était empor-
té. Il semblait atterré maintenant. M. Pigeollet
en profita pour ajouter :

— Oui, excusez-moi. Je ne savais pas... J'aurais
dû me douter cependant... Mais je ne savais pas...

— Vous ne saviez pas, quoi? interrompit Yves,

15

se fâchant de nouveau, et en même temps contre
lui-même, car il se sentait les joues et le front
tout rouges.

M. Pigeollet fut repris de peur, et recula vivement vers la porte. Rassuré pour sa fuite
possible, dès qu'il eut le bouton de cuivre sous
les doigts, il répéta :

— Je ne savais pas que vous-même...

— Que moi-même...? interrogea Yves, à voix
basse, en le suivant pas à pas, et de tout rouge
devenu subitement tout pâle.

M. Pigeollet ouvrit la porte, et une fois sur le
carré, la main à la rampe, le pied en l'air vers
l'escalier, il eut enfin la bravoure de lâcher le mot
qui lui brûlait les lèvres depuis un moment.

— Je ne savais pas, dit-il, que vous-même vouliez l'épouser.

Et il se précipita quatre à quatre vers la rue,
dégringolant les marches comme s'il s'attendait à
recevoir des projectiles dans le dos.

Yves était resté bouche béante, les bras pendants.

— Bien sûr il est fou, se dit-il après un long
silence. En voilà une idée! Moi, je veux épouser
Madeline! Moi! Moi! Est-il bête, cet animal-là!

Il referma sa porte, et revint à la presse pour
continuer sa besogne. Mais il n'avait plus le cœur
à rien. Il ne pensait même pas à ce qu'il faisait.
Il serrait machinalement la vis et la desserrait,
sans changer seulement la feuille en train, qu'il

réimprima plusieurs fois, et qu'il eût réimprimée
ainsi jusqu'au soir.

— Mais c'est moi qui perds la tête, s'écria-t-il
tout à coup en s'apercevant de sa distraction. Ah!
le diable soit de cet imbécile, qui m'a dit ça!

Et il se mit à réfléchir. Eh bien! quoi! Les apparences lui donnaient raison, à cet imbécile.
Comment Yves avait-il accueilli ses confidences?
Comme un rival, parbleu! C'était clair. En se
fâchant. Pourquoi se fâcher? Mais Madeline, cette
âme si précieuse, si délicate, cette intelligence
d'élite, cette artiste en un mot, était-elle faite
vraiment pour devenir la femme d'un Pigeollet?
Voilà ce qui avait irrité Yves. Oui, cela, et rien
de plus. C'est comme artiste qu'il s'était révolté.
Bon! Alors, il fallait expliquer cette distinction-
là, et ne pas s'emporter ainsi, sans donner de
motifs. Le Pigeollet avait dû s'y tromper, et prendre
cette colère pour un signe de passion. N'en était-
ce pas un, en réalité? A descendre au fond de soi,
n'y avait-il pas eu un mouvement de jalousie dans
cette indignation prétendue artistique? Est-ce
qu'il aimait Madeline autrement que comme une
sœur spirituelle, une Muse? Est-ce qu'il avait
pour elle un sentiment humain, charnel, égoïste,
et non cette belle et idéale adoration dont il avait
parlé à Tombre si éloquemment?

A la constatation de cet amour ordinaire Yves ne
pouvait se résoudre. Il le considérait de sa part
comme une faiblesse, presque une lâcheté et une

infamie. Quoi ! il aurait donc abusé de sa situation
de professeur, de maître, c'est-à-dire d'un sacer-
doce, pour choyer honteusement une passion vulgaire ! Il aurait fait de l'Art divin une façon d'en-
tremetteur ! Non, non, non, cela n'était pas possible, cela n'était pas vrai.

— Je ne l'aime pas ainsi, s'écria-t-il tout haut
pour se bien affirmer la chose, comme on chante
dans les ténèbres pour se donner du courage.

Et c'est dans des ténèbres morales, en effet, qu'il
cherchait sa route. Car cet amour, qu'il condamnait au nom de subtiles et raffinées délicatesses,
il le sentait malgré tout se défendre en lui-même
et lui murmurer tout bas :

— Je veux vivre.

— Mais tu n'en as pas le droit, répondait Yves.
Même si je consentais à ravaler jusqu'à toi mon
amour idéal, tu serais encore impossible. J'ai dix-
sept ans de plus que Madeline. Je ne suis pas
beau. Je suis un pauvre diable, gagnant à peine
sa pauvre vie. J'ai pour dot la misère. Madeline
voulût-elle de moi, que ce serait un crime, à moi,
d'accepter. D'ailleurs, c'est là une hypothèse ridicule. Sans doute Madeline me témoigne de l'affection, une affection attendrie, certes. Mais c'est
tout naturel. Je suis son initiateur. Je lui ai ouvert le pays féerique, les enchantements du Beau.
Mon esprit est cher à son esprit. Et n'est-ce donc
pas une joie suffisante ? Que me faut-il de plus ?

Et s'exaltant à cette idée, comme l'autre nuit

quand il parlait à l'ombre, il se délectait dans ce
bonheur permis, immense d'ailleurs. Il reprenait
dans cet air pur des forces contre l'obscur ennemi
qui tâchait de le faire redescendre à terre. Oui,
ennemi ! C'est ainsi qu'il qualifiait le désir, pourtant bien chaste aussi dans son cœur, d'une joie
plus humaine et d'une union moins éthérée.
Pauvre désir qui s'obstinait quand même à récla-
mer, et qu'il crut étouffer décidément sous cette
conclusion, prononcée à haute voix encore, et d'un
ton, ma foi ! triomphant :

— Non, je ne l'aime pas, je ne peux pas l'aimer,
nous ne devons pas nous aimer comme des bourgeois.

Comme des bourgeois ! Ce mot le ramena violemment aux confidences de M. Pigeollet, et un
flot de réflexions l'assaillirent ; de réflexions bourgeoises, qu'il essaya vainement de chasser. Cette
position, ces appointements fixes, cette retraite
assurée, ces trente-deux mille francs en obligations et en rentes sur l'État, rien de plus bourgeois sans doute. Mais la vie est faite de ce terre-
à-terre, avec lequel les plus fiers doivent compter.
Lui-même, n'était-il pas organiste, accompagnateur de café-concert, correcteur d'épreuves ?
C'était bourgeois aussi, ces métiers. Et Madeline
aussi avait à vivre, bourgeoisement parlant, toute
Muse qu'elle fût. Le grand-père mort, ou seulement malade, que deviendrait-elle ? Madeline tout
court mourrait de faim. Non pas Mme Pigeollet.

Après tout, il fallait être équitable (la Justice,
la sainte Justice, ô Yves le Juste!). Ce Pigeollet, en réalité, était ce qu'on appelle un bon
parti, et en même temps un futur très présentable.
Pas beau non plus, à coup sûr! Pas beaucoup plus
beau que le musicien. Pas laid ni répugnant, toutefois. Un monsieur comme tant d'autres! Peut-
être même, en y mettant un peu d'indulgence,
pouvait-on le trouver mieux que d'autres. Ses
petits favoris corrects et son commencement de
calvitie n'étaient pas sans une certaine distinction.
D'ailleurs, un parfait honnête homme, comme il
disait. Avec cela un être doux, qui ne ferait sûrement le malheur de personne. Était-il aussi insignifiant d'esprit qu'il en avait l'air? La timidité
vous rend si niais! Enfin, il n'avait que trente-
sept ans. Trois ans de plus ou de moins, c'est
quelque chose. Pourquoi donc Yves n'avait-il pas
pesé tout cela de prime d'abord? Pourquoi s'était-
il écrié :

— Ah! ça, vous êtes fou !

Mais non, il n'était pas fou, cet homme. Très
raisonnable, au contraire. Et tel serait évidemment l'avis de Monsieur Louplat, sans doute aussi
de la mère. Qui sait? Peut-être celui de Madeline
elle-même. Car, en dehors de ses aptitudes artistiques, Madeline était une bonne petite ménagère
encore, et une fille excellente surtout. Ce mariage,
qu'elle verrait personnellement sans enthousiasme
(oh! de cela Yves était sûr), ne s'y résignerait-

elle pas par affection pour les siens, pour offrir
un abri définitif à la maladie de sa maman, à la
vieillesse de son grand-père ? A combien de viles
besognes Yves ne s'était-il pas astreint, souvent,
afin de subvenir aux besoins de ses deux mères !
Madeline n'était-elle pas de ces âmes hautes à
qui le sacrifice est doux ?

— Ah ! misérable, se dit-il soudain, de quel
droit t'opposes-tu donc, toi, à ce sacrifice pour
lequel elle est prête ? De quel droit, pouvant lui en
fournir l'occasion, la lui refuses-tu ? De quel
droit juges-tu si elle peut ou non épouser cet
homme ? Et si elle l'épouse et si tu en souffres,
qu'importe ? Et pourquoi en souffrirais-tu, puisque tu ne l'aimes pas ?

Mais la souffrance était plus forte que cette
vaine dialectique. A l'idée qu'en effet Madeline
pourrait épouser cet homme, Yves sentait comme
un grand trou se creuser soudain dans son âme.
Les mots avaient beau dire : cette douleur était
un fait.

— Quoi ! c'est donc vrai, que je l'aime ? Non
pas comme un artiste, non pas seulement dans
le monde idéal ; mais comme n'importe qui, vul-
gairement, égoïstement comme monsieur Pigeollet, comme un bourgeois !... Hélas ! comme un
homme !

Yves fut bien forcé d'en convenir. Il pleura,
longtemps, sans pouvoir fixer sa pensée sur autre
chose que ceci, qu'il répétait, tantôt avec amer-

tume, tantôt avec une secrète douceur dont il avait honte :

— Je l'aime ! c'est vrai, je l'aime.

Dans les ténèbres où il s'égarait, ce fut le premier point enfin lumineux. Mais, comme si les larmes lui eussent éclairci la vue, d'autres clartés bientôt surgirent. Le problème se posait en des termes nouveaux, très nets, ceux-ci, trop nets, d'une netteté cruelle.

— Tu l'aimes ! Et puis après? Cet homme aussi, il l'aime. A sa façon, d'accord; mais il l'aime. Moins que toi ! Qu'en sais-tu? D'ailleurs la question n'est pas là. C'est d'elle, d'elle seule qu'il faut t'occuper. Et alors? Alors, mets-toi donc franchement en balance avec Pigeollet. Qui l'emporte, de vous deux? Est-ce toi? Non, ton âge, ta vie aléatoire, ta misère surtout, tes lendemains hasardeux, tu as établi tout cela tout à l'heure. Reviens-y ! Vois Madeline et les siens malheureux avec toi, heureux avec lui, etc... etc... Puisque bourgeois il y a, au moins sois un bourgeois qui ne triche pas au jeu, qui n'use point de faux poids. Tu aimes en homme ! Au moins, que ce soit en honnête homme. Ton devoir est de te sacrifier, toi aussi. Et tu hésites, tu discutes ! Et tu t'appelles Yves le Juste !

Sept heures et demie sonnèrent au coucou. Yves avait passé l'après-midi tout entière à cette longue bataille contre lui-même. Seul, hélas ! seul. Si encore Tombre avait été là ! Mais depuis la première, Tombre, pour ne plus être trop à charge à son ami, mangeait dehors. Yves ne le verrait qu'au moment du coucher. Ah! un conseil, une parole, quelque chose à quoi se soutenir! Lâche, as-tu donc besoin d'autre chose ·que de la Justice, pour te décider?

— Tu es un ange, toi, lui avait dit Tombre, pendant cette fameuse nuit, où Yves en effet, s'était de bonne foi senti des ailes.

Non, ce n'était pas vrai. Non certes, pas un ange! A peine un homme! Rien qu'un faible enfant.

C'était l'heure du café-concert. Il fallait courir là-bas, dans ce milieu de bêtise et de vulgarité, et s'asseoir au piano, et tapoter des accompagnements aux chansons stupides qu'on y beuglait, et suivre attentivement ces choses pour donner le ton aux chanteurs, et bisser celles que le public aimait à reprendre en chœur, et les bisser avec entrain. Yves y alla, et fit sa besogne quotidienne, la tête dolente, les mains machinales, et presque heureux néanmoins de cette infâme distraction qui le forçait à ne plus penser. Et ce fut rapide, rapide! Il lui sembla, en finissant, que la soirée n'avait pas duré un quart d'heure. Il s'attarda, avant de sortir, à manger une choucroute, sous prétexte qu'il n'avait pas dîné. Mais, bien qu'il eût en effet l'estomac vide, il ne put rien avaler. Encore une cigarette! On fermait! Il fallait rentrer chez lui. Rentrer, c'est-à-dire reprendre la discussion contre sa lâcheté ! Car il se sentait devenir lâche, de plus en plus.

Il fit à pas lents, très lents, ce chemin qui d'ordinaire était si court à ses longues enjambées. Il monta son escalier lourdement. Il avait l'impression de gravir un calvaire. Pourquoi? Puisque, en fin de compte, il venait de se décider à être lâche. Oui, il avait résolu cela, en passant devant la petite lumière filtrant au volet du rez-de-chaussée. Ma foi! en somme, chacun pour soi! Si Monsieur Pigeollet voulait se présenter chez les Loupiat, il n'avait qu'à se présenter en personne. Après tout, Yves avait bien le droit de rester neutre! C'était trop exiger aussi, de vouloir que lui-même...! Sans compter que ce serait ridicule.

— Est-on jamais ridicule en faisant son devoir? murmurait la conscience.

— Je fais mon devoir passivement, ergotait Yves. Je ne me mêle de rien. Je ne m'oppose à rien.

— Hypocrite! Tu sais bien que le pauvre homme est trop timide pour agir. En ne te mêlant de rien, tu t'opposes à tout.

— Tant pis! je m'en lave les mains.

— Comme Pilate.

Yves était sur son carré.

— Au moins, lui dit sa conscience, avertis-le que tu ne t'opposes à rien. Sois ennemi, si tu veux, mais loyal.

— Demain il sera temps.

— Demain, tu seras plus lâche qu'aujourd'hui.

Elle était tenace et impérieuse, cette damnée conscience. Yves lui avait si longtemps et si étroitement obéi!

— Soit! fit-il tout haut. Je ne suis pas un coquin, en effet.

Et il frappa à la porte de M. Pigeollet.

— Qui est là? demanda une voix tremblante.

— Moi, Yves, votre voisin. J'ai quelque chose à vous dire.

— Dites-le à travers la serrure, reprit M. Pigeollet d'une voix plus tremblante encore.

Yves l'entendit, qui soufflait bruyamment et claquait des dents derrière la porte.

— Il a peur que je l'assassine, pensa-t-il. Pauvre diable!

Puis, se penchant vers le trou de la serrure, il dit brusquement :

— Je la ferai, votre commission.

Et il se sauva chez lui, comme on se dérobe après avoir jeté une aumône.

XXI

— Qu'est-ce que tu as donc? lui dit Tombre, en
arrivant un quart d'heure plus tard. Tu as l'air
tout guilleret ce soir.

Et en effet Yves éprouvait cette bonne humeur
alerte que donne la conscience du devoir accom-
pli, ou tout au moins résolu. En même temps, il
était heureux, malgré tout, d'avoir enfin constaté
qu'il aimait. Car cet amour ne lui semblait plus
une infamie, maintenant. Non, puisque son sacrifice l'épurait! Il n'en parlerait pas à Madeline,
bien sûr. Il n'avait aucune espérance. Il se plaisait même à n'en pas concevoir. Cela lui permettait de goûter pleinement, en toute sécurité, la
douceur d'un sentiment auquel il pouvait s'abandonner sans reproches. Et ainsi tout son être était
en allégresse.

— Oui, qu'est-ce que tu as? répétait Tombre.
Quelque œuvre nouvelle, sans doute!

— Précisément.

— Et bonne?

— Excellente.

— Fais voir.

— Oh! pas encore faite, mon vieux. Décidée seulement. Mais c'est comme si elle était faite, répondit Yves en se frottant les mains.

— Et peut-on savoir?

— Non, grand curieux. Quand ça sera fini.

Yves s'amusait de ce quiproquo, et ne voulait pas raconter cette *bonne œuvre*, que Tombre prenait pour une chanson nouvelle. Il ne le voulait pas, un peu par pudeur, n'étant pas de ceux qui font parade de vertu; beaucoup par une sorte de fausse honte. Cet amour, qu'il s'était avoué à lui-même, il lui en eût coûté de l'avouer aussitôt à un autre. Et à quel autre? A celui qu'il avait tant morigéné naguère sur cette faiblesse toute humaine. Tombre ne se moquerait-il pas de lui, à présent? Yves ne lui confia donc rien. Sinon sa joie, toutefois, qui débordait.

— Mâtin! que j'ai faim! disait-il. Ça creuse, de bien faire.

Et c'est, en effet, d'un appétit inaccoutumé qu'il soupa. Trois tartines de beurre! Trois lampées de croquomolle! Tombre s'égayait à le voir.

— Je parie que c'est une idée de chanson à manger, ton idée. Non? De chanson à boire, alors? Non plus? Quoi donc, enfin?

— Mais puisque je ne veux pas te le dire, répondait Yves, la bouche pleine. Inutile d'insister, va! Tu sais, je suis têtu.

— Je m'en fiche, après tout, de ton secret.

Et Yves de rire ; Tombre aussi, rien qu'à voir rire son ami. Lui-même, au reste n'était pas de mauvaise humeur non plus, ce soir. Depuis plusieurs jours, même. Moins cachottier, il expliqua pourquoi, d'autant que le musicien l'y sollicitait, flairant des confidences amoureuses auxquelles son cœur aujourd'hui ne demandait qu'à s'ouvrir.

— Eh bien ! s'écria Tombre. Ça ne va plus que d'une jambe, là-bas, leur toquade.

— Allons donc ! Ah ! qu'elle veine !

— Oui, le torchon brûle, et ferme.

— Qu'est-ce qu'il y a ?

— Je ne sais pas. Tout ce que je peux te dire, c'est que voilà quatre soirs de suite que je reconduis Georgette chez elle. Oh ! en tout bien, tout honneur, s'entend ! Jusqu'à sa porte. En ami. Mais enfin je la ramène. C'est quelque chose.

— Une brouille entre eux, peut-être ?

— Mieux que ça, mon cher. Une brouille, ça se raccommode. Non ! Un refroidissement complet. Toujours aimable avec elle, en apparence, le du Glaizat ! Mais les petits soupers, les petits a-parte dans le bureau, les serrements de mains et les bécots dans les couloirs, tout ça, pft !... Il n'en veut plus, quoi !

— Et elle ?

— Ah ! dame ! Elle, je crois qu'elle en tient toujours. J'en suis même sûr. Elle ne me parle que de ça.

— Et ça ne t'ennuie pas?

— Ça m'agace, mais ça me fait plaisir en même
temps. Ah! le cœur est une si drôle de chose! Oui,
je suis son confident. Elle gémit dans mon gilet.
Je la console. C'est toujours ça. Je lui laisse même
croire, des fois, que tout finira par s'arranger.
Elle me sourit alors, et je prends ces sourires-là
pour argent comptant. Tu me trouves stupide,
n'est-ce pas?

— Non, répondit Yves d'une voix douce et triste.
Je comprends ta faiblesse. Je l'excuse. A ta place,
j'en ferais sans doute autant.

— Autre chose, reprit Tombre. Le député, rasé
idem! Plus de vieux monsieur! Elle est libre
comme l'air.

— Tant mieux!

— Oui, hein? C'est mon avis. Je suis d'ailleurs
le seul, au théâtre. Il y a surtout cet ignoble
Grimblot qui trouve ça un vrai malheur. Ah!
celui-là, s'il en avait un dans sa manche, de député, il le lui procurerait tout de suite, ça ne serait pas long. Placier en tout, ce bougre-là. Et
n'oubliez pas la petite remise!

Il mimait Grimblot, la main gauche tendue, la
droite en train de fourrer une prise dans un nez
reniflant.

— Et la pantomime, à propos? interrogea Yves.
Ça marche bien! Tu ne m'en donnes plus de nouvelles depuis quelque temps.

— Peuh! couci couça. Public trop chic. Ils n'y

comprennent toujours rien. Et Georgette fait des
progrès, pourtant. C'est même pour ça, d'ailleurs,
que les effets portent moins. Mais elle s'en bat
l'œil, à présent, de plaire au public. Elle joue nerveux, pas rond du tout, en coups de fouet plutôt.
Vli ! Vlan ! Ça vous prend une allure, une couleur !
Nous avons des duos, je ne te dis que ça ! Quel
dommage que tu ne puisses pas venir nous voir
un jour ! Ça t'intéresserait joliment. Oh ! c'est une
artiste, va ! Je ne métais pas trompé.

Yves pensa bien que ces prétendus progrès de
Georgette étaient dûs simplement au dépit d'être
négligée par du Glaizat. Vli ! Vlan ! autant de
coups de fouet imaginaires que donnait sa rage
d'amante délaissée ! Mais Yves garda par devers
lui cette réflexion. Puisque Tombre ne la faisait
pas de lui-même, pourquoi la lui suggérer ? Yves
n'y eût pas manqué, l'autre nuit ; non par cruauté,
mais par sincérité. Cette sincérité lui eût semblé
cruelle aujourd'hui.

— Oui, continuait Tombre, c'est une artiste.
J'en ferai quelque chose. Je lui ai déjà expliqué
un bout de mes théories. Elle y viendra. Elle y
mord. Initial ! Algébrique ! Elle saisit à peu près
ce que ça veut dire. En tout cas, elle écoute quand
je lui en parle. Il est vrai que je suis tes conseils.
J'en parle sans me fâcher, sans gueuler, comme
je faisais aux répétitions. D'ailleurs je ne pourrais
pas ne pas être doux. Elle ne regimbe pas. Elle
a une espèce de docilité triste qui est si touchante !

Il ne tarissait pas. Il racontait des traits, tout à
fait significatifs à son avis, et dont il tirait des
inductions mirobolantes. Ainsi, l'autre jour, après
une longue dissertation, comme il demandait à
Georgette si cela ne l'ennuyait pas, elle avait répondu vivement :

— Non, non, pas du tout! Allez toujours.

Et elle s'était remise à écouter, toute médita-
tive, les yeux vagues, comme si elle regardait un
tas de choses à l'horizon. Ce tas de choses, c'é-
taient des idées nouvelles qui s'éveillaient! Cet
horizon, c'était évidemment ce pays enchanté
du Beau vers lequel Yves avait conduit peu à peu
Madeline!

Une autre fois, comme Tombre lui serrait la
main en la consolant, et lui disait :

— Voyons, ma petite, ne vous faites pas de bile.

— Ah! s'était-elle écriée, à la bonne heure,
vous, mon petit Tombre, vous avez une poignée
de main où on sent un cœur.

Et elle avait ajouté en souriant :

— Une poignée de main suggestive, quoi !

Ainsi, même au milieu de son chagrin, elle se
rappelait les mots artistiques de Tombre, et en
avait le sens très net. Oui, oui, elle comprenait;
et il en ferait quelque chose !.

— Bon, répliquait le musicien. Tu as suivi mes
conseils, je le vois. Tu l'aimes de plus en plus
comme artiste, c'est parfait. Mais comme femme,
comme femme!

Et il insistait, curieux surtout de ce point.

— Comme femme, répondit Tombre, elle est plus charmante chaque jour. Sa gaieté naguère lui allait bien. Sa tristesse lui va mieux encore. Et puis elle est si tendrement reconnaissante de mon affection pour Georget !

— Comment va-t-il, lui, parmi toutes ces histoires ?

— Pauvre mignon ! reprit Tombre. Il va bien, grâce à moi. Il m'adore, ce gosse. Il ne peut plus se passer de ma figure, sa boîte à joujoux. A présent que les répétitions sont terminées, il s'embêterait l'après-midi. Alors je vais chez eux, jouer avec lui.

— Je te vois venir ! C'est parce qu'il y a·Georgette.

— Non, ma foi. Presque jamais. Elle fait des courses, pour des billets qu'elle a, paraît-il. Je crois plutôt qu'elle rôdaille au théâtre, autour de l'autre. Mais je ne le lui demande pas. A quoi bon lui faire de la peine ? Je garde le petit. Il est gentil comme tout, si tu savais. Tiens ! pas plus tard qu'hier, il disait en m'embrassant qu'il voudrait bien m'avoir pour papa. Et devant elle ! Et elle me regardait d'un air bon ! Dame, ça attache, des choses pareilles !

Ils causèrent longtemps encore. Yves n'avait pas sommeil. Tombre se délectait à bavarder, profitant de l'indulgence de son ami, qui ne lui faisait pas de morale, qui ne lui prêchait pas les grands renoncements, qui au contraire s'intéressait à tous ces menus détails de passion humaine, et se complaisait à en raisonner doucement. Tombre craignait parfois d'être prolixe dans le récit de ses petites joies et de ses petites misères, et à chaque instant s'interrompait pour dire :

— Tu ne me trouves pas trop bête, trop gniangnian ? Vrai de vrai ?

— Non, je t'assure, répondait le musicien. Qu'est-ce que tu veux ? On ne peut pas toujours planer en plein ciel ! On a son côté romance, bonnet de coton, Béranger.

Il excusait même Béranger ! C'était inouï. Tombre n'en revenait pas. Et quand ils se couchèrent, à plus de trois heures du matin :

— Conclusion ? fit Yves avant de s'endormir. Tu aimes toujours ta Georgette. Et non comme artiste seulement, hein ? Mais comme femme aussi, n'est-ce pas ? Comme femme ?

— Surtout comme femme ! répliqua Tombre. Oui, je l'avoue. Et plus que jamais, hélas !

Yves répondit à voix basse, comme s'il avait un peu honte de ce qu'il disait, ou peut-être parce qu'il parlait déjà en rêve :

— Pourquoi hélas ?

XXII

C'est d'abord à Madeline elle-même qu'Yves avait voulu communiquer la proposition de M. Pigeollet. Mais, comment s'y prendre? Jamais il ne saurait seulement entrer en matière. Puis, toute réflexion faite, était-ce bien correct, bien loyal surtout? Le grand-père ne devait-il pas être le premier à connaître, à juger cette proposition? Et, s'il la trouvait convenable, ne devait-il pas la transmettre en personne à Madeline? Sans doute son autorité donnerait à la chose plus de poids, par conséquent plus de chances. Mais la justice exigeait cela précisément. Yves n'était pas de ceux qui remplissent leur devoir à moitié.

Le lendemain donc, au moment où le grand-père venait de rentrer pour le repas du soir, comme les Loupiat allaient se mettre à table, on sonna chez eux.

— Tiens! Une visite! Qui cela peut-il bien être? firent-ils, très étonnés.

Ils n'attendaient personne, en effet, et encore

moins attendaient-ils leur voisin Yves, qu'ils n'avaient jamais accoutumé de voir à pareille heure. Madeline, en ouvrant la porte, ne put retenir un cri de surprise, suivi aussitôt, d'ailleurs, d'un sourire affable. Il en avait besoin, de ce sourire, le pauvre Yves, pour se remettre un peu. Son cœur battait diablement ! Il eût battu bien plus fort encore, s'il eût deviné la pointe de moquerie qui retroussait maintenant le sourire continué de la jeune fille. Oh ! moquerie légère, sans méchanceté ! Mais vraiment il avait je ne sais quoi de comique, le pauvre Yves, avec son attitude à la fois gênée et résolue, son air ému qu'il voulait rendre grave. Cette pointe de moquerie, du reste, fut imperceptible, et vite émoussée ; car tout de suite Madeline trouva plus touchante que drôle la solennelle timidité du musicien. Pour qu'il fût transformé à ce point, il fallait quelque chose d'extraordinaire. Quoi ? Elle le lui demanda avec un affectueux intérêt.

— Je ne puis vous le dire encore, mademoiselle, répondit-il en essayant de prendre un ton ferme auquel s'accordait mal sa voix tremblante.

Puis, son embarras le poussant à des cérémonies inusitées, il fit un profond salut au grand-père et ajouta :

— C'est à monsieur Loupiat que je dois parler, à lui seul, en secret.

— En secret ! s'écrièrent le vieillard et les deux femmes.

Celles-ci avaient eu un frisson en échangeant un coup d'œil inquiet. Yves ne s'en aperçut pas, toute son attention étant concentrée sur le vieillard, qui s'était levé brusquement, devenu très rouge.

— Je suis à vos ordres, monsieur, fit le bonhomme avec une grande humilité. Allons dans le jardin, si vous le voulez bien.

— Non, plutôt dans ma chambre, dit vivement Mme Loupiat. Dans le jardin, les voisins pourraient vous entendre.

— C'est vrai, répondit le grand-père de plus en plus soumis.

Les deux hommes passèrent dans la chambre de la malade, dont la porte fut soigneusement fermée derrière eux par Madeline. Les deux femmes, restées seules, gardèrent instinctivement le silence. Madeline avait affreusement pâli.

— Est-ce qu'il saurait quelque chose? dit-elle enfin, d'une voix étouffée.

— Dame! répliqua la malade. Il en a tout l'air. Pourquoi tant de mystère, sans cela? Évidemment il lui demande des explications.

— Oh! ce n'est pas possible, s'écria Madeline. Il m'en eût touché un mot, à moi. Il est trop timide pour interroger ainsi grand-père là-dessus, et à brûle-pourpoint. Oui, trop timide.

— Et pas assez cruel, c'est vrai, continua la malade. Non, vois-tu, au fait, il ne doit pas s'agir de cela.

— Mais de quoi, alors? Il avait une contenance si grave, et si troublée!

— J'y suis, fit madame Loupiat. Parfaitement, j'y suis. C'est un engagement, sans doute.

— Un engagement?

— Oui, pour toi, dans un théâtre.

Et la figure de la malade s'éclaira. Celle de Madeline aussi. Mon dieu! oui, la chose ainsi était vraisemblable. Yves, sans en rien dire à personne, s'était probablement occupé de faire débuter son élève quelque part, dans de bonnes et honorables conditions. Et, comme il savait les répugnances du grand-père à l'endroit des planches, il le prenait à part pour le convaincre. C'était cela, évidemment! Les deux femmes attendaient maintenant avec curiosité, mais sans angoisses.

— Tu comprends, disait la malade, monsieur Yves est si honnête homme! Il n'a pas voulu te donner des espérances, à toi, avant d'être sûr qu'elles ne seraient pas trompées par la sotte obstination de ton grand-père. Ah! il aura fort à faire, par exemple.

Elle ajouta, en roulant les yeux, avec une aigre ironie :

— Les arts et monsieur Loupiat, ça fait deux.

Il se fit encore un silence. Madeline n'aimait pas à entendre dire du mal de son grand-père. Le défendre, eût attisé les mauvais propos. Puis, sans vouloir positivement écouter, les deux femmes n'eussent pas été fâchées d'entendre un peu de ce qu'on discutait dans l'autre chambre. Mais il faut croire qu'on y parlait très bas; car aucun mot ne traversait la cloison.

— Dis donc, fit soudain madame Loupiat, il me vient une nouvelle idée. S'il était question de mariage?

Madeline rougit.

— Oui, reprit la malade. Qui sait si monsieur Yves...

—– Tu plaisantes, interrompit Madeline. Monsieur Yves, lui, se marier! Avec moi! Voyons, où as-tu la tête, maman?

Et, avec un franc sourire :

— Est-ce que tu lui trouves l'air d'un amoureux?

— Non, ma foi, c'est vrai, répondit Mme Loupiat. Du moins, ce n'est pas ainsi que ton père me faisait la cour. Maintenant, il faut tout dire ; ton père était un officier, et monsieur Yves n'est qu'un artiste. Peut-être que les artistes.....

— Mais il ne me fait la cour d'aucune façon, maman. Tu le sais bien, d'ailleurs. De la musique! Rien que de la musique! Tiens ! Il est déjà marié, monsieur Yves, marié à sa musique. Et tu veu x qu'il lui fasse des infidélités?

Y avait-il un léger accent d'amertume dans ces badinages? Mme Loupiat, en tous cas, ne le discerna point. Madeline elle-même n'en eut pas conscience. Et c'est très sincèrement qu'elle reprit:

— Va, il ne pense guère à ça.

— Il aurait tort, en effet, répliqua la malade.
Après tout, ça ne serait pas un fameux parti. Non
à aucun point de vue ! Pas riche, pas jeune, pas
beau. Très bon, certes ; plein d'excellentes qualités : éducation, douceur. Un peu original,. toutefois !

Madeline ne répondait rien ; seulement on pouvait lire dans ses yeux que cet examen lui semblait trop sévère par ses restrictions. Quant à
Mme Loupiat, elle se parlait plutôt à elle-même,
et se délectait précisément à ces restrictions, bien
qu'elle eût une certaine affection pour Yves ; mais
elle en avait plus encore pour la médisance.

— Oui, continua-t-elle, trop original. Des idées
absolues ! Ne pas aimer l'Opéra-Comique ! Quel
goût singulier ! Beaucoup d'entêtement, d'ailleurs,
dans ces idées. Un entêtement de Breton. Des
manies de vieux garçon.

— Mais il n'est pas vieux, maman. Quant à être
Breton, il n'a pas tort. C'est une fière race. Et il
est de la meilleure. Son nom...

— Comment, fillette, son nom ?

— Oui ! de Kergouët.

— Un pseudonyme d'artiste, rien de plus.

— Pas du tout, maman. Je t'assure qu'il s'appelle de Kergouët. Ces dames de Kergouët, dit-il,
quand il parle de sa mère et de sa sœur.

— Allons, Madeline, que tu es enfant ! Ce pauvre musicien en mac-farlane, qui n'aime que les
chansons populaires, un gentilhomme ! Bah !

15

— Elles sont très belles, ses chansons populaires.

— Je ne dis pas. Il a du talent. Une espèce de
talent. Quant à de l'avenir, j'en doute. Et toi
aussi, n'est-ce pas ?

— Moi, non pas, fit vivement Madeline.

— Parce que c'est ton professeur.

— Maman, dit la jeune fille d'un air grave, monsieur Yves est un grand artiste.

— Eh bien ! alors, riposta gaiement la malade,
épouse-le.

Madeline ne put s'empêcher de rire à cette conclusion, qui jurait d'une façon particulièrement
saugrenue avec tout ce que venait de dire sa mère.

— Tu vois bien, répliqua Mme Loupiat, toi-
même tu trouves cette idée-là impossible.

— Pas comme tu le crois, répondit Madeline,
qui ne s'expliqua pas plus longuement. Au surplus, maman, toutes ces hypothèses-là sont des
bêtises. Je te répète que monsieur Yves ne pense
guère à ça.

Elle soupira, d'un mouvement à peine indiqué, que sa mère ne perçut même point, et elle
releva soudain la tête pour ajouter :

— Pas plus que moi, d'ailleurs.

Oh ! que ce mot eût fait de mal à Yves, s'il l'eût
entendu, et comme son chagrin en eût redoublé !
Il était déjà bien grand, pourtant, ce chagrin. Car
c'est avec un plaisir nullement dissimulé que le
grand-père avait accueilli la proposition de Mon-

sieur Pigeollet; avec plus de plaisir encore que
ne l'avait prévu le musicien. Des appointements
fixes, et qui ne pouvaient qu'augmenter! Une
retraite! Trente-deux mille francs de dot ! C'était
l'avenir de Madeline assuré. A cette idée, le vieillard avait eu des larmes de joie. Car il n'avait
pensé qu'à sa petite-fille, Yves devait lui rendre
cette justice. Et cela aussi avait donné à Yves le
courage de supporter cette joie, et même de s'y
associer, en en souffrant. Il en souffrait toutefois, et
beaucoup. De vagues et inavouées espérances lui
étaient restées jusqu'au dernier moment. Si le
grand-père allait refuser? Mais non. Ces lambeaux
d'espoir, il fallait, bien décidément, se les arracher
du cœur. Le grand-père était enchanté; et nul
doute que son opinion maintenant n'entraînât celle
de Madame Loupiat, pour les mêmes raisons in-
discutables, et celle de Madeline, hélas ! qui se
dévouerait au bonheur des siens. Et c'est avec une
mine désolée, quoi qu'il fît pour paraître content de son devoir rempli, c'est avec une navrante
tristesse, qu'Yves accueillait les remerciements
du vieillard. Il avait aussi, lui, des larmes plein
les yeux, mais des larmes de deuil, quand il rentra dans la salle à manger, et qu'il entendit le
grand-père dire en se frottant les mains :

— Une bonne nouvelle pour tout le monde ! Ah!
le sort nous devait bien ça. Mais que je ne vous
fasse pas languir. Madeline, ma chère enfant, il
s'agit d'un mariage.

— Qu'est-ce que je te disais? fit Mme Loupiat à voix basse, en se penchant vers Madeline.
Tu vois si j'avais du nez.

Madeline n'était guère en état de s'extasier sur
le plus ou moins de perspicacité de sa mère. A
peine avait-elle la force de se reconnaitre parmi
les sentiments qui venaient de s'élever tumul-
tueusement en elle-même : stupéfaction, secrète
ivresse, gratitude envers son grand-père, soudaine
conscience d'aimer Yves. Car elle l'aimait, elle
n'en pouvait douter, au charme que lui causait
l'annonce de devenir bientôt sa femme. Et elle
avait la gorge oppressée, les mains tremblantes,
la face empourprée d'une douce pudeur jusqu'à
la racine de ses cheveux qu'elle sentait comme
frémir. Elle n'osait pas lever les yeux. Cela l'empêcha de remarquer la contenance défaite du musicien. Sans quoi, elle eût discerné tout de suite
qu'elle était victime d'un quiproquo, et qu'Yves
n'avait rien à voir dans le mariage en question.
Yves aussi, d'ailleurs, tenait ses paupières obstinément baissées, et le trouble délicieux de Madeline lui échappa. Si peu fat qu'il fût, et si timide,
il n'eût pas manqué d'y lire combien i l avait tort
de désespérer; et malgré lui, il y eût répondu,
non en paroles, certes, mais par un de ces effluves
des yeux, muets éloquents qui en disent plus que
les meilleurs discours. Grâce à l'émoi de la jeune
fille et à la confusion du pauvre garçon, tout cela
resta en eux, sans s'exprimer, sans être compris.

Ils passèrent à côté de leur bonheur, faute d'un regard échangé.

— Oui, continuait le grand-père, notre ami monsieur Yves a bien voulu se charger de me faire part...

Madeline redressa la tête, toute blême.

— Hein? Quoi? ne put s'empêcher de s'écrier Mme Loupiat.

— Mais, dit le grand-père interloqué, on dirait que cela ne vous fait plaisir ni à l'une ni à l'autre?

— Si, si, répondit la malade, réellement curieuse de savoir de qui le musicien apportait les propositions.

— Comment donc? ajouta Madeline, avec une ironie mal déguisée.

— D'autant, reprit le grand-père, que le parti est tout ce qu'il y a de plus convenable. Je n'ose pas dire inespéré; car notre Madeline n'est indigne de qui que ce soit. Mais, enfin, j'avoue que, dans notre situation, je ne pouvais m'attendre.... Bref, un homme qui a une place, une place fixe, de jolis appointements, et trente-deux mille francs en capitaux. En somme, plus de quatre mille livres de rente assurée. N'est-ce pas admirable? N'est-ce pas le rêve pour toi, ma chère petite? Ah! Si tu savais comme je suis heureux, à l'idée que tu ne resteras pas sans ressources, seule, après moi !

— Mais elle ne sera pas seule, interrompit sè-

16.

chement Mme Loupiat. Sa mère ne compte pas,
alors ?

— Je m'explique mal, reprit le vieillard. Sans
doute, sans doute, votre affection, votre tendresse
ne lui manqueront jamais. Je voulais parler des
ressources matérielles. Je voulais dire que, sans
moi...

— Allez, interrompit la malade avec un éclair
de haine dans les yeux, allez, reprochez-moi le
pain que je mange, à présent. Il me semble pourtant que vous me le devez. Après ce que...

— Maman, je t'en conjure! tais-toi! fit Madeline.

— Soit! dit Mme Loupiat. C'est vrai. Il y a un
étranger.

Ce mot fut accompagné d'un nouveau regard
mauvais, à l'adresse du musicien cette fois.
Mme Loupiat, en effet, était furieuse contre lui.
Furieuse de s'être trompée en pensant à lui pour
épouser Madeline. Furieuse comme si c'était
lui-même qui l'eût trompée. De là ce brusque dé-
bordement d'humeur dont le grand-père était
victime, ainsi que toujours du reste quand la
malade était contrariée ou souffrante.

Malgré sa bonté, Yves fut blessé d'être traité de
la sorte.

— Je me retire, madame, dit-il.

— Non, non, restez, mon ami, fit le grand-père
en le retenant. Au moins faut-il que vous puis-
siez rendre réponse à la personne dont vous m'a-
vez transmis la demande.

— Mais cette personne, reprit durement la malade, connaît-elle seulement ce qui, de votre côté...?

— C'est mon affaire de le lui apprendre, interrompit le grand-père, avec l'autorité qu'il avait prise déjà l'autre jour à propos du théâtre, et qui était si inattendue auprès de son habituelle soumission. Oui, madame, ne craignez rien. Je dirai moi-même les choses, loyalement.

— Et vous croyez que lorsque cette personne saura...

— Maman ! s'écria Madeline, en lui imposant silence de nouveau.

Yves était extrêmement embarrassé. Déjà, l'autre jour, une vague inquiétude lui avait traversé l'esprit, quand le grand-père avait si fermement répondu à un obscur reproche de Mme Loupiat. Reproche de quoi? Il n'y avait songé qu'une seconde, alors, sans s'y arrêter autrement. Aujourd'hui la chose revenait plus nette. Quel mystère cachaient ces demi-mots de la malade, ces sortes de révoltes du grand-père, ces supplications de Madeline pour empêcher qu'on parlât clairement? Toutes sortes d'hypothèses lui tourbillonnèrent dans l'imagination. Monsieur Loupiat était peut-être un commerçant failli ? Ou bien il avait ruiné sa famille par quelque vice? Le jeu, sans doute ? Ou bien le père de Madeline était séparé de sa mère? Pour une cause inavouable, alors? Ou encore Madeline était une enfant naturelle? Il ne savait que penser, n'ayant pas le temps, d'ailleurs, de réfléchir à ces suppositions diverses ; car M. Loupiat continuait à parler.

— Parfaitement, disait-il, cette personne saura et saura tout. Au surplus je n'ai pas besoin d'ajouter que si cette personne juge nécessaire, ensuite, de ne plus me voir, je suis prêt...

— Mais voilà ce que je ne veux pas, moi, s'écria Madeline en se jetant dans les bras de son grand-père, et en pleurant.

Ces larmes soulageaient ses nerfs, irrités par la tournure qu'avait prise la conversation, et irrités aussi, encore plus peut-être, par la déception qu'avait causée le quiproquo du début. Car, elle aussi, sans en avoir la conscience précise, elle en voulait à Yves, de n'être que mandataire en cette demande de mariage. Il ne l'aimait donc pas, absolument pas, pour s'être chargé d'une pareille commission ? Cela lui était donc indifférent, lui serait même agréable, qu'elle devînt la femme d'un autre ? C'était donc vrai, qu'il ne pensait qu'à la musique, qu'il était marié avec elle, comme elle l'avait dit tout à l'heure en plaisantant ? De tout cela, Madeline lui tenait rancune, et c'est tout juste si elle n'avait pas dit elle-même le mot cruel échappé à sa mère :

— Il y a un étranger.

Yves distinguait cette sourde colère contre lui, mais sans en pouvoir deviner la cause, et cela redoublait sa gêne.

— Ah ! pensait-il, dans quel guêpier me suis-je fourré ! Et pour faire plaisir à qui ?

Cependant le mouvement de Madeline vers son grand-père avait surexcité encore l'aigreur de Mme Loupiat, qui se tourna tout à fait, pour le coup, du côté d'Yves.

— Mais enfin, monsieur, lui dit-elle, avec toutes leurs giries je ne sais toujours pas, moi, la mère, quelle est cette personne dont vous avez bien voulu transmettre...

Yves eut un haut-le-corps à cette apostrophe, et c'est en bégayant qu'il répondit :

— Monsieur Pi-pigeollet.

Fut-ce l'effet réellement comique de ce nom ainsi prononcé ? Ou plutôt les nerfs de Madeline achevaient-ils de se détendre ? Elle éclata de rire ; mais d'un rire qu'elle était incapable de modérer et qui la força de s'asseoir. Par contre-coup Yves non plus ne put se retenir, et, la contagion du fou rire gagnant, tous y cédèrent, le grand-père lui-même, bien que personne n'en eût envie.

— Voyons, voyons, fit enfin le vieillard, qui reprit son sérieux le premier. Ah ! ça, qu'est-ce qu'il y a de drôle là-dedans ?

— Ah ! Monsieur Pigeollet ! Monsieur Pigeollet ! répétait Madeline, sans parvenir à se calmer, et ne riant plus d'un rire nerveux maintenant, mais d'une bonne gaîté franche.

— Eh bien ! quoi ! reprit le grand-père, redevenu très grave. Oui, monsieur Pigeollet, employé à la mairie de Levallois, et qui va être nommé premier commis. Aux Batignolles n'est-ce pas, monsieur Yves ?

— Précisément, aux Batignolles, répondit le musicien, qui s'efforçait d'être sérieux aussi. Oui, aux Batignolles. Deux cent vingt francs par mois. Deux cent cinquante avec les travaux supplémentaires. Et trente-deux mille francs en obligations de chemins de fer et rentes sur l'État. C'est un héritage de son pauvre oncle.

Il redisait machinalement ces chiffres et les expressions mêmes de M. Pigeollet, reprenait peu à peu sa gravité en énumérant ces détails, semblait s'y complaire et y attacher grande importance. Cela coupa court à l'hilarité de Madeline.

— Et alors, monsieur Yves, fit-elle tout à coup, en le regardant bien en face, vous aussi, comme bon papa, vous trouvez que c'est un beau parti ?

C'était dit d'un ton si agressif, que, malgré lui, Yves répondit par une riposte d'homme blessé.

— Oh ! moi, mademoiselle, je n'ai pas d'opinion à émettre. Je ne suis pas de la famille.

Madeline regretta aussitôt, et de lui avoir fait de la peine, et le mot de sa mère tout à l'heure.

— Si, dit-elle, en lui tendant la main ; pour moi, monsieur Yves, vous êtes comme de la famille. Et je tiens à avoir votre avis.

— C'est donc moi qui donnerai le mien la dernière, interrompit Mme Loupiat.

— Aux derniers les bons ! s'écria Madeline en l'embrassant.

Puis, se retournant vers le musicien :

— Eh bien ! ami, votre opinion ?

Le ton était affectueux, tendre, cette fois. Ah ! comme Yves avait sur les lèvres une réponse toute prête, et comme cette réponse l'eût soulagé, lui, et comme elle eût fait plaisir à la jeune fille ! Non, certes, il ne trouvait pas que monsieur Pigeollet fût digne de Madeline, autrement que par des raisons vulgaires et bourgeoises. Mais quoi ! ces raisons-là paraissaient excellentes au grand-père ! Madame Loupiat les jugerait telles aussi, une fois sa mauvaise humeur passée ! C'est à ces raisons-là que Madeline devrait un sort tranquille pour elle, pour eux, pour les seuls êtres qu'elle eût à chérir au monde ! Et le devoir d'Yves le juste lui commandait de faire abstraction de tout pour ne songer qu'à ces raisons-là. Et c'est pourquoi, étouffant la voix de son amour, il répondit, d'un ton que son héroïque honnêteté rendait ferme comme s'il parlait du fond de son cœur :

— Eh bien ! oui, mademoiselle, c'est un beau parti.

Madeline ne fut pas étonnée de cette réponse. Elle l'avait lue d'avance dans les yeux du musicien. Mais si, tout à l'heure, ils s'étaient trompés l'un l'autre sur leurs vrais sentiments pour ne s'être pas assez regardés, ils firent ce coup-ci la même erreur pour s'être observés trop bien. Madeline

vit toute l'affection dévouée qu'Yves mettait à
donner son avis; Yves vit la tranquille reconnaissance avec laquelle Madeline l'accueillait.
Et tous deux tirèrent de ce regard échangé la
même conclusion fausse:

— Ce n'est pas de l'amour.

— Et à présent, fit Mme Loupiat, voulez-
vous savoir la mienne, d'opinion? On dit toujours
que je suis à l'opposé de tout le monde. Eh bien !
vous allez voir. Pure calomnie ! Je partage l'opinion générale. C'est, en effet, un beau parti.

Le grand-père était radieux.

— Pardon, maman, murmura Madeline, très
douce. Tu dis que c'est l'opinion générale. Mais,
on ne m'a encore consultée, moi. Et cependant,
j'ai bien ma voix au chapitre.

— Est-ce que tu ne trouves pas, dit le grand-
père tout effaré, que c'est en effet, comme pense
si bien ta mère...?

— Oh ! un beau parti, j'en conviens, interrompit
Madeline. Seulement, il y a un petit malheur.

Tous attendaient, anxieux, le grand-père navré
d'avance, et Yves avec une mine, au contraire,
comme illuminée d'espoir.

— Oui, fit Madeline, les laissant attendre par
une involontaire espiéglerie de jeune fille, il y a
un petit malheur, tout petit. C'est que je ne veux
pas me marier.

A peine eut-elle lâché le mot, qu'elle courut à
son grand-père, se reprochant déjà de lui avoir

ainsi distillé la peine qu'elle lui faisait. Car elle avait vu ses regards nâvrés, qui maintenant se voilaient de grosses larmes. Et elle lui essuyait gentiment les yeux, de ses menottes, et l'embrassait, et lui disait, en phrases rapides, pour le consoler plus vite :

— Mais n'aie donc pas de chagrin ! De quoi astu peur? D'abord tu es si bien portant, si gaillard! Et puis nous avons des économies. La tirelire est toute pleine. Et puis je peux gagner ma vie, et celle de maman, et la tienne aussi, vois-tu, si par malheur tu tombais malade. Oh ! pas au théâtre, je te le jure. Mais en donnant des leçons. Leçons de piano. Leçons de chant. Et en corrigeant des épreuves, donc ! Car monsieur Yves m'a appris tout cela. Et il me trouverait de la besogne. N'estce pas, monsieur Yves ? Regarde. Il fait signe que oui, monsieur Yves. Il me promet de la besogne. Allons, bon papa, sois raisonnable. Tu n'as pas à avoir la moindre inquiétude. Oui, je sais bien, tu voudrais me voir heureuse, heureuse ! Mais je suis heureuse comme ça, vraiment, crois-moi. C'est si tu me forçais à me marier que je ne serais plus heureuse.

— Oh ! te forcer, ma chérie, jamais, jamais! s'écria le vieillard.

— Alors, c'est entendu? fit-elle gaiement. Plus de Pigeollet !

Et elle se reprit à rire. Yves était joyeux aussi, d'une joie qu'il ne pensait plus à dissimuler.

17

Madeline s'en aperçut. Depuis un bon moment déjà elle remarquait ce changement. Peut-être l'aimait-il un peu, tout de même ! Qui sait ! Sans vouloir le laisser paraître ! Pourquoi donc, cependant, s'être chargé de la demander en mariage pour un autre ? Elle se perdait dans ces contradictions.

— En tous cas, pensa-t-elle, s'il m'aime, il est coupable d'avoir accepté cette commission, et j'ai le droit de l'en punir.

Aussi, comme on disait à Yves d'exprimer à monsieur Pigeollet tous les regrets que, etc., elle ajouta mutinement :

— Oui, faites bien comprendre à ce brave homme, à votre ami, que mon refus n'a rien d'offensant pour lui personnellement. Je ne veux pas me marier, voilà tout...! Avec personne.

XXIII

— Comment donc, mademoiselle! Mais tout ce que vous voudrez! A vos ordres, absolument à vos ordres! Et enchanté de pouvoir vous être agréable, ma belle enfant.

Ainsi parlait Grimblot, à la fois obséquieux et familier. Il insistait sur la familiarité, avec une bonhomie toute paternelle, exagérément paternelle.

Celle qu'il traitait de la sorte n'était pas Georgette, comme on pourrait le croire. La demoiselle, la belle enfant, était une grande et forte commère, qui avait doublé le cap de la quarantaine depuis un bon lustre au moins, et même davantage. De beauté, elle en conservait quelques restes, appréciables encore. Par malheur elle avait le tort de vouloir trop les rajeunir. Sa chair, qui eût paru assez fleurie pour une vieille dame, était réellement développée pour une *enfant*. Les empâtements débordants de sa maturité s'accusaient, au lieu de s'atténuer, dans le sanglage baleiné d'un corset-cuirasse, qui lui amincissait la taille aux dépens des alentours boursouflés d'autant, des hanches épaissies, de la gorge remontée et ballonnée. Son âge véritable se lisait là, en lettres majuscules, et de ronde, pour ainsi dire. On n'en discernait que mieux les mensonges d'un visage émaillé, et d'une chevelure teinte en roux vaporeux, ébouriffée à la fillette. En outre, une profusion de diamants, exhibés en plein jour avec le mauvais goût le plus outrageux, faisaient irrésistiblement songer aux campagnes innombrables dont ils affichaient le butin. Et en effet, quoiqu'elle s'intitulât comédienne, ce n'est pas au théâtre que mademoiselle Sylvana avait conquis ces dépouilles opimes. Chanteuse minaudière, sans aucun talent même à sa meilleure époque, elle n'avait jamais eu que des succès de belle créature. Très réels, ceux-là, par exemple! Mais, en somme, les planches n'avaient été pour elle qu'une vitrine où se mettre en valeur, un tremplin pour sauter à de lucratives amours. Elle n'avait fait au théâtre que de rares apparitions, brillantes surtout par le luxe insolent qu'elle y déployait. Elle y avait laissé le souvenir, non d'une étoile, mais plutôt d'une comète tapageuse. Elle s'y était pavanée dans la gloire de ses diamants, décorations toutes ramassées sur les champs de bataille de la galanterie.

— Mais, répondit-elle à Grimblot, il faut savoir si le compositeur...

—Peuh! Magimel! s'écria Grimblot avec mépris.
Qu'est-ce que ça peut lui faire? Un ton plus haut
ou plus bas, ça ne change pas sa mélodie. C'est
un quatuor à rafistoler, voilà tout. Car il n'y a que
le quatuor, n'est-ce pas?

— Et aussi la romance du deux, répliqua Sylvana; et l'ariette des *épingles*; et quelques petites
autres choses.

— Enfin, pensa Grimblot, tout le rôle à baisser
d'un ton, quoi!

Mais il se garda bien d'exprimer cette pensée
désobligeante. Il eut l'air, au contraire, de considérer tous ces remaniements comme des vétilles
sans importance. Il fit même remarquer qu'en
somme le rôle avait été mal écrit primitivement,
à cause de cette grue de Béval, qui l'avait créé, et
qui avait une voix pointue, toute en haut comme
un fifre.

— La vôtre, ajouta-t-il, est surtout dans le mé-
dium, pleine, moëlleuse. Le rôle sera bien plus
chic comme ça, et la pièce y gagnera cent pour
cent.

Quel rôle? quelle pièce? De quoi parlaient Grimblot et cette Sylvana dans le cabinet directorial
de du Glaizat, où elle trônait sur le fauteuil même
du directeur? Voici.

Il ne s'était pas endormi dans son four, le du
Glaizat. Le jour où Georgette avait raté la commandite de M. Lepottier, il s'était mis en chasse
tout de suite. Il s'agissait de se débrouiller,

et rondement. Ainsi qu'il l'avait prévu le lendemain de la première, l'*Ame de Pierrot* n'avait
guère plus de trente représentations dans le ventre.
Cela se voyait, sans aucune illusion possible, à la
feuille de location. Tout au plus, avec des prodiges de réclame, en tirant sur la ficelle, pour-
rait-on arriver à quarante, et à couvrir tant bien
que mal les frais. Mais cela ne suffisait pas pour
retenir les commanditaires, qui voulaient passer
la main, heureux d'en être quittes les plumes à peu
près nettes si l'on trouvait acquéreur. C'était du
Glaizat dégommé à brève échéance. Il ne l'entendait pas ainsi, lui! Diable! Les *Folies-Élégantes*
pouvaient devenir une excellente affaire. S'y
poser en rénovateur d'art, en homme à idées, il
n'en était plus question, soit! De cela il faisait
bon marché. Renoncer à y gagner de l'argent, à
être directeur, non, par exemple! Il fallait rester
là, et garder la place, et s'y établir solidement,
maintenant que les plâtres étaient essuyés. C'est
alors qu'il avait songé à Sylvana.

Il la connaissait, lui avait même rendu service
dans divers journaux. Il était, à la vérité, un petit
garçon dans ce temps-là, et n'avait pas su profiter
de la reconnaissance qu'on lui eût témoignée avec
plaisir. Car, il l'avait appris depuis, Sylvana ne
s'était pas cachée à ce moment de le trouver
fort agréable. Il y avait quelque chose comme
douze ans de cela. Depuis, ils ne s'étaient plus
rencontrés que de loin en loin, et sans occasion

propice à se déclarer. Qu'importe! La vieille
semence pouvait regermer encore. Il n'était plus,
sans doute, le joli blondin d'autrefois. Tout de
même, il n'était pas trop déchiré non plus. Georgette n'était-elle pas folle de lui? Cela même constituait une force. Il le savait par mainte expérience : rien ne vous fait aimer d'une femme
comme d'être aimé par une autre. Les quarante-
sept automnes de Sylvana ne seraient pas fâchés
de triompher des vingt-six printemps de Georg-
gette. Enfin, ce qu'il avait perdu peut-être en
fraîcheur, il l'avait regagné, et au-delà, en rou-
blardise et en autorité. Il avait une espèce de nom,
un théâtre, de l'influence dans une certaine presse.
Muni de tant d'atouts, il ne pouvait manquer la
partie.

Il l'avait enlevée haut la main, plus facilement
encore qu'il n'aurait cru.

— En cinq sec! se disait-il avec un légitime
orgueil.

Sylvana, en effet, avait été empaumée dès les
premiers mots. D'abord par la séduction personnelle de du Glaizat, il faut rendre au vainqueur
cette justice. La vieille semence, comme il l'espérait, avait regermé tout de suite. Il l'avait, au
reste, habilement arrosée de considéra'ions allé-
chantes: Sylvana aurait un théâtre à elle, en quelque sorte, où elle jouerait ce qu'elle voudrait,
dont elle serait l'étoile. Non pas intermittente,
ainsi qu'elle s'amusait à l'être naguère! Mais fixe,

ainsi qu'il convenait à son talent ! Ses meilleurs
rôles à reprendre, dans tout l'épanouissement de
ses *moyens !* De nouveaux à créer, qu'on comman-
derait tout exprès pour elle ! Sans compter une
vraie spéculation à faire ! Car les *Folies-Élégantes*
avaient une clientèle, je ne vous dis que ça ! On
l'avait un peu effarouchée, cette clientèle, avec la
pantomime, un genre bête, démodé ! On lâcherait
la pantomime ! On donnerait des opérettes, des
revues, où Sylvana était épatante ! Et, en même
temps qu'elle s'affirmerait définitivement comme
artiste, elle n'aurait rien à regretter comme capi-
taliste ! Au contraire !

·— D'ailleurs, avait dit du Glaizat, la question
argent peut se réduire à peu de chose, si vous avez
peur de trop risquer. Les commanditaires sont
des traqueurs. Vous savez, de ces joueurs qui ont
besoin qu'on fasse de moitié, ou de quart même,
dans leur jeu, quand ils tiennent une banque. Et
une banque qui a la veine ! Avec vingt, vingt-cinq
mille francs, on leur rendrait de l'estomac. Ce
n'est pas une somme pour vous, n'est-ce pas ? Seulement, moi, si j'ai un conseil d'ami à vous donner, ne procédez pas comme ça. Ça serait une bêtise. Prenez carrément la banque. Alors vous
aurez toutes les chances. Et vous serez maîtresse
chez vous, absolument. Un conseil d'administra-
tion pourrait vous embêter, m'imposer tel ou tel
genre qui ne vous plairait pas, *tel ou tel artiste.*
Tandis qu'avec moi tout seul vous n'avez pas ça à

craindre. Pour moi, ça serait votre théâtre, et voilà tout.

Et il avait ajouté, avec des yeux discrètement tendres :

— Enfin, nous deux, nous ferions bon ménage, j'en suis sûr.

Ce dernier coup droit avait touché à fond. Il achevait sur les sens de la femme la victoire remportée déjà sur la vanité de la cabotine. Au surplus, Sylvana était fort riche, à l'âge où les suprêmes fantaisies amoureuses ne regardent pas à l'argent pour se satisfaire; et la chose se présentait ici habilement dissimulée sous une spéculation fructueuse pour elle, ce qui ne laissait pas même à son amour-propre un vague prétexte de se croire blessé. Elle avait donc consenti, remerciant du Glaizat d'avoir pensé à elle.

— Je n'ai jamais cessé d'y penser, avait-il insinué galamment.

Quinze jours plus tard, les avoués et les notaires ayant conduit l'opération tambour battant, et du Glaizat ayant de son côté mené au grand galop la conquête complète de Sylvana, tout était conclus. Ses commanditaires avaient passé la main, tout à fait enchantés; car ils se retiraient avec un bénéfice, dont du Glaizat naturellement avait eu sa part. Lui, restait directeur des *Folies-Élégantes*, ce qui permettait de garder secret le changement de propriétaire. Sylvana avait repris la suite du bail, et s'était substituée à la comman-

17.

dite primitive. Elle n'avait pas pour cela, comme le lui disait l'homme d'affaires de du Glaizat, déboursé un centime, mais avait fait un simple *transfert* de cent cinquante mille francs déplacés. Et voilà comment elle se trouvait à présent trôner dans le fauteuil du directeur, qui avait en elle sa nouvelle étoile et sa nouvelle maîtresse.

Rien de tout cela n'avait transpiré encore. Grimblot seul était dans la confidence, et la consigne formelle du patron lui commandait de se taire jusqu'à nouvel ordre. C'est qu'il n'était pas sans une vague inquiétude, le du Glaizat, relativement à Georgette. Il s'y était bien pris de son mieux pour transformer peu à peu sa négligence en abandon définitif. Mais la danseuse ne semblait pas vouloir entendre de cette oreille-là. Elle continuait à rôder dans le théâtre, aux heures où elle n'avait aucune raison d'y être, cherchant à se ménager avec lui des entrevues inopinées, des explications. Grimblot avait beau lui faire de la morale, et même lui dire crûment :

— Qu'est-ce que vous y pouvez, ma petite? S'il ne vous gobe plus !

Cette philosophie avait pour unique résultat de tourner le dépit de Georgette en exaspération. Elle ne se gênait pas pour répondre, avec l'illogisme des femmes délaissées :

— Alors, je veux savoir pourquoi.

— Mais il n'y a pas de pourquoi, ripostait Grimblot. Parce que c'est comme ça.

Elle avait même eu l'audace de s'écrier un
jour :

— C'est peut-être parce que je n'ai pas pu entortiller monsieur Lepottier.

Et Grimblot n'avait pas craint de. répliquer
cyniquement :

— Peut-être bien, en effet.

Malgré tout, le mépris ne tuait pas l'amour en
elle, et cet amour s'obstinait, encombrant, menaçant. Oui, menaçant, quand elle apprendrait que
du Glaizat l'avait quittée pour Sylvana. Et il fallait bien qu'elle l'apprît, tôt ou tard. C'était même
étonnant qu'elle n'en fût pas instruite déjà. Il est
vrai que du Glaizat avait pris toutes ses précautions à cet égard, tant que l'affaire n'était pas ter-
minée. Les négociations s'étaient tramées chez
Sylvana. Elle n'était venue encore qu'une seule
fois au théâtre. Mais désormais elle allait y être
tous les jours, pour les répétitions de *la Reine
d'Yvetot*, l'opérette de Magimel, dont la reprise
avait été décidée le matin même. Et ce n'était pas
seulement la femme, c'était aussi l'artiste qui serait furieuse en Georgette, quand elle se verrait
dépossédée comme étoile non moins que comme
maîtresse. Plus que dépossédée ! Réellement chas-
sée ! Pire encore : reléguée à la banlieue ! Car du
Glaizat avait résolu, pour utiliser sa troupe de pantomime, de lui faire donner une série de représentations dans les sept théâtres des faubourgs.
Cela allégerait d'autant sa caisse, et donnait en

même temps satisfaction à la jalousie de Sylvana, qui lui avait dit :

— J'espère que tu vas nous la balancer, ta Georgette.

Plus moyen de lui cacher cet arrêté, à Georgette. Le lendemain, le directeur des *Folies-Elégantes* devait annoncer dans les journaux les dix dernières de la pantomime. La troupe d'opérette, prêtée par deux confrères, prenait possession de la scène dès aujourd'hui, pour remonter dare-dare la *Reine d'Yvetot.* Tout ce chambardement avait été bâclé avec la rapidité d'un changement à vue, si vite qu'il était demeuré secret. Mais tantôt il ne le serait plus. Et alors, que dirait Georgette?

Bast ! Maintenant que c'était réglé, du Glaizat était tranquille. Sans plus se préoccuper de la danseuse, il courait activement à son but. Il était en ce moment chez un décorateur, en train de s'entendre à propos d'un matériel à reprendre, trois toiles de fond laissées pour compte par un théâtre en faillite, et qu'il s'agissait d'accommoder à la *Reine d'Yvetot.* De là il devait aller faire sa paix avec la *Société des Auteurs,* qui avait mis en interdit le directeur-auteur des *Folies-Elegantes.* Enfin il lui restait à signer avec un nouveau chef d'orchestre pour remplacer celui qui suivait la pantomime à la banlieue avec la dizaine de musiciens indispensables. Tout cela serait arrangé quand il rentrerait. Il était vraiment débrouillard, le patron !

En l'attendant, Grimblot rassurait Sylvana sur la docilité de Magimel, qui ne demanderait pas mieux que de baisser d'un ton son quatuor, et aussi la romance du deux, et l'ariette des épingles, et les quelques autres petites choses, toutes évidemment écrites trop haut.

— En avait-elle une voix criarde, cette Béval, qui avait créé le rôle ! Créé ! Si on peut appeler ça créer ! Non, voyez-vous. ma belle enfant, ce rôle-là, c'est cette fois-ci seulement qu'il va être créé pour de vrai, quand vous y aurez mis votre griffe, votre jolie griffe rose.

Et maître Grimblot papillonnait, prisant comme s'il avait eu une tabatière dix-huitième siècle, époussetant un jabot imaginaire, se donnant à dessein des airs galants et vieillots qui rajeunissaient d'autant Sylvana.

Soudain la porte s'ouvrit. Malgré la défense que lui en avait faite du Glaizat, Georgette était entrée dans le cabinet directorial, comme naguère, sans frapper.

En arrivant, elle avait tout de suite pris langue chez la concierge, où déjà se trouvaient quelques cabots de la troupe d'opérette.

— Quelle opérette ? On ne joue donc plus la pantomime ?

— Si, encore dix jours. Et après, la *Reine d'Yvetot*. C'est Sylvana qui reprend le rôle. Sylvana, vous ne la connaissez pas, voyons ? La Sylvana aux diamants ! Elle est là-haut, d'ailleurs, avec Grimblot. Ils vous donneront tous les détails.

Georgette avait grimpé quatre à quatre, ouvert la porte, comme un coup de vent, et encore essoufflée, sans saluer personne, elle criait à Grimblot :

— Qu'est-ce qu'on me chante en bas? C'est vrai, cette histoire d'opérette? Pourquoi ne m'a-t-on rien dit?

— Pardon, répondit Grimblot, ne m'esbrouffez pas comme ça, n'est-ce pas? On ne vous a rien dit parce que ce n'est pas votre affaire. V'là tout. Ça regarde la direction, ces choses-là.

Puis, d'un air officiel et important :

— La direction vous fera part ce soir de ce qu'elle a décidé.

Georgette étouffait de rage, ce qui lui avait coupé la parole. Sa réplique éclata enfin :

— La direction! fit-elle avec un éclat de rire. Je m'en fiche, de la direction! Qui ça, la direction? Fernand?

— Monsieur du Glaizat, reprit Grimblot. Et je vous ferai observer...

— Je n'ai pas besoin de vos observations. Où est Fernand?

— Il n'a rien de particulier à vous communiquer, mademoiselle, crut devoir dire Sylvana qu'agaçait la persistance de Georgette à désigner du Glaizat par son petit nom.

Georgette avait fait jusque là semblant de ne point la voir, tout en ne la quittant pas du coin de l'œil.

Elle se retourna vers elle à cette intervention, et, d'un ton cérémonieux et ironique :

— Madame en sait quelque chose? interrogea-t-elle en accentuant le mot *madame*.

— Oui, ma petite, riposta Sylvana très impertinente. J'en sais quelque chose, puisque je suis ici chez moi.

— Ah! fit Georgette avec une révérence comique, c'est *madame* qui est là direction! Mille excuses, *madame*. Et alors, la direction veut-elle bien m'apprendre...?

— Parfaitement, mademoiselle, si cela peut vous faire plaisir, interrompit Sylvana, qui tenait sa vengeance toute prête.

Et elle distilla méchamment la nouvelle de la pantomime reléguée aux sept théâtres de banlieue.

Georgette avait envie de lui sauter à la gorge, à cette gorge, pensait-elle, où il y avait de quoi faire des bleus qui lui donneraient l'air d'une dinde truffée. Mais cette réflexion même la calma en l'égayant. D'ailleurs, il valait mieux garder tout son sang-froid, et river spirituellement son clou à la patronne, puisque patronne il y avait. C'est juste par ce mot qu'elle répliqua, en y mettant toute la cruauté malicieuse d'une jeune femme qui exagère son respect pour une vieille :

— Merci, patronne! fit-elle avec un accent gamin.

Sylvana suffoquait à son tour. Grimblot vint à son aide.

— Mademoiselle Georgette, fit-il en prenant une pose impérieuse, je vous prie de sortir.

— Oh ! refaites un peu ce geste-là, mon vieux Grimblot, s'écria Georgette, en pouffant de rire. Refaites-le. Il est trop joli. Que je l'apprenne !

Et elle contrefaisait Grimblot, une main dans son corsage dégrafé, l'autre tendue vers la porte, l'index rigide.

— C'est comme ça, dites ? Un geste à la Napoléon, n'est-ce pas, madame ?

— Je ne m'y connais pas en pitrerie, répondit Sylvana avec un haussement d'épaules méprisant.

— Cependant, reprit Georgette avec une nouvelle révérence, comme direction, vous devriez vous y connaître. Vous êtes payée pour cela.

Elle s'arrêta, et ajouta négligemment :

— Ou plutôt, non, c'est vrai, pas payée !... Au contraire.

— Grimblot, s'écria Sylvana, appelez un garçon ! Qu'on la flanque dehors !

Grimblot était tremblant, craignant un crépage de chignons où il serait forcé de s'entremettre. Mais Georgette avait tout son sang-froid, comme elle le désirait, et d'autant mieux qu'elle se sentait la plus forte dans cette bataille à coups de mots.

— Ce n'est pas la peine, madame, dit-elle. Je m'en vais. Une simple petite chose à dire, encore, très sérieusement. A la direction. Je vous préviens que je ne jouerai pas à la banlieue.

Grimblot remonta sur ses grands chevaux à cette déclaration. Il se sentait fort à présent. On discutait une clause de l'engagement signé. Parfaitement ! L'engagement portait que du Glaizat pouvait envoyer ses artistes en représentation, où il voulait, les prêter, pourvu que ce fût dans leur emploi. Eh bien ! elle n'avait qu'à se soumettre !

— Je ne me soumettrai pas. Je serai malade.

—· Le médecin est là pour contrôler, ma petite.

— Je résilierai.

— Et le dédit ? Vous oubliez le dédit alors ? Vingt mille francs. Ce n'est pas un sou. Vingt mille francs !

Il se fourra dans le nez une légère prise, sa prise goguenarde, en clignant de l'œil, puis se moucha avec un bruit de trompette, comme s'il éclatait de rire dans son mouchoir, et ajouta d'un petit ton dégagé :

— Dame ! quand on veut s'offrir de ces fantaisies-là, on garde ses députés.

Les sourcils de Georgette se froncèrent. Mais encore une fois elle sut ne pas s'emporter. C'eût été compromettre sa victoire. Grimblot venait déjà de l'atténuer en détournant la conversation. Il fallait ramener le combat sur le terrain où elle gagnait à tous coups, et avoir le dernier avec Sylvana, qui souriait à l'adroite diversion de Grimblot.

— Peuh ! fit Georgette. Ça se trouve, à mon âge. Et puis, je serai peut-être engagée ailleurs,

maintenant que les *Folles-Élégantes* font peau
neuve.

Elle regarda fixement Sylvana, et continua :

— Quand je dis peau neuve, c'est une façon de
parler.

— Grimblot, mais appelez donc! s'écria de nouveau Sylvana, congestionnée à faire craquer son
émail.

— Non, pas la peine, reprit Georgette. Je vous
répète que je m'en vais. Pour tout de bon, cette
fois. Je ne tiens pas à être bousculée. On me
ferait mal. Je n'ai pas de cuirasse, moi.

Elle se dirigea vers la porte à pas lents, en se
dandinant sur ses jambes de danseuse, avec un
joli roulement des hanches qui montrait orgueil-
leusement combien elle était à l'aise dans son
mignon corset à peine baleiné. Et elle sortit la
tête haute, le regard assuré, le buste provoquant,
sur cette épigramme en action, plus outrageante
que tous les mots du monde, et qui était comme
un triomphe de son emploi, dans son insolence
muette et mimée.

XXIV

Dûment averti par le fidèle Grimblot, et quoique très monté par la chanteuse, du Glaizat se
garda bien de venir ce soir-là au théâtre. Il jugeait
plus prudent de ne pas s'exposer à une scène.

— Plus digne, disait-il, de mon autorité de
directeur.

— Eh! répondait Sylvana, tu n'as qu'à la faire
respecter, ton autorité de directeur. Si Georgette
t'embête, fiche-la à l'amende, parbleu!

— Et après? reprenait du Glaizat. Ça n'empêche pas qu'il y aura eu scandale. Du pétard
devant toute la troupe, merci! Ça sera répété.
Un Pérignat quelconque pigera la chose, et nous
blaguera dans les journaux. Tout cela nous fera
une belle jambe, n'est-ce pas?

Non, non, il valait mieux laisser Georgette cu-
ver sa colère. Elle se calmerait en réfléchissant.
Elle était vive, emportée, mais pas méchante au
fond. Elle resterait tranquille si on ne l'excitait
pas mal à propos.

— Et puis son Fernand ne veut pas lui faire trop de peine, hein? ajouta Sylvana avec un mauvais regard. Ah! mais non, tu sais, mon petit, pas de ça. Je n'admets pas que tu la ménages. Elle m'a insultée. J'exige que tu me venges.

— Voyons, grosse bête, fit du Glaizat en la câlinant. Qui est-ce qui te parle de la ménager? C'est nous que je ménage, en nous épargnant des histoires désagréables. Quant à être vengée, tu seras vengée, sois tranquille. Et mieux que par des mots.

— Par quoi donc?

— Je te dirai ça dans quelque temps. Une surprise que je te réserve. Si tu es bien sage, par exemple.

Elle avait minaudé, heureuse d'être traitée en petit enfant. C'était mieux encore que le « ma belle enfant » de Grimblot. Et elle avait laissé du Glaizat agir à sa guise.

C'est donc Grimblot qui annonça aux artistes, réunis à cet effet dans le foyer, ce qu'avait décidé la direction. Très adroitement, du Glaizat avait glissé dans l'arrêté cette simple petite phrase :

— Un feu supplémentaire, dont le chiffre sera ultérieurement fixé, est gracieusement alloué à chacun pour frais de déplacement.

Aussi Georgette fut-elle seule à s'écrier :

— Nous faire jouer à la banlieue, c'est ignoble.

Tombre lui-même, loin de la soutenir comme elle l'espérait, fut enchanté. Non pas à cause du feu supplémentaire, lui; mais pour des raisons

tout artistiques. On allait avoir un vrai public,
enfin ! Un public naïf, qui ne discutait pas ses impressions, qui aimait les choses fortes, qui se laissait empoigner ! Et il se rappelait ses espèces de
succès comme traître de mélo devant le populaire.
Sans en parler, bien entendu, puisque personne ne
savait ici qu'il avait été Marchal. Seulement, à
part lui, Marchal félicitait Tombre de retrouver
son public. Et Tombre jubilait. Georgette lui en
voulut.

— Mâtin ! fit-elle, il ne faut pas grand'chose pour
vous rendre joyeux, vous ! Vingt-cinq sous de
plus qu'on vous donnera par jour, probablement !

— Oh ! Georgette, répondit-il doucement, pou-
vez-vous me dire ça, à moi ? Ce n'est pas pour les
vingt-cinq sous, vous savez bien.

Et comme elle avait les sourcils froncés, il
ajouta :

— Sans compter qu'on a pas mal de sucres
d'orge, pour vingt-cinq sous.

Elle sourit, songeant à Georget. Pauvre chéri !
Elle y avait songé beaucoup, depuis tantôt. Pouvait-elle, en réalité, refuser de jouer à la banlieue,
comme elle s'en était vantée au premier moment ?
Hélas ! non, à cause de lui. Elle n'était déjà pas si
bien dans ses affaires. Les treize cents francs du
portefeuille étaient loin. Le terme allait échoir dans
un mois. L'un des billets souscrits à la couturière
arrivait dans six semaines. Comment se tirer de
là, sans les appointements ? Elle n'avait que trois

ou quatre bijoux offerts par monsieur Lepottier, et sans grande valeur. Le Mont-de-Piété ne donnerait pas trois cents francs du tout. Son petit mobilier répondait du loyer et serait vendu par le propriétaire, si elle ne pouvait faire honneur à la quittance prochaine. Tout cela n'était pas gai. Mais enfin, avec un peu de courage, elle en viendrait à bout, tant qu'elle jouerait. Rompre son engagement, c'était la misère noire. Vingt mille francs de dédit à payer. La vente du mobilier immédiate. Si elle avait la veine d'être tout de suite engagée ailleurs (et où ? il ne fallait même pas l'espérer), c'étaient ses appointements saisis d'avance, au moins pour le cinquième, sans parler des frais du procès, etc... etc... Non, pas moyen de résister. Elle devait se soumettre. Encore bien heureuse de jouer, fût-ce à Grenelle, et de ne pas être sur le pavé, elle et son enfant !

Et c'est pourquoi elle ne regimba pas davantage, à la grande surprise de Grimblot, qui attendait une protestation plus violente. Elle se contenta de répéter que c'était ignoble, ignoble.

Non plus elle ne chercha à voir du Glaizat. Que lui dire ? Le traiter comme il le méritait ? Lui reprocher sa vieille, prise parce qu'elle avait le sac? A quoi bon? Se donner en spectacle! Montrer qu'elle aimait encore un pareil misérable! Car elle l'aimait quand même, elle le sentait bien, et elle ne saurait s'empêcher de le manifester. C'était trop bête, vraiment, et la Sylvana serait trop contente ! Ah! pour cela surtout, par orgueil, il fallait se tenir, garder sa rage en soi. Et si cette rage l'étouffait, Tombre n'était-il pas là, le brave Tombre, l'unique ami, devant qui sans honte et sans scrupule elle pouvait dégonfler son cœur?

Par bonheur aussi, la représentation l'aida à passer un peu sa colère. Jamais elle n'avait joué aussi nerveux que ce soir-là, aussi à l'emporte-pièce, aussi vli vlan, comme disait Tombre. Lui-même en était surexcité et exagérait ses effets.

— Ah! s'écria-t-il après le baisser du rideau, si nous avions donné cette intensité-là le jour de la première, la salle sautait! Quels progrès vous faites, tout de même! C'est renversant!

— Oui, répondit-elle en essayant de paraître gaie, je crois que je deviens aussi toquée que vous, mon pauvre vieux.

Mais une fois dans sa loge, où il l'avait ramenée, elle se mit à pleurer, et se jeta dans les bras du mime en disant :

— Mais vous ne voyez donc pas que je joue comme ça parce que je rage, parce que je souffre! Je peux bien vous le dire, à vous. Ah! cette sale canaille de Fernand!

— Béni soit-il! s'exclama Tombre avec enthousiasme. Oui, puisqu'il vous donne un nerf pareil.

— Non, mon cher, répondit-elle; pas du nerf, allez! Des nerfs seulement.

— Les nerfs! reprit Tombre d'un ton magistral. Les nerfs, c'est le commencement du génie.

Et il s'emballa dans une théorie à perte de vu
tandis qu'elle se déshabillait lentement, avec l
familière impudeur qu'engendre la promiscuit
entre camarades de coulisses. Elle ne prêtait p
attention, d'ailleurs, à ce qu'il disait, se laissar
seulement bercer au flot des phrases. Elle s'ape
çut soudain que ce flot se ralentissait, tournoya
sur lui-même, en quelque sorte. La voix d
Tombre était devenue rauque et ses idées s'en
brouillaient.

— Eh bien ! qu'est-ce qui vous prend ? fit-elle e
ramenant vivement son peignoir sur sa poitrine
moitié nue. Vous bafouillez, mon vieux. All
donc vite vous dégrimer. Vous ne serez pas pr
pour me reconduire.

Il se sauva tout confus, comme un enfant grond

— Ce pauvre monsieur Tombre, fit l'habilleus
en voilà un qui a un béguin pour vous ! Dommag
qu'il soit si vilain.

— Le fait est qu'il n'est pas beau, répondit Geo
gette. Ah ! fichtre, non.

Puis, après un silence :

— Excepté quand il joue, pourtant !

Elle parla d'autre chose. Un moment aprè
néanmoins, revenant à son idée, brusquemer
elle ajouta :

— Quel bon garçon, d'ailleurs !

Oh ! oui, bon garçon ! Et sans lui, vraimer
Georgette n'eût pas été capable de patient
comme elle le fit, durant ces dix derniers jours q

dura encore l'*Ame de Pierrot*. C'est Tombre qui
la consola, la soutint, accueillant les confidences,
supportant le dépit, calmant les rages. Il savait,
avec un merveilleux à propos, parler de Georget,
pour lequel il fallait souffrir n'importe quoi. Il ré-
veillait à point la fierté de l'artiste, quand il sentait s'aveulir la faiblesse de la femme. Il avait le
courage de compâtir même à l'amour indigne dont
elle ne guérissait toujours pas. Il poussait la
bonté jusqu'à lui laisser entrevoir un retour possible de du Glaizat, qui en somme, disait-il, n'a-
vait sacrifié Georgette qu'à des besoins d'argent,
et qui peut-être en souffrait lui-même.

— Sans le laisser paraître, par orgueil! osait-il
insinuer, descendant à ces mensonges quand le
chagrin de la jeune femme devait s'y apaiser.

Au fond, il méprisait et haïssait ce misérable,
non pas tant parce que Georgette continuait à en
être éprise; mais surtout parce qu'elle en était
lâchement torturée. Sûr, en effet, maintenant,
d'une résignation muette, du Glaizat ne se gênait
point d'être cruel, par complaisance pour Sylvana.
Grâce à elle, aucune blessure, aucune humiliation
même, ne fut épargnée à la maitresse et à l'étoile
déchue. Pour commencer, Sylvana prit l'habitude
de venir chaque soir faire un tour dans les coulisses, sans raison autre que de s'exhiber au bras
du directeur, de récolter les saluts serviles des
employés et des cabotins, empressés à lui être
agréables, de montrer qu'elle était chez elle, enfin.

18

Puis, ce fut une série de petites avanies, ingénieusement féroces. On retira de la loge de Georgette un divan, qui était nécessaire, paraît-il, dans la *Reine d'Yvetot*, et qu'on devait faire recouvrir à cet effet, et qui resta néanmoins, sans être utilisé, encombrant au contraire le magasin d'accessoires. En revanche, on transformait le foyer en une loge magnifique pour Sylvana. Les tapissiers y travaillaient même le soir, surtout le soir, bien que cela fût un embarras, et que leurs coups de marteau s'entendissent parfois à travers les décors, troublant le rhythme de l'orchestre qui accompagnait la pantomime. A plusieurs reprises, le chef de claque, soudoyé par Sylvana, manqua des entrées, des effets, et des sorties de Colombine. Lorsqu'arrivèrent les trois dernières représentations, sous prétexte que l'annonce mangeait de la place sur l'affiche, on supprima la vedette de Georgette, et on réduisit son nom aux caractères ordinaires usités pour le reste de la troupe.

Ce n'était pas par méchanceté pure, d'ailleurs, que du Glaizat consentait à cette mesquine persécution. C'était, avant tout, par bassesse envers Sylvana. En même temps, par un calcul secret. Peut-être que Georgette exaspérée refuserait, en fin de compte, d'aller jouer à la banlieue, et romprait son engagement. Alors, procès, gagné d'avance! Dédit! Elle n'était pas en état de le payer. Mais il la materait par cela même, et se débarrasserait d'elle par un arrangement où il se

donnerait les gants de faire le généreux. Il avait
prévu le cas, et Grimblot tenait toute prête une
autre mime, une rouluro quelconque, assez bonne
pour là-bas, et à qui le vieux metteur en scène apprenait secrètement le rôle. Par malheur pour cette
belle combinaison, Georgette eut vent de la chose.

— Plus souvent, dit-elle, que je leur donnerai
cette satisfaction! Non, non, j'irai jouer là-bas,
n'importe où, dans le Champ-de-Mars si ça les
amuse. Mais ils me paieront mes appointements.
Et l'argent de la vieille la dansera.

Elle riait à cette idée, qui lui rendait le courage, son courage parfois prêt à faiblir, malgré
les exhortations de Tombre, malgré la pensée de
Georget. Et elle subit toutes les avanies sans se
laisser entraîner à y répondre par la bêtise qu'on
espérait.

Toutefois, elle ne garda pas sa langue dans sa
poche non plus. Aux attaques, elle riposta, et crânement. Adroitement aussi. Par des allusions que
tout le monde comprenait, mais que personne ne
pouvait accuser d'insolence ouverte, pas même
Grimblot, qui la guettait pour la réprimer à coups
d'amendes, et qui n'en trouva pas l'occasion. C'est
pourtant devant lui, à son nez, qu'elle se vengeait
ainsi, tout exprès, avec une gaminerie qui forçait
parfois à rire jusqu'aux plus vils partisans de Sylvana.

Quand le chef de claque la privait des applaudissements réglés :

— Bah! disait-elle, il a raison de les garder en réserve pour plus tard. On en aura besoin.

Ou encore :

— Ont-ils une veine, la claque ? On les paie pour ne rien faire.

A la suppression de sa vedette, elle s'écria :

— Dame ! il n'y a plus d'étoiles, quand la lune se lève.

Chaque fois qu'elle passait auprès du divan retiré de sa loge, c'était une plaisanterie nouvelle.

— Mettez-y de bons ressorts, hein? disait-elle au chef des accessoires.

Ou bien, en le mesurant dans sa longueur :

— Moi qui avais toujours pris ça pour un divan! Il paraît que maintenant ça sera un fauteuil. Et pas trop large, ma foi !

Un autre soir, s'attendrissant d'un air comique et s'adressant au divan lui-même, elle lui dit :

— Mon pauvre vieux, va! Tu en as vu de dures de mon temps. A présent tu vas en voir de molles.

Tout cela n'était pas d'un esprit très délicat, sans doute. Mais les gaziers, les figurantes, les machinistes, les camarades eux-mêmes, n'avaient rien d'attique, et ce gros sel était juste du calibre qu'il fallait pour faire éclater leur hilarité.

D'autres fois elle ne se bornait pas à ces grasses moqueries. A propos du foyer transformé, comme on s'extasiait sur la commodité de cette loge, de plain-pied avec la scène :

— Oh! moi, fit-elle, ça m'est bien égal, de monter un étage. Je n'ai pas de varices.

— Quelle teigne ! s'écriait souvent Grimblot. Eh bien ! vous n'êtes pas bonne, vous, quand vous vous y mettez.

Tout en la surveillant, d'ailleurs, il ne pouvait s'empêcher de trouver ça rigolo, lui qui avait des prétentions à l'esprit. Il était parfois obligé, pour garder son sérieux, de se mordre les lèvres, avec les cinq dents de devant qui lui restaient. Il essayait aussi de prendre des airs sévères, et la menaçait quand elle allait trop loin.

— Ah ! prenez garde, lui dit-il un jour, vous me forcerez à sévir. Bon de plaisanter ! Mais vous venez d'emporter le morceau.

— Ne m'en parlez pas, répondit-elle, j'en ai plein la bouche. C'est comme du beurre. Ça me dégoûte.

Et elle cracha en mimant un haut-le-cœur.

Enfin, elle avait inventé pour désigner Sylvana et du Glaizat, quand ils traversaient les coulisses, cette phrase, qui ne signifiait peut-être pas grand'-chose, mais que ses mines rendaient la plus drôlatique du monde :

— Tenons-nous bien, les enfants ! v'là la patronne et le patron !

Et elle se reprenait :

— Non, je me trompe. Je veux dire la matrone et le patron.

Et elle se reprenait derechef.

— Non, ce n'est pas encore ça. Je veux dire la matrone et le matron.

Le sobriquet avait pris. Les plus respectueux envers Sylvana et le directeur ne les appelaient plus qu'ainsi, par derrière. A Grimblot lui-même des fois, la langue fourchait, et il s'empêtra un jour dans cette contrepetterie devant du Glaizat en personne, à qui il répondit gravement :

— Oui, patronne.

— Hein ? fit du Glaizat.

— Pardon, reprit Grimblot voulant se rattraper, pardon,... matron !

Il fallut expliquer à du Glaizat la chose tout à trac. Il en conçut une vive irritation contre cette maudite gamine, qui le tournait en ridicule, et qu'il ne pouvait même pas repincer au demi-cercle du dédit, comme il y avait compté tout d'abord. Cette déconvenue, la rancune d'être bafoué, la bonne humeur de Georgette, cette bonne humeur surtout qui semblait prouver de l'indifférence, piquèrent du Glaizat à ses deux points les plus sensibles : son intérêt et sa vanité. Comme directeur, il perdait l'espoir d'un dédit. Comme charmeur de femmes il perdait de son prestige aux yeux des autres, et, ce qui était pire, à ses propres yeux. Il n'en fallait pas davantage, dans cette mauvaise âme, pour que l'irritation se changeât vite en haine.

— Une surprise que je te réserve ! avait-il dit à Sylvana, en lui promettant de la venger de Georgette.

C'était une idée cruelle qui alors lui avait traversé l'esprit. Mais peut-être ne l'eût-il pas mise à exécution, par dédain des cruautés inutiles. Aujourd'hui cette cruauté lui servait à le venger lui-même. Il s'y résolut, sans peine, avec plaisir au contraire.

— Tu sais, dit-il à Sylvana le soir même, cette surprise? Eh! bien, elle est prête, si tu veux. Par exemple, ça te coûtera deux mille francs.

Et il expliqua son idée. On rachetait les billets souscrits par Georgette à la couturière, et qui n'avaient pas été mis en circulation, n'étant pas endossés. Ainsi Sylvana elle-même devenait la créancière de la danseuse.

— Et ce n'est pas tout, ajouta du Glaizat. C'était mon idée de l'autre jour, ça. J'ai trouvé mieux encore, et tu vas être contente, ma poule. Je fais jouer Georgette à Grenelle, pour qu'elle goûte un peu de la banlieue. Une semaine seulement. Après, je la remplace par l'élève de Grimblot.

— Pourquoi donc?

— Pour qu'elle n'ait plus de feux du tout, ni supplémentaires ni réglementaires. Ses appointements secs, et rien de plus! Nous verrons si elle fait sa tête avec ça, et ce qu'elle dira, après avoir payé son terme, le jour de l'échéance du premier billet.

—Oh! s'écria Sylvana, pourvu qu'elle ne trouve pas un imbécile qui la remette d'aplomb! Quelle fête, crois-tu, hein! si je peux la faire saisir et

lui vendre ses quatre loques. Viens que je t'embrasse, pour la peine, mon chéri.

Et cette belle action reçut le vrai prix dont elle
était digne : un long baiser de vieille garde.

XXV

— Hélas! qui, mon vieux frère, il faut que je te quitte, dit Tombre.

— Pourquoi ça? répondit le musicien. Ce n'est pas une affaire pour toi de traverser Paris, avec des guibolles pareilles. Même pour revenir des Gobelins, tu ne mettras pas beaucoup plus d'une heure. Nous souperons plus tard, voilà tout. Mais continue à coucher ici.

— Non, vrai, ce n'est pas possible, reprit tristement Tombre. Oh! pas à cause de la distance, parbleu!

— A cause de quoi, alors?

— Tiens! je vais te faire juge. Tu verras si je peux, si je dois.

Et Tombre exposa la situation. Georgette avait appris l'achat de ses billets par Sylvana, grâce à une indiscrétion de la couturière, à qui elle était allée demander de renouveler le premier à plus longue échéance. N'ayant aucun doute sur le mau-

vais tour qu'on voulait lui jouer ainsi, elle s'était
ingéniée à parer le coup. Évidemment, une fois
son terme payé, elle ne serait pas en mesure d'ac-
quitter le billet, avec ses appointements sur lesquels il lui fallait vivre. Même en bazardant ses
bijoux, elle n'y arriverait pas. C'était le triomphe
espéré par Sylvana, qui la ferait saisir et vendre.
Non, non! Pas de ça! Elle en rirait trop, la vieille
gouine! Et voici ce qu'avait imaginé Georgette,
aidée par un bien heureux hasard. Ayant rencontré une ancienne camarade de province engagée
à Paris et qui n'y était pas encore installée, elle lui
avait proposé sa propre installation toute prête :
un joli appartement pas trop cher, un mobilier
assez coquet, presque neuf. C'était une vraie occasion : quinze cents francs! La camarade était
subventionnée par un monsieur qui ne voulait pas
trop dépenser. Tous deux avaient sauté sur cette
aubaine. Le propriétaire avait consenti à la subs-
titution de locataire, d'autant mieux que le monsieur prenait l'appartement à son nom. Et de la
sorte, Georgette avait quinze cents francs devant
elle en argent comptant. Plus rien à saisir! Quand
le billet lui serait présenté, va te faire lanlaire!
Sylvana en serait pour ses frais. Quel nez! Elle
serait forcée de se payer par opposition sur les
appointements de Georgette, à tant par mois. Ça
durerait quelque chose comme deux ans. Georgette ne se tenait pas de joie à cette idée. Seulement, dame! le revers de la médaille, c'est qu'elle

devait demeurer en garni jusqu'à nouvel ordre.
Pour le moment, d'ailleurs, quoi de plus naturel?
Puisqu'en somme on faisait une espèce de tournée
dans la banlieue, changeant de théâtre toutes les
semaines, n'était-ce pas plus commode de loger
à l'hôtel?

— Ah! par exemple, vous savez, Tombre, avait-
elle dit, vous logerez à côté de moi, et nous man-
gerons ensemble. Je ne veux pas m'embêter toute
seule. Et puis il faut que Georget ait son polichinelle sous la main.

— Il le faut, en effet, répondit Yves après que
Tombre lui eût raconté tout cela. Il le faut, c'est
évident. Pauvre petite femme! Pauvre gamin!
Certes, entre eux et moi, tu n'as pas à hésiter. Et
si je te retenais, je ne serais qu'un égoïste.

Il souffrait, toutefois, de cette séparation. Depuis
trois mois qu'ils habitaient ensemble, les liens de
leur amitié s'étaient resserrés encore. Ils étaient
si bien faits l'un pour l'autre! C'était si bon, cette
fraternité de cœur et d'esprit, ces causeries nocturnes devant le verre de croquomolle et dans la
fumée des cigarettes, ces causeries où leurs cer-
veaux fumaient aussi en quelque sorte, dérou-
lant toutes les volutes bleues de la fantaisie! Ah!
le sacrifice était dur, et dur pour tous deux, malgré
la consolation que pouvait donner, à Yves la
pensée de Madeline, et à Tombre celle de Georgette. Car ils avaient beau se dire:

— Nous nous verrons tout de même, naturelle-

ment. On s'arrangera pour ne pas se perdre d
vue.

Ils savaient, au fond, que c'étaient là des mots
et qu'ils ne se rejoindraient plus guère, précisé
ment à cause de Madeline et de Georgette. Le pe
de loisir dont disposait le musicien, aurait-il l
courage de le voler à ses séances de chant, so
unique bonheur? Et Tombre pourrait-il s'arrache
si aisément que cela à l'intimité de Georgette e
à la tyrannique affection de Georget? Bien sûr qu
non. Ils le sentaient, tout en essayant de se fair
illusion à cet égard. L'un des deux fût parti pou
un très lointain voyage, que la séparation n'eû
pas été beaucoup plus cruelle. Ils en avaient cons
cience. Et c'est pourquoi, le lendemain matin
après une nuit sans sommeil, ils se quittèren
comme on se quitte pour longtemps, avec le cœu
gros et des larmes plein les yeux.

Ah! qu'elle fut triste pour Yves, la première
rentrée dans la chambre solitaire, et combien mé
lancolique son souper silencieux! Il ne fit pa
grand mal ce soir-là à la miche de pain ni au po
de beurre. Il n'acheva seulement pas son peti
verre, tant il avait la gorge serrée. Sa cigarette
elle-même ne lui parut pas bonne.

On eût dit, d'ailleurs, que le départ de Tombre
avait porté malheur au musicien.

D'abord, ce fut le patron de la *Boule-Verte* qui
décidément déclara ne plus pouvoir continuer le
cachet à cinq francs. Les affaires n'allaient pas.

L'*Etoile-des-Batignolles* avait baissé les prix de tous ses artistes, et ne fichait plus que trois francs cinquante à son accompagnateur. Sans doute la *Boule-Verte* était plus chic que l'*Etoile-des-Batignolles;* mais enfin, à l'impossible nul n'est tenu. Yves devrait se contenter désormais de quatre francs par soirée.

— Vous vous rattraperez en nous donnant quelques chansons, avait ajouté le patron amicalement. Pourquoi n'en faites-vous plus ? Votre première a si bien marché ! Paresseux, allez! Ah! vous autres artistes, quels flémards !

Et Yves le paresseux, le flémard, avait été obligé, pour boucher le trou de son budget, d'accepter une nouvelle besogne proposée par Bernheim. Encore bien heureux que l'éditeur eût songé à lui! Mais quelle besogne ! Un opéra-comique d'amateur, à orchestrer ! De la musique imbécile sous laquelle il s'agissait de mettre des harmonies savantes, sans l'être trop cependant, avait recommandé l'amateur par l'entremise de Bernheim. Des harmonies, en un mot, *distinguées !* Et cela fort mal payé, au reste, Bernheim ayant prélevé sur le prix sa commission.

Puis, ce fut M. Pigeollet qui déménagea, nommé premier commis plus tôt qu'il n'avait pensé. M. Pigeollet n'était certes pas un voisin très récréatif. Toutefois, depuis le service qu'Yves lui avait rendu, et malgré l'insuccès de sa démarche, ils étaient demeurés en relations, ne se bor-

naient plus à se saluer dans l'escalier, se voyaient,
échangeaient des paroles. L'employé rentrait
chez lui, maintenant, avant d'aller dîner, et souvent venait apporter, dans la chambre du musicien, le bruit de son bavardage. Il n'était pas
absolument aussi niais qu'il l'avait paru à sa
première visite. Ou du moins sa niaiserie avait de
l'imprévu, grâce au manque de liaison de ses
idées. Sa conversation faisait songer à un perpétuel déraillement, dont Yves s'amusait. Et voilà
que cette distraction même allait lui manquer !
M. Pigeollet passait, non à la mairie des Batignolles, mais à celle du Panthéon, et devait
y commencer ses fonctions la semaine prochaine.

— Oh ! je ne me plains pas du changement,
d'ailleurs, disait-il. L'arrondissement est très
conséquent. Et puis, il y a peut-être encore
quelque bonne table d'hôte au quartier Latin. A
l'époque où je me destinais à l'architecture, je
mangeais rue des Fossés-Saint-Jacques, dans
une pension tout à fait confortable, qui ne me
coûtait que soixante-dix francs par mois. Une
dame de la Nièvre. Et on avait tous les dimanches
du vol-au-vent, dont j'ai gardé, ma foi, le meilleur souvenir. Ah ! c'était le bon temps !

Il soupirait, en passant sur ses lèvres une
langue gourmande.

—L'air est excellent, aussi, avait-il repris. Tout
de même, j'aimerais moins le Panthéon, si j'étais

marié. Rapport aux étudiants ! Mais puisque je suis garçon, hélas !

Il avait poussé un nouveau soupir, exactement comme à l'évocation du vol-au-vent dominical. Et vraiment on ne pouvait discerner s'il pensait à Madeline perdue ou aux godiveaux évanouis, quand il avait ajouté, en devenant poétique :

— Hélas ! oui, tout ça, c'était un rêve, un beau rêve aux ailes...

Et n'ayant pu trouver l'épithète, il avait achevé sa phrase par un geste vague, d'un inconscient et irrésistible comique.

Jusqu'à ces pauvres petites joies, qui seraient refusées à Yves dorénavant !

Il lui restait, il est vrai, la consolation du travail, et les séances de chant avec Madeline. Mais à cela même il ne, se sentait plus vivre comme autrefois. Assis devant son grand piano à queue, il y laissait ses mains flotter presque à l'aventure, et son esprit s'égarer aux méandres de modulations inextricables. Ce n'était pas le travail fécond, la chasse obstinée aux idées, ni même les hasardeuses rêveries de verve auxquelles il s'abandonnait naguère, battant le clavier comme une forêt vierge, d'où il voyait jaillir soudain des mélodies qu'il cueillait au passage, d'où s'essoraient brusquement des vols d'harmonies qu'il prenait d'un coup de filet pour ainsi dire. Non. C'était, sur ce clavier, comme dans une plaine déserte, de longues promenades sans but, dont il revenait bredouille. Et il en était réduit, ne composant plus rien de nouveau, à ressasser avec Madeline ses vieilles chansons, ce qui rendait moins intéressantes pour tous deux les après-midi devant l'épinette. Etait-ce à cause de cela ? Ou bien la jeune fille était-elle restée sur l'impression de l'autre jour, du jour où il s'était entremis pour la marier avec M. Pigeollet ? Elle-même n'aurait su le dire, en vérité. Mais, involontairement, depuis lors, elle s'était montrée plus réservée, presque froide. Elle semblait prouver ainsi à son propre cœur qu'il s'était trompé en croyant aimer Yves. En même temps son habituelle bonne humeur s'était assombrie au sentiment de cet amour déçu ; car Yves ne l'aimait point, de cela Madeline ne pouvait douter, après y avoir bien réfléchi. L'espèce de flamme qu'elle avait vue dans les yeux du musicien, lorsqu'elle avait refusé tout mariage, n'était évidemment qu'une flamme d'égoïsme artistique. Il avait été enchanté alors, simplement, de ne pas perdre une collaboratrice. Mais la femme lui était indifférente ! Et justement parce qu'elle avait fini par se convaincre de cela, Madeline eût considéré maintenant comme une bassesse tout ce qui eût pu lui paraître de la coquetterie. Elle avait donc éteint jusqu'aux innocentes tendresses qui jadis étaient les naïfs éclairs de son affection. Yves constata ce changement, et, sans en comprendre les motifs, en subit les chagrinants effets. Et ainsi, ni devant

son piano à queue où ce chagrin l'empêchait de se
concentrer au travail, ni devant l'épinette où sa
Muse était redevenue une élève qu'il ne savait
plus enthousiasmer, Yves ne retrouvait les char-
mes délicieux de jadis.

Cependant, même ces rêveries stériles, et même
ces séances sans abandon, c'était quelque chose
encore. Pour comble de malheur, cela aussi lui
fut bientôt enlevé.

Environ trois semaines après le départ de
Tombre, et quinze jours après celui de M. Pigeollet, Mme Loupiat eut une rechute de paralysie.
On put la sauver de la mort ; mais elle était clouée
au lit désormais, tout à fait impotente, exigeant
des soins perpétuels, ne s'exprimant plus que par
un bégaiement inarticulé, et sans cesse irritée de
n'être pas comprise et servie à l'instant même.
Madeline ne devait plus quitter le chevet de la
malade. A peine avait-elle le temps de vaquer au
ménage et de préparer sommairement les repas.
Adieu les séances de chant devant l'épinette !
D'ailleurs le bruit de la musique eût agacé
Mme Loupiat. Yves fut même prié de se taire
là-haut. Le retentissement de son Erard ébranlait toute la maison ! Adieu les longues divaga-
tions harmoniques où se berçait la songerie du
solitaire !

Une seule chose faisait du bien à Mme Loupiat : la lecture, à voix basse, de romans-feuilletons. Et, comme Madeline ne suffisait pas à cette

besogne, Yves se proposa pour la remplacer. On accepta avec reconnaissance. Maintenant, dès qu'il avait quelque loisir, il descendait au rez-de-chaussée, s'installait au pied du lit, et relayait Madeline. C'eût été un véritable bonheur, s'il avait pu, pendant ce temps, avoir comme compensation la société, ou seulement la vue, de la jeune fille. Mais précisément Madeline profitait de sa liberté momentanée pour mettre au courant les affaires de la maison, fricoter d'avance quelque cuisine pour le grand-père, aller dehors aux provisions, laver du linge au jardin. De la sorte, bien qu'il passât chez les Loupiat de plus longs instants que jamais, Yves voyait Madeline beaucoup moins que naguère. En vain son inépuisable complaisance multipliait les occasions de lui parler : commissions chez le pharmacien, courses au cabinet de lecture, tirage de l'eau, et tous les petits services qu'il ne demandait qu'à rendre. Cela n'amenait que de rapides colloques et de fugitives entrevues. En somme, Madeline et lui se rencontraient et causaient à présent à peu près comme des soldats qui échangent un mot d'ordre à la relevée de leurs gardes.

Pourquoi l'ombre n'était-il plus là? Hélas! où était-il, seulement? Pas même de nouvelles! Non par ingratitude ni oubli, bien sûr! Yves le connaissait trop pour lui faire ce reproche. Est-ce que l'on s'écrit, quand on est à deux heures l'un de l'autre? Deux heures, au plus, et à pied! Mais ces

deux heures, c'est Paris à traverser, Paris, toute
une mer, une mer tumultueuse où souvent il suffit
de vingt brasses pour qu'on se perde de vue dans
la tourmente des vagues qui vous bousculent
chacun de votre côté. Qui sait? Georgette, ou
Georget peut-être, était malade! Lui-même, Yves.
avait-il une minute pour aller serrer la main de
son ami? Lui avait-il envoyé un mot? Non plus.
Roulez, roulez, flots de la vie qui mêlez, puis
séparez au hasard les existences!

Et comment Yves eût-il pu reprendre pied,
dans cette tristesse où il se noyait? La maison
était lugubre. A part la lecture des romans-feuilletons, on y observait un profond silence. C'est à
voix imperceptible que Madeline donnait à Yves
ses instructions, avant de s'en aller, ou lui com-
muniquait les nouvelles sur le seuil de la porte,
quand il ne pouvait rester là. Le grand-père, dont
la seule présence exaspérait la malade, n'osait
jamais souffler mot, et tâchait de se faire entendre
par gestes. Plus désolée encore paraissait à Yves
sa solitude, dans cette espèce de tombeau, où ne
résonnait désormais aucune musique, pas même
celle des paroles, excepté la monotone psalmodie
du journal. Tombeau où ses pensées aussi étaient
condamnées à demeurer muettes, pensées d'art,
pensées d'affection, toutes, puisque la santé de
la paralytique était la seule et incessante préoccu-
pation de chacun. Oh! oui, sinistres et attristantes,
ces lentes heures auprès du lit de Mme Louplat.

dans la chambre aux volets entreclos pour que la lumière ne fatiguât pas ses yeux ! Et souvent, lorsque Yves marmonnait dans cette pénombre les interminables aventures auxquelles il ne prêtait pas même attention, il lui semblait réciter plutôt des oraisons au fond d'une chapelle funéraire. Cette chapelle funéraire, c'était celle où dormaient à jamais ses espérances, ses amitiés, son amour, les mélodies dont il ne pouvait plus ouïr le ramage à son piano fermé, les causeries avec l'ombre parti comme en exil, les séances de chant avec Madeline, tout ce qu'il chérissait. Et, tandis qu'il continuait à lire machinalement, son imagination nâvrée se lamentait à ces idées de deuil, s'y attardait dans une amère mélancolie, et donnait à cette sorte de rêve tout éveillé une réalité douloureuse. Tombeau ! Chapelle funéraire ! Ce n'étaient pas là des métaphores. Il avait la sensation nette et vivante de ces choses. Il n'était pas jusqu'à l'apparition soudaine du grand-père ou de Madeline, qui, en ces moments, au lieu de dissiper ces fantasmagories, ne les précisât au contraire davantage. Le vieillard aux allures effacées, humbles, furtives, avait l'air d'un sacristain de cimetière. La jeune fille, glissant à pas menus, avec ses bras étendus pour se tenir en équilibre sur la pointe des pieds, semblait à Yves un ange qui marchait sans toucher le sol, au frémissement léger de ses ailes entr'ouvertes.

XXVI

La plus inattendue des secousses vint arracher Yves à ce marasme ; mais pour le jeter dans une tempête de perplexités, telle qu'il n'en avait jamais éprouvé de pareille dans toute sa vie, non pas même le jour où il s'était résolu à faire la commission de M. Pigeollet. Cette fois, il lui semblait absolument impossible de prendre un parti, tant les deux seuls partis praticables étaient gros d'effroyables conséquences. Et cependant le problème posé demandait impérieusement une réponse. Voici en quels termes il se présentait à Yves. C'était une lettre de sa sœur :

Saint-Malo, 25 décembre. J.M.J.

Mon cher et bien-aimé frère,

Je t'écris le jour de Noël, après avoir prié avec ferveur notre Seigneur Jésus-Christ, sa très sainte

19.

famille et ma bonne patronne sainte Anne, afin
qu'ils daignent m'accorder la grâce de te faire
agréer le grand projet que je vais te soumettre.

Il y a un bon mois déjà que je brûle du désir de
t'en parler ; et, si je ne l'ai pas fait plus tôt, c'est
à cause de mère, qui me l'a toujours défendu,
car elle a peur que cela tecontrarie. Moi-même,
j'ai cette crainte. Tu me pardonneras cependant,
j'en suis sûre, d'avoir passé outre, comme mon
confesseur m'a pardonné d'avance de désobéir à
mère en t'en parlant. C'est, en effet, d'après les
conseils exprès, et même les instances, du bon
abbé Fruchart, que je me décide à t'écrire là-
dessus. Tu vois par là quelle importance tu dois
attacher à la chose.

Tu te rappelles bien, mon cher Yves, la maison
d'éducation et de retraite que les Révérendes
Mères de la Présentation possèdent à Saint-Jacud-
de-la-Mer. Tu y es allé une fois, quand tu étais
tout petit, et que père est venu avec toi m'y chercher à la fin de mes études. Ce que tu ne peux te
rappeler, c'est le grand chagrin que j'eus de quitter cette sainte maison. Et, ce que tu n'as jamais
su, c'est que ma joie la plus vive eût été d'y prononcer mes vœux, et d'y demeurer toute ma vie
comme religieuse après y avoir passé ma jeunesse
comme élève. Pardonne-moi de regretter aujour-
d'hui devant toi cette joie perdue, devant toi pour
qui elle fut sacrifiée. Je ne t'en fais pas reproche,
d'ailleurs, mon bien-aimé frère. Tu n'en doutes

point, n'est-ce pas? Loin de là! La seule pensée
qui pût me consoler de cette perte, était précisément la pensée de mon sacrifice ; et si plus tard ce
sacrifice doit m'être compté comme un mérite, ma
reconnaissance en revient toute à toi qui m'en as
fourni l'occasion. Il n'en est pas moins vrai qu'à
la mort de notre père, arrivée si malheureusement
deux mois après ma sortie du couvent, c'est la
nécessité de t'élever qui m'empêcha d'y rentrer
comme je le désirais. Il fallait subvenir aux frais
de ton instruction, et te conserver de quoi faire
dans le monde la figure qui conviendrait à notre
nom. Les dépenses, auxquelles t'obligea ensuite
ta carrière musicale, restreignirent encore nos
ressources, et me défendirent d'en distraire quoi
que ce fût pour constituer le douaire qu'eût exigé
ma prise de voile. Ainsi, mon cher Yves, sans le
vouloir, et même sans avoir pu jamais le soupçonner, tu fus cause que je demeurai avec mère, ce
qui d'ailleurs fut peut-être un bienfait de la
divine Providence voulant lui assurer une vieillesse plus douce et moins solitaire. Nous n'avons
pas à nous plaindre, au surplus, ni mère ni moi,
en aucune façon, d'avoir fait notre devoir. Nous
en avons été récompensées dès ici-bas. Tu es
devenu ce que tu avais décidé d'être, expert dans
ce bel art de la musique, le plus religieux de tous,
et que pratiquent au ciel les saint Anges. Sans
compter ce plaisir élevé, nous ne doutons pas que
la musique n'arrive à te donner aussi quelque

jour les satisfactions humaines auxquelles tu aspires, et que la Gloire ne couronne enfin tes efforts. En attendant, tu remplis dignement à notre égard ton office de chef de famille, et grâce à toi nous pouvons tenir ici le rang duquel il nous eût été pénible de déchoir. Tout est donc pour le mieux, et mère en particulier ne demande rien de plus au ciel qui ne nous a pas ménagé ses bénédictions.

Que dirais-tu cependant, mon cher Yves, si cet état pouvait devenir plus prospère encore, plus conforme à nos vœux secrets, et cela toujours grâce à toi? N'est-il pas vrai que tu en serais heureux, fût-ce au prix d'un sacrifice? Eh bien! tel est le cas. Il ne s'agit plus que de savoir si ce sacrifice, que je vais te proposer, t'est possible. S'il l'est, je réponds d'avance que tu n'hésiteras pas à le consommer; car je connais ton bon, ton grand cœur. Consentirais-tu à quitter Paris, pour toujours? Ton avenir, ton art, te permettent-ils de renoncer à cette Babylone, où les trônes sont si difficiles à conquérir? En un mot, peux-tu, sans dommage pour ta vocation, tes travaux, ta gloire, te résigner à la vie de province? Tout est là. Tu es, bien entendu, le seul juge en ces matières, et je m'en rapporte absolument là-dessus à ton équité.

S'il t'est loisible de prendre cette décision, voici quel en serait le résultat pour nous : nos jours s'achèveraient dans la sainte maison des Révé-

rendes Mères. Oui, mon cher Yves, nous aurions
ce bonheur ineffable. Mère y serait admise comme
pensionnaire, et moi comme postulante d'abord,
comme dame du chœur ensuite, sans avoir à fournir de douaire. Mais il faut que je t'explique par
quelle combinaison; car tu ne dois rien comprendre à cette éventualité qui a tout l'air d'un
miracle. Peut-être en est-ce un, après tout, puisque
cette chose inespérée nous arrive grâce à l'intervention pieuse du bon abbé Fruchart, et à la protection de Monseigneur l'évêque, qui a bien voulu
s'entremettre en notre faveur auprès des Révérendes Mères. C'est à Sa Grandeur en personne
que le sacré Conseil de l'ordre a daigné promettre
de faire fléchir à mon endroit la règle stricte qui
exige un douaire. Quant à la pension de mère, on
la réduirait de moitié, et tu la paierais par une re-
tenue de six cents francs sur tes appointements
annuels. Ce dernier mot t'éclairera sans doute
tout ce que mon brouillamini a nécessairement
de mystérieux jusqu'à présent. Tu devines, en
effet, qu'il est question pour toi du poste que va
laisser vacant le vieux monsieur Mélindaine,
maître de chapelle et professeur de musique chez
les Révérendes Mères. C'est à Pâques qu'il prend
sa retraite, après quarante ans de service; et en
vérité depuis assez longtemps déjà il n'y était plus
très apte, paraît-il. On le gardait néanmoins, par
respect pour sa longue et honorable carrière. Mais
lui-même a demandé qu'on le remplaçât enfin. Et

alors, par quelque inspiration du ciel sans doute, est venue au bon abbé Fruchart l'idée de parler de toi, et de nous en même temps, dans les conditions que je t'ai dites. De fil en aiguille, et nos prières aidant, et Monseigneur ayant la bonté de s'en occuper, comme tu as vu plus haut, tout est arrangé désormais. Il ne manque plus que ton consentement, duquel dépend ainsi notre sort.

Dans ma joie, mon cher Yves, j'oublie de te faire part de ces conditions en ce qui te touche. Excuse cet accès d'égoïsme ! Je sais bien, d'ailleurs, que le bonheur de mère et le mien sont pour toi des raisons plus que suffisantes à te décider ; mais enfin il n'est pas mauvais que tu connaisses, d'autre part, les avantages de la position qu'on t'offre ainsi, avantages assez précieux au point de vue humain. Ton travail chez nos Révérendes Mères ne serait pas trop absorbant et te laisserait de grands loisirs. Tu aurais toutefois un peu plus à faire que le vieux monsieur Mélindaine ; car on veut remettre l'enseignement musical sur un pied nouveau. Vois cependant si c'est excessif : deux heures de leçon le matin, deux heures l'après-midi, voilà ! Plus, les offices, naturellement. Mais ce n'est pas là du temps perdu, c'est bien ton avis, n'est-ce pas ? Et pour cela, deux cents francs par mois, c'est-à-dire en réalité deux cent cinquante, dont je retire les cinquante pour la pension de mère. Mais ce n'est pas tout. En outre, on te logerait. Et quelle délicieuse habitation ! Une

petite maison située au bout de Saint-Jacud, juste
en face de la baie, et qui néanmoins possède un
joli jardin très abrité de la mer par de grands
murs, en sorte que les légumes et les fruits y
poussent admirablement. Joins à cela un clos de
pommiers qui donne de trois à quatre tonneaux
de cidre. Je te note tous ces détails pour te montrer
combien, en dehors de notre bonheur moral, ton
bonheur matériel serait assuré. Car tu n'ignores
pas qu'avec tout cela tu serais beaucoup plus qu'à
ton aise, et même presque riche, à Saint-Jacud,
où la vie est pour rien.

Il me reste à te communiquer la seule condition
vraiment délicate à dire, et cependant impossible
à taire, puisqu'elle est rigoureusement imposée
par de hautes convenances dont nos Révérendes
Mères ne se sont jamais départies. Les deux seuls
hommes admis dans l'intérieur du couvent, à la
réserve des ecclésiastiques, sont le jardinier et le
maître de chapelle. Ils doivent être mariés. Et
voilà bien pourquoi mère ne voulait pas que je te
fisse part de tout cela. Cette idée de mariage n'est-
elle pas troublante, en effet, et n'est-ce pas précisément avec un dessein très arrêté que tu l'as
jusqu'à présent écartée de ton existence ? J'ai
soumis cette crainte au bon abbé Fruchart. Mais
il m'a répondu que peut-être tu n'avais pas là-
dessus d'intention préméditée, qu'en tous cas une
occasion propice avait chance de te faire changer
d'avis, et qu'enfin, si ta grande timidité était le

seul obstacle à la chose, nous pouvions nous en
rapporter à lui du soin de te choisir une épouse.
N'est-ce pas merveilleux vraiment, et n'avons-
nous pas d'infinies actions de grâces à rendre à la
divine Providence, qui a en quelque sorte suscité
ce digne et excellent prêtre sur notre route pour
nous l'aplanir ainsi ?

Je termine, mon cher et bien-aimé frère. Je
pense n'avoir rien omis de tout ce qui peut te
servir à prendre un parti en pleine connaissance
de cause. Je cherche en vain dans ma mémoire si
j'ai oublié quoi que ce fût, et je ne trouve plus
rien. Si, pourtant ! Un conseil. Oui, mon ami,
permets-moi de te donner un conseil. Comme j'ai
prié avant de t'écrire cette lettre, prie avec ferveur avant d'y répondre. Tu as un grand mois
pour cela, car il est convenu que la proposition ne
te sera faite officiellement que le trente-et-un janvier prochain. Eh bien ! mets à profit ce temps
pour implorer du ciel l'inspiration, le courage
peut-être, dont tu as besoin, si le sacrifice d'abord
te paraît trop dur. Intercède auprès de ton saint
patron en particulier, l'éloquent saint Yves, afin
qu'il te persuade et te montre où est la conduite à
tenir. Guidé par lui et aidé par la grâce de Notre-
Seigneur, tu ne saurais manquer de force dans ce
rude combat avec toi-même, où tu m'excuseras de
t'engager.

Au surplus j'ai dans ta loyauté une foi absolue
que rien n'ébranlera jamais. Je te le répète en

terminant, toi seul es juge, et juge sans appel, de ce que tu dois et peux faire. C'est à ta conscience qu'il appartient de prononcer en dernier ressort, et cela me suffit. Quelle que soit ta réponse, je connais d'avance qu'elle sera dictée en toute justice et en toute noblesse. Et, dût-elle tromper mes vœux les plus ardents, détruire mes plus belles espérances, je ne t'en demanderai pas même les raisons, sûre que ces raisons sont bonnes si tu les as estimées telles.

Je t'embrasse de tout cœur, mon cher et bien-aimé frère, et t'envoie aussi en cachette les baisers de mère, qui ne sait naturellement pas que je t'écris cette lettre ; mais le bon abbé Fruchart m'y a autorisée.

Je t'embrasse encore une grande fois.

ANNE DE KERGOUËT.

P.-S. — Ne sois pas étonné de ne point recevoir tes étrennes juste pour le jour de l'an. Un pot de beurre salé et un petit quartaud d'eau-de-vie sont tout prêts ; mais je voulais y joindre une surprise que je n'ai pu achever à temps. J'ai encore six bons jours de travail pour en voir la fin. C'est un gilet breton que je t'ai brodé cet hiver. Nous avions fait quelques économies, et j'ai profité d'une belle occasion de soie par un capitaine marchand retour de Chine. Les couleurs sont peut-être bien éclatantes. Tu n'auras qu'à boutonner ton habit quand

tu iras par les rues. Une fois rentré, tu te délec-
teras, j'en suis sûre, à regarder cela sur ta poitrine. C'est une fête pour les yeux. On dirait la
mer au soleil couchant. J'y ai brodé notre blason,
à la place du cœur. Et puis, l'intérieur est doublé
de forte moire. Ça fait comme une cuirasse, et
cela te tiendra bien chaud.

XXVII

Rude combat, en vérité, et mille fois plus rude encore que n'avait pu le supposer mademoiselle Anne de Kergouët!

Ah! s'il ne s'était agi que de quitter Paris, Yves n'eût certes pas balancé longtemps. En vain quelques vagues regrets lui eussent soufflé tout bas au cœur que Paris est la patrie des artistes, l'Eldorado rêvé de tous les chercheurs de gloire. A ces mauvaises raisons il eût répondu tout de suite et sans peine. La gloire qu'il cherchait, lui, n'avait rien à faire avec le succès du jour, la mode, l'entregent. Ayant renoncé à l'opéra, même à l'oratorio et à la symphonie, il n'avait besoin ni des théâtres ni des orchestres, ni de la presse. Il ne lui était seulement pas nécessaire de se tremper, comme autrefois, aux discussions esthétiques d'où l'on sort avec les idées rajeunies. Car son siège était fait, sa théorie fixée, son Amérique découverte : c'était la chanson populaire! Et si la chanson populaire éclot aussi entre les pavés

de la grand'ville, aux mélopées des cris de la rue,
combien plus drue elle germe et s'épanouit dans
les champs, et surtout en Bretagne, près de la
mer, aux cantilènes des matelots, aux rondes des
ménétriers, aux complaintes des mendiants, aux
innombrables refrains de tous les métiers! C'est là,
plus que partout ailleurs, qu'on était en communion intime et incessante avec l'âme du peuple,
dont Yves voulait devenir l'écho. Quoi donc le
retenait à Paris? N'y restait-il pas réellement,
par une sorte de lâcheté, comme on demeure
auprès d'une vieille maîtresse dont l'habitude
seule vous englue? Englu, il ne l'était même pas
tant que cela! En somme, il ne lui faudrait pas
un bien grand effort pour rompre les derniers
liens qui l'attachaient à Paris par amour pour
Paris. Seule l'amitié de Tombre représentait
maintenant sa jeunesse artistique, les souvenirs de
l'ancien cénacle, tout ce qui jadis pouvait lui
rendre chère la capitale. Et encore Tombre était-
il un errant, ici aujourd'hui, hier à New-York,
demain n'importe où ! Justement à cette heure
ils se trouvaient séparés, pour se retrouver quand?
Ainsi, même ce motif de ne point partir, il n'exis-
tait plus. Non, quitter Paris n'était pas nuisible
a son art, à sa gloire, Yves le savait bien; et si
bien, qu'il était obligé d'en arriver à se dire :

— Au contraire! je ne puis que gagner maintenant en allant là-bas.

D'autre part, il appréciait à sa haute valeur le

bonheur qu'il assurerait à ses deux mères, en acceptant. Bonheur ineffable, comme l'écrivait Anne de Kergouët! C'était presque un avant-goût du paradis, pour elles, si chrétiennes, que de finir leurs jours chez les dames de la Présentation. Et quand même son art, sa gloire, eussent risqué d'en souffrir un peu, ne devait-il pas aux admirables femmes ce sacrifice? Cela ne se discutait pas une seconde. Moins encore, puisque à ce prétendu sacrifice il trouvait lui-même son profit. Il n'apercevait donc pas l'ombre d'un prétexte pour s'y refuser.

Sans doute, il y avait la condition du mariage! Mais quoi! Le mariage, en soi, était-il pour l'épouvanter? Avait-il là-contre des répugnances bien arrêtées, comme le craignait sa sœur? A s'interroger loyalement, Yves s'avouait que non, et que le bon abbé Fruchart n'avait pas tort de voir en lui simplement un célibataire par timidité. Oui, c'était bien cela. Yves n'avait jamais pensé à prendre femme, mais n'avait pas pensé non plus qu'il ne fallait pas le faire. S'y décider de sa propre autorité, avoir la hardiesse de courtiser une jeune fille, de demander sa main, il en était certes bien incapable. Mais précisément on lui supprimait ces obstacles. Et d'ailleurs, il connaissait assez le bon abbé Fruchart, pour s'en rapporter au choix de cet honnête homme. A coup sûr l'épouse ainsi élue serait vraiment digne de l'être.

Alors, quoi? Yves pouvait-il donc hésiter?

Hélas! Que ne lui avait-on parlé de tout cela
plus tôt, un peu plus tôt, l'année dernière seulement! Non, certainement non, il n'eût pas hésité
à cette époque. Mais voilà : maintenant, il y avait
dans sa vie Madeline.

Quitter Paris n'était rien. Quitter Madeline
était tout. Et à cette idée, Yves sentait sangloter
à la fois son cœur et son esprit. Peut-être l'homme
eût-il essayé d'étouffer les sanglots de son cœur,
et de les offrir en holocauste au bonheur des
dames de Kergouöt. Mais l'artiste ne pouvait imposer silence aux légitimes révoltes de son esprit.
Ici l'art et les désirs de gloire reprenaient leurs
droits et les défendaient énergiquement, et d'autant plus haut qu'ils le faisaient en toute justice.

Renoncer à Madeline comme femme, Yves s'y
était à peu près résigné déjà, puisqu'il ne se croyait pas aimé, puisque Madeline elle-même avait
déclaré ne vouloir se marier *avec personne.* Toutefois, cet *avec personne* était presque plus consolant que désespérant. C'était bien l'assurance
que jamais Madeline ne serait à lui; mais c'était
la certitude aussi qu'elle ne serait jamais à un
autre. Et ainsi, tout en abdiquant le rêve de l'avoir
pour femme, Yves était assuré de la conserver
toujours pour Muse. Or cette Muse lui était nécessaire, de cela il ne doutait point. Sans elle, loin
d'elle, plus de gloire possible, et, ce qui était pire,
plus d'art possible! Qui donc donnait une voix
aux mélodies du musicien? Elle, en les chantant.

Qui donc en faisait jaillir comme une fleur le sens intime ? Elle, par les paroles dont elle les parfumait. Qui donc en était la vraie, l'unique inspiratrice ? Elle, sincèrement elle. C'est depuis qu'il partageait avec elle son travail, depuis lors seulement, qu'il en avait trouvé la formule définitive. C'est aux beaux yeux d'alouette de la jeune fille qu'il allumait la flamme de son enthousiasme. Elle symbolisait pour lui, elle concentrait plutôt, cette âme du peuple, âme multiple, mobile, intangible, obscure, dont elle lui paraissait la visible et vivante incarnation. Et voilà ce qu'il lui fallait abandonner, perdre ! Autant lui commander de condamner à mort son génie ! Le pouvait-il, vraiment, le pouvait-il ? N'était-ce pas trop exiger, que ce suprême sacrifice ?

Bien plus ! A peser les choses impartialement, sans égoïsme aucun, au tribunal souverain de l'Art, avait-il le droit de consommer cette trahison envers l'idéal, cette espèce de suicide intellectuel ? Il se posa la question nettement, et mit toute sa loyauté à la résoudre. Il n'était plus assez croyant pour prier, comme le lui avait conseillé sa sœur, et pour invoquer les lumières de son éloquent patron saint Yves. Mais néanmoins, c'est avec toute la ferveur d'une prière qu'il aborda l'examen de ce point, et avec une gravité presque religieuse. Le bon abbé Fruchart n'y eût pas apporté plus de scrupules, ni une plus subtile casuistique, même en se plaçant à un point de vue tout chrétien. Et voici, en résumé, à quoi vint aboutir la discussion de ce cas de conscience.

Si le génie est un don divin, on est tenu de le respecter en soi-même. Il ne vous appartient pas. C'est la manne céleste dont on est le dépositaire et le dispensateur. On a mission d'en répandre les bienfaits. Or Yves avait foi en son génie, très naïvement et très fortement. Eh bien! ne serait-il pas coupable d'un sacrilège, s'il manquait à sa mission? Devait-il immoler ainsi, au bonheur humain de sa mère et de sa sœur, le don surnaturel qu'il sentait invinciblement en lui, et les belles joies qu'y pouvaient puiser tous ses frères? L'Art n'était-il pas son Dieu; et ce Dieu ne lui disait-il pas, comme autrefois Jésus à ses apôtres:

— Il faut renoncer à tout, même à la famille, pour me suivre.

Telle était la réponse absolue, en jugeant du plus haut. Mais Yves n'eût pas été l'homme qu'il était, c'est-à-dire la bonté et la charité mêmes, s'il eût pu accepter sans douleur cette décision, cruelle et implacable envers ses deux mères qu'il aimait tant. Et à peine venait-il de se la signifier, à la barre de son esprit, que son cœur tout de suite en saignait. Il se trouvait dur, orgueilleux. Il s'accusait de sophisme. Il se reprochait de ne faire appel qu'à sa raison; et de plus simples et plus tendres sentiments lui parlaient des deux pauvres femmes, si bonnes, si braves, si dévouées, qui s'étaient immolées à lui, elles, toujours, sans

cesse, sans se plaindre, et qu'il pouvait si aisément récompenser aujourd'hui de leurs longues
peines. Ah ! le crime, le sacrilège, n'était-il pas
là, flagrant, certain, dans son refus à les rendre
heureuses, quand il n'avait qu'un mot à dire pour
combler tous leurs vœux ?

Oh ! oui, un rude combat, allez, mademoiselle
Anne de Kergouët ! Et les aïeux de la maison,
célèbres par leurs grands coups d'estoc et de taille,
n'en ont certes pas connu de plus terribles. Et le
bon abbé Fruchart lui-même, si expert aux délicatesses de la confession, et saint Yves en personne, le patron des dénoueurs de procès, eussent
rendu les armes ici sans pouvoir décider quel
parti prendre. Car dans cette affreuse bataille
morale que l'honnête garçon se livrait, il ne
s'agissait pas, comme à l'ordinaire, comme l'autre
jour encore, de la lutte banale entre une passion
et un devoir. C'est deux devoirs qui se dressaient
impérieusement face à face, et chacun doublé
d'une passion, et d'une passion noble et pure ; si
bien que le malheureux Yves était forcé de manquer à l'un pour remplir l'autre, sans que rien lui
montrât d'une façon irréfutable lequel des deux
était le plus sacré.

XXVIII

Une idée lui vint tout à coup, une idée folle, désespérée, comme il vous en pousse lorsqu'on est à bout d'expédients.

— Si je demandais conseil à Madeline?

Et pourquoi pas, après tout? Qu'y avait-il de si absurde dans cette idée? Au premier abord, en effet, cela paraissait singulier de la choisir pour juge, dans ce débat où elle était précisément *par-tie*. Mais, à la réflexion, rien de plus simple, étant donné le caractère élevé de la jeune fille. Yves s'étonna presque de n'avoir pas songé plus tôt à cette suprême ressource.

— Sans compter, pensa-t-il, qu'elle est intéressée moins directement que moi dans la solution, et qu'ainsi elle verra les choses d'un regard moins trouble, d'une âme plus détachée.

Et il s'ajoutait, non sans une grande douleur:

— Certes, elle a plus de chances que moi d'être équitable; car moi, je l'aime, hélas! tandis qu'elle, elle ne m'aime pas.

Là-dessus, il n'avait plus le moindre doute désormais. Les quelques illusions, qu'il avait encore vaguement conservées, étaient mortes une à une dans l'atmosphère étouffante de cette chambre de malade, où Madeline et lui ne connaissaient plus leurs belles communions artistiques d'autrefois. Leurs cœurs semblaient y être devenus muets, comme la pauvre épinette condamnée au silence. L'attitude renfermée, quasi froide, que Madeline avait prise insensiblement depuis la proposition d'Yves en faveur de M. Pigeollet, n'aurait pas manqué de se détendre aux caresses de la musique. Au lieu de cela, cette cause d'intimité n'existant plus, la réserve s'était accentuée de jour en jour, fatalement, sans même que Madeline y mît de la mauvaise volonté. Ses occupations absorbantes, son inquiétude auprès de sa mère dont l'état allait s'aggravant, la tristesse naturelle en de telles circonstances, tout contribuait à la faire paraître maintenant moins familière et même moins affectueuse envers Yves. Et cependant, au fond, jamais elle n'avait ressenti pour lui une aussi grande amitié qu'en ce moment. C'était presque de la tendresse. Il était si doux, si prévenant, si aux petits soins pour les exigences de la paralytique, si fraternel aux angoisses de la jeune fille! Mais cette tendresse, comment la lui eût-elle témoignée, au milieu précisément de ces angoisses qui dévoraient toutes ses minutes? Où trouver seulement le temps et le lieu de la lui montrer, dans

ces conversations brèves, à voix basse, entre deux
portes, où l'on avait juste le loisir d'échanger
quelques mots dont la malade devait être l'unique objet ? C'est donc avec toutes les apparences
de raison qu'Yves se croyait sûr dorénavant de
n'être point aimé.

Quelque profond chagrin qu'il en eût, son bon
cœur trouvait néanmoins dans cette certitude une
sorte de consolation, à la pensée que Madeline ne
souffrirait pas, elle, s'il lui fallait rendre un arrêt
qui les séparât pour toujours. Cette dernière con-
sidération le décida tout à fait à la prendre pour
juge.

Mais encore était-il nécessaire qu'elle connût
tous les éléments du procès, afin de ne pas trancher la question à la légère. Ah ! quel embarras
pour le brave garçon ! Il allait donc être obligé de
lui dire :

— Vous êtes ma Muse. Je ne puis rien faire sans
vous. Le sort de mon génie est dans vos mains.

Mon génie ! Ce sont là des choses qu'un artiste
se proclame à lui-même, en lui-même, dans ses
heures d'enthousiaste orgueil. Mais émettre cela
tout haut, devant quelqu'un ! Tombre seul était
capable de pareilles rodomontades. Yves le timide n'en aurait jamais l'audace. Et puis, parler
ainsi, n'était-ce pas comme une déclaration
d'amour, en un sens ? N'y avait-il pas une sorte
d'indélicatesse, à s'insinuer par ce biais dans le
cœur fermé de la jeune fille ?

Par bonheur pour sa timidité, Yves constata qu'une telle déclaration lui était matériellement interdite. Les circonstances mêmes faisaient obstacle au long discours qu'eût exigé l'exposé de ses motifs. Entre une lecture de roman-feuilleton et une course chez le pharmacien, pendant les rares et courts instants de tête-à-tête qu'il avait à la dérobée avec Madeline, il était impossible de trouver place à un semblable aveu, si difficile à faire, et qu'il eût fallu amener lentement après mille ménagements indispensables.

Restait à écrire une lettre. Pas d'autre moyen!

Il l'écrivit, cette lettre. Ou plutôt, ce n'est pas une lettre qu'il écrivit; c'est dix, vingt lettres. Toutes inachevées! Il y dépensa des jours et des nuits, sans arriver jamais à se satisfaire. Tantôt il se reprochait d'avoir trop insisté sur le mal que lui causerait une séparation. N'était-ce pas vouloir forcer la main à Madeline? Tantôt, au contraire, quand il avait essayé de réagir contre cette tendance jugée égoïste, il lui semblait se résoudre trop aisément à l'exil. Il ne trouvait point les mots pour rendre exactement ses pensées. Il oscillait, sans se fixer au point juste, entre des protestations qui respiraient l'amour et des résignations qui avaient un air d'indifférence.

Il fallait agir, cependant. Tout timide qu'il fût, Yves n'était pas de ceux qui demeurent indéfiniment devant un obstacle, et se paient de lâches excuses pour ne point le surmonter. Timide, oui,

mais brave à sa façon, Et puisque, tout compte
fait, il avait décidé de demander conseil à Madeline, conseil il demanderait, n'importe comment,
fût-ce dans les conditions les moins à son avantage.

C'est ce qu'il fit, et aussi malencontreusement
que possible.

Ce soir-là Mme Loupiat était au plus mal. Elle
avait éprouvé toute la journée des pesanteurs dans
la nuque, et une absolue impossibilité de parole,
qui annonçaient, avait dit le médecin, le danger
probable d'une nouvelle attaque. On avait bien
pris toutes les précautions nécessaires pour faire
mentir ces menaçants symptômes ; mais l'état de
la malade ne permettait guère d'espérer qu'on y
réussît. Aussi tout le monde était-il dans les transes. Le grand'père se tenait à la cuisine, n'osant
se montrer, pour ne pas agacer la paralytique ;
mais il restait à la maison, par crainte d'une issue
mortelle. Madeline était atterrée de chagrin. En
vérité, le moment ne se prêtait guère à la communication qu'Yves avait résolue. Il le sentit, et fut
sur le point de la remettre à plus tard. Mais il s'é-
tait précisément donné à lui-même ce soir-là
comme dernière limite. Reculer encore lui eût
semblé une façon de lâcheté. De prétexte en prétexte, pensait-il, il eût fini par ne jamais aborder
l'acte qu'il s'était imposé d'accomplir. Il prit donc
son courage à deux mains, pour en finir une bonne
fois, et si défavorable que lui fût l'occasion. Comme

il prenait congé de Madeline, sur le seuil de la chambre à coucher, après minuit, il lui tendit brusquement la lettre de Mlle de Kergouët, et balbutia très vite :

— Pardon ! Mais, je vous en prie, lisez.

Madeline fut stupéfaite et ne comprit point.

— Oh ! pas tout de suite, reprit-il. Lisez, d'ici à demain. C'est de ma sœur. Une chose grave, vous verrez.

Puis, avec une supplication presque impérieuse, il ajouta :

— Il faut absolument que vous me disiez ce que je dois répondre. Oui, oui, mademoiselle, vous ! Vous seule. Excusez-moi. Je n'ai pas le loisir ni la force de vous expliquer. Soyez bonne. Décidez pour moi. Je ne veux faire que ce que vous me direz.

Et il se sauva, plus affolé qu'elle-même.

Il passa la nuit sans dormir.

Depuis qu'il relayait Madeline au chevet de la malade, il avait l'habitude de descendre s'y installer de grand matin, afin que la jeune fille pût prendre alors un peu de repos. Il n'osa pas venir de si bonne heure ce jour-là. Il lui semblait qu'il allait trouver en bas sa condamnation. Il demeura dans sa chambre, anxieux à la fois et inerte, épiant tous les bruits de la maison, qui lui parut encore plus morne que jamais. Il attendait. Quoi? Il ne savait pas quoi. Sans doute que Madeline l'envoyât chercher par le grand-père. Car sans cela, il se sentait incapable de se représenter devant elle. Comment pourrait-il l'aborder, en effet? Que lui dire? Par quels mots lui demander cette terrible réponse, qu'il avait cependant sollicitée? Quitte envers sa vaillance morale, toute sa timidité physique le reprenait, à l'idée de prononcer cette simple phrase :

— Eh bien ! mademoiselle ?

Il attendit de la sorte jusqu'à neuf heures et demie. C'était le moment de partir pour la grand'messe de Saint-Ursule. Il ne pouvait tarder davantage. Il fallait descendre. Il fallait passer devant la porte du rez-de-chaussée, cette porte entrouverte devant laquelle il ne passait plus sans entrer pour demander si l'on avait besoin de lui. On entendrait certainement son pas, si léger qu'il fût, dans le vieil escalier de bois qui criait. On saurait qu'il était là et qu'il n'entrait point. On le jugerait lâche, et à juste titre. Ah ! il n'y avait plus à reculer devant le fatal arrêt ! Car cet arrêt était fatal, sûrement, puisque... Puisque quoi? Yves n'aurait pu donner les raisons de ce pressentiment; mais il en éprouvait l'involontaire frisson; et son cœur battait à lui rompre la poitrine, quand il se trouva près de la porte du rez-de-chaussée.

Tout à coup, son cœur s'arrêta net de battre. Au lieu de Madeline, c'est le grand-père qu'Yves apercevait par l'entrebâillement; et, à peine un rapide regard échangé, le bonhomme d'ouvrir, en soufflant à voix basse :

— Enfin ! Enfin ! Je croyais que vous aussi vous étiez malade ?

— Est-ce que Madeline ?... interrogea Yves très vivement, et sans même songer à dire : mademoiselle.

— Oh ! rien ! reprit le vieillard. Un peu de fatigue, sans doute ! Un peu de fièvre ! La pauvre enfant ! C'est accablant, vous pensez. Sa mère semble aller mieux cependant. Elle est assoupie. Mais c'est elle, à présent, qui m'inquiète. Le médecin ne doit venir que tantôt. Si vous pouviez aller jusque chez lui, pour qu'il vienne tout de suite ! Je n'ai pas pu monter vous en prier. Je ne voulais pas la laisser seule.

Tout cela était dit extrêmement vite, avec une grande expression d'angoisse qui bouleversait Yves. Malgré son désir d'obéir à la hâte, il ne put s'empêcher de murmurer, avant de partir :

— Mais enfin, quoi ! Qu'a-t-elle donc ?

— Rien, j'espère, rien, répéta le vieillard. Une crise de chagrin, d'énervement. La simple visite du médecin me tranquillisera. Allez vite, monsieur Yves, je vous prie. Et pressez-le, n'est-ce pas ? Ma pauvre mignonne ! Quand je pense qu'elle a pleuré toute la nuit.

Madeline avait pleuré toute la nuit ! Pourquoi ? Pourquoi ? Yves se le demandait en courant chez le médecin, et encore en courant de là à Sainte-Ursule, et encore et toujours, là-bas, devant son orgue, où ses distractions troublèrent étrangement

l'ordre des répons et firent plus d'une fois déton-
ner le chantre. Est-ce donc de regret, que Madeline avait pleuré, en songeant à une séparation
que sa loyauté jugeait nécessaire? En souffrait-
elle donc, de cette séparation? Mais alors, elle
n'était pas indifférente à Yves, comme il le
croyait! Mais alors, il était quelque chose dans
sa vie à elle! Il était aimé de Madeline! Aimé!
Ce mot, ce simple mot, qui eût dû l'exalter,
réprima au contraire cet accès de folie. Oui,
il était fou, d'en arriver à une telle conclusion.
Est-ce qu'il pouvait être aimé, lui, Yves, de cette
jeune fille, qui avait dix-sept ans de moins que
lui? Est-ce qu'il avait la tournure d'un homme
qu'on aime? Est-ce que Madeline ne lui avait pas
laissé entendre clairement qu'elle ne l'aimait pas?
Oh! certes, fou, pauvre fou, de s'imaginer des
absurdités pareilles! Elle avait pleuré, comme
disait le grand-père, par une sorte de crise bien
naturelle. L'énervement, la fatigue, le manque de
sommeil, le chagrin de voir sa mère plus malade,
en fallait-il davantage pour expliquer ces larmes?
Sans doute elle éprouvait à l'endroit de son
maître, de son initiateur, de son ami, une affection
douce, reconnaissante, et elle avait souffert un
peu à l'idée de rendre un arrêt qui allait briser de
chères habitudes. Cela s'était joint à sa grande et
légitime douleur filiale, et avait comblé la mesure
de ce qu'elle devait supporter sans faiblir. En
vérité, après y avoir bien réfléchi, tout ce qu'Yves

pouvait accorder à son « impertinente fatuité »,
c'est que la communication de la lettre avait été
la dernière goutte amère qui avait fait déborder
l'urne de tristesse dans le cœur désolé de Madeline.

Il s'attendrit à cette pensée, et y trouva la force
de se résigner à un arrêt qu'il considérait dès
maintenant comme rendu. Autant il avait eu peur
de l'affronter ce matin, autant il désirait en être
quitte désormais. Il avait hâte de revenir, et de
s'offrir au rude coup qui allait le frapper.

Par malheur, son temps était pris jusqu'à ce
soir. A peine pouvait-il manger un morceau sur
le pouce, après la grand'messe, tout en faisant
répéter un nouveau programme à la *Boule-Verte*.
Puis il fallait retourner à Passy pour les vêpres.
Il ne rentra rue Chevallier que tard dans l'après-
midi.

Lorsqu'il arriva, Madame Loupiat était morte
depuis deux heures.

Le grand-père étant obligé de rester auprès de
Madeline, c'est Yves qui fut chargé des démarches
et des courses, à la mairie pour la déclaration de
décès, aux pompes funèbres et à l'église pour
l'enterrement, à l'imprimerie pour les billets de
faire-part. Sa journée du lendemain fut occupée à
ces sinistres commissions. En tout, pendant ces
vingt-quatre heures, il n'avait vu Madeline qu'une
fois : le soir même de la mort, en lui serrant silencieusement les mains, sans avoir la force de

lui dire un seul mot de banale condoléance. Il ne
la revit ensuite que le jour des funérailles, où elle
conduisit le deuil au bras de son grand-père, tandis qu'Yves suivait le pauvre convoi, escorté par
une douzaine de parents et amis qu'il ne connaissait point.

Puis une demi-semaine se passa encore sans
qu'il se retrouvât auprès d'elle. Il n'osait pas descendre, n'ayant plus de raison à ses visites. C'est
le grand-père qui vint un matin l'en prier, en lui
disant très simplement :

— Vous seriez bien aimable, monsieur Yves,
d'accepter à déjeûner avec nous. Madeline voudrait vous parler d'un projet qu'elle a. Songez que
vous êtes notre seul ami.

Et il ajouta plus bas, comme furtivement :

— Hélas ! je suis forcé demain de reprendre mon
service. Elle va être bien seule !

Deux grosses larmes mal retenues lui roulaient
dans les yeux.

Yves descendit. Le déjeûner fût très triste. La
conversation se traîna languissamment sur le
projet de Madeline, qui demandait à Yves le service de lui trouver une occupation, comme, par
exemple, des épreuves de musique à corriger. Yves
promit d'en parler à Bernheim, et se fit même
fort de rapporter bientôt de l'ouvrage à commencer. Il ne dit point que cet ouvrage, il le distrai-
rait de sa propre besogne.

Le grand-père insinua aussi qu'il ne serait

peut-être pas mauvais de reprendre les leçons de
piano.

— Oh ! de piano seulement, fit-il. Le chant, nous
verrons plus tard. Eh ! dame ! ma chérie, ce ne
sera pas pour te divertir, bien sûr ; mais comme
un métier, qu'on n'abandonne pas. Hélas ! la vie
est ainsi, que veux-tu ? On a ses petits devoirs quo-
tidiens à remplir. Moi, tu vois bien, demain…!
Et alors, de travailler avec monsieur Yves, cela
te ferait une société. N'est-ce pas, monsieur Yves ?

— Certainement, répondit Yves, très embarrassé. ·

Madeline le regarda fixement, et avec une profonde tristesse ; puis elle dit d'une voix lente :

— A quoi bon ?

— Mais à te perfectionner, répliqua le grand-
père. N'est-ce pas, monsieur Yves ?

Cette fois Yves ne put rien répondre. Car il
avait compris, lui, cet « à quoi bon ? » C'était
l'arrêt fatal, l'arrêt qu'il avait prévu cependant.
C'était une façon indirecte de lui signifier la séparation nécessaire. Il ne s'y trompa point. Un moment après, comme il était seul avec Madeline, le
grand-père étant descendu à la cave, Yves dit tout
bas :

— Ainsi, c'est donc vrai, mademoiselle ? vous
jugez que…

Ses lèvres tremblaient. Il eut honte de sa faiblesse. Il fit appel à toute son énergie, et reprit
sur un ton plus ferme :

21

— Oui, vous avez raison. Je pensais bien que vous jugeriez ainsi.

— Ah! vous pensiez cela? fit-elle, très émue à son tour.

Mais elle se ressaisit, elle aussi, par un effort de volonté qui donna soudain à sa physionomie une expression de froideur impassible.

— C'est donc mon devoir d'accepter? dit-il.

Et elle répondit d'une voix grave, presque dure :

— C'est votre devoir absolu.

XXIX

Eh! bien! puisqu'il avait, en effet, prévu ce dénouement, puisqu'il s'était presque résigné depuis quelques jours déjà à cet arrêt, pourquoi
donc Yves en était-il ainsi atterré? Que ruminait-
il encore, là, dans sa chambre, la tête brûlante,
les poings aux yeux, la gorge secouée de sanglots?
D'où lui venait cette sourde et inavouée colère
contre Madeline, contre le juge qu'il avait choisi
lui-même? Pourquoi surtout, le départ étant
maintenant décrété, et sans appel possible, pourquoi ne se hâtait-il point d'en donner à sa sœur la
nouvelle? Joyeuse nouvelle, cependant, pour ses
deux mères, et si impatiemment attendue par
Mlle de Kergouët! Ah! n'était-ce pas cruel de les
en priver? Qu'attendait-il? A quoi pensait-il?

Hélas! il n'attendait rien, plus rien, en vérité.
Et il pensait que son désespoir, son irritation, son
retard à agir, étaient autant de lâchetés. Et tout
de même il se désespérait, il s'irritait, il attendait.
Il n'y a pas de cheval qui n'ait jamais bronché,

dit le proverbe arabe, ni de lion qui n'ait jamais
eu peur. Ainsi le plus honnête homme du monde
connaît des heures de défaillance. A coup sûr,
Yves ne se soustrairait pas à son devoir, désormais décidé; mais il se laissait aller à en reculer
l'accomplissement jusqu'à la date extrême, jusqu'à ce trente-et-un janvier qui lui apporterait la
proposition officielle de l'abbé Fruchart. Il avait
encore trois semaines devant lui. Qui sait si pendant ces trois semaines il ne surviendrait pas quelque chose? Quoi? Il l'ignorait. Il ne faisait même
pas d'hypothèses précises sur ce mystérieux et
improbable quoi. Mais il ne pouvait s'empêcher
d'y penser vaguement, bien qu'il trouvât ces
pensées presque criminelles.

— Ah! s'écria-t-il soudain, c'est la solitude qui
m'aveulit de la sorte.

Voilà deux jours, en effet, deux jours et deux
nuits qu'il vivait en tête-à-tête avec sa douleur, et
non-seulement dans sa chambre morne, sans feu,
dans cette maison désolée, mais partout où il allait, même devant ses orgues, même à la *Boule-
Verte*, même parmi les machinales occupations
de son métier, qu'il faisait comme une espèce de
somnambule. Il sentit l'irrésistible besoin de
conter, de partager cette douleur, de pleurer avec
un ami. Et un matin, en sortant de sa grand'messe,
comme il n'était pas de service ce jour-là pour les
vôpres, il partit à la recherche de Tombre.

Mais où était-il, Tombre? Dans lequel des sept

théâtres de la banlieue jouait-il maintenant l'*Ame de Pierrot?* Depuis combien de temps, même, s'étaient-ils quittés? Ahuri par ses deux nuits blanches, et par tout ce qu'il avait souffert en ces quelques semaines, Yves ne pouvait préciser ses souvenirs à cet égard. Il lui semblait qu'il n'avait pas vu l'ombre de très très longtemps. Ah! comme on oublie vite ceux qu'on aime le mieux! Comme la vie vous éloigne les uns des autres!

On le renseignerait aux *Folies-Élégantes!* Il y alla. Le concierge, interrogé, ne savait pas au juste. Il fallait attendre le secrétaire du théâtre; ou, mieux encore, le directeur de la scène, monsieur Grimblot, qui arrivait plus tôt, à une heure un quart pour la demie.

Yves s'assit dans un corridor sombre, menant au cabinet de Grimblot, près du magasin des accessoires. Par une porte entrebâillée qui donnait accès aux coulisses, venaient des bouffées de ténèbres sentant la poussière, la fuite de gaz et la poudre de riz. Yves percevait très nettement ces odeurs, et s'intéressait à les analyser sans comprendre pourquoi. Il avait la sensation de somnoler dans des limbes. Il rêvait, à demi assoupi, rêvait de Madeline devenue chanteuse, et interprétant un opéra dont elle avait fait le poëme et lui la musique. Dans ce rêve, Madeline se confondait avec Georgette par moments. Et il n'avait pas honte de cette confusion, mais au contraire s'y complaisait; car c'était une Georgette

idéale, douée de toutes les beautés morales de
Madeline. Il se voyait célèbre, riche, assuran
largement la vie de ses deux mères, et en même
temps heureux avec Madeline qui était son élève
l'héroïne de ses œuvres, sa Muse, et sa femme
Oui, oui, sa femme ! Car il l'adorait comme femme
autant qu'il l'admirait comme artiste.

Il fut réveillé par la voix de Grimblot qui criai
sur le théâtre vide :

— Eh ! je m'en fiche. Qu'il attende, ce m'sieu
Le gazier d'abord. J'ai à parler au gazier. Je lu
avais dit de venir à la demie.

— Il n'est encore que vingt-cinq, répondait le
concierge. Et ce m'sieu attend depuis plus d'une
heure.

— Peuh ! grommela Grimblot, la belle affaire
Un ami de Tombre, m'avez-vous pas dit ?

— Oui, monsieur, fit Yves en poussant la porte
et en pénétrant sur la scène. Je voudrais savoir
où il joue, mon ami Tombre.

Il n'avait rien de bien imposant dans la mine ni
dans l'allure, le pauvre croque-notes aux gestes
gauches, aux jambes trop longues, avec son gibus
roussi et son mac-farlane démodé. Mais sa voix
n'était pas, en ce moment, celle d'un homme qu'on
traite de haut. Grimblot retint donc une insolence
qu'il avait sur les lèvres, et se contenta de répliquer, en humant une prise d'un air dédaigneux :

— Il joue à Belleville, en lever de rideau.

Yves ne fit pas même attention à cette fin de

phrase, qui eût suffi pourtant à lui révéler ce que
du Glaizat infligeait maintenant à sa troupe de
pantomime. Il n'avait retenu que la désignation
du faubourg, vers lequel il se dirigea. C'était loin.
Mais le temps froid et sec invitait à la marche,
et, tout en marchant, Yves essayait de reprendre
son beau rêve interrompu, sans réfléchir à l'absur-
dité des chimères qu'il continuait à imaginer
maintenant tout éveillé.

Nouvelle façade de théâtre! Il était arrivé.
Tiens! le chemin lui avait paru très court. Et cependant, quelle trotte! Le faubourg, puis la rue
Saint-Honoré, les Halles, la rue Turbigo, le faubourg du Temple, la rude grimpée de l'ancienne
rue de Paris, tout cela s'était déroulé sous ses pas
inconscients. Son corps s'était guidé de souvenir
dans ces quartiers, qu'il connaissait d'ailleurs
pour avoir donné jadis des leçons dans deux pen-
sions quelque part de ce côté-là. Son esprit ne
s'était pas occupé de la route, tout entier à ses
songeries qu'avait bercées la houle chanton-
nante des bruits de la rue. Un instant il se demanda s'il n'avait pas dormi en marchant.

Peut-être même dormait-il encore? Mais non.
Voilà bien l'affiche du théâtre, où l'on donne
l'*Ame de Pierrot*, suivie d'une comédie en trois
actes. Un homme est justement au seuil de l'entrée des artistes, en train de chasser à coups de
balai des moutards qui l'appellent sale portier.

Yves s'approche, et poliment :

— Monsieur Tombre, s'il vous plaît?

— Il vient une heure avant le spectacle, à six heures.

— Mais son adresse, je vous prie?

— On ne donne pas l'adresse des artistes.

Et le concierge rentre dans son corridor, dont il referme violemment la porte.

— J'vas vous y conduire, mon bourgeois; j'sais où qu'il reste, moi, monsieur Tombre, glapit derrière Yves une voix éraillée.

C'est un gamin un peu plus grand que les autres, une pâle frimousse sans âge précis, de douze à vingt ans; un de ces habitués du paradis, qui aiment en idolâtres les comédiens (les *misloques*, disent-ils en argot), qui les suivent à la sortie du théâtre, et qui souvent poussent la rage de les connaître jusqu'à être au courant de leur vie privée.

Celui-ci, avant de lancer à Yves sa proposition, avait soigneusement « dévisagé le bourgeois » et s'était bien convaincu que ce n'était pas un créancier.

Yves le suivit. Ils redescendirent la grande rue de Belleville, prirent à droite par la rue du Renard, passèrent devant le Gazomètre, tournèrent encore à droite, dans la rue Rébeval.

— Moi, c'est là que j'perche, fit le gamin, en montrant à gauche la cité Jandelle.

Il avait interrompu, par ce renseignement dénué d'intérêt pour Yves, une longue apologie de Tombre, commencée d'abord en langage à peu près ordinaire, puis bientôt mêlée d'expressions faubouriennes, et enfin toute en pur argot, ce qu'autorisait la complaisance de l'auditeur et ce qui permettait au même de donner plus librement carrière à son enthousiasme.

— Un vrai dab, allez, c'lui-là! Ce qu'il vous fait froid derrière les esgourdes à la scène où il lingue ses deux singes! Mince alors! c'est rien d'la choquotte! Et surtout quand il s'enlève de dessus la fiole sa punaise de raisiné. Et quand il envoie son âme aux pelotes, donc! Et le coup de la bagnole au père Rasibus, quand il fouette les cadors au galop, et que les cognes font un blaire. N'en v'là qu'est rigolo. Mais le plus chouette, c'est au moment de calancher. Le Pierrot birbe, avec ses vermicelles autour du gniasse! Oh! esbloquant, ça! Et tout ce qu'on pige dans ses calots! Moi j'ai pas les miens à la manque, vous savez. Et je remouche au fin fond des siens, et j'y vois ci, et ça, et encore autre chose. Tout son béguin pour la Muette, toute sa vie qui radine, enfin tout, quoi! Y en a que la Colombine fait mieux leur blot (1).

(1) *Dab*, maître; *esgourdes*, oreilles; *linguer*, tuer à coups de couteau; *singes*, patrons; *choquotte*, nanan; *fiole*, figure; *punaise de raisiné*, goutte de sang; *envoyer aux pelotes*, envoyer promener; *bagnole*, voiture; *père Rasibus*, le bourreau; *cadors*, chevaux; *cognes*, gendarmes; *blaire*, nez; *calancher*, mourir; *birbe*, vieux; *vermicelles*, cheveux; *gniasse*, visage; *esbloquant*, étonnant; *piger*, voir; *à la manque*, défectueux; *remoucher*, regarder; *béguin*, amour; *la Muette*, la Mort; *radiner*, passer; *blot*, affaire; *mouchique*, vilaine; *bath*, bien.

21.

Allons donc! Elle est pas mouchique, bien sûr.
Elle est même bath. Mais à côté de lui, oh! la! la!
C'est un dab, n'y a pas d'erreur. D'ailleurs, vous
avez vu tout ça, hein? Puisque vous êtes son ami,
que vous dites.

— Non, non, répondit Yves. J'étais... j'étais absent. Je ne l'ai pas vu dans ce rôle-là.

Le gamin avait fait une moue méprisante. Évidemment il se trouvait supérieur au bourgeois
après un tel aveu. Aussi ne se gêna-t-il pas pour
riposter tout à fait familièrement :

— Eh bien! mon petit père, faut vous payer ça.

Tout en conversant, on avait obliqué à gauche
et pris la rue du Moulin. Le gamin s'arrêta
devant une maison neuve, dont le rez-de-chaussée était occupé par un marchand de vin, et dont
le premier étage était barré de cette prétentieuse
inscription en grandes lettres d'or : *Hôtel de
l'Avenir*.

— C'est là, fit le guide. Monsieur Tombre loge
au second. V'là ses deux fenêtres, dans le coin.

Yves tira de sa poche quelques gros sous.

— Oh ! attendez, reprit l'autre. Demandez
d'abord s'il est là. Parce que, des fois, presque
tous les jours même, il sort. Seulement, craignez
rien, j'sais où qu'il va, j'vous y mènerai.

La précaution était sage.

— Monsieur Tombre ? Il ne rentrera que pour
dîner à cinq heures, dit la maîtresse d'hôtel. Et
madame n'y est pas non plus.

— Vous voyez bien, fit le gamin qu'Yves retrouva sur le trottoir; j'm'en doutais. Ils sont sûrement aux Buttes, avec leur gosse. Allons-y.

Madame! leur gosse! Yves eut un triste sourire, en pensant qu'on prenait Georgette pour la femme de Tombre, et Georget pour leur enfant. Qui sait, cependant, après tout? Peut-être aujourd'hui vivaient-ils réellement ensemble? Yves se plaisait même à le croire, et s'attendrissait à cette idée, et reprenait la broderie de son rêve de tout à l'heure, mais maintenant avec Tombre et Georgette pour héros.

Et en vérité, il put s'imaginer un moment que ce n'était pas là une vaine hypothèse, lorsqu'à un détour d'allée, dans le parc des Buttes-Chaumont, il aperçut Tombre en train de jouer avec Georget. On eût vraiment dit un papa et son fils.

Georget était grimpé debout sur un banc, et battait frénétiquement des mains, à l'aspect d'un pauvre petit cerf-volant que Tombre essayait d'enlever, en courant de toutes ses forces. Il se donnait d'ailleurs un mal du diable, le brave Tombre, et devait avoir fourni déjà plus d'une traite; car, malgré la froidure, il s'épongeait le front tout en galopant. Il ne faisait pourtant pas grande besogne; le cerf-volant s'obstinait à raser le sol, sans jamais prendre l'essor.

— La queue est trop lourde, dit le voyou d'un air entendu.

A cet instant, Tombre reprenait sa course pour

revenir. Soudain il regarda du côté d'Yves, le vit et n'en put croire ses yeux.

— Ah! cria-t-il de loin, toi! c'est trop fort! Par quel hasard?

Et il levait au ciel ses longs bras, laissant piteusement traîner le cerf-volant par terre, ce qui fit pousser à Georget des cris de désespoir.

Tout de suite les deux amis furent dans les bras l'un de l'autre, avec une effusion telle, que le voyou rendit aussitôt toute son estime au bourgeois. Décidément, ce particulier-là était bien l'ami du grand homme! Donc, enchanté de pouvoir s'insinuer un peu, lui aussi, dans les bonnes grâces de son idole, le voyou souleva sa casquette en disant au mime :

— Vous occupez pas du cerf-volant, monsieur Tombre. C'est rapport à la queue. J'vas l'arranger. Ça m'connaît. Causez tranquillement avec monsieur. J'amuserai l'petit, allez!

Et en deux tours de main, il avait en effet allégé la queue, remis d'aplomb une aile qui était tordue, rafistolé l'attache qu'on avait placée trop bas; et d'une trotte il donnait l'élan nécessaire au cerf-volant, qui aussitôt montait en l'air d'un vol majestueux. Georget ne se tenait plus de joie, sautait, riait, prenait en main le peloton de fil, vite déroulé jusqu'au bout, et s'extasiait.

— Tiens! fit Tombre, en offrant au gamin une pièce de dix sous.

— Oh! non, monsieur Tombre, répondit l'autre,

laissez donc ! Trop heureux de vous être agréable.
Un artisse comme vous !

— Eh bien ! justement, fit Tombre. Entre artistes ! Car tu es un zigue, toi, je vois ça.

Et en homme qui connaît son peuple, avec un
geste à la Frédérick, il lui glissa la piécette dans
une poignée de main. Le gamin en rougit de bonheur, sa pâle binette illuminée jusqu'au bout des
oreilles.

Puis, tout en surveillant Georget du coin de
l'œil, Tombre causa avec son ami. Il parla tout
seul, plutôt, pour commencer. Dame ! un tas de
nouvelles à donner ! Et de bonnes ! Georgette,
gentille comme tout ! Oh ! pas d'amour encore,
bien sûr ! Peut-être jamais d'amour ! C'était bien
convenu entre eux. Tout de même, une vie charmante, à deux, c'est-à-dire à trois, avec Georget.
Une vraie affection, tendre, délicieuse ! Où elle
était en ce moment, Georgette ? A Paris, pour
une affaire. Une affaire sérieuse. Rien de du Glaizat ! Elle s'en fichait, maintenant, de ce gredin.
Car il leur en avait fait de toutes les couleurs.
D'abord, de la *doubler*, pour la priver de ses feux.
Seulement la doublure avait été si *loc*, qu'il avait
bien fallu redonner le rôle à Georgette. Alors, il
s'était ingénié, pour plaire à sa Sylvana sans
doute. A présent, on jouait la pantomime en lever
de rideau. Mais attends un peu ! Il allait faire un
nez, le du Glaizat !

— Sais-tu ce que Georgette fait à Paris, pour le

quart d'heure ? Elle signe un engagement épatant,
avec un Anglais, qui nous emmène tous les deux
à Londres. Moi j'ai signé hier. Des conditions
superbes. Il nous trouve renversants, cet Anglais.
On nous intercalera dans une féerie, avec un mimodrame fait exprès pour nous. Et nos dédits, me
diras-tu ? C'est justement là le pied de cochon que
nous allons tirer à du Glaizat. Nos dédits, les
vingt mille francs de Georgette, qu'il vienne donc
les chercher là-bas ? Non, mais, est-ce drôle, hein ?
Sans compter que les Anglais, parlez-moi de ce
public-là pour la pantomime ! Vrai, les Parisiens,
j'en ai assez ! Trop blagueurs pour un art aussi
sérieux ! J'entends les Parisiens chic. Parce que
le peuple, c'est une autre affaire. Si tu nous avais
vus aux Gobelins, à Montparnasse, à Grenelle,
enfin partout ! Ce que ça roulait ! Et ici, donc,
même en lever de rideau. Tiens ! ici, c'est bien
simple ; ici, j'ai des fanatiques.

Il montrait le voyou, en train d'amuser Georget
avec un nouveau jeu qui consistait à faire piquer
des têtes cabriolantes au cerf-volant.

— Des gens comme ça, disait le mime, des gens
qui se mettraient au feu pour monsieur Tombre.
Je n'aurais qu'à me promener dans Belleville sur
un cheval blanc, ils me nommeraient empereur.

Au milieu de ce flux de paroles, Yves n'avait
pas eu le temps de placer un mot. Il ne savait
d'ailleurs par quel biais introduire dans la conversation ce qu'il avait à dire. Comment sauter de

ces racontars joyeux aux tristes confidences qu'il
apportait? Il écoutait donc, silencieux, et non
sans éprouver un grand chagrin, en constatant
qu'il n'était plus en communion de pensée avec
son ami. Oh! oui, comme la vie vous sépare, vous
éloigne l'un de l'autre, et les cœurs surtout! Voilà
que Tombre semblait lui être devenu un étranger!
A peine si le mime lui avait demandé sommairement, en passant, des nouvelles de Madeline; et
vite, la réponse donnée, il était reparti à bride
abattue dans ses histoires de théâtre, dans le di-
thyrambe de ses triomphes. Et pourtant, Yves le
savait bien, Tombre n'était pas un égoïste.

— Au fait, se disait-il même, c'est peut-être moi
qui suis un égoïste. Pourquoi vouloir troubler
son bonheur de mon désespoir? Qu'y ferait-il, au
reste?

Et il ne pouvait s'empêcher de penser amèrement :

— Il ne s'en aperçoit même pas.

Tombre, en effet, n'avait pas remarqué tout
d'abord la profonde mélancolie de son ami. Et
pour une bonne raison : c'est qu'à leur première
et si fraternelle étreinte, la sombre mine du musicien s'était épanouie réellement. Quand Tombre
avait répété, en l'embrassant de si grand cœur :

— Oui, oui, par quel hasard béni?

— Mais pour te voir, mon vieux, pour te voir,
avait répondu Yves en souriant.

Et Tombre, sans chercher à en savoir plus long,

s'était mis aussitôt à bavarder. Dame! pouvait-il soupçonner qu'il s'était passé tant de choses, depuis sept ou huit semaines, dans la vie si régulière et si monotone du musicien!

Cependant, tout en continuant à pérorer, il vit la physionomie d'Yves se réassombrir soudain; il s'étonna de le sentir froid et comme fermé aux belles choses qu'il lui annonçait; il le trouva changé. Peut-être était-ce maladie, fatigue? Il le crut, au commencement, et redoubla aussitôt de verve, pour secouer cette apathie inusitée chez Yves. Puis, à plusieurs reprises, il perçut des soupirs étouffés, sourds, qu'on essayait évidemment de lui dissimuler. Pourquoi? Et son verbe se ralentit peu à peu. Et tout à coup, mettant ses deux mains sur les épaules de son ami, et le regardant au fond des yeux, l'ombre s'écria :

—Eh bien! quoi donc, mon vieux frère? Allons, dis-moi, n'est-ce pas? tu as quelque chose. Et moi qui jacasse comme une pie-borgne! Brute que je suis, va!... Hein! Tu as quelque chose? Pardonne-moi de ne pas l'avoir deviné tout de suite. Et dis-moi ça, voyons, mon pauvre vieux !

Alors Yves, la voix brisée de sanglots, dégonfla enfin son triste cœur, et raconta tout.

Ils étaient assis sur un banc. Devant eux, dans l'allée déserte, il n'y avait que Georget et le gamin, qui jouaient maintenant à la balle, l'enfant capricieux s'étant lassé du cerf-volant ramené. Et le récit lamentable était interrompu à tout moment

par les exclamations des deux galopins, par leurs
rires quand la balle venait caramboler dans les
longues jambes de Tombre ou s'engouffrer dans
le mac-farlane du musicien. Tombre lui-même
était parfois obligé de couper la parole à son ami,
pour crier à l'enfant :

— Georget, Georget, pas dans les plates-ban-
des ! Tu vas te faire attraper par le garde.

Deux fois, pendant qu'il lisait la lettre de mademoiselle Anne, le mime dut se lever et courir jusqu'au tournant de l'allée, le petit ayant disparu
derrière un bouquet d'arbres.

Yves reprenait patiemment le fil de ses doléan-
ces ; mais, à le renouer sans cesse, il l'embrouillait.
D'ailleurs, ses idées, ses sentiments, ses vœux,
ses regrets, ses discussions pour et contre avec
lui-même, tout ce qu'il roulait depuis quelques
jours dans sa tête de solitaire, tout cela sortait à
la fois, confusément, en tohu-bohu. Il eût fallu
une attention très appliquée de son auditeur, pour
mettre un peu de lumière dans ce chaos. Et précisément Tombre avait un air comme distrait en
l'écoutant.

Bien involontairement, le brave garçon ! Et Yves
ne pouvait même lui en vouloir d'être ainsi. Car
c'est Georget qui causait cette inattention. Il s'a-
musait à cache-cache à présent, avec deux autres
moutards de rencontre que le grand gamin avait
raccolés. Tantôt la bande se fourrait sous le banc.
Tantôt ils filaient tous, s'égaillant dans les mas-

sifs. Et Tombre alors de s'inquiéter, de regarder au loin, l'oreille aux aguets pour entendre le *coucou* des polissons qu'il ne voyait plus.

— Tiens! fit-il tout à coup, allons à la maison. Tu me diras tout cela à tête reposée. C'est impossible, ici, avec ce sacré petit. Je sens que tu t'énerves à ces interruptions perpétuelles. Ça m'énerve encore plus que toi. Viens, tu dîneras avec nous. D'ailleurs, il doit être l'heure. Georgette est probablement rentrée. Viens-tu?

— Non, répondit le musicien.

— Pourquoi ça?

— Oh! parce que. Tu comprends, devant elle! Ça me gênerait trop. Et puis, je n'ai plus rien à te dire. Je ne pourrais que me répéter. Ce n'est déjà pas si drôle, n'est-ce pas? Au surplus, puisqu'il n'y a rien à faire!

— Dame! en effet, je ne vois rien, répondit Tombre. Évidemment Madeline a raison : ton devoir est d'accepter. Mais, mâtin! que c'est dur! La province, le mariage! Et travailleras-tu, seulement? Sans ta Muse, mon pauvre!... Ah! cristi! Que la vie est mal faite!

— Hélas! soupira Yves. Madame Loupiat est bien heureuse, elle!

— Allons! allons! fit Tombre en lui serrant les mains, ne dis pas des choses comme ça. Que diable! Il te reste encore des consolations, des affections. Je t'écrirai, moi. Et Madeline aussi t'écrira sans doute. Pourquoi ne continuerait-elle

pas à être ta Muse de loin? Hein? C'est une idée.
Qu'en penses-tu ?

Yves ne répondait rien, s'abîmait dans son désespoir.

— Georget! cria Tombre. Hop! la marmaille!
Il faut rentrer, mon mignon. Maman doit t'attendre. En route, mauvaise troupe !

Il prenait le petit par la main et l'emmenait, les
autres galapiats s'étant sauvés à la vue d'un garde
qui leur don'' '' la chasse. Yves suivait mélancoliquement, toujours sans parler.

— Ah! ça, dit tout à coup Tombre en s'arrêtant,
tu es sûr, sûr, qu'elle ne t'aime pas?

— Oh! absolument sûr, répondit le musicien.
Rappelle-toi tous les détails que je t'ai précisés.

— Oui, oui, c'est vrai, répliqua Tombre en se
remettant à marcher. Eh ! dame ! peut-être est-ce
de ta faute, aussi. Avec ton platonisme, ta communion idéale, dans le bleu ! Sans ça, qui sait ?
Et d'ailleurs..... Mais non, en somme. En y
réfléchissant bien, c'est évident, elle ne t'aime
pas. Dommage, ma foi! Parce que...

On était arrivé au bout de la rue du Moulin et
l'on apercevait de là les lettres d'or de l'Hôtel de
l'Avenir. Yves ne voulut pas aller plus loin. Cela
lui aurait fait mal de voir Georgette. Tombre le
comprit et n'insista pas.

— Eh bien ! adieu, mon vieux frère, dit-il, et bon
courage !

Ils s'embrassèrent étroitement, sans même

avoir la force de se demander s'ils se reverraient
avant le départ de Tombre pour l'Angleterre. Ah!
ils sentaient qu'ils se quittaient pour la dernière
fois, et leurs cœurs déchirés ne pouvaient échanger que des sanglots. Une suprême poignée de
main, et ils s'en allèrent chacun de leur côté.
Tombre courait pour rattraper Georget, qui avait
filé en avant, voyant sa mère à la fenêtre. Et Yves
marchait à pas lents, les mains ballantes, sans
savoir où il se dirigeait, sans même penser fixement à rien, les regards vagues, et la face trempée
de grandes larmes silencieuses.

XXX

Yves dormit, cette nuit-là, d'un sommeil lourd, profond, assommé, comme en connaissent les joueurs et les soldats qui cuvent une défaite défi-nitive. Il se réveilla le lendemain avec la sensation nette qu'un grand trou s'était creusé derrière lui et que dans ce trou toute sa vie était enterrée, toute sa belle vie d'artiste avec ses espérances de gloire, ses amitiés fraternelles, ses affections idéales. Il fallait dire adieu à tout cela, ou plutôt avoir dès maintenant dit cet éternel adieu, et tâcher de n'y plus penser, et s'avancer virilement, sans regrets inutiles, dans la voie nouvelle qui s'ouvrait. Une voie douloureuse, avec le devoir pour seul com-pagnon de route ! Pas de consolations à attendre ! De qui ? Ses deux mères, au bonheur de qui il se sacrifierait, ne seraient même pas ses compagnes et ne l'aideraient point à porter sa croix ; car elles se confineraient dans le couvent, toutes à leur salut désormais, et lui deviendraient ainsi de plus en plus étrangères. La femme que lui trouverait l'abbé Fruchart, si bonne et si douce qu'elle fût, quelles idées, quelles passions communes aurait-elle avec le musicien? Aucune, bien probablement. Ils vivraient tous deux côte à côte, en honnêtes gens qui s'estiment, mais non comme deux esprits qui se pénétrent, comme deux cœurs qui se fondent. Ah! c'était vraiment l'exil, l'exil absolu. Une correspondance possible avec Madeline, avait suggéré Tombre! Chimère, chimère! Et les lettres de Tombre lui-même, pouvait-on y compter? Combien de temps serait-il fidèle à cette promesse, au milieu des hasards de son existence errante? Non, non. A quoi bon se leurrer de ces illusions vaines? C'était de la faiblesse. Mieux valait envisager les choses comme elles étaient, dans leur dure nécessité. Yves se voyait bien abandonné, bien seul, irrévocablement seul, en face du désert où il allait entrer demain.

Un coup frappé à la porte le fit soudain sursauter. Étonné, car il n'attendait personne à huit heures du matin, il se leva, se vêtit à la hâte, et courut ouvrir.

C'était le petit voyou de la veille, apportant un billet de Tombre.

« Ma vieille, disait le mime, je viendrai te
» prendre chez toi pour dejeûner. Laisse ta clef
» sous le paillasson, si tu ne dois pas rentrer avant
» midi. Georgette a signé. Nous filons ce soir, à
» la cloche de bois, canaillement. Nous sommes

» joyeux comme tout, et je ne veux pas que tu
» sois triste. A tout à l'heure!... »

— N'y a pas de réponse? demanda le gamin,
tout en ramassant les mégots de cigarette dont
la chambre était jonchée.

— Non, merci, dit le musicien qui lui donna un
pourboire.

— Mince! s'écria l'autre, j'me fais rien de belles
journées depuis quelque temps. Vous êtes vraiment des zigues, les artisses! Où donc que vous
jouez, vous, m'sieu? J'parie que c'est dans la *Clo-
serie des Genêts*. Je reconnais le costume.

Il montrait le gilet breton, le beau gilet brodé
par Mlle Anne. Yves l'avait reçu trois jours auparavant, et l'avait laissé tout étalé sur le dos d'une
chaise, sans prendre seulement la peine de l'admirer.

Yves sourit de la méprise, et répondit presque
gaiement :

— Où je joue, mon petit? Dans un théâtre où tu
ne vas guère. A l'église Sainte-Ursule de Passy.

— Ah! oui, reprit le gamin, une église russe,
pas? J'aurais dû m'en douter. Y a un piano ici.
Vous devez être chantre. J'en ai déjà vu, des
chantres russes, à la *Gaîté*. Ils avaient des frusques
comme ça, je me rappelle. C'est rien rigolo, tout
de même, d'être chantre! Et surtout d'être russe.
Enfin! Chacun son goût.

Et il partit en se tenant les côtes. Il avait laissé
une traînée de joie derrière lui, ce moineau. Et

aussi la lettre de Tombre était ragaillardissante
Yves avait donc tort, de se croire si seul, si aban
donné! Le gilet breton lui-même semblait luire
procher les désolantes pensées de tout à l'heur
Brave sœur, va, qui avait trouvé moyen d'écono
miser sur un budget de cent francs par mois, pou
envoyer à Yves ce riche cadeau! Et il se plai
gnait de n'être aimé de personne! Oh! non, cett
bonne, cette dévouée sœur, ni sa vieille mère no
plus, ne lui deviendraient jamais des étrangères
Et il avait beau dire, des affections lui restaien
des consolations, des cœurs tendres. Le che
Tombre! Quelle agréable surprise!

La surprise fut plus agréable encore qu'
n'avait cru. En revenant de sa grand'messe,
trouva la table toute mise. Tombre avait apport
un homard, un pâté, et quatre bouteilles de vi
blanc.

— Un vrai balthazar, hein? s'écria le mime e
lui faisant les honneurs du couvert avec une gra
vité comique.

— Oh! quel gaspillage! fit naïvement le mus
cien.

— Laisse donc! Nous roulons sur l'or. De
banknotes, mon cher! L'Anglais nous a allongé de
banknotes. Tiens, à propos, je t'ai fait une peti
provision de tabac.

Yves aperçut sur la commode dix paquets d
caporal alignés, des paquets d'un hecto chacu

— Ah! ça, voyons, dit-il, c'est absurde.

— Oh! ne crains rien, reprit Tombre, je n'ai pas attrapé de fluxion de poitrine à les trimballer. Je suis venu en voiture, mon vieux. Dame! tu comprends. Je vais avoir cinq cents balles par mois, là-bas, et Georgette mille. Ainsi tu vois si nous sommes au sac. Allons, à table! et causons sérieusement. Parce que, j'ai des choses à te dire, moi. Nous ne sommes pas ici pour nous amuser. Et d'abord, recommence-moi tout ton boniment d'hier. Mais net, cette fois-ci. Nous voilà tranquilles. Ah! cré mâtin, si tu savais ce que j'ai souffert à ne pas pouvoir t'écouter comme j'aurais voulu. Et ce que ça m'a tracassé, toute la nuit, de t'avoir quitté de la sorte! D'autant que j'ai une idée... Je me trompe peut-être. Enfin, nous verrons. Vas-y toujours.

Yves recommença, en effet, son récit de la veille. Sans se répandre, comme hier, en lamentations confuses, sans ressassages, sans les embrouillamini qu'avaient causés les interruptions des enfants et les distractions involontaires de Tombre. Il avait, d'ailleurs, aujourd'hui, l'esprit limpide et presque le cœur serein, après ses viriles et décisives constatations du réveil. Il narrait donc les choses méthodiquement; et l'on eût dit parfois, au calme ordonné, posé, impartial, de son discours, qu'il ne s'agissait pas de lui, mais d'un autre, dont il exposait l'histoire, et analysait les impressions. Il en parlait comme au passé, et de lui-même comme d'un mort.

22

Tombre l'écoutait religieusement. Étonné d'abord d'une pareille tranquillité, il discerna vite tout ce qu'elle cachait d'héroïque résignation et aussi d'irrémédiable désespoir. En même temps, à la lumière précise de ces confidences, il reconstitua pleinement le drame qui s'était joué dans l'âme de son ami. Il y vit même plus clair que lui, se rendant compte des sentiments qu'Yves n'osait s'avouer. Ce que le pauvre garçon s'obstinait à appeler une passion toute idéale, artistique, rien de plus, c'était bel et bien de l'amour! Ce n'est pas seulement la Muse perdue qu'il avait pleurée en Madeline, mais la jeune fille, la femme! Et sa pire douleur avait, en somme, pour cause, la certitude de n'être point aimé par elle. Or, cette certitude, Tombre, lui, ne s'y laissait pas convaincre. A plus d'un détail, naïvement énoncé par Yves, il jugeait au contraire que Madeline devait aimer le musicien. Pourquoi cette réserve subite, et toujours accentuée, depuis le jour où Yves avait transmis la proposition de M. Pigeollet? Pourquoi cette espèce de dureté, avec laquelle Madeline avait signifié son dernier arrêt? Tout cela ne venait-il pas de ce que, justement, elle souffrait elle-même de l'indifférence apparente qu'Yves lui témoignait ainsi? Et pourquoi surtout cette nuit de larmes, quand Yves l'avait consultée si maladroitement, en lui donnant à lire, sans explications préalables, la lettre de Mlle Anne? Certes, certes, à tant d'indices, Tombre ne pouvait se tromper. Évidemment Madeline aimait aussi le musicien.

Tombre se garda bien de formuler ces découvertes. Il n'en laissa même rien paraître sur sa physionomie. Il acquiesçait aux conclusions les plus désolées.

— Bref, dit-il quand Yves eut terminé, je vois aujourd'hui comme hier qu'il n'y a plus d'espoir, en effet. Tout ça est fini, bien fini.

Et il ajouta, avec une tristesse ironique :

— Allons, mon pauvre vieux, enterrée, ta vie de garçon !

Cette pointe d'ironie n'échappa pas à Yves qui en fut peiné.

— Comme tu prends mon chagrin gaiement ! fit-il, les larmes aux yeux.

— Peuh ! répliqua Tombre, tu le prends bien philosophiquement, toi ! Tu as la résignation grave et je l'ai gaie, voilà tout.

Il se leva ; puis, comme pris d'une subite colère :

— Mais que diable veux-tu qu'on te réponde, enfin ? Il t'arrive une chose qui égorge ta vie, ta gloire, ton cœur, et tu l'acceptes, et tu tends le cou même ! Tu me racontes ça doucement, bonnement ! Tu ne te révoltes pas ! Tu ne fais rien, rien, pour lui casser les reins, à cette fatalité, pour violer ton sacré sort ! Non, c'est trop bête aussi, écoute donc.

Il allait et venait, avec des gestes furieux.

— Dire, ajouta-t-il, dire que si je n'étais pas
venu.... Ah ! grand serin d'honnête homme, va !
Pâte à martyr ! Ivrogne de sacrifice !

— Mais quoi? balbutiait Yves. De quelle révolte
possible oses-tu parler? Est-ce que tu veux que
je refuse, par exemple ?

— Eh ! non, s'écria Tombre. Je sais bien que tu
dois accepter. Mais que tu n'aies pas pensé à...
Oh ! c'est étonnant, tout de même ! Quel aveugle !

— Pensé à quoi ! je ne comprends pas.

— Tiens, tu ne comprends rien. Fiche-moi la
paix. D'ailleurs je garde mon idée. Tu m'empê-
cherais d'agir, si tu savais. J'ai déjà trop bavardé.
Causons d'autre chose. Qu'est-ce que tu dis de la
politique russe dans les Balkans ?

Yves ouvrit de grands yeux. La gouaillerie lui
sembla tout à fait hors de propos. Tombre était-il
donc las de l'écouter, de le plaindre? Puis, que
signifiaient ces accès alternés de moquerie et de
colère ? Et quelle pouvait être cette idée, qu'il
gardait secrète? Agir ! Agir! Comment? Yves se
méfiait fort des invasions de ce fantaisiste dans
la vie privée. Il songeait vaguement à quelque
lettre folle, écrite à son insu par Tombre aux dames de Kergouët.

— Ce n'est pas cela, au moins ? demanda-t-il,
en manifestant cette crainte. Parce que, tu con-
çois, à aucun prix je ne veux les troubler, aller
leur mettre martel en tête. Leur repos m'est
sacré.

— Et à moi, donc! riposta Tombre avec une
affectation de respect.

— A Madeline non plus tu n'écriras pas!

— Non plus, sois tranquille. Mais mêle-toi donc
de tes affaires, je t'en prie, et pas des miennes.
Parlons d'autre chose, encore une fois. De la
pluie, et du beau temps, si tu veux. Un joli mois
de janvier, hein? Le fond de l'air est un peu
froid, sans doute; mais cependant.... Dis donc,
si nous allions prendre le café quelque part?

Ils sortirent, allèrent s'asseoir dans un petit estaminet des environs. Tombre y lut très attentivement le *Siècle*, et força Yves à regarder en détail un tas de vieux numéros du *Charivari*. Une
demi-heure ainsi se passa, parmi les conversations banales de trois jeunes gens qui faisaient
une partie de billard, et de deux vieillards qui
jouaient aux dominos. Puis Tombre posa son
journal, et, à propos d'un écho dramatique, se
lança dans une tirade sur le théâtre.

— C'est un art flambé, disait-il. A moins qu'on
ne le régénère par la pantomime. Wagner l'a bien
essayé par la musique; mais essayé seulement;
oui, essayé.

— Oh! il a même réussi, répondit Yves.

— Tu crois? fit le mime avec nonchalance.

— J'en suis sûr, reprit le musicien, qui, la première fois, avait relevé machinalement le mot de
Tombre, et qui maintenant s'animait pour de bon
à cette question d'art.

— Pourtant, insista Tombre, ton idéal a dépassé cela.

— Moi, je ne me sens pas dramatique, répliqua Yves. Je suis un lyrique. C'est autre chose. Mais ce n'est pas une raison, parce que j'ai lâché l'opéra, pour ne pas rendre justice à Wagner. Au surplus, le poëme musical de Wagner n'est pas de l'opéra.

Il était parti en pleine esthétique. C'est ce que voulait Tombre. Ils quittèrent l'estaminet, toujours discutant, et Tombre alimentant à dessein la discussion par de subtiles chicanes. Ils revinrent ainsi, sans que Yves y prît garde, à la maison de la rue Chevallier.

—. Dis-moi, demanda tout à coup le mime, avant de nous quitter, si j'entrais faire mes condoléances, et en même temps mes adieux, à mademoiselle Madeline ! Ce serait peut-être convenable, hein ? En somme, elle a toujours été très gentille pour moi, et j'ai soupé chez eux.

— C'est vrai, répondit le musicien, Et même, je profiterai de l'occasion pour lui donner de l'ouvrage que je lui avais promis. J'ai justement un paquet d'épreuves de chez Bernheim. Et j'avoue qu'il m'eût été pénible de les lui remettre en tête-à-tête. Attends-moi un peu. Je vais les chercher.

'Madeline, en leur ouvrant la porte, rougit imperceptiblement, de surprise et aussi de plaisir. Tombre comprit que la visite était agréable. Il fallait tâcher de rester sur cette impression. Ce n'était guère commode. Les compliments de con-

doléance à faire, d'abord ! Le chagrin du deuil à
réveiller ! Puis, le silence gêné du musicien gla-
çait la conversation. Mais néanmoins Tombre sut
habilement ramener les esprits où il voulait, sans
froisser la légitime tristesse de la jeune fille, et
sans alarmer non plus la méfiance inquiète de son
ami.

Yves, toutefois, ne put s'empêcher de dresser
l'oreille, à cette phrase insidieuse, que Tombre
lança bientôt, sans avoir l'air d'ailleurs d'y vouloir
insister :

— Hélas ! oui, mademoiselle, un adieu général,
puisque nous nous en allons tous, chacun de
notre côté. Ah ! la vie s'arrange bien mal, en
somme.

Et il ajouta :

— Pas trop mal pour moi, encore. Mais pour
mon pauvre ami ! Au fond, il n'y a que ça qui
m'affecte dans mon départ. Quand je pense que je
le laisse dans une passe pareille ! Dans des angoisses !

— Mais, objecta Madeline, non sans une certaine âpreté, il me semble que les angoisses de
monsieur Yves sont finies. Je crois même qu'elles
n'ont jamais dû être bien vives. Vous les exagé-
rez certainement. Pouvait-il hésiter ?

— En effet, répondit Tombre, il ne devait pas
hésiter. Tu as hésité tout de même, n'est-ce pas,
Yves ? Oh ! avoue-le, va ; il n'y a pas de honte.

— Je ne m'en défends pas, fit le musicien. Et

mademoiselle sait mieux que personne qu'il m'a
fallu, pour me décider...

— Mon opinion ? interrompit Madeline.

— Oui, mademoiselle.

— Je me demande vraiment pourquoi, monsieur Yves.

Yves devint très pâle. Il était stupéfait d'avoir
eu le courage d'exprimer ce qu'il venait de dire,
et qui lui paraissait gros de révélations. Mais il se
sentait à bout d'audace, et incapable de continuer
un si épineux entretien. Il vit que Tombre allait
accourir à la rescousse, et il lui jeta un regard
suppliant pour l'obliger à se taire. Tombre fit
semblant de ne pas comprendre, et prit la parole.

— Mon Dieu ! mademoiselle, dit-il, Yves a eu
tort évidemment de ne pas vous expliquer mieux
pourquoi il vous demandait conseil. Il ne vous l'a
même pas expliqué du tout. Sa timidité est la
grande coupable, et vous êtes assez généreuse pour
lui pardonner.

— Mais je ne lui en veux pas ! fit vivement Madeline.

— Si, si, reprit Tombre. Vous devez lui en vouloir. Vous ne vous en doutez peut-être pas. Mais
c'est comme ça, croyez-moi. Je lui en veux bien,
moi, d'avoir été si muet, si renfermé, si peu brave.
En vous soumettant la lettre de sa sœur, il avait
le droit, et le devoir même, de vous exposer par
le menu tous les combats que cette lettre avait
soulevés en lui.

— Tombre, je t'en prie, interrompit le musicien.
Et, d'ailleurs, pouvais-je parler longuement à mademoiselle, à ce moment-là, dans les douloureu-
ses circonstances?...

— Tu pouvais lui écrire, riposta Tombre. Et il
vous a écrit, en effet, mademoiselle. Dix lettres,
vingt lettres, un volume! Seulement il n'a pas
osé vous les montrer. Mais il me les a contées, à
moi. Et ce qu'il y avait dans ces lettres, mademoiselle, moi, je vais vous le dire.

— Tombre, s'écria Yves, je te le défends.

— Allons donc! répliqua Tombre. Il n'y a ici
qu'une personne qui puisse m'imposer silence. Si
vous voulez que je me taise, mademoiselle, je me
tairai. Toutefois, avant que vous me donniez cet
ordre, laissez-moi vous faire observer que ce qui
est en jeu, c'est non seulement le bonheur de mon
ami, mais son art, mais sa gloire, mais son génie,
dont vous êtes responsable.

— Parlez, monsieur Tombre, dit gravement
Madeline.

Alors, en termes rapides, éloquents, respectueux, avec un tact délicat auquel Yves ne s'attendait pas, Tombre répéta tout ce que lui avait
confié le musicien touchant le désastre intellectuel
que causait irrémédiablement la séparation. Il
n'effleura même pas le point obscur, et dangereux
à aborder, des sentiments tendres de l'homme
pour la jeune fille. Il ne mit en lumière (mais
combien vivement!) que la passion idéale de l'ar-

tiste pour sa Muse. Et il trouva les mots justes qu'il fallait. Il les retrouva plutôt, dans sa mémoire, où Yves les avait jetés au cours de ses confidences. Et il termina en disant :

— Voilà, mademoiselle, voilà pourquoi il sollicitait votre jugement. Ne pouvant se passer de sa Muse, il voulait savoir si la Muse, elle, avait conscience de cette nécessité. Seulement, je vous le répète, il a failli en ne vous posant pas nettement cette question. Or, maintenant elle est posée. Excusez-moi si je suis pressant. Mais, que répondez-vous?

Yves n'avait pas eu la force de lever les yeux, durant ce discours. Il se tenait, le front penché, comme accablé de honte, tournant quasi le dos. Madeline, elle, avait écouté crânement, face à face, la tête haute sous le verbe impérieux de Tombre.

— Je réponds, fit-elle avec énergie, ce que j'ai déjà répondu. Je crois, comme vous, oui, j'ai l'orgueil de croire, en effet, que j'ai pu être pour monsieur Yves une Muse. Je comprends sa peine. La mienne est grande aussi, je vous le jure. Mais il y a là un devoir à remplir auquel rien ne saurait nous soustraire.

— Comment ! reprit Tombre. Vous ne voyez pas un moyen, un biais, pour que le devoir soit rempli sans que les conséquences en deviennent aussi atroces?

— Je n'en vois pas.

— Ainsi, vous considérez cette séparation

comme absolue ? Le lien idéal qui vous unit tous deux sera brisé irrévocablement ? Vous ne pensez pas même à une correspondance possible ?

— Si, si, s'écria-t-elle vivement. C'est vrai, je n'avais pas songé à cela.

Yves avait tressailli. C'était donc là l'idée de Tombre ? Ah ! que cette idée était consolante, admirable !

Tombre avait vu l'expression de joie et d'espoir épanouie soudain sur la physionomie de la jeune fille.

— Car, enfin, reprit-il brusquement, enfin, vous avez de l'affection pour lui, n'est-ce pas ? Pour son génie ? C'est lui qui vous a ouvert le pays enchanté des beaux rêves artistiques. C'est lui qui vous a faite reine dans ce pays où il est roi ! Vous lui en êtes reconnaissante ! Vous ne voulez pas qu'il en soit exilé, de ce divin royaume ! Ni en être exilée vous-même ! Et vous ne pouvez y vivre qu'ensemble, en vous tenant par la main !

— Oui, oui, bégayait Madeline, profondément émue.

— Et vous ne voyez vraiment pas, reprit Tombre de plus en plus ardent, vous ne voyez pas le moyen de concilier tout, le seul raisonnable, le seul juste ? Et il faut que ce soit moi qui vous le montre, aveugles que vous êtes !

Yves essaya de protester. Il tremblait affreusement. Il comprenait soudain où Tombre voulait en venir.

— Laisse-moi tranquille, toi, cria le mime. Je parlerai. Ce serait un crime de me taire. Vous m'y autorisez, n'est-ce pas, mademoiselle? Eh! qu'importe, d'ailleurs? Je vous sauverai malgré vous, s'il le faut. Enfants, grands enfants! Mais cela ne vous crève donc pas les yeux, votre amour? Ah! rougissez tant qu'il vous plaira. Cachez-vous la figure. Pleurez. Ça m'est égal. Je vous dis que vous vous aimez, et que vous partirez là-bas ensemble.

Puis, d'une voix tonnante, avec une sorte de fureur :

— Eh! le voilà, mon moyen, sacrebleu! Mariez-vous.

Yves, anéanti, n'osait se tourner vers Madeline, qu'il entendait sangloter. Tombre le prit par les épaules, et le poussa, presque en le rudoyant, auprès de la jeune fille.

— Voyons, fit-il d'une voix plus basse, avouez-le donc tous les deux, que vous vous aimez.

Madeline releva la tête. Un éclair illuminait ses beaux yeux brouillés de larmes. Sans parler, elle prit la main qu'Yves lui tendait gauchement, et elle laissa tomber son front sur la poitrine haletante du pauvre garçon.

— Enfin, s'écria Tombre, je pourrai donc m'en aller content. Maintenant, je vous saurai heureux.

— Hélas! murmura Madeline en se remettant à pleurer, hélas! pas encore.

— Comment? firent les deux hommes stupéfaits

— Oui, hélas ! reprit Madeline, redoublant de sanglots. Et peut-être eût-il mieux valu, monsieur Tombre, ne pas nous donner l'espoir d'un mariage qui ne se fera sans doute pas.

— Pourquoi donc ? interrogea Yves bouleversé.

— Un obstacle, un terrible obstacle, répondit-elle.

— Quel obstacle ? s'écria Tombre. Mais dites-le vite, mademoiselle. Je retarderai mon départ s'il le faut. J'en viendrai à bout, je vous en réponds, quoi que ce soit. Je suis là pour un coup, diantre !

Et il ajouta, en essayant d'être gai pour ranimer leurs courages :

— Je n'en connais pas, moi, d'obstacles, vous voyez bien.

— Mon cher ami, répliqua Madeline, à celui-là vous ne pouvez malheureusement rien. Je ne saurais même vous le dire, malgré ma reconnaissance, mon affection pour vous. C'est à mon grand-père seul qu'il faut... Et c'est monsieur Yves en personne qui doit affronter cela. Ah ! croyez bien, mon cher Yves, croyez bien que je n'aurais pas eu la force de vous faire souffrir ainsi, et de souffrir moi-même, si longtemps, si durement, sans la certitude où j'étais que l'aveu de notre amour risquait d'être inutile. Mais ce qui m'aidait à me résigner, c'est que je me disais : à quoi bon échanger les promesses d'un bonheur probablement impossible ? Car enfin, vous êtes de noble famille ;

vous portez un nom honorable ; votre mère et
votre sœur, que vous respectez, seront sévères à
juste titre pour le choix... Oh ! non, non, je n'ai
le droit de vous rien dire. Je ne sais pas, moi,
comment les hommes jugent certaines choses.
Ma mère ne me parlait de cela qu'avec horreur.
Et tout de même grand-père est si bon ! Je l'adore
tant ! Je ne veux pas l'abandonner. Pardonnez-
moi, n'est-ce pas ? J'ai mes devoirs aussi. Quand
il rentrera ce soir pour dîner, je vous l'enverrai.
Et il vous dira, lui. Et vous verrez alors. Quoi
qu'il arrive, d'ailleurs, je ne vous en voudrai pas,
et je vous aime. Mais laissez-moi, je vous en
prie, laissez-moi seule. Ah ! Quelle fatalité ! Oui,
oui, mon cher monsieur Tombre, vous avez cru
bien faire, et je vous en remercie. Mais vraiment,
il eût été préférable de nous épargner l'occasion
d'une déception pareille. Car, je le sens, j'en ai
peur, l'obstacle sera insurmontable. Oh ! par pitié,
ne restez pas ici, j'ai honte. Allez-vous-en. Mon
Dieu ! mon Dieu ! Pauvre grand-père !

XXXI

— Qu'est-ce que cela peut bien être, cet obstacle? se demandait Tombre, chemin faisant, tandis
qu'il accompagnait Yves jusqu'à Sainte-Ursule, où
les vêpres réclamaient l'organiste.

Et son imagination trottait, courant aux hypothèses les plus abracadabrantes. Il voyait le
bonhomme Loupiàt en faussaire, en assassin, en
forçat évadé. Il se rappelait la première impression si fàcheuse que lui avait faite le vieillard, avec
son museau de renard, son allure chafouine et
de güingois. Il se rappelait surtout le soir où il
avait senti frissonner la menotte de Madeline,
tandis que le grand-père criait :

— Et n'oublie pas mon...

Son quoi? Son couteau? Son revolver? Il opé-
rait donc toujours, le scélérat? C'est donc à des
guets-apens de bandit qu'il occupait ses nuits
quand il restait dehors? Voilà le motif de l'aver-
sion profonde qu'avait contre lui la paralytique.
Mais c'était épouvantable ! Et cependant, quoi

supposer, sinon cela ? Cela seul offrait quelque vraisemblance.

Naturellement, Tombre n'osait faire part à Yves de ses inductions. Il voyait bien, d'ailleurs, que des hypothèses pareilles, aussi étranges, roulaient dans la cervelle du musicien. Il eût trouvé cruel d'y insister. Il se taisait.

Yves, en effet, et avec plus de raison encore, était assailli par ces hideux soupçons. Toutes les scènes auxquelles il avait assisté, lui revenaient à l'esprit : les insinuations de madame Loupiat, les dures ripostes du grand-père, les effrois de Madeline qui s'interposait alors, pour qu'on ne lâchât pas un mot qui pût trahir le secret de la famille. Ce secret, auquel il s'était arrêté un jour sans en avoir la clef, et auquel il n'avait plus voulu songer depuis lors, il allait le savoir aujourd'hui. Il redoutait cette confidence. Il écartait en vain les sinistres images qui, malgré lui, se dressaient dans le mystère inexpliqué de cette maison. Il appelait à son secours la tendresse de Madeline pour son grand-père, la bonté du vieillard pour les siens, la soumission indulgente de cet homme aux exigences, aux mauvaises humeurs, à l'acariâtre hostilité de madame Loupiat. Il se le représentait comme il était dans le train-train de sa vie journalière, si doux, si humble. Il tâchait d'oublier l'air rusé, la démarche ambiguë, sournoise, presque rampante, du vieillard. Il fixait son souvenir à la seule chose rassurante qu'offrit cette ingrate

figure, au regard ferme, droit, foncièrement
honnête, qu'avait parfois le bonhomme quand il
se redressait dans un accès d'autorité. Mais il
avait beau faire; rien de tout cela ne prévalait
contre l'obscur raisonnement, l'irréfutable instinct, qui lui criaient :

— Le personnage est ténébreux, énigmatique;
et Madeline elle-même, Madeline sa petite-fille,
Madeline qui l'adore et qui en est adorée, Madeline en a honte et peur. Cet homme a vécu, et vit
encore peut-être, sur les marges de la société, là
où rôdent l'infamie et le crime.

Et Yves souffrait douloureusement à cette idée.
Et lui aussi lisait à la dérobée dans les yeux de
son ami les sombres imaginations dont il le sentait hanté comme lui-même. Ainsi marchèrent-ils
pendant près de dix minutes, sans échanger une
parole, aucun n'ayant le courage d'exprimer devant l'autre, à haute voix, ce que tous deux pourtant ils pensaient dans une commune horreur.

Tombre rompit le premier ce silence pénible
qui, à la longue (il le comprit soudain) devenait
plus atroce qu'une explication franche.

— Eh bien! après? fit-il brusquement. Qu'il
soit ce qu'il voudra, le particulier! Est-ce la faute
de Madeline? Cela empêche-t-il que tu l'aimes?

— Je l'aime plus encore, si c'est possible, répondit le musicien.

— A la bonne heure, mon vieux! Et tiens, rappelle-toi ce que tu m'as dit une nuit, à propos de

Georgette. Tu sais, le rossignol blessé, qu'on ramasse dans un ruisseau.

— Oh! s'écria Yves, même dans du sang!

Il s'arrêta, effrayé d'avoir proféré cela; puis:

— D'ailleurs, qui nous prouve...? Ah! nous sommes fous, vois-tu. Peut-être il ne s'agit que d'une faute, d'une vilenie.

— Oui, peut-être, continua l'ombre. Des histoires d'argent, de faux! Un notaire qui...

— Pouah! fit Yves. Oh! non, non. Pas cela. Ce serait pis. J'aime mieux croire... Au surplus, Madeline n'aurait pas, dans ce cas, cette terreur. Oh! en être à discuter des suppositions semblables, et qu'elle y soit mêlée! Et que ce soit ceci ou cela, au reste, qu'importe? Il y a là du malpropre, de la honte. Non sur elle, grand Dieu! La pauvre enfant! Mais contre elle, tout de même, hélas!

— Comment! contre elle?

— Hélas! oui, contre elle, contre nous. De quel front parler à ma mère, à ma sœur, d'une union avec la fille d'un... Qui sait d'un quoi? Elle l'a bien dit elle-même: mon sang noble, mon nom, mes deux mères honorables, leur sévérité légitime! Le voilà, l'obstacle, l'insurmontable. Moi, mon jugement, ce n'est rien. Mais elles, elles, ces deux saintes! Saintes, oui. Mais de Kergouët aussi. Et leur faire accepter..., leur proposer seulement...! Tout est perdu, va. Je le sens.

— Yves, dit l'ombre gravement, je ne te reconnais plus. Toi, Yves-le-Juste, parler ainsi! Allons donc!

Si, après l'aveu du grand-père, tu estimes, toi, que tu peux épouser Madeline, de quel droit renonces-tu à la tâche d'imposer cette opinion aux dames de Kergouët? Non en leur manquant de respect, bien sûr. Mais en faisant passer dans leur esprit, dans leur cœur, ta conviction d'honnête homme. C'est lâche, d'en désespérer.

— Tu as raison, répondit le musicien. Merci. Et c'est sur cette bonne parole que je vais te dire adieu.

Ils étaient arrivés, en effet, devant Sainte-Ursule.

— Tu m'apprendras le résultat de ton entrevue, n'est-ce pas? demanda Tombre. Tu me le télégraphieras. Je t'enverrai mon adresse par dépêche, aussitôt à Londres. Et il faut vaincre, entends-tu. Il le faut.

Qui eût pu, en voyant devant le portail de l'église ces deux pauvres hères, soupçonner la beauté de leurs âmes? Qui eût pu croire que Tombre, le mime, l'ex-tragédien grotesque, le cabotin aux théories saugrenues, le pochard, savait à l'occasion tenir ce langage élevé de tout à l'heure? Et qui diable eût deviné toutes les délicatesses, toutes les énergies, toutes les splendeurs morales cachées dans l'enveloppe de cet organiste, à l'allure malingre, à la physionomie chétive, aux jambes de faucheux, ridicule sous son gibus démodé et son mac-farlane aux ailes lamentables?

En vérité, des passants qui les virent s'étreindre, des gens sans malice pourtant, ne retinrent pas un sourire à l'aspect comique de ces deux fantoches, qui s'embrassaient en pleine rue, avec une effusion et des gestes de Guignol.

Mais, s'il se trouvait ce jour-là, parmi les fidèles de Sainte-Ursule, des cœurs épris de musique, ils eurent une belle fête, et ils n'ont dû l'oublier jamais. Car c'est en pensant aux dames de Kergouët, à Madeline, et à Tombre, que l'organiste accompagna les versets sacrés, et en priant avec passion, en implorant de l'éternelle Justice la force nécessaire pour obéir à son ami, pour conquérir sa Muse, pour convaincre ses deux mères. Et quand il improvisa la marche de sortie, après le *Magnificat*, c'est son âme elle-même qu'il répandit dans le ruissellement d'harmonie des orgues, toute sa tendresse filiale suppliante, toutes les gratitudes de sa douleur consolée par l'amitié, toutes les vaillances de son courage raffermi, et toutes les ferveurs de son amour. Ah! mademoiselle Anne, ce jour-là votre bon Dieu dut imposer silence aux harpes de ses saints Anges, pour écouter chanter dans l'infini l'hymne du pauvre organiste.

XXXII

Dans sa chambre sans feu et sans lumière, où
la nuit peu à peu s'est installée sans qu'il y prît
garde, Yves est assis sur le pied de son lit, les
mains détendues, le corps ployé en deux, le regard
à la fois fixe et vague, sans bouger, presque sans
penser. Il s'est laissé tomber là en revenant des
vêpres ; et tel il était à ce moment, tel il est encore,
avec son mac-farlane boutonné et son chapeau sur
la tête. Il gît dans une sorte de torpeur, dont il
ne cherche pas à se réveiller, car il n'y éprouve
aucune angoisse. Ce n'est pas de l'abattement
moral, en effet. Bien au contraire ! Depuis son
exaltation quasi extatique devant les orgues, il se
sait plein d'énergie. Mais cette énergie n'a pas
besoin de paroles, de raisonnements. Elle les
redoute plutôt. Elle consiste précisément à ne
point réfléchir. Elle tient de l'extase encore. Elle
est immobile, passive, semblable à celle des martyrs qui se raidissent jusqu'à l'inertie. Il semble
à Yves, et de cela seulement il a conscience, qu'il

sent toutes ses forces se recueillir et se ramasser
en lui pour le rude assaut de tout à l'heure.

La nuit était devenue tout à fait noire, quand
soudain, dans le profond silence de la maison, il
perçut le grincement de la porte d'en bas, tout
doucement ouverte. C'était le grand-père qui
rentrait; à la sourdine, selon son habitude. Yves,
bien qu'il prêtât l'oreille très attentivement, ne
put distinguer le bruit de la seconde porte, tant
le vieillard avait les mouvements furtifs. Ce fut
une impression pénible. Ce simple fait rappelait
invinciblement les sinistres hypothèses de tantôt.
Yves ne put se défendre de frissonner.

Il se leva, se débarrassa de son mac-farlane et
de son chapeau, alluma vite une bougie. L'ombre
tout à coup lui avait fait peur.

Dix minutes muettes s'écoulèrent, qui lui pa-
rurent infinies.

Puis la porte du rez-de-chaussée fut rouverte,
cette fois avec une décision qui étonna Yves. Et
de même il remarqua que les pas du grand-père,
ordinairement si légers, presque glissants, étaient
aujourd'hui fermes et sonores. Ces détails le
frappaient singulièrement, sans qu'il eût d'ailleurs le loisir de se demander s'ils étaient de
bon ou de fâcheux augure. Ce changement d'allure
indiquait aussi bien l'assurance d'un honnête
homme venant remplir son devoir ou le cynisme
d'un coquin jouant son va-tout. Yves tressaillit
de nouveau, non plus avec un effroi physique,

mais de toute son âme inquiète, quand il entendit
retentir sur le bois de sa porte les deux coups nets,
secs, impérieux vraiment, qu'y frappa le vieillard.
Il eut comme la sensation de recevoir deux balles
dans le cœur.

Cette sensation se précisa encore à l'entrée du
bonhomme, qui avait l'air tout en colère, et à
ses premières phrases, qui exprimaient une vive
indignation à laquelle Yves ne s'était point préparé.

— Monsieur, disait le grand-père avec autorité,
permettez-moi d'abord de vous adresser un reproche. Vous avez eu tort de confier à Madeline une
chose que je devais connaître avant elle. Je sais, au
reste, dans quelles circonstances s'est produit votre
aveu. C'est par la faute de monsieur Tombre que
cela est arrivé. Sans doute. Madeline me l'a expliqué. Mais vous êtes coupable aussi. Il fallait empêcher ce monsieur de se mêler d'affaires qui ne le
regardent pas. Excusez-moi de vous parler aussi
sévèrement. Vous comprendrez tout à l'heure
pourquoi je tiens plus que personne à certaines
précautions. Au surplus, en tout état de cause, il
n'était pas convenable d'agir comme vous avez
fait. Une telle conduite me surprend de votre part.

Yves ne trouvait rien à répondre. Il s'attendait
si peu à un début de ce genre! Il en était tout dé-
contenancé. Puis, la hauteur même de ce langage,
tout à fait imprévue, lui imposait. En même temps,
cela jetait bas toutes ses suppositions. Certes, ce

n'était pas un criminel qui pouvait parler de la sorte !

— Maintenant, monsieur, reprit le vieillard, venons au fait. Malgré votre manque d'égards, j'ai pour vous la plus grande estime. Vous êtes un homme d'honneur, je le sais. Vous voulez épouser ma petite-fille, et je n'ai pas besoin de vous dire que ce mariage a mon agrément, puisqu'il a celui de Madeline.

Yves rayonnait de joie.

— Mais, continua le grand-père, j'ai mon honneur aussi, que j'entends à ma façon ; et cet honneur m'oblige à vous préciser très exactement l'obstacle que Madeline vous a laissé pressentir. Quel qu'eût été son fiancé, j'eusse fait de même. Seulement, je l'avoue, la confidence m'eût paru moins délicate, moins pénible, devant un autre, devant monsieur Pigeollet, par exemple, qui n'avait pas un nom, une famille, tels que les vôtres. Étant donné que vous êtes monsieur Yves de Kergouët, l'obstacle, hélas ! me semble...

— Oh ! monsieur, crut devoir interrompre le musicien, je n'ai pas certains préjugés, et croyez bien que toute mon indulgence....

Le bonhomme eut à ce mot un éclair d'orgueil, et le geste de quelqu'un qui refuse une aumône.

Yves n'osa continuer, et rougit de sa faute de tact. Le vieillard vit cette rougeur, y lut le regret qu'elle exprimait, et ne releva point le mot dont il avait été blessé. Il prit, au contraire, tout à coup, son humble attitude accoutumée, comme s'il se reprochait sa fierté intempestive.

— Monsieur, dit-il, veuillez, je vous prie, m'écouter avec patience. Le récit que j'ai à vous faire sera peut-être un peu long. C'est celui de toute ma vie. Je l'abrégerai de mon mieux. Mais il est nécessaire que je n'en omette rien de ce qui doit vous éclairer. Asseyons-nous.

Il avait une tristesse douce qui attendrissait le musicien. Ils prirent place tous deux, chacun d'un côté de la table, où M. Loupiat posa d'abord ses deux coudes, en laissant tomber sa tête dans ses mains. Puis, après un moment de silence, le vieillard commença.

— Monsieur, dit-il, j'ai été soldat jusqu'à vingt-quatre ans, comme engagé volontaire. J'ai quitté le service avec les galons de sergent et la croix de la légion d'honneur, pour fait d'armes. Cette croix, vous le voyez, je ne la porte plus.

Yves eut un sursaut, malgré lui. Les suppositions infâmes lui revenaient à l'imagination. Ce mouvement n'échappa point au vieillard.

— Je l'ai portée jusqu'à cinquante-cinq ans, reprit-il. Et, rassurez-vous, j'ai le droit, légalement, de la porter encore.

Légalement! Yves songea à quelque faillite suivie de réhabilitation. Mais il n'avait pas le temps de discuter avec lui-même cette nouvelle hypothèse. Encore moins avait-il le calme d'esprit nécessaire. Car M. Loupiat le considérait main-

tenant avec une fixité de regard gênante, difficile
à soutenir. On sentait qu'il allait dire quelque
chose de grave, et qu'il voulait observer, à plein,
l'effet du coup ainsi porté.

— En sortant de l'armée, dit-il, je suis entré
dans la police.

Et il ajouta, en redressant brusquement la
tête :

— Brigade de sûreté, monsieur ! C'est vous dire
que je n'en rougis pas. Loin de là ! Le métier est
mal vu, je ne l'ignore point. Mais c'est bien à tort,
croyez-moi. Donner la chasse aux bandits, aller
les relancer dans leurs tanières, y risquer sa peau,
ce n'est pas une besogne de propre à rien, ni de
lâche, je vous le jure.

— Je n'en doute pas, monsieur, fit le musicien
avec conviction.

Et, d'un mouvement tout naturel, il tendit la
main à M. Loupiat.

— Attendez, dit le vieillard tristement. Ne m'offrez pas encore cette marque de sympathie que
vous me refuserez peut-être dans un instant. Je ne
vous ai dit jusqu'à présent que le beau de mon
histoire.

Il posa de nouveau sa tête dans ses mains. Un
soupir douloureux lui secoua la gorge. Puis il
reprit :

— J'avais un fils, monsieur. Je voulais en faire
un homme supérieur à moi, lui donner de l'instruction, le pousser aux carrières brillantes. J'y

réussis. J'obtins pour lui une bourse dans un lycée. Il fut reçu à l'école polytechnique. Ce jour-là, je donnai ma démission. Si honorable que fût mon métier, et si attaché que j'y fusse, je craignis pour mon fils les préjugés, les railleries probables, le mépris possible de ses camarades. Je quittai donc la police. Mes sept ans de service militaire et mes dix-huit ans dans la sûreté, où j'étais devenu brigadier, me donnaient droit à une pension de retraite. J'étais veuf. Je pouvais vivre avec ma pension Je me retirai à la campagne, sans rien faire, car je n'avais aucune profession, ce qui me semblait d'ailleurs plus convenable, vu la situation de mon fils. Il était lieutenant, plein de moyens, et ses chefs s'accordaient pour lui prédire un avenir superbe.

Un profond soupir souleva derechef la poitrine du vieillard. Un voile lui passa sur les yeux.

— Je l'adorais, monsieur, continua-t-il. Enfin!... Toutefois, il faut le reconnaître, je l'avais élevé plutôt à la dure. Dame! Je suis un homme de discipline, un soldat. Au surplus, avec mes maigres appointements de policier, je n'aurais pu, au cours de ses études, lui donner beaucoup d'agrément. A l'école d'application, je le surveillais encore, le tenant raide. Ce fut un malheur. Une fois officier, la bride sur le cou, il se rattrapa, prit de mauvaises habitudes, devint joueur. Je ne l'appris qu'au moment de son mariage. Un mariage d'argent ! Mademoiselle de Buironfosse

avait onze ans de plus que lui. Fort honorable,
d'ailleurs, d'une famille dans laquelle je ne pouvais qu'être flatté de le voir entrer. Cette consi-
dération, et une dot de quarante mille francs, je
l'avoue, me firent fermer les yeux sur la différence d'âge, surtout quand mon fils m'eut confessé
qu'il avait dix-huit mille francs de dettes. Cette
union était le salut pour lui. Mais hélas! les
joueurs ne se corrigent pas. En moins de deux
ans, la dot de sa femme était mangée.

Le vieillard avait peu à peu baissé la voix. Yves
comprit que la partie la plus terrible des confidences approchait. Il regarda le pauvre homme
avec une profonde pitié.

— Oui, monsieur, oui, plaignez-moi, fit le grand-
père. En vérité, je n'avais pas mérité le coup
affreux qui me frappa. Mon fils, monsieur, un
soldat, un officier, le fils d'un légionnaire, d'un
honnête homme, mon fils...

Il hésitait, les mots semblaient se refuser à sortir de sa bouche. Il suffoquait en étouffant des
sanglots qui lui faisaient trembler les lèvres. Il s'ac-
crocha des deux mains à la table, comme s'il sentait le sol se dérober sous lui. Et ce fut d'un ton
rauque, presque inarticulé, qu'il dit enfin :

— Mon fils commit un vol.

Puis il ajouta aussitôt, d'abord avec une fermeté
soudaine, ensuite en mots entrecoupés :

— Il se fit justice, monsieur. L'argent de la bat-
terie !.. Sept mille francs !... Il était alors capi-

taine en second. Il s'est tué d'un coup de revolver.

Rapidement, par phrases brèves et sans arrêt entre elles, le vieillard se hâta de passer outre, en disant :

— Le nom ne fut pas sali, par bonheur. J'avais quelques protections. On m'estimait. L'affaire resta secrète. Madame Loupiat put emprunter l'argent, qui fut remis dans la caisse.

Il se leva, comme soulagé du poids qui l'écrasait. Yves était immobile, abasourdi, et sans pouvoir reprendre haleine, en quelque sorte, sous les traits pressés de cette révélation si brusque. M. Loupiat, d'ailleurs, ne lui en laissa pas même le temps. Il ne reprenait pas haleine, lui non plus.

— Je restai seul, dit-il, pour subvenir à la vie de ma bru et de ma petite-fille. Elles étaient ruinées. Plus que ruinées. Nous devions sept mille francs. Les intérêts à payer dévoraient pour long-temps le tiers de ma retraite. Madame Loupiat ne pouvait travailler. Une maladie nerveuse, dont vous avez vu la triste issue, l'avait frappée à la suite de ces tragiques événements. J'étais forcé de trouver tout de suite un gagne-pain. Quel, monsieur? Je vous en fais juge. Je ne savais aucun métier, sinon mon métier de policier. Mais je ne pouvais rentrer au service. J'avais passé l'âge de l'activité. Alors, monsieur, alors...

Yves s'était levé à son tour. Le voilà, l'horrible secret! Il allait l'entendre, cette fois. Il en était tout blême d'avance.

— Monsieur, fit le vieillard, pardonnez-moi si j'hésite, si j'ai l'air de plaider pour moi les circonstances atténuantes. Eh bien ! oui, au fait, je les plaide. Oui, j'étais acculé à une nécessité dont je ne pouvais sortir autrement. C'est l'existence même des miens, de Madeline, qui était en jeu. Et j'ai accepté. Et je ne saurais m'en repentir, malgré tout. Mais cependant, j'en conviens, la besogne est vile, indigne d'un honnête homme. Elle est infâme, pour tout dire.

Infâme ! Le mot était prononcé. Yves ne put se retenir d'un haut-le-corps, et il s'écarta instinctivement du vieillard.

— Monsieur, fit le pauvre homme d'un ton très humble, je comprends votre horreur. Vous avez deviné, n'est-ce pas ? Moi aussi, sachez-le bien j'ai horreur de ce que je suis. Autant la police publique me semble mériter le respect, autant je méprise les soi-disant bureaux de police privée, des entreprises de chantage presque toujours, des mines d'affaires louches, malpropres.

Yves écoutait bouche béante, se rendant mal compte de ce qu'il entendait, ayant peine à concevoir que le grand-père de Madeline n'était qu'un mouchard d'agence interlope.

— Oui, monsieur, reprenait le vieillard, je sais dans quelle boue j'ai dû ramasser mon pain. Non le mien, hélas ! Mais celui de mon enfant. C'est un ancien camarade, renvoyé de la préfecture pour indélicatesse, qui m'offrit cette place chez lui.

J'ignorais toute autre profession, encore une fois.
Que faire ? Comment refuser ? Fallait-il laisser
mourir dans la misère cette femme que mon fils
avait ruinée, cette fillette qui était innocente, qui
était mon sang, qui était Madeline ? Ah! pardonnez-moi. Je me défends. Je plaide. A quoi bon ?
Toutes les raisons du monde n'empêchent pas que
mon métier ne soit infâme. Et je le sais bien. Et
j'ai eu beau mettre tous mes efforts à le faire le
plus honnêtement que j'ai pu. Malgré cela, forcément, fatalement, j'ai trempé les mains dans des
ordures, dans des infamies. Sans le vouloir jamais, sans m'y plaire, je vous le jure. Mais enfin,
je l'ai fait, et j'ai bien conscience que c'était mal,
puisque depuis ce jour-là, monsieur, j'ai cessé de
porter ma croix d'honneur.

Yves était bouleversé de sentiments contraires.
Certes, il acquittait cet homme, et le trouvait
héroïque, et non coupable; et son cœur saignait
à voir la honte de ce vieux soldat ; et il l'estimait
pour la délicate sévérité avec laquelle l'infortuné
s'accusait lui-même. Et néanmoins, une sorte de
dégoût invincible le clouait sur place, et l'empêchait d'aller serrer ces mains qui avaient dû tremper, comme l'avouait l'autre, dans des ordures et
des infamies. En vain il regimbait intérieurement
contre une impression de dégoût, et la jugeait
inique, et faisait appel, pour la vaincre, à l'admiration, invincible aussi, qu'il éprouvait de la
grandeur d'un tel sacrifice. Malgré tout, il ne

pouvait prendre sur lui de bouger, ni même d'articuler une bonne parole.

Le grand-père prit cette immobilité et ce silence pour une condamnation.

— Vous voyez bien, monsieur, fit-il, que l'obstacle est insurmontable. Oh ! je ne me plains pas. Je constate, voilà tout. Et je me soumets, hélas ! Evidemment un homme tel que moi ne peut allier son nom à celui de monsieur Yves de Kergouët.

Malgré la forme de la phrase, cela était dit sans aigreur, sans amertume, mais plutôt avec une résignation désolée qui faisait mal à entendre. Tous les sanglots, que le vieillard avait contenus au cours de sa confession, lui remontèrent alors à la gorge, et brusquement éclatèrent avec ce cri :

— Ma pauvre Madeline !

Et il tomba sur le divan, à bout de courage, fondant en larmes.

C'en était trop pour le bon cœur du musicien. Il se précipita vers le malheureux, les mains tendues. Mais une répulsion toute physique le fit encore reculer devant l'étreinte. Il se contenta de toucher doucement l'épaule du vieillard, et lui dit :

— Je vous en supplie, monsieur, calmez-vous. Vous vous méprenez sur mon silence. Je réfléchissais aux moyens....

Une joie subite éclaira la face du grand-père, qui avait redressé le front.

— Aux moyens ! s'écria-t-il. Ah ! monsieur, est-ce vrai ? Aux moyens seulement ! Alors, vous ne dites pas non ? Vous croyez... ? Mais ne cherchez pas, monsieur Yves. Il n'y en a qu'un, de moyen. Oui, un moyen sûr, pour que ma présence, ma société... Car c'est là le seul obstacle pour vous, n'est-ce pas ? Je comprends. Je comprends. Eh bien ! rien de plus simple, allez !

Il parlait avec volubilité, sans qu'Yves pût l'interrompre.

— Madeline, disait-il, n'accepterait pas d'être séparée de moi. Elle m'aime tant, la chère petite ! Vous vous souvenez, au moment où il était question de monsieur Pigeollet, quand j'ai proposé de m'en aller, s'il le fallait ! Elle s'y est opposée. Elle n'entend pas cela. Mais, on peut s'arranger, monsieur. Moi, je ne veux pas qu'elle se sacrifie à sa vieille bête de grand-père. Moi je serai heureux, même loin d'elle, si elle est heureuse. Et même je mourrai de bon cœur pour cela. Oui, monsieur. Oh ! avec délices, avec passion. Ce ne sont pas là des phrases, croyez-moi. Je suis tout ce que vous voudrez ; mais je suis un soldat, un légionnaire, et je n'ai qu'une parole. Et je m'y engage par serment, monsieur ! Le lendemain, le soir même du mariage, vous n'aurez qu'un mot à dire, un signe à faire, et je partirai, je disparaîtrai pour jamais. Absolument pour jamais !

Il était radieux. Ses yeux brillaient d'une sorte

d'enthousiasme. Et c'est avec un air de triomphe qu'il ajouta :

— Soyez tranquille ! Je ne me raterai pas plus que mon fils.

— Monsieur, vous êtes un héros ! s'écria Yves.

Toute sa loyale équité lui revenait. Il admirait, sans restrictions maintenant, ce dévouement superbe. Il ne pensait à l'opprobre, dans lequel avait vécu ce vieux brave, que pour lui en faire honneur. Il se disait qu'une telle abnégation, poussée à ce dernier point de sublime, méritait une récompense.

— Mais vous vivrez, reprit-il. Je le veux, entendez-vous. Madeline a mille fois raison de ne pas accepter que vous la quittiez jamais. Moi non plus, je ne l'accepte pas. Vous resterez avec nous. Vous en êtes digne. Pardonnez-moi de ne pas vous avoir crié cela plus tôt. Ah ! ma mère et ma sœur, qui sont des saintes, monsieur, vous jugeront comme moi, quand je leur dirai votre martyre.

Le brave homme ne pouvait en croire ses oreilles. Il pleurait d'attendrissement à présent. Il rougissait aussi, à s'entendre traiter de la sorte, à recevoir de pareils éloges. Et, tout confus, repris par son habituelle humilité, il balbutiait :

— Mais, monsieur Yves de Kergouët, un pauvre vieux tel que moi... pour mon simple devoir rempli à ma façon, comme j'ai pu, hélas !... Il n'y a pas de quoi, vraiment ! Vous, vous, monsieur Yves de Kergouët ! Un si grand nom !

— Ah ! fit tout à coup le musicien, j'en ai un plus grand et plus beau encore, que me donnent parfois mes amis. Monsieur, ils m'appellent Yves-le-Juste.

En prenant les deux mains du bonhomme, il l'embrassa de tout son cœur.

XXXIII

Une longue rue montante, au haut de laquelle se dresse une église, voilà le village de Saint-Ja-cud-de-la-Mer. Et l'on est étonné tout d'abord de voir que ce nid de pêcheurs s'étage au flanc d'une montagne, et regarde la terre ferme. Mais c'est que là, sur ce versant, on est à l'abri du vent du large. D'ailleurs, il n'y a de port que de ce côté, au pied même de la montagne, où se creuse une petite anse en retrait, tandis que le reste de la presqu'île plonge dans l'eau des murailles à pic où l'abordage est impossible.

Au surplus, quoique tourné vers la terre, le village n'a pas le moindre aspect *terrien*. Aux façades des maisonnettes basses sont accrochés pêle-mêle des agrès, des engins de pêche, des vêtements marins : toiles tannées, cordages luisants de goudron, filets, lignes, casiers, haveneaux, surolts jaunes, bottes roussies par l'embrun, vareuses raides et grises de sel. Les fenêtres, en forme de lucarnes, presque de hublots, arborent, pendus à leurs volets, des chapelets de morue qui sèche. L'air sent le coaltar et la marée. Au seuil des portes, à croppetons, des grands-mères tricotent d'interminables bas, de ces bas qui montent jusqu'en haut des cuisses, et dont on se *grille* entre la culotte et la botte pour aller en mer. Dans la rue, rien que des femmes et des enfants; presque pas d'hommes, sinon des *anciens*, très cassés, tout à fait invalides. A peine, par ci par là, quelques gas, forcés au chômage par une avarie. Et tous, vieux, jeunes, mâles, femelles, petits, tous ils paraissent frères et sœurs, tant ils se ressemblent, tant ils ont la même démarche roulante, les mêmes yeux clairs et tristes, le même profil de poisson. Un type caractéristique et admirable, d'ailleurs; mais comme d'une époque disparue. Les visages maigres et fins, les corps aux lignes anguleuses, font irrésistiblement songer au moyen-âge; et cette impression est accentuée encore par les coiffes des femmes, qui ont une tournure de religieuses, cependant que les hommes aux joues rasées, aux cheveux coupés en clerc, rappellent les moines des vitraux. C'est, au reste, une population simple et dévote, dont la foi n'a pas changé depuis cinq cents ans. Aujourd'hui, comme alors, toutes ces pauvres maisonnettes, dominées par la riche et belle église, semblent en être la couvée.

A l'église commence un plateau, qui court vers l'ouest, où il se termine brusquement en rocs élevés formant promontoire. C'est à l'abri de ce rempart que s'élève le couvent des dames de la Présentation. Avant d'y arriver, si l'on tourne vers la droite, en laissant l'église derrière soi, on trouve sur le plateau une sorte de petit val où naît une source. Ici, n'étaient l'odeur et le bruit des vagues prochaines, on pourrait se croire à cent lieues de la mer, dans ce trou de verdure d'où l'on n'aperçoit que le ciel. Mais un peu plus loin, quand on a suivi le ruisselet pendant quelques minutes, on débouche soudain sur le versant nord-est de la presqu'île, et alors on a devant les yeux un des plus magnifiques spectacles que donne cette merveilleuse côte bretonne.

C'est toute la passe de Saint-Malo qui apparaît, vue par le travers, et comme un vaste éventail déployé, un éventail d'azur glauque, où les îles, les caps, les golfes, semblent autant de pierreries chatoyantes. A gauche, à l'un des bouts de l'horizon, le Fréhel s'avance en une longue barre violette. Plus près, voici le velours des bois de Saint-Cast. En face, les Ebihens arrondissent leur masse brune. Puis, c'est l'île Ago, dont les ajoncs, en broussailles touffues, se fondent en un seul bloc vert qui fait une grosse émeraude. Puis, un peu plus sur la droite, c'est tout un archipel, terminé par Cézembre, que le lointain rend bleue, d'un bleu pâle où sa plage de sable met une tache rose. Du côté de la terre, c'est une succession de plages, pareilles à des plaques d'or. Enfin, là-bas, tout à fait à droite, en pendant au Fréhel, Saint-

Malo ferme l'horizon, Saint-Malo avec son clocher et ses maisons blanches, Saint-Malo qui étincelle au soleil, comme un joyau de filigrane, entre le saphir profond de la mer et le ciel aux brumes de perle.

Tous les matins, en ouvrant leur fenêtre, Yves et Madeline contemplent cette féerie. Et à chaque instant du jour, ils en peuvent repaître leurs regards, sans les rassasier jamais ; car sur ce fond immobile courent les mille changements qu'y jettent le midi, le couchant, le flux et le reflux, la brise qui se lève, les nuages qui passent. Et depuis trois mois déjà ils savourent cette joie des yeux, et ils sentent qu'elle est inépuisable et qu'elle leur sera jusqu'à la fin de leur vie une source de délices toujours nouvelles.

Même sans cela, d'ailleurs, que leur vie est douce ! Tout s'est arrangé au gré de leurs vœux. Leur union a souri aux dames de Kergouët et au bon abbé Fruchart, qui ont tout de suite apprécié Madeline et qui n'ont eu qu'à la connaître pour l'aimer. Le couvent a ouvert ses portes, son asile souhaité, à la vieillesse désormais tranquille de Mme de Kergouët, et à la vocation enfin satisfaite de Mlle Anne. Le grand-père habite avec le jeune ménage.

Même pour d'autres, la maison serait encore un enchantement. Elle est petite, mais commode. Le jardin potager et fruitier est plus que suffisant. Le clos regorge de pommes.

Pour eux, cette maison est un paradis. D'abord, elle leur rappelle un peu, par sa construction, celle de la rue Chevallier, dont le souvenir leur reste cher. Au rez-de-chaussée, un vestibule de côté ouvre, comme là bas, sur un salon continué par une seconde pièce dont ils font leur salle à manger. Seulement, ici, la cuisine, au lieu d'être en retour vers le vestibule, s'accote à la la maison, ce qui laisse à Madeline, tandis qu'elle y prépare le repas, la vue admirable de la mer. Au premier étage, l'escalier divise le carré en deux parties. A droite, il y a une chambre, située comme était à Levallois celle de M. Pigeollet : c'est ici celle du grand-père. A gauche, se trouve la chambre à coucher, très grande, à peu près semblable à l'ancien logement d'Yves. Après vient une sorte de cabinet, où l'on a installé la presse.

Car on l'a apportée, la brave presse, et Yves n'a pas renoncé à publier sa musique. Loin de là ! Il travaille, il compose plus que jamais. Le grand piano à queue en sait quelque chose ; et surtout le vieux clavecin de Pape, pour lequel il a en effet une préférence. Pauvre épinette ! N'est-ce pas devant elle qu'il a connu Madeline ? N'est-ce pas aux accords vieillots de ces touches jaunies, qu'il a entendu chanter dans son cœur le premier éveil de son amour ? Et il en garde à l'instrument une sorte de reconnaissance attendrie.

Oui, il travaille, il se sent en verve. Le bonheur l'inspire. Ses occupations au couvent lui laissent

d'ailleurs beaucoup plus de loisir qu'il n'en avait
à Paris. Les offices, les leçons, ne lui mangent
pas trop de sa journée. Et pourtant, il fait plus de
besogne que le bonhomme Mélindaine, qui se né-
gligeait fort dans les derniers temps. Yves, lui,
toujours consciencieux, a remis les choses sur le
pied qu'il fallait, et les Révérendes Mères sont
enchantées de ses services. Il a porté au comble
leur satisfaction, en composant quelques can-
tiques.

Non par calcul, et pour leur faire sa cour, on le
pense bien! Yves n'a pas de ces intrigues. Il a eu
cette idée-là tout naturellement, un beau jour.
Ce n'est pas non plus qu'il soit redevenu catho-
lique, comme il l'était au temps de son enfance.
Mais une sorte de vague mysticisme l'a pénétré
peu à peu, sans qu'il y prît garde, sans qu'il y ré-
sistât surtout. Sans doute il y avait là une récur-
rence obscure de jadis, et aussi l'influence du milieu qui l'enveloppait de religieux effluves. Son
âme d'artiste n'y pouvait rester insensible, et devait, à son insu, se transformer, se rénover, à ces
sources nouvelles d'inspiration. Ce n'est pas en
vain que depuis trois mois il fréquentait dans cette
sainte maison, recevait les pieuses confidences de
sa mère et de sa sœur, respirait l'air de ce village
aux mœurs antiques, et s'abandonnait au charme
natal de ce coin de Bretagne simple et dévotieuse.

Son idéal de chanson populaire s'y était modifié légèrement. Il concevait maintenant une musi-

que encore plus humaine, plus près de ces pauvres
gens dont il voulait exprimer l'âme. Ses mélodies
de naguère lui semblaient aujourd'hui trop
savantes, trop compliquées, d'une naïveté artifi-
cielle et par conséquent fausse.

Madeline avait regimbé un peu, tout d'abord, à
cette critique. Elle craignait qu'une telle sévérité
envers lui-même ne fût pour Yves le symptôme
d'un découragement prochain. Mais elle avait bien
été obligée de se rendre et de lui donner raison,
en voyant qu'il se remettait à l'ouvrage, avec plus
d'ardeur que jamais. Et elle-même, en chantant
quelques compositions nouvelles selon cette formule épurée, n'avait pu s'empêcher de reconnaître
qu'elles étaient plus belles en effet.

Mais ce qui s'était plus épuré encore, dans
l'esprit du musicien, c'est son désir de gloire.
Certes, il avait toujours eu pour principe qu'il ne
faut pas chercher le succès immédiat; mais enfin, il songeait avec joie au jour où son nom deviendrait célèbre, fût-ce après sa mort. Or, à
présent, il abdiquait jusqu'à cet espoir. Et sans
amertume ! Et non par humilité, et comme un
aveu d'impuissance ! Mais en regardant les choses
d'un point de vue, au contraire, plus élevé.

Madeline ne l'avait pas compris du premier
coup. Elle aimait, elle, la gloire de son artiste, de
son maître, de son mari, de son grand homme,
et elle se plaisait à croire qu'on la proclamerait
un jour. Mais Yves lui disait :

— Qu'importe cela ? Travailler pour gagner cette récompense, c'est encore faire œuvre d'ambitieux et non pas œuvre d'artiste. Est-ce que la fleur a besoin que tu saches son nom, pour te parfumer ?

— Soit ! répondait Madeline. Cependant, pour que je puisse la sentir, il faut au moins que je connaisse l'endroit où elle fleurit, et que j'aille la cueillir. Si elle se fane dans un coin où personne ne la trouve, à qui aura-t-elle fait du bien ?

— Mes mélodies ne sont pas dans ce cas-là, ripostait Yves. Je me propose de les répandre ,de les apprendre à d'autres. Ceux-ci les transmettront oralement. Si elles en valent la peine, on les retiendra, on les répétera.

— Et l'on bénira ton nom, s'écriait Madeline, et il sera illustre comme il le mérite !

Mais Yves reprenait avec douceur :

— Je t'en prie, ma chère femme, renonce à cet espoir que je ne veux plus avoir moi-même. J'y ai bien réfléchi : il est indigne de moi.

— Pourquoi ? Pourquoi ? objectait-elle tenacement.

— Parce que j'aspire à quelque chose de plus haut encore. Comprends-moi bien. Ce que je trouve indigne de moi, indigne d'un grand artiste, c'est de travailler avec l'arrière-pensée d'un salaire, quel qu'il soit, s'appelât-il la gloire. L'art lui-même, pour lui-même, pour la beauté qu'il exprime et le bien qu'il fait en l'exprimant, voilà ce qu'il faut aimer.

— Mais alors, à quoi bon ta presse, qui répand tes mélodies avec ton nom ?

— Que j'y mette mon nom, répondait Yves, c'est encore un reste de faiblesse humaine, sans doute. Qui sait si je n'en suis pas puni précisément par l'obscurité qui s'obstine à couvrir ce nom ? Mes mélodies, signées par un contemporain, y perdent à coup sûr. Elles ont l'air ainsi d'être moins populaires. Mieux vaudrait peut-être qu'elles prissent l'essor sur des feuilles volantes, en papier à chandelle, imprimées avec des têtes de clous, sans date et sans nom, comme les complaintes, les almanachs, qui vont chez les pauvres, et que les pauvres hébergent dans leur mémoire. Oui, j'en arriverai là, je crois.

— Yves, Yves, soupirait Madeline, c'est trop d'humilité.

— C'est de l'orgueil, au contraire, répliquait-il, et du meilleur, et du plus noble. Que ces feuilles aillent se dispersant, se perdant, et que mon nom soit aboli, et que mes chansons demeurent immortelles, tel est mon vœu, telle est ma foi. Ah ! la belle, la vraie gloire !

— Comment, disait Madeline, comment peux-tu imaginer une gloire qui est juste l'opposé de la gloire, étant anonyme ?

— Mettons que le terme est impropre, faisait-il. Je te l'accorde. C'est mieux que la gloire, en effet. Songe donc ! Se dire que dans longtemps, dans des années, après des siècles peut-être, la mélo-

die qui est sortie de nos cœurs, en les faisant tressaillir, fera tressaillir d'autres cœurs encore, et
qu'à travers les âges écoulés ces cœurs battront à
l'unisson des nôtres ! Ah ! cela, n'est-ce donc
rien ? N'est-ce pas, bien plutôt, ce qu'il y a de
plus grand, de plus mystérieusement grand, dans
l'art ? Et, suis ma pensée tout entière, chère âme
qui es digne d'en savourer la joie subtile. Il ne
s'agit pas, pour moi, de faire vibrer dans l'avenir
les savants, les érudits, les heureux de l'intelligence, mais les petits, les gueux, les ignorants,
les pauvres d'esprit, à qui seuls je veux ouvrir le
ciel de mon génie. Et pour que mes mélodies leur
arrivent à l'état simple et fruste qui les touche, il
faut qu'elles aient passé de bouche en bouche
parmi eux, roulées en quelque sorte dans leurs
traditions comme des galets longtemps polis par
la mer. Saisis-tu ce que je tente de t'expliquer?

— Oui, oui, avait fait Madeline, qui commençait à entrevoir le singulier et admirable idéal du
musicien.

— Conçois-tu maintenant, avait continué Yves,
que mon nom n'a rien à faire là-dedans, qu'il doit
disparaître précisément dans ce lent travail des
années, qui polira mes chansons et les façonnera
aux oreilles et au cœur du peuple ?

— C'est vrai, disait-elle, ébahie et consolée.

— Et, avait-il repris, te rends-tu compte que ce
n'est pas là de l'humilité, du renoncement ? Ne
serais-tu pas fière de moi, si j'étais l'auteur in-

connu de *Jean Renaud*, des *Trois matelots de Grotx*, de *Brave marin s'en vient de guerre*, ou de n'importe lequel de nos chefs-d'œuvre populaires, de ces choses *absolues* qui nous font pleurer, nous artistes, et qui font pleurer aussi les bonnes gens ? Sais-tu comment se nommaient les tailleurs de pierre qui ont sculpté les poëmes gothiques des cathédrales ? Ah ! vois-tu, ma chérie, ceux-là étaient grands, étaient purs ; et c'est sur eux, sur les obscurs auteurs de nos vieilles chansons, que je prends modèle. En eux vivaient la foi, les vœux, les joies et les tristesses de leurs frères, l'âme profonde du peuple. Et elle parlait par leurs voix, cette âme, comme je veux qu'elle parle par la nôtre, sans que nous y mêlions rien d'égoïste, rien qui sente l'intérêt et l'ambition. N'est-ce pas, ma bien aimée femme, que c'est là un beau rêve et le plus noble que nous puissions rêver ?

Et Madeline avait été finalement vaincue par ces arguments qui s'adressaient à ce qu'il y avait de plus élevé en elle. Elle en avait conçu pour Yves une admiration et un amour plus vifs encore, si c'était possible. Oui, cet organiste qui allait ponctuellement chaque jour accompagner les offices de simples religieuses et donner des leçons de piano à des fillettes, cet homme malingre, gauche, timide, plus âgé qu'elle de dix-sept ans, plutôt laid avec son corps dégingandé, ses cheveux trop longs, sa barbe pauvre et déjà grison-

nante par places, sa face maigre plissée de rides
précoces, ses yeux un peu vagues et comme
éteints, cet homme-là, c'était un génie.

Mieux même qu'un génie, en vérité ! Car son
idéal révélé le transformait en apôtre, pour, qui
l'art devenait une religion sublime. C'était là, en
effet, une formule de l'art qui dépassait l'art comme
on le comprend à l'ordinaire. C'était de la charité
artistique, pour ainsi dire ; une charité qui faisait
l'aumône du beau, la plus rare de toutes, et la
plus nécessaire peut-être. Et Madeline, à travers
le rayonnement de cet étrange apostolat, voyait
Yves grand, radieux, superbe, en harmonie de
splendeur spirituelle avec cette mer féerique et
ce ciel merveilleux. Elle avait alors, en le regardant, de douces larmes de joie, et en même temps
sous ses larmes un éclair d'orgueil, et elle disait
en l'embrassant :

— Yves, Yves, que je t'aime ! Que tu es beau !

— Beau ! répondait-il avec un sourire étonné.
Mais tu es folle, ma mignonne ! Moi, tu me
trouves beau ! Moi !

— Oui, oui, je te le jure, faisait-elle.

Et elle le contemplait longuement, dans une
sorte d'extase, comme on contemple les flots, la
nue, l'horizon, tout ce qui ouvre à l'âme les pro-
fondeurs mystérieuses de l'infini.

XXXIV

Une seule chose troublait leur bonheur : ils étaient sans nouvelles de Tombre.

Le lendemain de la confession du grand-père, Yves, ayant reçu un télégramme du mime, avait répondu aussitôt pour annoncer que tout s'arrangeait. Puis une correspondance s'était établie, qui avait duré très régulièrement d'abord pendant deux mois. Au bout de ce temps, était survenue une interruption de trois semaines. Tombre et Georgette quittaient Londres pour aller à New-York; leur impresario n'avait pas réussi complétement en Angleterre, et les avait repassés à un confrère américain qui offrait des conditions plus avantageuses encore. De New-York, Yves avait eu des lettres derechef, quatre, auxquelles il avait très exactement répliqué, malgré les occupations que lui donnaient alors son mariage, la visite de ses deux mères venues pour y assister, son déménagement, enfin son installation à Saint-Jacud-de-la-Mer. Brusquement, la correspondance avait cessé. C'était vers Pâques. A ce moment Tombre et Georgette commençaient une tournée à travers les États-Unis. La dernière lettre du mime était timbrée de Boston, et contenait la nomenclature d'une douzaine de villes, avec les dates auxquelles il s'y trouverait. Yves s'était conformé à cet itinéraire, et avait écrit successivement et patiemment douze lettres, sans obtenir une seule réponse.

Il ne savait que penser de ce silence, mais ne pouvait en tirer que de fâcheux augures. Évidemment il était arrivé quelque chose au pauvre Tombre. Quoi? Il ne passait guère de jour sans se le demander, avec une inquiétude et un chagrin que partageait Madeline.

Car, elle aussi, elle avait pour l'absent beaucoup d'affection. Par une reconnaissance bien naturelle, tout d'abord. N'était-ce pas lui, en effet qui les avait jetés tous deux dans les bras l'un de l'autre, et fiancés en quelque sorte ? Sans lui, ne seraient-ils pas aujourd'hui séparés et malheureux? Puis, par les confidences de son mari, elle avait appris quel ami était Tombre, et quel homme, et quel artiste! Singulier, génial, disait Yves. Il lui avait raconté en outre, tout au long, le roman du mime et de la danseuse. Avec lui, elle s'était écriée, pitoyable et attendrie :

— Pauvre créature !

Avec lui, elle avait eu les larmes aux yeux, en songeant au petit Georget, trimbalé parmi les

25

hasards d'une telle existence. Avec lui, elle aurait
aimé à savoir ces irréguliers un peu tranquilles,
ces errants un peu fixés, sinon matériellement, au
moins moralement. Et au lieu de cela, voilà que,
même matériellement, leur sort était plus incer-
tain que jamais, leur vie en danger peut-être ! Et
cet infortuné perdu là-bas, si loin, c'était leur
ami ! Et il entraînait dans le tourbillon de ses
aventures cette jeune femme et cet enfant ! Qu'é-
taient-ils devenus, tous trois? Quel coup les avait
frappés ? Hélas !

Yves et Madeline en parlaient souvent, le cœur
serré. Ils relisaient souvent aussi les lettres que
Tombre avait écrites durant les premiers temps
après son départ ; mais c'étaient là des nouvelles
déjà vieilles de trois mois, et qui leur rendaient
plus navrant encore le silence d'aujourd'hui.

Car elles étaient joyeuses, ces lettres, pleines
d'enthousiasme, de folie même. Tombre y narrait,
en un style imagé, pittoresque, baroque parfois,
toujours exalté, ses succès et ses espérances.

A Londres, bien que l'impresario eût fait en
somme une mauvaise spéculation, ils avaient
remporté, Georgette et lui, paraît-il, un véritable
triomphe. A New-York, c'était plus *épalouflant*
encore. Là, ils avaient pu se livrer à toute l'excen-
tricité de jeu rêvée par Tombre, et on les avait
compris à miracle. Georgette, d'ailleurs, progres-
sait de plus en plus, prise pour son état d'une
passion que les leçons de Tombre exaspéraient

jusqu'à la fureur. Elle était maintenant sa digne
partenaire. Ah ! elle serait sa femme aussi ! Oui,
bientôt, un jour. Il avait mis à profit les conseils
de son cher Yves, et avait conquis le cœur de sa
bien-aimée, en la conduisant doucement dans ce
royaume du beau où il avait le diadème au front,
lui ! Et ainsi elle s'apprivoisait à l'idée de devenir sienne. Quelle ivresse, quand elle aurait enfin oublié tout à fait qu'elle était une jolie femme,
et que lui n'avait rien d'un beau ténébreux !
Quelle superbe vie, quand ils parcourraient le
monde, de victoire en victoire, la main dans la
main, et qu'ils reviendraient à Paris, en pleine
apothéose cette fois !

Il racontait aussi mille choses de Georget, combien il aimait ce petit, et enétait aimé, chaque
jour davantage. Une intelligence extraordinaire,
ce moutard ! Il apprenait tout ce qu'il voulait.
Tombre s'était fait pour lui professeur, non plus
de pantomime comme avec Georgette, mais de
tout. Oui, deux heures de leçons le matin, deux
heures l'après-midi, strictement ! Où ça se pouvait, en chemin de fer quelquefois, n'importe ! Il
fallait en faire un homme de ce bambin, et un
artiste même ! Il avait surtout des dispositions
étonnantes pour la musique ! Yves aurait là,
peut-être, un fameux élève plus tard ! Et Tombre
parlait de ce pauvre enfant de la balle, comme d'un
fils, avec une émotion et une admiration toutes
paternelles, qui faisaient battre le cœur de Madeline.

Néanmoins, dans ces lettres qui respiraient tant de bonheur, certains passages n'étaient pas sans inquiéter la jeune femme et Yves encore plus. C'étaient ceux où le mime décrivait naïvement sa singulière façon d'apprivoiser Georgette. Il lui avait donné, en effet, non seulement sa passion pour l'art, mais quelque peu aussi sa passion pour l'alcool. Elle y avait pris goût à Londres, disait-il, sans doute à cause du climat qui l'exige en quelque sorte ; et il ne s'y était point opposé, comme on pense. Bien au contraire ! Cela rentrait tellement dans ses théories ! Et puis, cela les rapprochait tous deux, n'est-ce pas ? Un lien de plus, ce commun besoin ! D'ailleurs, Georgette ne devait-elle pas à cette nouvelle *méthode de travail* ses merveilleux progrès artistiques ?

Yves expliquait alors à Madeline comment Tombre entendait l'ivresse, et il l'excusait de son mieux. Tout de même, il était peiné de penser que le mime avait repris ses terribles habitudes, et les faisait partager à la danseuse. Il l'avait cru corrigé, amendé au moins, pendant quelque temps, et avait compté que le malheureux garçon se guérirait tout à fait, à la longue, précisément en vivant avec Georgette. Il se le rappelait, le jour où il l'avait rencontré aux Buttes-Chaumont. Tombre, à ce moment, paraissait avoir renoncé aux consolations de l'eau-de-vie, n'étant plus désespéré comme naguère. Hélas ! l'influence de la jeune femme n'avait pu tenir contre la vieille ca-

marade des heures mauvaises. Et elle aussi, la
jolie mignonne si gracieuse, si coquette, loin de
chasser cette tragique enjôleuse, elle la choyait
maintenant, et lui demandait, comme Tombre, la
force et le courage!

— Et ce qu'il y a d'exquis, écrivait Tombre,
c'est que le génie de l'alcool la transforme et la
façonne juste selon notre idéal. Il faut voir son
jeu, ses gestes, sa physionomie, à présent. Plus de
fioritures, d'arabesques! Rien de rondouillard! Les
paraphes de feu Jules sont abolis. Elle mime à
l'eau-forte désormais. Du noir, du blanc, du trait!
Des oppositions violentes! Ses pointes sont des
pointes sèches, enfin! Elle se sèche elle-même,
en réalité. Elle a maigri. Cela lui va bien mieux.
La petite caille rose et grassouillette d'autrefois
devient une sorte de Chimère pâle, aux envolées
d'oiseau fantastique. Toute en nerfs, comprends-
tu! Bref, comme moi. Elle arrivera bientôt à me
ressembler. C'est superbe. Elle est splendide. Je
l'adore encore plus ainsi.

Malgré sa subtile intelligence, Madeline avait
peine à concevoir l'étrange complication du caractère de Tombre, ce mélange de grandeur artistique, de bonté paternelle, d'amour fervent, de
théories excessives, d'enthousiasme, d'ivrognerie
érigée en principe. Il fallait tous les commen-
taires de son mari pour éclairer ce chaos. Mais ce
qui restait, malgré tout, en pleine lumière, c'est
l'irrésistible sympathie que leur inspirait à tous

deux cet ami dont le souvenir les hantait et dont l[a]
destinée maintenant inconnue les tourmenta[it]
d'une angoisse douloureuse.

Rien ne pouvait apaiser cette angoisse, qu'a[i]
guillonnait au contraire leur incessante sollicitud[e]
Ils imaginaient l'infortuné dans les passes l[es]
plus noires, malade, sans ressources, ou Geo[r]
gette l'ayant abandonné, ou tous deux au cheve[t]
de l'enfant à l'agonie, ou tous trois roulant dan[s]
la misère, peut-être dans le vice, qui sait ! Et [de]
telles hypothèses, trop vraisemblables, les re[m]
plissaient d'amertume.

Les jours, les mois s'écoulèrent. Toujours pa[s]
de nouvelles ! Quelques-unes des lettres, envoyée[s]
par Yves, revinrent après des courses inutiles [à]
travers les Etats-Unis. Il écrivit à des consulat[s]
sans en recevoir un seul renseignement. Il écriv[it]
à du Glaizat, qui n'eut pas même la politesse d[e]
lui répondre ; et à Grimblot, qui ne savait pas c[e]
qu'était devenu *ce grand braque, probablemen[t]
resté là-bas dans un hôpital d'alcooliques.*

Hélas ! c'est à cette idée-là aussi, funèbre [et]
abominable, qu'aboutissaient toutes leurs suppo[-]
sitions. Oui, cela seul pouvait expliquer l'ine[x]
plicable et brusque silence du mime. Il était de[-]
venu fou ! Mais Georgette, où était-elle ? Qu'ava[it]
elle fait depuis ? Pourquoi ne songeait-elle pas [à]
prévenir le vieil ami de Tombre ? Grand Die[u]
Est-ce que Georgette et Tombre auraient été to[us]
les deux terrassés par le hideux alcool, dans

pays d'Edgar Poe, dans cet enfer où règne le
démon du *delirium tremens?* C'était horrible à
penser. Et l'enfant, abandonné sur le pavé d'une
ville étrangère!

Six mois! Voilà six grands mois qu'on était
sans nouvelles! Voilà tantôt un an que les deux
amis s'étaient étreints pour la dernière fois, devant le portail de Sainte-Ursule! Voilà tantôt
un an qu'Yves et Madeline étaient heureux,
grâce à Tombre! Mais ni le temps, ni leur bonheur lui-même, ne pouvaient le leur faire oublier.
Plus leur bonheur les enivrait, plus ils songeaient
avec tristesse aux misères probables de l'absent.
Et plus le temps passait, plus l'image de Tombre
leur apparaissait douce et chère, pareille à l'i-
mage des morts dont on se souvient en se rappelant uniquement ce qu'on en aimait le mieux.

XXXV

Yves avait bien mis tous ses soins à réorgani-
ser l'enseignement musical du couvent selon les
désirs des *Révérendes Mères*. Mais la meilleure
volonté du monde ne pouvait suffire à rajeunir le
matériel tout à fait délabré. A peine un piano
était-il encore jouable, parmi les quatre qui servaient dans la maison depuis plus de quarante
ans, et sur l'un desquels mademoiselle Anne de
Kergouët avait fait ses premières gammes. Les
orgues de la chapelle tombaient presque en ruines;
et l'organier, qu'on mandait de Rennes pour les
rafistoler de temps à autre, avait péremptoirement
déclaré qu'elles étaient à renouveler de fond en
comble. La Mère supérieure prit enfin un grand
parti. Justement, à propos d'une prise de voile,
une riche famille de Saint-Brieuc venait de faire
à la communauté un don de dix mille francs. Il fut
décidé que l'on emploierait ces ressources impré-
vues à reconstituer le matériel. On mettrait à la
retraite trois pianos et on remplacerait les vieilles

orgues par des orgues d'un nouveau modèle, semblables à celles qu'avaient acquises récemment les
sœurs Augustines de Plougastel. On pria Yves de
vouloir bien présider lui-même à ces importants
achats. On avait confiance en lui. Il saurait, par
ses relations artistiques, se procurer d'occasion
les pianos, et il choisirait le format des orgues
de façon à les avoir aussi belles et au meilleur
compte que possible. Il profiterait pour cela des
vacances du Jour de l'An, et irait à Paris aux frais
de la maison.

Yves s'acquitta de sa mission en toute conscience, cela va sans dire. Toutefois, comme il
avait du loisir entre des rendez-vous chez les fac-
teurs, il en usa pour tâcher d'avoir des nouvelles
de Tombre. Ici, à Paris, c'était bien le diable s'il
ne rencontrait pas quelqu'un, chanteur ou comédien, retour d'Amérique, qui eût vent de quelque
chose !

Il trouva, en effet, dans un café du boulevard où
passent les cabotins nomades, un ténor qui avait
vu Tombre et Georgette à New-York, et un second régisseur d'opérette dont la troupe avait
voyagé avec la leur dans la Virginie. Ce dernier renseignement était le seul précieux, car il ne re-
montait qu'à cinq mois et demi. C'est donc après
son séjour à Boston que Tombre avait été aperçu par cet homme. Yves interrogea fiévreusement.
Mais en vain il multiplia les bocks. La mémoire
de l'autre n'avait gardé qu'un vague souvenir. Les

deux troupes occupaient des compartiments diffé-
rents. La sienne était descendue en route, laissant
les mimes aller plus loin. Où? Il n'en savait rien,
ma foi! Ah! une chose qu'il se rappelait, c'est
qu'il y avait une femme malade parmi les mimes.

— Son nom ? demanda Yves. Est-ce Georgette ?

— Peut-être bien. Mais je n'en suis pas sûr. Il
m'en passe tant par la tête, des noms, vous comprenez !

— Une maladie grave ? insistait le musicien.

— Oh ! ça, oui, par exemple ! Contagieuse, probablement. Dans ces pays-là, on ne sait jamais.

— Et comment était-elle, cette femme ? L'avez-
vous vue ?

— Plus souvent ! J'ai fui son wagon comme la
peste. A tout hasard ! Je n'ai seulement pas voulu
la regarder. Dame ! ma peau avant tout, n'est-ce
pas ?

Yves n'avait pu en apprendre davantage. D'autres conversations, avec des gens qui avaient
connu Tombre autrefois, ne l'instruisirent pas
plus. Personne n'avait de nouvelles. On ne lui
répondait que par des suppositions, quelquefois
même par des plaisanteries sinistres :

— Tombre ! il doit être claqué.

— Il a pris feu en s'approchant trop de la
rampe. C'était une éponge à esprit-de-vin.

— Il s'est engagé aux pompes funèbres, comme
mort.

— Il joue les squelettes pour de vrai.

Et l'on riait de ces blagues, qui faisaient frissonner Yves et lui mettaient des larmes dans les yeux.

En désespoir de cause, il alla aux *Folles-Élégantes*, pour essayer de voir du Glaizat ou Grimblot, bien qu'il n'y eût pas grand'chose à attendre de ces deux mauvais hommes qui détestaient Tombre. Il n'y rencontra d'ailleurs ni l'un ni l'autre. Le théâtre avait un nouveau directeur, et tout le personnel était changé.

— Monsieur du Glaizat? lui dit la concierge. Comment! Vous ne savez pas? Mais il est propriétaire de l'Alhambra maintenant!

— Ah! Et qu'est-ce que c'est, l'Alhambra? Où est-ce?

— L'Alhambra, voyons, monsieur! La concurrence aux *Folies-Bergère!* Il y a des affiches partout. Grandes comme ça!

— Bien, bien. Et monsieur Grimblot, il y est aussi sans doute?

— Mais non, mais non! Ils sont à couteaux tirés tous les deux. Paraît que le patron l'a mis dedans, en vendant le théâtre. Rapport à ses actions. Oh! ce n'est pas pour le débiner; mais il était roublard, monsieur du Glaizat, entre nous. Ce que j'en dis, au reste, c'est parce que j'en parle. Pour nous, il a toujours été parfait.

Yves ne pouvait arrêter le bavardage de la commère, qu'il avait trouvée seule dans sa loge, et qui n'était pas fâchée d'avoir quelqu'un pour tailler une bavette.

— Enfin, dit-il, où puis-je le voir ?...

Il songeait à Grimblot. Elle lui répondit en continuant ses racontars sur du Glaizat.

— A son théâtre, parbleu ! Très chic, à ce qu'on dit. C'est monté sur un pied ! Oh ! il enfoncera les *Folies-Bergère*, pour sûr. Il a dû mettre là-dedans tout l'argent de sa femme. Vous la connaissez bien, n'est-ce pas ? La Sylvana, la grosse aux diamants. Il l'a épousée, vous savez. C'est un coup de maître, ça !

Comme elle sirotait un cassis, pour digérer sans doute son admiration, Yves put glisser :

— Pardon, madame ; mais c'est monsieur Grimblot que je désire...

— Faites excuse, monsieur, répondit-elle. Si vous l'aviez dit plus tôt ! Monsieur Grimblot ? Eh bien ! il a repris son agence, rue Saint-Marc.

Elle allait entamer une nouvelle histoire. Mais Yves ne lui en laissa pas attacher le fil et se sauva pour courir chez Grimblot.

Grimblot ne le reconnut pas en lui ouvrant la porte. Il était, d'ailleurs, fort surexcité, sa perruque de travers, le nez barbouillé de tabac ; et toute sa face ressemblait plus que jamais à celle d'une grenouille, tant elle était injectée de bile verte.

— Ah ! zut ! s'écria-t-il tout d'abord. Un engagement, aujourd'hui ! Je n'ai pas le temps. Demain, demain !

Il prenait Yves pour un client.

Puis, se ravisant tout à coup, en homme d'affaires qui malgré tout ne veut pas perdre une occasion :

— Au fait, non ! Restez. Asseyez-vous là. Je suis à vous dans un moment.

Et il rentra dans sa seconde pièce, dont il referma violemment la porte. Il donna même le coup si fort, que le pêne rebondit sans pénétrer dans l'encoche de la serrure, et que la porte ainsi demeura tout contre, entr'ouverte.

Yves était seul. Sans le vouloir, il entendit ce qu'on disait à côté. Grimblot, au reste, parlait d'une voix aiguë. Puis, malgré sa discrétion, Yves ne put s'empêcher de prêter l'oreille, le nom de Georgette ayant été prononcé.

— Oui, disait Grimblot, c'est à cette dinde de Georgette qu'il avait flibusté les lettres. Oh ! sans avoir l'air d'y tenir, parbleu ! Elle ne s'est même jamais doutée, très probablement, qu'il les avait gardées. Elle les lui montrait pour se moquer du bonhomme. Seulement, du Glaizat en a fait son affaire, lui, et le pauvre monsieur Lepottier...

— Allons, Grimblot, c'est un roman que vous me contez là, interrompit une voix inconnue à Yves.

— Mais, monsieur Pérignat, voyons ! ripostait Grimblot, puisque c'est moi qui ai vu monsieur Lepottier pour ça, précisément, j'en sais quelque chose, que diantre !

— Et vraiment, reprit celui que Grimblot appelait Pérignat, vraiment, vous l'avez fait chanter,
ce pauvre brave homme !

— Pas moi ! s'écria Grimblot. Mais du Glaizat,
oui.

— Et l'autre a casqué ?

— Oh ! il ne s'agissait pas d'argent. Vous
croyez donc du Glaizat bien bête ? Mais, s'il n'y
avait que ça, je ne vous aurais pas promis un joli
scandale. Non, non ! Savez-vous ce qu'il voulait,
du Glaizat ? Savez-vous ce qu'il veut encore plus,
aujourd'hui que monsieur Lepottier est sous-secrétaire d'Etat ? Le savez-vous, ce qu'il demande, et
ce qu'il obtiendra si vous ne lui mettez pas le nez
dans ses ordures avec de bons échos ? Hein ? Le
savez-vous, le devinez-vous ?

Grimblot ne parlait plus. Il criait. Et c'est en
glapissant qu'il ajouta :

— Eh bien ! Il veut se faire décorer.

Il y eut un grand éclat de rire de Pérignat.

— Oh ! il n'y a pas de quoi rire, reprit Grimblot.
Je sais bien, il est directeur de l'Alhambra, c'est-
à-dire en somme marchand de femmes; et il a
épousé la Sylvana ! Mais ça ne l'empêchera pas. Il
est fort, allez ! Je vous en réponds. Il m'a floué,
moi, Ainsi ! Vous jugez ! Seulement, dame ! si
vous lui flanquez dans les jambes l'histoire des
lettres, c'est une autre paire de manches. Il n'osera
pas se servir de ça ouvertement, et monsieur
Lepottier débarrassé ne cédera pas. Oh ! je lui en

ménage encore d'autres, à du Glaizat, soyez tranquille.

— Bah! Quoi donc? interrogea Pérignat.

— Je peux vous le dire, ça m'est égal, continua Grimblot. Son spectacle à succès de maintenant, ses fameux Américains, n'est-ce pas? Eh Bien! je débinerai leur truc, à ses Américains. Ils sont de New-York à peu près comme moi.

— Êtes-vous sûr de ça, Grimblot?

— Tiens! c'te bêtise! Si j'en suis sûr? Les deux plus petits m'ont passé par les mains. Je leur ai fait signer des engagements ici, dans mon bureau, il n'y a pas plus de cinq ans. Ce sont deux anciens danseurs. Il y en a même un qui a été clown. Et des Français, tout ce qu'il y a de plus français. Comme qui dirait, par exemple, des Batignolles.

— Ah! bah!

— Quant au grand, à celui qui est le vrai clou de la chose, c'est encore plus drôle. Pour celui-là, toutefois, je ne suis pas encore sûr et certain. Il me semble le reconnaître. Mais il me semble, pas plus. Il n'y a pourtant pas longtemps que je l'avais vu, si c'est lui. Seulement, ce qu'il est changé, alors! Au reste, je m'informerai. Je tâcherai de lui tirer les vers du nez. Et si c'est le type que je crois, nous rirons, je ne vous dis que ça. D'autant que je sais sur lui des choses que je ne savais pas il y a un an.

— Enfin, qui pensez-vous que c'est? Il a cependant bien l'air yankee, avec sa peau sèche, son corps osseux, sa barbe rousse taillée en carré comme une pelle de cuivre.

— Parbleu ! reprit Grimblot, c'est justement cette barbe-là qui me fait encore hésiter. Je me suis déjà informé un peu. Il paraît que c'est sa vraie barbe. A la ville comme à la scène. Et ses cheveux aussi sont carotte. Il est déplumé, d'ailleurs, très déplumé. Tandis que l'autre avait une tignasse, à la malcontent, c'est vrai, mais fournie, et noire.

Yves maintenant entendait tout cela sans écouter. Cette seconde partie de l'entretien n'avait plus le même intérêt pour lui. Il était même impatient de la voir se terminer. Il eût voulu tout de suite interroger Grimblot sur Georgette. Peut-être, à propos des lettres de M. Lepottier, ce vieil agent avait-il dû s'inquiéter d'elle; et alors il savait quelque chose. Pensant qu'il était oublié, Yves toussa deux ou trois coups assez fort, pour manifester sa présence.

— Ah! pardon, monsieur, fit Grimblot en ouvrant. Je suis à vous. Quelques minutes encore.

Mais, comme il n'était plus aussi troublé par la colère, il se rappela tout à coup la figure d'Yves. Sans pouvoir mettre un nom sur cette figure, toutefois. Aussi, demanda-t-il, en cherchant à préciser ses souvenirs :

— Il me semble que vous ne m'êtes pas inconnu,

monsieur. Où donc nous sommes-nous rencontrés,
déjà

— Aux *Folies-Élégantes*, répondit Yves. D'a-
bord après la première de *l'Ame de Pierrot*. Et
en second lieu...

— Parfaitement, monsieur, interrompit Grimblot, qui en effet se remémora soudain les deux
circonstances.

Et, aussitôt, il ajouta :

— Vous êtes bien l'ami de Tombre, n'est-ce
pas?

— Oui, monsieur, répondit le musicien, et je
venais justement pour chercher quelques renseignements sur lui.

— Vous ne savez pas où il est?

— Du tout. Je suis sans nouvelles de lui depuis
six mois, et j'ai pensé que vous...

Grimblot, sans le laisser achever, était rentré
dans la seconde pièce, où Yves l'entendit murmurer un instant à voix basse avec Pérignat. Il ne
perçut que les derniers mots de ce rapide collo-
que.

— Si c'est lui, disait Grimblot, en voilà un qui
le reconnaîtra pour sûr.

Et, revenant vers le musicien, Grimblot reprit
d'un air aimable :

— Monsieur, je crois savoir en effet où est
Tombre.

— Vous croyez seulement ? dit Yves avec angoisse.

— Oui, je crois seulement, fit Grimblot. Et vous allez comprendre comment je ne puis vous donner une certitude. Pour moi, l'ombre est à Paris ; mais il s'y cache.

— Ah !... Pourquoi ? s'écria Yves épouvanté, songeant à quelque catastrophe, à un crime de jalousie peut-être, commis par le mime.

— Pourquoi ? Je l'ignore, répondit Grimblot. Une idée de toqué, sans doute, comme il en a toujours ! Mais vous, qui êtes son ami, vous pouvez bien violer son incognito.

Yves tremblait, à la fois de joie et d'anxiété. C'est d'un air suppliant qu'il demanda :

— Et où est-il, monsieur ? Où croyez-vous qu'il est ? Par quel moyen puis-je espérer... ?

— Monsieur, interrompit Grimblot, je n'ai qu'une chose à vous dire. Si vous voulez voir l'ombre, et tâcher de lui parler ensuite, il ne tient qu'à vous.

Il savoura une prise, en homme qui va produire un effet, et il ajouta, en modulant sa phrase avec des inflexions de théâtre :

— Allez ce soir à l'Alhambra, sur les dix heures.

XXXVI

— Allez ce soir à l'Alhambra.

Yves se répétait machinalement ces paroles en descendant l'escalier, comme un enfant répète une phrase qu'il n'a point comprise et dont il veut graver les sons dans sa mémoire. Grimblot l'avait congédié sur ce mot, d'un air qui refusait d'avance tout commentaire. Yves lui-même, au reste, en avait été si interloqué qu'aucune demande d'explication ne lui était venue aux lèvres sur-le-champ. Et maintenant c'est sa propre imagination qu'il interrogeait, mais vainement, pour trouver un sens à ce conseil mystérieux.

— Comment puis-je rencontrer Tombre à l'Alhambra ? Quelles raisons a-t-il de se cacher, et de se cacher là précisément ? Et d'abord qu'est-ce que c'est que l'Alhambra ?

Mais on lui avait déjà parlé de cela, dans la journée ! Qui donc ? Ah ! oui, très bien, il se rappelait : la concierge des *Folles-Elégantes*. L'Alhambra, c'était le nouveau théâtre de du Glaizat.

Redoublement de mystère ! Par suite de quelles circonstances le mime cherchait-il un refuge chez cet homme, son ennemi, l'ennemi de Georgette? Et Yves se rappela soudain le bout de conversation entre Grimblot et Pérignat, l'histoire des lettres, adressées jadis à la danseuse par M. Lepottier, et devenues pour du Glaizat un instrument de chantage. Est-ce que Georgette, et Tombre avec elle par conséquent, seraient compromis ainsi dans une vilaine affaire ? De là peut-être venaient l'incognito et le silence de Tombre. Oui, sans doute, il y avait dans ces ténèbres quelque infamie qu'on voulait dissimuler. Yves y songeait avec tristesse, avec douleur.

Chemin faisant, comme il errait par les rues, l'esprit absorbé, les yeux fixes, ses regards furent à plusieurs reprises frappés par de longues taches rouges qui sabraient les murs, de haut en bas, de gauche à droite, se coupant à angles aigus, en forme d'éclairs sanglants. Si préoccupé qu'il fût, il ne put s'empêcher d'y lire les deux mots qui s'y étalaient obstinément dans tous les sens et qui raccrochaient de force l'attention. Et ces deux mots vinrent ajouter une énigme de plus à toutes celles qui l'obsédaient déjà. Ces deux mots étaient :

HAPPY ZIGZAGS

Soudain il les vit flamboyer, cette fois en caractères rouges sur fond blanc, au milieu d'une énor-

me affiche, dont tout le reste était d'un vert éclatant, et qui couvrait le panneau entier d'une palis-
sade en planches. Presque au même instant, la
même affiche lui apparaissait, dressée aux flancs
d'une grosse voiture qui arpentait triomphalement le boulevard. Et cette voiture était suivie
de cinq autres véhicules, tous pareils, arrondis
en carapaces dans lesquelles le cocher et le cheval
lui-même semblaient enfouis. On eût dit une procession de monstrueux cloportes.

— Des affiches grandes comme ça ! s'était écriée
tantôt la concierge des *Folle-Élégantes*.

Et c'étaient, en effet, les affiches de l'Alhambra.

Une brusque et lumineuse association d'idées
se fit dans la pensée du musicien, entre le bizarre conseil de Grimblot, le voyage de Tombre en
Amérique, et le mot de *zigzag*, cher au vocabulaire du mime. C'est cela ! Tombre était revenu de
là-bas sous un nouvel avatar !

Yves se rappela aussitôt ce que Grimblot disait
tout à l'heure à Pérignat touchant ces fameux Zigzags. Mais cela le jeta dans une autre perplexité.
Grimblot avait parlé d'un homme à la barbe rousse, aux cheveux carotte et au crâne déplumé ; et
ce signalement-là ne répondait pas du tout à celui
de Tombre.

Non, non. Décidément, Yves se perdait dans de
chimériques conjectures. Ce n'est pas sur la scène
qu'il verrait Tombre ! Jouant quelque part, même

sous un faux nom, le mime l'eût écrit à son unique ami, pour qui jamais il n'avait eu de secret!
C'est dans la salle qu'aurait lieu la rencontre!

Dans la salle! A cette conclusion, Yves était
repris d'une affreuse tristesse et de pressenti-
ments abominables. Il se doutait de ce que pouvait être l'Alhambra, concurrence aux *Folies-Bergère :* un promenoir de filles à l'encan! Et il imaginait Georgette déchue et roulée jusque là, et
Tombre entraîné par son amour, par son ivrognerie aussi, dans cette honte partagée. Cela, mieux
que tout, expliquait l'incognito et le silence. Était-
ce possible, cependant? Hélas! qui sait où vous
mènent la passion, l'alcool, la misère? Ah! comme
Yves souffrait à faire de telles suppositions! Il
avait beau les chasser, d'ailleurs; elles lui revenaient tenacement à l'esprit; et en les ruminant,
il lui semblait mâcher de la boue et se gargariser
avec de l'eau sale.

A dix heures du soir, obéissant ponctuellement
à la recommandation de Grimblot, Yves pénétrait
dans l'Alhambra.

C'était bien tel qu'il l'avait pensé. Grâce aux
fauteuils d'orchestre et de balcon, garnis de gens
qui regardaient la scène, cela malgré tout avait la
figure d'un théâtre. Mais ces gens à l'aspect honnête ne formaient, en somme, qu'une infime mi-
norité, comparés à la foule compacte qui bondait
le reste de la salle et qui très ostensiblement s'occupait de toute autre chose que du spectacle. Là,

dans les promenoirs des deux étages, dans les
loges, devant les comptoirs des buffets, dans les
retiros plus obscurs d'où l'on ne voyait pas même
la scène, c'était un grouillis de filles aux toilettes
tapageuses, au maquillage insolent, au verbe
criard, en chasse parmi le fourmillement des
hommes. Il y avait beaucoup d'étrangers, et on
débattait des propositions de souper et des prix
dans toutes les langues. Aux comptoirs trônaient
des serveuses, fort entourées, distribuant des
flûtes de champagne à de vieux messieurs et à de
très jeunes soupirants à peine échappés du collège.
Çà et là, accoudés aux buffets, quelques cheva-
liers de ces dames montraient effrontément leurs
pâles frimousses d'anciens arsouilles devenus
courtiers en galanterie. La fumée des cigares faisait comme un brouillard en certains endroits. Et
de tout cela, de ces buvettes adossées à d'énormes
glaces resplendissantes, de ces banquettes au
velours cramoisi déjà fripé, de ces loges en bou-
doirs surchargés de dorures, de ce monde interlope et cosmopolite, de ces toilettes aux couleurs
bariolées et aux parfums violents, de cette promiscuité dans une tabagie, de ces marchandages
cyniques en toutes sortes de baragouins, de tout
cela sortaient un vacarme et une odeur de mauvais lieu. C'était comme une halle de la débauche,
sous la lumière crue et brutale du gaz, dans les
tutoiements, les coudoiements, les bousculades,
les engueulades, dans un tintamarre de noce babé-

lique, que dominaient seulement de temps à autre
les fanfares d'un orchestre enragé, quand il déchaî
nait à travers ce tohu-bohu la tonitruante rafale
de ses cuivres.

Et c'est là-dedans qu'il fallait découvrir Tombre
Hélas ! Tombre, cela voulait dire Georgette. Yve
regardait de tous côtés, se faufilant dans la foule
interpellé, bafoué le plus souvent, à cause de sa
mise pauvre et de sa physionomie inquiète. I
allait, se heurtant à des croupes, s'écrasant à de
corsages, se faisant le plus petit possible dans le
fourreau de son mac-farlane ridicule, dont les aile
restaient parfois prises derrière lui, accrochées :
des agrafes, retenues entre des bras entrelacés
comme aux dents d'un engrenage.

Par instants, il se levait sur la pointe des pieds
et, entre les chapeaux à haute forme et les chi
gnons jaunes, il jetait un coup d'œil vers la scène
repris à l'espoir qu'il y verrait peut-être apparaîtr
Tombre. Espoir bien vague, d'ailleurs ! Car l
programme qu'il savait par cœur à force de l'avoi
lu, ne portait point trace de pantomime, ni de quc
que ce fût qui pût y ressembler. Il annonçait u
lever de rideau, composé d'un vaudeville ; puis
les débuts d'un équilibriste ; un cirque en minia
ture, singes et chiens savants ; la famille d'Her
cule, avec la pyramide humaine sur les épaule
de la *femme socle* ; une troupe d'acrobates japo
nais ; les *Almées de Montmartre*, ballet moder
niste (décidément du Glaizat tenait à ce vocable)

et enfin les fameux *Happy Zigzags*; le tout entre-
mêlé de valses et quadrilles sur les motifs des
opérettes en vogue, par le maëstro Magimel, l'auteur de la *Reine d'Yvetot*.

Yves était arrivé pendant la pyramide humaine.
Ni dans la famille d'Hercule, ni parmi les acrobates japonais, il n'y avait chance de trouver
Tombre. Le ballet avait tenu Yves très anxieux.
Peut-être Georgette y dansait-elle, dégringolée au
rang de marcheuse dans un peloton? Mais non.
Pas même cela. C'est bien ici, parmi la cohue des
promenoirs, qu'il fallait se résigner à rencontrer
l'un ou l'autre. Et Yves allait toujours, montant,
descendant, secoué par la houle piétinante où il
lui semblait nager dans de la chair. Il allait
malgré tout, cherchait avec fièvre, et toutefois désirait presque ne point trouver. Car son cœur se
serrait, à l'idée que tout à l'heure il reconnaîtrait
peut-être Georgette dans l'une de ces filles plâ-
trées, qui lui lançaient en passant quelque blague
ordurière, avec un geste canaille et d'une voix
éraillée.

Tout à coup, il se fit un grand remous dans cette
marée turbulente. Elle arrêta son mouvement de
va-et-vient, mêla son flux et son reflux en tourbillonnant sur elle-même, et se tassa en flots
pressés contre la balustrade. En même temps, le
vacarme des cris, des marchandages, des rires,
jusqu'au ronron des conversations, tout s'éteignit
dans un profond silence. On eût dit un troupeau

d'hystériques soudainementhypnotisés. Et ce qui
rendait plus nette encore cette impression, c'est
que tout ce changement des attitudes s'était opéré,
comme pour des hystériques véritables, au brusque appel d'une note unique, inattendue, éclatante
de sonorité, et prolongée en vibrations stridentes.
Cette note avait été lancée par tous les trombones
à la fois.

Puis se déroula, toujours au souffle des trombones, une lugubre mélodie, pareille à un chant
funèbre, et du plus étrange effet dans ce milieu de
filles et de noceurs, qui demeuraient maintenant
muets et immobiles, les yeux grands ouverts, la
face tendue, en proie à une sorte d'attente épou-
vantée.

Yves, bousculé dans le remous, n'avait pu
trouver place qu'au dernier rang des spectateurs,
tout à fait à l'entrée de la salle ; et de là il ne
voyait que la moitié inférieure du rideau, un rideau noir qui venait de descendre, et sur lequel
un flot de lumière électrique projetait en lettres
blêmes :

HAPPY ZIGZAGS

Le chant funèbre continuait à se dérouler, et
déjà Yves en devinait la cadence finale, qui allait
se conclure à la mesure prochaine, quand la mélodie fut coupée court par un formidable coup de
cymbales, pareil à l'éternuement d'un monstre.

Lentement, le rideau noir se leva.

La scène représentait une cour close de parois blanches aux coins géométriquement rectangulaires, et cela sans quoi que ce fût qui pût accrocher l'œil, sans une ombre, sans un accessoire, sans rien. C'était d'une nudité absolue. C'était, en quelque sorte, du vide entre des murs. Et, dans ce vide, un silencieux ruissellement de clarté froide, une nappe de lumière électrique à la fois aveuglante et blafarde.

Le chant funèbre avait recommencé.

Réglant leurs mouvements à ce rhythme, deux clowns, deux gnômes plutôt, surgirent à la crête du mur. Ils avaient le corps moulé dans un maillot noir. Les pieds, les mains, le cou, la face, et la tête tout entière casquée d'un faux crâne glabre, étaient verts, y compris le crâne. Toujours suivant la mesure, l'un, disloqué, en caoutchouc, se laissa glisser le long de la paroi, en ayant l'air d'y ramper avec des tortillements de scolopendre, tandis que l'autre, ratatiné en boule, semblait rouler peu à peu de là-haut, se retenant d'un seul bras progressivement détendu. Au moment où le choc des cymbales interrompit le chant, le premier arrivait au pied de la muraille et s'y collait en une contorsion sous forme de zigzag, et le second s'aplatissait par terre dans un bruit flasque. L'un donnait l'idée d'un mille-pattes coupé en trois morceaux par un coup de fouet, et l'autre d'une grosse punaise tombée d'un plafond.

Puis, sans bouger, ils se mirent à murmurer la mélodie que l'orchestre accompagnait en sourdine maintenant. Ils chantaient :

> We are the happy zigzags,
> Happy, happy, happy zizgags.
> From the brandy moon we came.
> From the brandy moon we came
> We are the happy...

Nouveau coup de cymbales. Nouvelle contorsion dans laquelle ils s'immobilisèrent aussitôt.

En même temps, un être démesurément long et maigre avait enjambé le mur, et se dressait entre eux.

Il y eut un oh ! de toute la salle à cette dernière et effroyable apparition. Ce n'était pas un clown, celui-ci. Il n'avait ni maillot, ni serre-tête, ni maquillage vert, ni rien d'artificiel. Et pourtant il était mille fois plus bouleversant que les autres. Il devenait fantastique à force de réalité. C'était un homme vêtu d'un pantalon et d'un frac élimés, sans une ligne de linge nulle part. Dans l'habit hermétiquement boutonné, on sentait que son corps flottait à nu, et que ce corps était presque un squelette. Des manches trop courtes sortaient les mains osseuses, aux poignets desséchés et comme rougis par le froid. Le cou, plein de tendons, semblait un paquet de cordes mal renouées, et prêtes à casser sous le poids de la tête tremblante. Cette tête surtout était hideuse. De

rares cheveux mi-partie carotte et grisonnants
s'y effiloquaient; et à travers leurs mèches lamentables luisaient des surfaces de crâne chauve,
comme si on les en eût arrachées par plaques. Les
oreilles décollées, les pommettes saillantes et
colorées d'un rose malsain, les joues creuses, le
teint plombé, suaient la 'thisie. Le nez, aux
ailes pincées, au cartilage en relief et à l'arête
jaune, était piqué, au bout, d'une tache violacée,
semblable à une flamme de punch. Au fond des
orbites, les yeux se voyaient à peine, mais néanmoins étincelaient de fièvre, sous des paupières
lourdes où l'on devinait l'accablement perpétuel
d'atroces céphalalgies. La bouche enfin, que la
coupe américaine de la barbe laissait à décou-
vert, la bouche amèrement plissée aux commis-
sures, grimaçait et tressaillait en un rictus de
fou.

Et c'était bien un fou, en effet, que l'on contemplait là, un fou sur le point d'avoir une attaque de
délirium tremens, et qui luttait contre les visions
déjà prochaines, et qui essayait d'étouffer en lui
l'accès montant à son cerveau. C'était la figure
même de l'alcoolisme. Et ce misérable chantait
maintenant avec les deux autres, ou plutôt s'efforçait de chanter, remuant les lèvres sans pouvoir articuler une syllabe, soufflant de ses pou-
mons brûlés sans pouvoir émettre un son. Et lui
aussi répétait de la sorte qu'il était un *happy* zigzag, un bienheureux zigzag, happy, happy, happy,

et qu'il venait *from the brandy moon*, de la lune
d'eau-de-vie.

> We are the happy zigzags,
> Happy, happy, happy.....

Et au coup de cymbales, tandis que les deux
clowns s'arrêtaient en des postures chimériques,
lui s'immobilisait dans une douloureuse contrac-
tion de tout son corps tordu, de tous ses membres convulsés, de sa face à l'envers, comme si
devant les images de l'hallucination il se pétri-
fiait dans l'horreur.

Et à chaque fois c'était un long frisson d'épouvante qui courait par la salle. Et bientôt, le
rhythme s'accélérant, les attitudes devenaient
plus fréquentes, plus brusques, plus macabres.
La lente mélodie peu à peu s'endiablait, tournait
à la gigue, et, sans cesser d'être funèbre, se pré-
cipitait en une ronde enragée, que les deux clowns
glapissaient avec une voix aiguë de fakirs hurleurs.
Les grimaces simiesques se faisaient frénétiques.
Les contorsions s'exagéraient jusqu'à l'épilepsie.
Et le public, d'abord muet, haletant, s'emballait
à cette intensité croissante, était pris de contagion, s'agitait avec ces agités, se cabrait à ces
coups de poing d'horreur qui le frappaient maintenant drus comme grêle. A l'infernal refrain des
cymbales, des femmes poussaient un grand cri
rauque et se cachaient la face dans les mains en
sanglotant. D'autres riaient d'un rire maladif.

Quelques-unes s'évanouissaient, avaient des attaques de nerfs. Et des hommes furieux, brandissant leurs cannes, vociféraient :

— Assez! Assez!

Yves, la poitrine serrée, la gorge sèche, la tête
pleine de bourdonnements, se sentait presque
devenir fou lui-même, et se demandait s'il n'était
pas en proie à quelque abominable rêve, et souffrait de voir ce rêve se préciser et prendre corps
de minute en minute. Car il n'y avait pas à dire,
ce Yankee roux et à moitié chauve, ce vieillard
précoce, cet aliéné, il ressemblait à...! Oui, oui,
Yves connaissait, reconnaissait ce masque aux
plis tragiques, ces regards en qui tout un drame
s'exprimait dans un éclair, ces gestes d'un lyrique
essor. Certes, un seul être au monde était capable d'incarner ainsi la phthisie et le délire alcoolique, dans ce vivant cauchemar, sinistre et prodi-
gieux! Oui, un seul être, un seul artiste au monde!
Yves en doutait de moins en moins; à présent
même il en était sûr; il en était effroyablement
sûr. Et, parmi les vociférations des hommes, les
vagissements des femmes, le tintamarre sabbati-
que de toute la salle qui miaulait avec l'orchestre,
il se sauva effaré, bousculant Pérignat et Grimblot
qu'il n'avait point vus, et criant d'une voix perçante :

— C'est Tombre! c'est Tombre!

XXXVII

— Mais, monsieur, qui êtes-vous? Je vous dis que vous ne passerez pas. Il n'y a ici personne qui s'appelle Tombre.

— Les Zigzags, les Zigzags! Le plus grand! Je veux le voir. Je suis son ami.

— Je vous répète que vous ne passerez pas. L'entrée des coulisses est interdite au public. Si vous croyez que le premier venu va comme ça...

Et le concierge, un gros homme, barrait de son ventre le corridor. Au risque d'un colletage possible, Yves le jeta de côté d'un coup d'épaules, puis grimpa l'escalier, enfila des couloirs, poussant les portes devant lui, et demandant à tous les gens qu'il rencontrait :

— La loge des Zigzags, s'il vous plait? Du plus grand! Affaire urgente!

Le concierge poussif n'avait pas eu le temps de se décider à le poursuivre, que déjà Yves, guidé par les indications des habilleuses et des garçons de théâtre, était au troisième étage.

— Là-bas, monsieur, venait-on de lui dire, là-
bas, au fond du carré, à droite.

Il y courut. La porte était ouverte. Et soudain
au moment d'entrer, il s'arrêta, se retenant au
chambranle pour ne pas défaillir, sans trouver
même la force de parler.

Le spectacle, la chaleur, l'odeur, avaient de quoi
vous clouer au seuil. C'était une toute petite pièce
carrelée, misérable, avec une unique fenêtre en
jour de souffrance. Trois chaises de paille et trois
tables à maquillage meublaient ce taudis. Au
mur, à des patères, étaient accrochés les maillots
des deux clowns; et ainsi pendus, vides, flasques,
trempés et dégoulinant de transpiration, ils semblaient des peaux de noyés toutes noires. Six becs
de gaz sans verre flanquaient de grandes glaces
sans bordure, devant lesquelles les deux clowns,
nus jusqu'à la ceinture, l'échine fumante, débar-
bouillaient leurs mains et leurs faces vertes avec
du saindoux; le cold-cream étant trop cher pour
ces pauvres diables. Et de ce trou incendié de lumière, de ce four à l'atmosphère d'étuve, s'exhalait une senteur suffoquante, où s'amalgamaient
les âcres émanations des corps en sueur et le
fade relent de la graisse rance.

Mais ce qui avait empêché Yves d'avancer, ce
n'était ni l'étrangeté du spectacle, ni la chaleur, ni
l'odeur. Son cœur s'était arrêté de battre et un
voile lui avait couvert les yeux à l'aspect de l'ombre, qu'il retrouvait enfin, hélas! pour le voir

dans quel état ! Epuisé, ruisselant, cassé en deux
sur sa chaise, la tête entre les genoux, le dos secoué
par une quinte de toux atroce, le mime ne reprenait haleine que pour crier, par saccades, d'une
voix rauque :

— L'eau-de-vie ! l'eau-de-vie!

Et il allongeait la main vers un litre, à moitié
vide déjà.

— Zut ! tu nous embêtes! fit un des deux clowns
en mettant le litre hors d'atteinte. Tu te crèveras,
à la fin ! La belle avance ! Pour nous ficher en plan,
n'est-ce pas ? C'est ce que tu veux, hein ?

— J'étouffe, râlait Tombre. Oh! rien qu'une gorgée! Tu sais bien que ça me remonte. L'eau-de-
vie ! l'eau-de-vie !

— Tombre ! murmura Yves très bas et d'un accent suppliant.

Le mime se retourna, se dressa comme en sursaut, sa quinte de toux brusquement interrompue ;
et, la bouche grande ouverte de stupeur, les yeux
démesurément écarquillés, sans dire un mot, sans
pousser un cri, il vint s'abattre évanoui entre les
bras du musicien qui sanglotait.

— Vite, un médecin ! ordonna Yves.

— Ce n'est pas la peine, répondit le clown qui
avait pris le litre. Il va se recaler tout de suite avec
ça. Il a raison : il n'y a encore que l'eau-de-vie
qui le remonte.

Et il approcha le goulot des lèvres de Tombre,
qui en effet, rien qu'en humant le parfum de l'al-

cool, se mit à respirer longuement, et souleva
ses paupières. Tandis qu'il revenait à lui peu à
peu :

— Vous vous appelez Yves, n'est-ce pas ? demanda au musicien l'autre clown.

— Oui.

— Ah ! il parle souvent de vous, allez! Il vous
aime rudement ! Et, à propos, si vous avez de l'influence sur lui, vous devriez lui dire de ne pas boire
tant que ça. Il se tuera, vous savez bien.

— Et sans lui, interrompit le premier clown,
sans lui, nous sommes flambés. Plus de Zigzags !

— C'est vrai, reprit l'autre. En somme, ce n'est
pas chic d'agir ainsi. Ce n'est pas d'un bon camarade.

Tombre avait avalé une gorgée d'eau-de-vie.
Il ouvrit les yeux tout à fait, et considéra Yves
avec un attendrissement enfantin.

— Toi ! toi ! soupira-t-il. Est-ce possible ? Oh !
que je suis heureux de te revoir ! Mais comment
as-tu appris... ?

— Qu'importe! répliqua Yves. Le principal,
c'est que je t'aie retrouvé. Et malgré toi! ajouta-
t-il avec une amicale expression de reproche.

— Oh ! je vais te dire, fit Tombre. Ce n'est pas
de ma faute. L'incognito est une des clauses de
mon engagement ici. Mes camarades comme mois,
d'ailleurs. Tu comprends, nous sommes les Zigzags, des Américains, quoi ! Alors...

— Oui; mais avant ça ? reprit Yves. Depuis si

longtemps que tu me laisses sans nouvelles!
Pourquoi as-tu cessé de m'écrire?

Tombre eut un douloureux regard, et dit lentement :

— Tu étais si heureux ! A quoi bon t'écrire ça pour t'attrister ?

— Ça, quoi ?

— Tout, mais tout, s'écria Tombre fondant en larmes. Georgette, Georgette... Elle est...

Il ne put achever. Les mots s'étranglaient dans sa gorge. Il fut repris d'une crise de larmes et en même temps d'une quinte de toux ; et, empoignant le litre, il le porta rageusement à sa bouche.

— Non, non, assez ! s'écrièrent les deux clowns en lui arrachant le litre des mains.

Et tandis que l'un fourrait l'eau-de-vie dans un placard dont il retirait la clef, l'autre grognait :

— Il le fait exprès, à la fin, cette rosse là ! C'est dégoûtant.

Yves avait appuyé contre sa poitrine la tête de Tombre, et lui essuyait doucement la face, et lui disait :

— Je t'en prie, mon pauvre vieux, ne bois plus. Et calme-toi, voyons, calme-toi. Pleure, si tu veux. Ça fait du bien de pleurer. Mais ne bois plus. Raconte-moi tes malheurs, tiens. Est-ce que mon cœur ne vaut pas ce consolateur infernal ? Dis, mon ami, mon vieux frère, dis-moi tout. Alors quoi, ta Georgette, quoi ? Elle t'a donc quitté ?

— Oui, répondit Tombre, elle m'a quitté.

Sa voix, que la toux et l'eau-de-vie avaient déchi-
rée, articulait à peine les sons. Elle était tout ensemble sourde et vague. En même temps ses regards s'éteignaient dans une étrange fixité. On eût
dit qu'il contemplait une vision. Il sembla parler en rêve quand il ajouta :

—Oui, quitté, c'est cela. Elle est morte.

— Morte ! s'exclama Yves en tressaillant.

— Morte, morte ! répéta Tombre, sans aucune
inflexion, et comme s'il prononçait des paroles
dont il ne comprenait point le sens.

Soudain, se levant, et reprenant son timbre rauque de tout à l'heure :

— Ah ! ça, fit-il, mais j'ai soif, moi, crédieu !
Ça me brûle dans la poitrine. Allons-nous en.
Allons boire quelque chose. D'ailleurs je ne peux
pas te raconter tout ça ici, devant ces deux brutes.
Viens ! viens ! Ah ! j'en ai à te dire, va ! Si tu savais ! Et puis, le petit m'attend. Il faut que je rentre. Il est malade, le pauvre mignon. Et puis sur
mon art, aussi, j'ai à t'apprendre des choses. J'ai
trouvé, tu verras, j'ai trouvé. C'est épatant. Mais
je crève de soif. Oh ! un verre seulement, un verre,
pas plus ! J'ai la langue qui pèle. Je ne suis pas
soûl, tu sais. C'est de tousser qui m'éraille le
gosier comme ça. Viens ! Viens !

Tout en parlant, par phrases haletantes, il s'é-
tait vite dévêtu, mettant à nu un corps émacié
lamentablement, des bras et des jambes tout en os,
un dos où l'on pouvait compter les vertèbres, un

27

torse où la cage des côtes semblait prête à perce
la'peau. Sans même prendre la peine de s'éponger
il s'était rhabillé par mouvements brusques e
comme automatiques.

Il entraîna Yves au dehors.

— Et ton pardessus? cria l'un des clowns, e
ramassant dans le coin de la loge une grande houp
pelande qui traînait par terre en tapon.

— Oui, oui, ton pardessus, répéta Yves, à qu
le clown venait de le donner.

— Je m'en fiche, répondit Tombre. Dépêchons
nous de filer. D'ailleurs j'ai trop chaud.

— Justement, répliqua Yves; il fait froid. T
attraperais mal.

Et il lui passait la houppelande, la lui emman
chant presque de force.

—C'est ça, allez-y, dit le clown en l'aidant. E
relevez-lui bien son collet dans la rue! Si, si, t
as beau faire, on te boutonnera. Il le faut.

Puis, avec une expression de pitié :

— Ah! ces pochards!

— Je ne suis pas un pochard, repartit Tombr
gravement. Tâche de me respecter, espèce d
paillasse. Je suis un patron, moi, tu sais. Je n'a
me pas ces manières-là.

Il se redressait hautainement, la mine imp
rieuse.

— Oui, oui, c'est entendu, dit le clown. Qui es
ce qui te dit le contraire? C'est bien pour ça qu
j'ai soin de toi, parbleu!

Et se penchant vers Yves, il lui glissa tout bas
à l'oreille :

— Surtout, monsieur, ne le laissez pas trop
boire en route, hein ? Parce que, voyez-vous, pour
aujourd'hui il en a sa claque. Et nous jouons demain, et encore pendant trois semaines. Pourvu
qu'il dure seulement jusque-là !

XXXVIII

Une fois dans la rue, Yves, malgré la recommandation du clown, fut bien forcé de céder à Tombre, qui réellement suffoquait et qui, en même temps, saisi par le froid, claquait des dents. Ils entrèrent chez un marchand de vins, où le mime avala coup sur coup un punch pour se réchauffer, et ensuite, pour se rafraîchir, un cognac qu'il consentit à mêler d'eau-de-seltz par condescendance envers Yves.

— Vite, vite d'ailleurs, sur le pouce, faisait-il ; car le petit m'attend.

— C'est vrai, tu m'as dit qu'il était malade. Qu'est-ce qu'il a donc, ce pauvre Georget ?

— Une sorte de fièvre. Il traîne comme ça depuis...

Ils étaient de nouveau dans la rue, marchant à longues enjambées, la face cinglée par la bise. Tombre fut repris d'une quinte de toux.

— Tout à l'heure, va, tu parleras tout à l'heure, fit le musicien. Couvre-toi la bouche ici. Chez toi nous pourrons causer. C'est loin, chez toi?

— Non, tout près.

— Bien, bien, tais-toi. Ne te fatigue pas.

Ils continuèrent leur route en silence, un silence lugubre, coupé seulement par la toux persistante de Tombre, qui le secouait de dix pas en dix pas. Elle cessa quand ils arrivèrent à l'hôtel garni qu'il habitait.

— C'est drôle, hein? fit-il, en se calmant dans la tiédeur du corridor. Je ne sais pas ce que c'est que ce rhume-là. Ça me prend, ça me laisse. Et ce qu'il y a de curieux, c'est que je ne sens jamais rien en scène. Tu vois ça d'ici, n'est-ce pas, si ça me venait devant la rampe! Quelle goutte, crois-tu!

— C'est bien pour ça qu'il faut te soigner, disait Yves, tout en gravissant l'escalier derrière lui.

— Oh! je suis solide, j'ai encore du creux et du coffre, répondit Tombre, en essayant de retrouver le timbre de son ancien tuyau d'orgue.

Et rien n'était plus navrant pour Yves que cette insouciance; car il se rappelait ce que lui avait dit le clown:

— Trois semaines! Pourvu qu'il dure seulement jusque-là!

Ils étaient parvenus au logement du mime. Deux pièces, au quatrième étage. Dans la seconde, une bonne femme sommeillait au fond d'un fauteuil, au coin du feu, près d'un lit très grand où Georget paraissait tout petit.

— Chut ! monsieur, il dort ! fit la garde en ouvrant les yeux. Il ne s'est pas encore réveillé une fois. Il va mieux, je vous en réponds. Ça me connait, moi, ces chérubins-là. En voilà encore un de sauvé, soyez tranquille. Si on avait tant seulement du bon lait et l'air de la campagne, avant huit jours il courrait comme un lapin, comme vous et moi.

Ils revinrent dans la première pièce, à pas discrets, en refermant la porte sans bruit.

— Et alors, vous, là-bas, ça marche tout à fait bien ? interrogea Tombre. Vous êtes heureux, pas besoin de te le demander, n'est-ce pas ?

— Oui, répondit le musicien. Mes lettres te l'ont dit assez. Certes, nous sommes heureux. Il ne nous manquait qu'une chose.

— Quoi donc ?

— D'avoir de tes nouvelles.

— Vraiment, ta femme aussi pense quelquefois au pauvre Tombre ?

— Nous parlons de toi tous les jours. Ah ! ce que nous avons supposé, depuis ton silence !

— Hélas ! soupira Tombre. Tout ce que vous avez pu supposer n'était rien auprès de la réalité.

Il eut de nouveau le regard fixe qu'il avait eu tout à l'heure dans sa loge, et la même voix sourde et vague qui semblait sortir d'un lieu étouffé.

— Nous aussi, dit-il, nous étions heureux. Georgette m'a aimé enfin. Elle était malade déjà. De

quoi ? Les médecins ont appelé ça de la phthisie.
Elle, phthisique, elle si jolie, si fraîche, si rieuse !
Quelle idée ! Car elle est restée rieuse toujours. Et
fraîche, malgré sa pâleur. Oui, pâle, elle était devenue très pâle. C'était comme une rose blanche.
Mais plus jolie que jamais. Jolie n'est pas assez
dire. Elle était belle, radieusement belle. Ses
joues creuses agrandissaient ses yeux. Sa maigreur
diaphane avait quelque chose d'une apparition.

On eût cru qu'il la contemplait encore. Il se tut,
comme en extase.

— Oui, reprit-il, et belle pour moi seul alors !
Car personne ne la trouvait plus ainsi. J'entendais
dire ça autour de moi. On ne se retournait plus
pour la regarder. Ou bien, quand on se retournait, c'était pour nous plaindre. On la plaignait !
On me plaignait aussi, moi ! Moi, qu'elle aimait !
Moi qui désormais étais tout pour elle ! Car elle
m'adorait. C'est incroyable, n'est-ce pas ? C'est vrai
pourtant. J'étais devenu pour elle ce que tu es pour
Madeline, l'amant, le maître, le génie. Elle avait
compris tout, tout ! Elle était mon égale. Une artiste, mon cher, une grande artiste !

Cet éclair d'exaltation s'éteignit brusquement ;
et c'est d'un ton morne qu'il continua, parlant
presque tout bas, derechef sans inflexion :

— Nous buvions ensemble. L'alcool nous avait
fiancés. L'alcool nous unissait. L'alcool nous ouvrait tous les enchantements du génie. Mais c'est
un compagnon terrible. Il faut être en airain, comme

moi, pour faire route avec lui. Et un jour, elle
n'a plus été assez forte, elle, la mignonne. Ce fut
comme un coup de foudre. Elle tomba, en scène.
Le lendemain, au lit ! Plus de troupe possible ! Je
refuse de continuer sans elle. Alors, la maladie,
la misère. Pas un sou ! J'ai cessé de t'écrire à ce
moment-là. Quels métiers ai-je faits pour gagner de
quoi la soigner, de quoi nourrir le petit ? Je ne
m'en souviens plus. Il y a des jours où j'ai mendié.
Et puis, cela a duré trois semaines, un mois, je ne
sais pas au juste. Et puis, elle m'aimait, malgré
tout, mourante. Et puis,... et puis elle est morte,
voilà !

Il avait les yeux absolument secs, le geste machinal, la phrase lente, une attitude de somnambule. Yves n'osait l'interrompre, ni même lui serrer la main. Il se fit dans la chambre un profond
silence.

— Oui, oui, je comprends pourquoi tu ne me dis
rien, reprit Tombre avec une sorte de vivacité.
Tu te demandes pourquoi j'ai survécu. Mais,
Georget ? Tu oublies Georget. C'est encore elle,
vois-tu, Georget. Et aussi l'art ! Tu ne penses pas
à l'art. C'est comme l'alcool, celui-là ! Un maître
qui ne vous lâche pas ! Et qui veut vivre, quand
même, et qui vous force à vivre, le tyran ! Car
les êtres meurent, les choses meurent, tout
meurt ; mais l'art, lui, ne veut pas et ne doit pas
mourir.

Une flamme s'était rallumée dans ses prunelles.

Il se leva, la tête haute. Son bras droit s'allongea, dans le geste qui lui était familier jadis, le poing fermé, les doigts crispés convulsivement, le pouce seul ouvert et détaché en ligne raide, pour décrire en l'air des figures anguleuses aux cassures brusques.

— Zig, zag, paf! te rappelles-tu? dit-il d'un ton toujours bas, mais vibrant cette fois. C'était ma formule de pantomime, la formule qui agaçait tant la pauvre chérie, aux répétitions de *l'Ame de Pierrot*. Eh bien! cette formule-là, elle contient tout. Je m'en suis aperçu un beau jour, en faisant le pitre dans une taverne de là-bas, où je grimaçais pour gagner le pain de l'enfant. Je jouais à moi seul une scène initiale: le *delirium tremens* mimé. Je quêtais ensuite. Nous vivions ainsi. Et soudain, je fus illuminé. Ça, cette synthèse, cette imagerie en action par des postures brusquement immobilisées, ce raccourci de la pantomime, ça, c'était l'art absolu, l'aboutissement suprême de mes théories. Zig, zag, paf! tout un drame fulgurant, passant comme un train express, surgissant comme un paysage à la lueur d'un éclair! Et j'ai inventé les Zigzags.

— C'est admirable, en effet, interrompit le musicien. C'est sublime d'horreur.

— Tu m'as donc vu? fit l'ombre avec orgueil.

— Oui, répondit Yves, et j'ai vu aussi toute la salle bouleversée, les nerfs tordus. Et quelle salle, mon cher! Des âmes de fange! Soulever

27.

cette fange et en faire des flots, c'est un prodige.

— N'est-ce pas? reprit Tombre. Et sans maquillage, entends-tu, sans truc. Je n'ai d'artificiel que la teinture de mes cheveux et de ma barbe. Et ça, pour l'incognito, pas davantage. Une condition imposée par l'agent qui m'a engagé à New-York pour l'Alhambra !

Il s'arrêta comme pris de honte.

— Ça t'étonne, l'Alhambra, hein ? dit-il. Moi, revenir chez ce du Glaizat, chez ce misérable ! Mais, voilà ! Je ne savais pas là-bas, quand j'ai signé. Je n'ai appris ça qu'ici, qu'il était le propriétaire de l'Alhambra. Et alors, quoi ? Refuser ? Il était trop tard. Et le pain de Georget ! Ah ! la vie ! On ne fait pas ce qu'on veut. Pouah ! Enfin !...

Il secoua la tête, chassant ces idées, et revint sans transition à son enthousiasme que cette digression avait interrompu.

— Oui, sans maquillage, donc, sauf ça, sauf ce roux dans ce qui me reste de ma tignasse. A part ce détail, tout vrai, tout réel ! Rien que mon physique, ma gueule, mon geste. Et tout l'alcool incarné là-dedans ! Toute l'humanité moderne, nervosée, martyrisée, diabolisée, emparadisée par cet alcool qui est son Dieu. Ah! je te crois, que c'est sublime. Tiens! Regarde! Bzim! Zig, zag !

Et comme au coup de cymbales, il s'était subitement retourné le visage, rentré la poitrine, désarticulé les membres, et il se campait devant

Yves dans une de ses plus hideuses expressions.

Puis aussitôt, dans une détente plus subite encore, il s'affaissa sur lui-même, comme un pantin dont on aurait lâché tous les fils, tomba par terre avec la mollesse lourde d'un ivrogne ; et là, sanglotant, la face contre le parquet, il se mit à gémir longuement.

— Tombre, mon vieux frère, qu'est-ce que tu as ? disait Yves, stupéfait de cet accès de douleur si inattendu.

Car il avait cru de bonne foi, en voyant le mime s'emballer comme jadis dans l'exaltation artistique, que cette diversion était définitive. Si pénétrante que fût son acuité psychologique, si intelligente que fût son amitié pour Tombre, il ne connaissait pas encore à fond tous les replis de cette âme mystérieuse, et par quelles récurrences bizarres évoluent les sentiments dans les ténèbres d'un cerveau alcoolique. Autant il avait été étonné par le récit de la mort de Georgette, récit rapide, presque impassible, sans éclats de désespoir, sans larmes, autant il était surpris par cet effondrement soudain dans la désolation. Et ces larmes pourtant, c'étaient toutes celles de ce récit douloureux, qui maintenant seulement débordaient et ruisselaient. Le calme apparent de tout à l'heure avait été pareil à ces nuées lourdes, immobiles, marmoréennes, qui planent silencieusement dans un ciel de plomb, avant d'y crever en torrentielles averses d'orage.

— Oui, voyons qu'est-ce que tu as? répétait Yves. Qu'est-ce qui t'a repris tout à coup? Tu me parlais de ton art, de ton génie, de ton triomphe.

— Justement, justement, balbutia Tombre. Tout cela, Georgette ne l'a pas vu. Georgette ne le verra jamais.

Et il s'obstinait à ce regret singulier, comme si de là venait uniquement son chagrin. Il semblait que son enfantine vanité de cabotin fût seule à souffrir, et non son cœur d'amant. Avec l'entêtement de l'ivresse, il s'accrochait à cette idée fixe, et y pendait en quelque sorte toute sa douleur, tout son désespoir. C'était comme le thème de ses lamentations, où se mêlaient inextricablement le souvenir de Georgette et l'orgueil de son art, toujours avec ce refrain obsédant :

— Ah ! si elle voyait ça ! si elle voyait ça !

Assis par terre maintenant, adossé au pied de son lit, il ressassait en phrases bégayantes et en radotages interminables tout ce qu'il avait dit un instant plus tôt en termes si brefs et si nets. Et tantôt il s'attendrissait, s'aveulissait, se laissant glisser presque jusqu'à être couché sur le flanc ; tantôt il se redressait, essayant en vain de se mettre debout, et gesticulait et grimaçait pour reproduire une des postures de sa pantomime macabre. Et sans vouloir écouter les consolations de son ami, sans lui répondre, sans lui parler même, il continuait à rabâcher tout seul, d'une voix éraillée, vagissante et lointaine :

— Elle ne m'a pas vu... Elle est morte... Elle est morte. Elle ne me verra jamais... Et c'est épatant. Zig, zag!... Ah! si elle voyait ça!... Et encore ça! Zig, zag!... Si belle, si pâle, et elle m'aimait tant! Comme nous étions heureux! Bzim! Ça y est, je crois, ça y est... Georgette! Georgette! Elle m'a aimé, moi! La voilà malade, à présent. Et la misère, la misère. Viens, ma mignonne, viens, regarde ça. Bzim! tu vois que c'est épatant!... Zig, zag!... Elle ne m'a pas vu. Elle est morte. Zig, zag! Zig, zag!

XXXIX

Le lendemain, Tombre se retrouva dans son lit, où Yves l'avait couché. Le musicien s'était installé lui-même, tant bien que mal, sur le canapé, les jambes entortillées dans la houppelande du mime, après avoir allumé un feu de coke. Et certes, au réveil, c'est Yves qui avait la mine la plus défaite.

Tombre, au contraire, semblait rasséréné. D'ailleurs les nouvelles de Georget étaient excellentes. L'enfant avait très bien dormi, sans fièvre. Il se sentait un grand appétit. Il fit beaucoup de fêtes à Yves, qu'il se rappelait vaguement toutefois, ne l'ayant vu qu'un jour aux Buttes-Chaumont, mais dont il avait souvent entendu parler par sa mère et par Tombre.

Yves le trouva un peu pâlot et maigri depuis un an; très charmant tout de même, malgré son aspect maladif; la mine intelligente; les yeux tendres; ressemblant fort à Georgette, dont il avait l'expression à la fois aimable et spirituelle.

— Oh ! vous, dit le gamin après un moment de conversation, vous, je suis sûr que vous devez être gentil tout plein. Vous avez l'air presque aussi bon que mon vieux père Tombre.

— Quoi ! seulement presque ? fit le musicien en souriant. Pourquoi pas tout à fait autant, dis ?

— Dame ! répliqua l'enfant, parce que personne n'est aussi bon que mon vieux père Tombre. N'est-ce pas, Tombre ?

— Tu te trompes, mon chéri, répondit Tombre. Celui-là, vois-tu (il serrait les mains à Yves) celui-là est encore meilleur que moi.

— Ce n'est pas vrai, s'écria Georget, je ne te crois pas. N'est-ce pas, m'sieu, que ce n'est pas vrai ? Ah ! vous ne savez pas comme il est mignon pour moi, allez, mon vieux père Tombre !

Et il tendit les bras au mime avec câlinerie.

— Tu t'es encore piqué le nez hier, hein ? lui dit-il après l'avoir embrassé. Ce que tu sens l'eau-de-vie !

— Eh bien ! tu vois, fit le mime en montrant Yves, tu vois, lui, comme il est meilleur et plus sage que moi. Il ne se pique jamais le nez, lui !

— Allons donc ! s'écria Georget avec étonnement.

Et naïvement, répétant sans doute une chose qu'on avait dite devant lui bien des fois, il ajouta non sans une nuance de dédain :

— Mais ce n'est pas un artiste, alors ?

— Tu sais bien que si, répliqua Tombre. C'est

un grand musicien. Toi qui aimes tant la musique!

Georget passa vivement du dédain à l'admiration, et contempla Yves de tous ses yeux, et lui
dit d'une voix très douce et suppliante :

— Est-ce que vous voudrez me l'apprendre, la
musique?

— Bien sûr, répondit Yves.

L'enfant battit des mains.

— Tout de suite, tout de suite, fit-il.

— Oh! c'est plus long que ça, mon petit ami,
objecta Yves gravement. Il faut travailler beaucoup, beaucoup.

Georget devint grave aussi, et répliqua :

— Je travaillerai. Je ne demande pas mieux.

La garde rentrait, apportant le déjeuner, et suivie du médecin.

— Allons, allons, fit le docteur après avoir
examiné Georget, voilà un petit malade qui ne le
sera plus longtemps. Oui, oui, donnez lui une
bonne tartine avec son café au lait, puisqu'il a faim.
Encore deux nuits pareilles, sans fièvre, et il
pourra se lever.

— N'est-ce pas, monsieur, interrompit la garde,
que si on avait du vrai lait, sans café, sans eau
non plus, et surtout la campagne...

— Certainement, dit le docteur. Rien ne vaudrait ça.

— Mais, demanda Yves, est-ce que le voyage
ne le fatiguerait pas?

— Non, non, fit le docteur. Pour les enfants, c'est une distraction. Le changement d'air, la nouveauté...

— Le bord de la mer, par exemple ! insinua Yves.

— Parfait, le bord de la mer !

Tombre écoutait, doucement touché, comprenant à quoi songeait son ami. Et en effet, dès que le médecin fut dehors, comme ils l'avaient accompagné jusque dans la première pièce, Yves prit Tombre par la main au moment de revenir vers la chambre du malade, et lui dit tout à coup :

— Eh bien ! qu'en penses-tu, de mon idée ?

Tombre soupira profondément.

— Me séparer de lui ! fit-il à voix basse. Lui, tout ce qui me reste de ...!

Puis, étouffant un sanglot et se raidissant :

— Ah ! mais c'est de l'égoïsme, ça ! Oui, oui, mon cher Yves, oui, tu as raison. C'est pour son bien, ce que tu me proposes. Pardonne-moi d'avoir pu hésiter une minute.

— Qu'est-ce que vous dites par là ? cria l'enfant.

— Nous venons ; ne t'impatiente pas ! répondit Tombre.

Et, retenant Yves un instant encore, avant de rentrer.

— Mais lui, dit-il, lui ? Comment le décider ?

— Laisse-moi faire, répliqua Yves.

Assis au chevet de l'enfant, avec des phrases caressantes et persuasives, il reprit la conversation de tout à l'heure touchant la musique. C'était si amusant de savoir chanter, jouer du piano ! Et plus tard, de faire soi-même des chansons que répétaient les autres ! Il en inventait comme ça, lui, des belles choses ! Et il avait une femme qui les chantait merveilleusement, avec une voix d'ange ! Une femme très douce, très gentille, qui adorait les enfants !

— Est-ce qu'elle est belle ? interrompit Georget.

— Oui, répliqua Yves en rougissant un peu.

— Aussi belle que maman ? Vous la connaissez, dites, maman ?

Les deux hommes eurent un douloureux frisson. Tombre fut obligé de se retourner pour essuyer de grosses larmes.

— Je l'ai vue une fois, répondit Yves.

— Il y a longtemps ? reprit Georget en parlant très vite. Est-ce qu'elle vous a dit qu'elle reviendrait bientôt ? Pourquoi qu'elle reste tant que ça sans revenir ? C'est vrai qu'elle est en Amérique ?

— Oui, oui.

— Et c'est loin de l'Amérique, chez vous ? Aussi loin qu'ici ?

— Non, mon mignon, moins loin. Nous sommes au bord de la mer et l'Amérique est sur l'autre bord.

— Alors, quand maman reviendra, elle passera par chez vous avant d'arriver ici ?

— Certainement.

Et Yves se hâta d'ajouter, profitant du biais que lui fournissait ce pieux mensonge :

— Aussi, sais-tu ce que tu devrais faire? Eh bien! tu devrais t'en aller avec moi, au-devant d'elle.

— Oh! je veux bien! je veux bien! s'écria l'enfant.

Mais soudain, d'un air triste :

— Et Tombre? demanda-t-il.

— Moi, mon chéri, répondit le mime, tu sais bien que je ne peux pas.

— Alors, non! fit l'enfant.

— Mais si ta maman..., reprit le mime en s'efforçant de dissimuler le tremblement de sa voix troublée.

— Maman ne doit pas revenir tout de suite, interrompit Georget. Je le vois bien à ta tête, va, mon vieux père Tombre. Si maman était en route pour arriver, tu ne ferais pas une grande figure longue comme ça. Et d'abord, nous ne serions pas ici. Il y a beau jour que nous serions partis ensemble au-devant d'elle.

— Non, objecta Yves. Puisque tu étais malade.

— Et puis, continua Tombre, il faut que je joue tous les soirs, tu comprends bien.

— Dame! mon chérubin, ajouta la garde. Il a besoin de gagner des picaillons, le papa, pour payer le logement, et la nourriture, et les tisanes, et le médecin, et moi. C'est pour ça qu'il est obligé de rester.

— Avec ça ! Taisez-vous donc, fit le gamin.
Avec ça qu'en Amérique nous restions jamais
quelque part ! On va tout droit, n'importe où. On
entre dans les bars, et Tombre joue des grimaces,
et puis je fais la quête, et on ramasse des sous.
Ce n'est pas plus malin que ça. Non, non, allez,
je vois bien que vous voulez tous me mettre
dedans. S'il s'agissait de rejoindre maman, nous
recommencerions encore notre truc. N'est-ce pas,
Tombre ? Eh bien ! qu'est-ce qui te prend ? Pourquoi que tu pleures, grande bête ?

— Il pleure, dit le musicien, à l'idée de te voir
partir.

— Mais je ne pars pas ; je ne veux pas ; s'écria
l'enfant. Je veux rester avec Tombre, moi. Dis,
mon vieux père Tombre ! Tu ne vas pas renvoyer
ton petit Georget, dis!

Il avait sauté au cou de Tombre qui s'était penché vers lui, et il s'y cramponnait énergiquement ;
et c'est tous les deux à présent qui pleuraient. La
garde se mouchait avec bruit, pour dissimuler de
son mieux son émotion. Yves avait besoin de toutes ses forces afin de conserver un peu de calme
et de sang-froid.

— Écoute, mon enfant, écoute, disait-il. Sois
raisonnable, comme un petit homme. Rappelle-
toi les paroles du médecin. Tu as besoin du bon
air de la campagne. Tu veux guérir, n'est-ce pas?
Songe donc ! quand ta maman reviendra, il faut
qu'elle te trouve bien portant et grandi. Un gail-

lard enfin ! Sans quoi, elle en voudrait à Tombre
de ne pas t'avoir soigné, de t'avoir laissé être malade. Et elle aurait raison. Tandis que si tu es
sage, à la bonne heure! Elle sera contente de lui.
Et de toi donc! Tu lui chanteras de la belle musique
que je t'aurai apprise. Hein ? C'est ça qui sera gentil!

— Mais Tombre, Tombre? répétait l'enfant. Je
ne serai plus avec mon vieux père Tombre, alors?

— Si, si, bientôt, répliqua Yves très vivement.
Oh! vous ne serez pas longtemps séparés. Jusqu'à
la fin de son engagement, voilà tout. Trois semaines, n'est-ce pas, Tombre ? Rien que trois semaines, tu vois.

— Et après ?

— Après ? Il viendra te retrouver chez nous,
parbleu ! Il s'y reposera aussi, avec toi, avec
nous, tous ensemble.

— Sans compter, interrompit la garde, que ça
ne lui fera pas de mal non plus, au pauvre
homme !

— Et c'est vrai, tout ça ? interrogea Georget
anxieux. C'est bien vrai ? Ce n'est pas des blagues ?

— Je te le jure, mon chéri, fit le musicien d'un
ton solennel.

— Mais toi, Tombre, toi ! insistait l'enfant. Jure-
le moi, Tombre. Ta parole d'honneur ?

— Jure-le donc? ajouta Yves. Mais c'est sérieux,
mon ami, tout ce qu'il y a de plus sérieux. Oui, tu

viendras là-bas. Je le veux. Je t'en supplie. Tu ne peux pas me refuser, voyons !

— Yves, que tu es bon ! s'écria Tombre. Quoi ! réellement ? Ta femme acceptera ?... Un embarras pareil !... Comme si ce n'était pas assez déjà de l'enfant !

— Va, la place ne manque pas, répliqua Yves. Le petit et toi, ça en fera deux, d'enfants, voilà tout.

Et Tombre donna sa parole d'honneur.

Tout de même, Georget ne se décida pas sur-le-champ. Il fallut revenir à la charge bien des fois encore. Mais on eut le loisir de le convaincre, de l'habituer à cette idée, pendant les deux jours qui restaient à Yves avant son départ.

Ces deux jours, d'ailleurs, furent doux pour tout le monde.

L'enfant, émoustillé malgré tout par l'appât du changement, enchanté surtout par la perspective des leçons de musique, se ragaillardit comme à miracle en ces quarante-huit heures.

Tombre, morigéné et surveillé par Yves, se retint un peu de boire, ne prenant plus que ce qui lui était nécessaire, disait-il, pour entretenir le combustible de sa machine ; mais sans la chauffer à faire éclater la chaudière. Yves obtint même de lui la promesse formelle de s'en tenir dorénavant à ce nouveau régime. Que diable ! C'était criminel, en somme, de se brûler, de s'exténuer ! Ne fût-ce que pour l'enfant, pour lui conserver un soutien,

un ami, ne fût-ce qu'en souvenir de Georgette qui
avait en quelque sorte confié l'orphelin au mime,
Tombre était forcé de se ménager, de se soigner,
de vivre ! C'était un devoir strict ! La justice l'exigeait, la sainte justice ! Tombre avait courbé la
tête sous ces irréfutables raisons.

— C'est vrai, avait-il dit. Au fond, je suis un
lâche de ne pas me corriger. Oui, un lâche ! Un
sale pochard !

Et il avait pris bravement de fermes et viriles
résolutions.

Yves en était ravi, et voyant comme deux jours
de quasi sobriété faisaient déjà de bien à Tombre,
il en oubliait les sinistres paroles prononcées
l'avant-veille par le clown :

— Pourvu qu'il dure seulement jusque-là !

Certes, certes, en se modérant de la sorte,
Tombre irait au bout de ces trois semaines ! Il
irait joliment plus loin encore ! C'est vrai, en
somme, qu'il était solide, et qu'il avait malgré
tout du creux et du coffre, comme il disait. A
peine quatre ou cinq crises de toux, dans ces deux
jours ! Un gros rhume, rien de plus, qui se fon-
drait à l'air salin et iodé de la mer ! Des précautions à prendre d'ici là, voilà tout ! Et une fois à
Saint-Jacud, le pauvre diable se remplumerait !
Yves se le rappelait à l'époque des rêves de tragédie, quand Marchal jouait les traîtres à Montparnasse, et faisait l'admiration du *populo* avec
ses larges épaules, sa mine truculente, sa crinière

de Mérovée et sa barbe de Nabuchodonosor. Il y
avait douze ou treize ans de cela; quinze, tout
au plus. Eh ! fichtre ! on n'est pas un vieillard, au
tournant de la quarantaine. Tombre avait cet
âge-là, à peu près, pas davantage. Il renaîtrait à
une seconde jeunesse, guéri du mal de misère et
de l'alcool ! Et quel bel avenir lui restait, quelle
triomphale carrière à parcourir, maintenant qu'il
était dans toute la plénitude de ses moyens, dans
l'épanouissement de sa théorie définitive, à l'apo-
gée de son génie !

Et c'est sur ces consolantes pensées qu'il
quitta son ami, après les lui avoir fait partager.
Cette fois, ils n'avaient point, comme naguère à
Levallois-Perret, quand Tombre était parti pour
la banlieue, la sensation d'un adieu pénible et
d'une séparation qui menaçait d'être longue. Il
leur semblait qu'ils allaient se retrouver demain.
Tombre fut même étonné de n'être pas plus triste
en serrant dans ses bras son cher Georget.

Le gamin, à vrai dire, avec la mobilité d'impression qui est l'heureux privilège de l'enfance,
ne semblait plus chagrin, lui non plus. Il s'était
pris de tendresse pour Yves. La santé revenue,
l'idée du voyage, le rendaient allègre et dispos. Il
était sûr de revoir Tombre dans très peu de temps,
dans trois semaines. Pour lui surtout, plus encore
que pour les deux hommes, ce *dans trois semaines*
signifiait demain. Puis il s'imaginait, en s'en
allant là-bas, se rapprocher de sa maman. Ce fut

donc sans larmes, presque sans ennui, et plutôt
même avec je ne sais quelle gaieté brave, qu'il
embrassa son vieux père Tombre en lui disant
d'un air espiègle :

— A bientôt ! Ne te fais pas trop de bile ! Et
sois bien sage, n'est-ce pas ?

— Et toi aussi, polisson, lui répondit Tombre,
que cette bonne humeur amusait.

— Allons, faisait Yves, à bientôt, mon vieux !
Et le petit a raison : soigne-toi.

— Soyez tranquilles tous les deux, répliquait
le mime. Je vais vivre dans du coton pendant ces
trois semaines. Là, êtes-vous contents ?

Et comme le train s'ébranlait, les derniers mots
qu'ils échangèrent, le sourire aux lèvres, la joie
aux yeux, l'espoir au cœur, furent ces douces
paroles où vibrait toute leur confiance dans l'avenir :

— A bientôt ! A bientôt ! Au revoir!

XL

Déjà si gaie et si riante, la maisonnetto de
Saint-Jacud est plus gaie et plus riante encore
depuis l'arrivée de Georget. Il n'est pas jusqu'au
grand-père, un peu effarouché d'abord par les
allures turbulentes du gamin, qui ne dise maintenant, au bout de huit jours :

— Il est gentil, malgré tout, ce moutard ! Pas très
bien élevé, c'est vrai ; mais enfin, ça se fera.

Et ça se fait, en réalité. Beaucoup plus vite,
même, qu'on n'aurait pu le croire. Ces huit jours
ont suffi pour transformer Georget, au moral
presque autant qu'au physique. Tandis qu'il a
repris au grand air une mine rose et fleurie, il a
corrigé un peu, sous les douces gronderies de
Madeline, ses manières trop hardies, ses caprices, ses exigences d'enfant gâté, sa licence précoce et bohème d'enfant de la balle. Madeline est
si tendre, si affectueuse, et elle a si bien su trouver tout de suite le chemin de ce petit cœur, si
bon lui-même !

Tout en en se corrigeant ainsi, d'ailleurs, Georget n'a rien perdu de son espièglerie mutine, de sa vivacité d'esprit. Son intelligence éveillée, ouverte à trop de choses jusqu'à présent, et par raccroc, de bric et de broc, ne demande vraiment qu'à être cultivée, disciplinée. Apprendre est pour lui un plaisir. La musique surtout l'enchante. Tombre n'a point exagéré en parlant, à ce propos, de dispositions étonnantes. Madeline est sérieusement étonnée de voir avec quelle rapidité et quelle avidité ce bambin de sept ans s'assimile les notions qu'elle lui enseigne. Il a l'oreille juste, la mémoire facile et tenace, un sûr instinct de l'harmonie elle-même, qu'il sent et devine, bien qu'on ne puisse encore lui en expliquer les lois.

— Je crois réellement que c'est une vocation, dit souvent Yves, surpris aussi et ravi tout ensemble.

Et déjà le brave artiste échafaude en imagination un plan d'avenir, auquel sourit complaisamment Madeline. Ils garderont Georget avec eux, ce qui vaudra mieux pour l'enfant que de partager la vie errante de Tombre, parmi les hasards périlleux du théâtre et la promiscuité malsaine des coulisses. Yves en fera son élève, et (qui sait?) peut-être plus tard un grand musicien! N'est-ce pas un beau rêve?

C'est le soir, lorsque Georget est couché, qu'on agite cette question. Car on l'agite, Yves et Madeline étant d'accord, mais le grand-père point. Il n'est pas un songe-creux, lui ; il fait entendre la *voix de la raison.*

— Sans doute, dit-il, sans doute, la charité est une très belle chose ; et ce n'est pas moi, mon cher Yves, qui vous donnerai jamais de mauvais conseils d'égoïsme. Mais cependant, il y a un certain égoïsme permis, et qui est même un devoir, en somme: c'est l'égoïsme de la famille. Vous n'êtes pas riches ; il peut vous venir un enfant, des enfants. Vous n'avez pas le droit, en toute justice, de ne pas y penser. Et alors?

— Mais, objectait Madeline, Georget ne serait pas absolument à notre charge. Monsieur Tombre gagne de l'argent, et...

Elle rougissait à cette insinuation, faite du bout des lèvres, au reste, et uniquement pour répondre par un argument quelconque aux craintes du grand-père.

— Soit! insistait le bonhomme. Monsieur Tombre subviendrait aux frais, j'admets cela. Mais, combien de temps ? Et quelle certitude en auriez-vous? C'est bien aléatoire, le théâtre. Une saison sans engagement, une maladie, que sais-je? Et vous voilà avec Georget sur les bras!

— Sur les bras! s'écria Yves. Dites: dans les bras! Pauvre mignon! c'est justement pour un cas pareil que je me reprocherais de ne pas l'avoir gardé près de nous.

— Tu es bien dur, grand-père, ne put s'empê-

cher de dire Madeline, avec une vive expression
de blâme.

— Ah! ma chère Madeline, répliqua le vieillard, ne sois pas sévère pour moi. C'est dans votre seul intérêt que je parle. Vous ne savez pas
ce que c'est, vous, que d'élever un enfant, un
homme. Parbleu! à l'âge qu'a Georget, la belle
affaire! Mais plus tard, quand ça grandit! C'est
cher, allez, le collège. Même avec une bourse. Je
sais tout ce que m'a coûté mon fils. Vous verrez,
vous verrez, si, comme je le désire tant, vous en
avez un. Alors, tout ce que vous aurez dépensé
pour un autre, c'est autant dont vous aurez privé
le vôtre, telle est l'exacte et dure vérité. Ne me
faites pas plus cruel que je ne suis. J'ai de l'expérience, moi, voilà tout.

— Mais je travaillerai double, interrompit le
musicien.

— Trouverez-vous à travailler double? reprit
le grand-père. On ne trouve pas toujours, voyez-
vous, mon cher Yves. J'en sais quelque chose. Et
encore aujourd'hui, tenez, je voudrais vous aider,
moi, ne pas rester là comme je fais, les bras croisés.
Est-ce que je peux? Est-ce que je ne suis pas obligé
d'être à votre charge, comme un propre à rien?

— Comment! un propre à rien! s'écria Madeline en l'embrassant. Mais, grand-père, tu soignes
le jardin, la basse-cour, le clos! Tu nous écono-
mises un tas de frais! Qu'est-ce que tu veux de
plus encore?

23.

— Ce que je veux? Ce que je veux? repartit le grand-père. Je veux de la besogne, voilà. Trouvez-m'en, mon cher Yves. Une besogne qui rapporte quelque chose à la maison. Oh! si peu que ce soit; mais un gain assuré, fixe. Les petits gains accumulés finissent par faire les grosses sommes. Et alors, je serai le premier à vous dire de garder Georget.

— Tiens! tu es un vieux jaloux, fit Madeline avec un gracieux sourire. Je vois ce que c'est. Tu voudrais gagner à toi tout seul de quoi l'élever.

— Eh bien! oui, soit! répondit le bonhomme en souriant aussi. Comme ça, au moins, ça serait raisonnable, et vous ne compromettriez pas autant l'avenir. Traitez-moi d'avare si vous voulez, ça m'est égal; mais vous deux, vous n'êtes que des prodigues, là!

A la réflexion, et quand il ruminait tout cela avec lui-même, Yves était bien forcé de reconnaître que les préoccupations bourgeoises, et en apparence mesquines, du bonhomme, n'avaient pas absolument tort. Évidemment l'éducation de Georget serait une charge, qui ne ferait que s'accroître. Et d'autre part, les ressources de la maison ne pouvaient augmenter. Il n'y avait ici rien de plus à espérer que les deux cent cinquante francs mensuels du couvent. Là dessus, sans doute, on économisait, grâce à la bonne ménagère qu'était Madeline; mais pas beaucoup, toutefois. Avec Georget en plus, on mettrait encore moins de côté.

Si peu, si peu ! Qu'il survînt de la famille, et l'on aurait tout juste de quoi joindre les deux bouts, pas davantage. Et encore, en supposant qu'il n'arrivât ni accident ni maladie à personne ! Certes, le grand-père, qu'on accusait de dureté, montrait tout bonnement de la prévoyance.

Et cependant, Yves souffrait à l'idée de ne point garder Georget, de le rendre bientôt à Tombre, c'est-à-dire aux aventures, à la Bohème, à la misère peut-être. Il en souffrait d'autant plus, que les lettres de Tombre n'avaient rien de rassurant.

Les fermes et viriles résolutions du mime n'avaient pas tenu parole bien longtemps, cela se devinait au ton exalté, fiévreux, malade, de ses lettres. Il ne dissimulait d'ailleurs pas sa rechute, et combien il fallait avoir peu de confiance dans ses serments d'ivrogne. Au surplus, disait-il, ce n'était pas de sa faute, et la fatalité s'en mêlait.

Le soir même où Yves et Georget étaient partis, Tombre avait trouvé le théâtre en révolution. Un article paru dans un journal du soir avait révélé que les fameux Zigzags américains étaient de vulgaires français, et l'on s'y égayait particulièrement sur le compte de Tombre, dont le double incognito était dévoilé. Oui, ce prétendu Yankee, c'était Tombre, le mime *raté* des *Folies-Élégantes*, et ce Tombre lui-même n'était que Marchal, l'ancien tragédien qui avait jadis *reculé les colonnes d'Hercule du grotesque*. Et voilà ce que M. du Glaizat osait offrir au public parisien comme des nouveautés exotiques! L'article était d'ailleurs farci d'insinuations et de sous-entendus venimeux, relatifs à une histoire de correspondance, au moyen de laquelle l'heureux époux de madame Sylvana voulait, disait-on, se faire décorer. Là-dessus, colère de du Glaizat, qui avait reproché à Tombre de s'être trahi et de l'avoir trahi. Tombre, furieux, et d'ailleurs assoiffé par quarante-huit heures de quasi sobriété, avait passé sa rage en buvant. Cela, en outre, était nécessaire pour corser son jeu, du Glaizat lui ayant dit :

— Au moins, tâchez de vous surpasser ce soir. Démentez l'article en étant plus américain que jamais.

Et depuis, en effet, les Zigzags devaient exagérer encore leur frénésie. Il y avait cabale contre eux. On les sifflait. Il fallait, pour reconquérir le public, gouailleur maintenant, renchérir sur l'horreur.

— Et tu penses, écrivait Tombre, si un tel tour de force est possible à jeun! C'est-à-dire que l'alcool lui-même m'y fait l'effet d'eau de guimauve. De la poudre, du feu, du pétrole, voilà ce dont j'aurais besoin pour le quart d'heure. Tu ne peux pas m'en vouloir, hein! mon vieux! Mets-toi à ma place. Rester en panne, lancés comme nous sommes, est-ce admissible? Non, non, n'est-ce pas? Je le tiens aujourd'hui, le public. Je ne le lâcherai pas. Il aura beau faire, je le secouerai, je le

traînerai par les cheveux, je lui retournerai les
boyaux, je lui tirerai les nerfs à nu et la moelle
à vif. Ma gloire l'exige. L'art le commande. Je ne
canerai pas au moment du triomphe. J'irai jusqu'au bout de mes forces, coûte que coûte. Il le
faut. C'est mon devoir. Rien ne m'arrêtera de
chauffer et de surchauffer la machine, quand je
devrais crever la chaudière, m'incendier la cervelle, avaler du tonnerre liquide.

Hélas! à ce jeu-là, durerait-il quinze jours?
Yves sentait bien que non. Et même, à supposer
que le pauvre diable dût en réchapper cette fois-
ci, par miracle, ne serait-ce pas à recommencer
bientôt, cette lutte infernale, cette course au clocher vers l'impossible et le surhumain? Et la
mort certaine n'en était-elle pas le but inévitable et
tout proche? Oui, oui, cela était fatal. Et alors
l'adoption de Georget ne se présentait plus comme
une charité à risquer, mais s'imposait comme un
impérieux devoir à remplir.

Yves ne songeait pas une minute à s'y soustraire. Bien loin de là, comme on l'a vu. Il eût
voulu seulement concilier cette nécessité avec les
justes appréhensions du grand-père. Certes, il devait aussi assurer l'avenir des siens, et penser à sa
future famille possible. Mais comment? De quel
côté se retourner? Où puiser des ressources nouvelles? Il se creusait en vain la tête pour y arriver.
Ah! rien qu'un pauvre petit supplément de gain,
cela suffirait! Le bonhomme avait dit très sagement:

— Les petits gains accumulés finissent par
faire les grosses sommes.

Et Yves se livrait à des calculs chimériques,
comptant ce que pourrait rapporter l'exploitation
de sa basse-cour, par exemple, ou son clos affer-
mé, ou la location d'une de ses chambres au moment des bains de mer. Mais la basse-cour, pour
rendre quelque chose, demanderait une mise de
fonds, et que Madeline allât en vendre les pro-
duits au marché de Sa'nt-Servan. Encore n'était-
ce pratique qu'en été. Affermer le clos, c'était
réduire toute la maison à ne plus boire de
cidre. Louer une chambre, chance bien improbable, Saint-Jacud n'étant pas une station fré-
quentée des baigneurs.

Il se rabattait alors sur des économies encore
possibles dans le budget, pourtant si parcimo-
nieusement équilibré par Madeline.

— Voyons, voyons, se disait-il, il y a encore des
réductions à faire, évidemment. D'abord, le tabac
et l'eau-de-vie, voilà quelque chose. Très peu,
soit! Mais enfin, c'est toujours ça. Cent sous par
mois, peut-être. Eh bien! au bout de l'année, ça
fait soixante francs, le grand-père a raison. Et
puis?... Dame! il y a ma presse encore. A quoi
bon, au fond, mes tirages sur beau papier? De la
gloriole, de la vanité enfantine! Mettre mon nom
en vedette, comme un cabotin! Allons donc!
Pourvu que je note mes mélodies, tout simplement, sur du papier ordinaire, à tout petit

nombre, est-ce que ça ne suffit pas? Bien sûr.
C'est même mieux, puisque c'est pour les pauvres
gens. Et voilà encore au moins dix francs par
mois de gagnés. Avec le compte de tout à l'heure,
ça fait tout près de deux cents par an. Une fortune!

Il gardait pour lui, naturellement, le secret de
ces calculs. Madeline elle-même n'avait pas besoin de les connaître. Elle eût voulu se priver de
quelque chose, elle aussi. Yves n'y consentait
point, fût-ce en pensée. Lui seul devait subvenir
à tout. Lui seul avait charge d'âmes.

— Qu'est-ce que vous avez donc ce matin, monsieur Yves? lui demanda un jour Georget. Vous
avez l'air tout content. Est-ce que maman va arriver?

— Non, non, pas encore tout de suite, mon mignon, répondit le musicien.

— Alors c'est mon père Tombre, dites? Il y a
joliment longtemps qu'elles durent, les trois semaines, vous savez.

— Oh! répliqua Yves, elles ne sont qu'à moitié.
Un peu plus, cependant. C'est dans onze jours
qu'elles finissent.

— Et dans onze jours je verrai mon vieux père
Tombre?

— Bien sûr.

L'enfant sautait de joie.

— Il va être étonné, hein! disait-il, de me
trouver si grand et si sage. Et que je sache la mu-

sique, donc! C'est ça qui lui fera plaisir! Et il restera avec nous, après, n'est-ce pas? D'abord, il l'a
juré.

— Oui, mon chéri, il restera avec nous, c'est
entendu.

— Toujours?

— Toujours.

Hélas! Yves ne croyait pas dire si vrai, en pro-
nonçant ce mot *toujours*. Oui, c'est bien pour
toujours que Tombre allait s'installer chez eux,
comme les morts aimés qu'on n'oublie jamais.

Le lendemain, au lieu d'une lettre de Tombre
(une lettre impatiemment attendue, car il n'avait
pas écrit depuis deux jours), on reçut un bulletin
de décès daté de l'hospice Sainte-Anne.

Avant de mourir, le mime avait eu le temps de
dire à l'interne de service le nom et l'adresse de
son unique ami, en priant qu'on voulût bien envoyer là de ses nouvelles. L'interne avait joint au
bulletin de décès plusieurs extraits de journaux,
où on relatait l'étrange fin du malheureux. Tombre avait été frappé en scène d'une véritable attaque de *delirium tremens;* et transporté d'urgence
à Sainte-Anne, il y était mort quatre heures plus
tard, n'ayant repris connaissance que pendant
quelques minutes. Il avait, paraît-il, rendu le
dernier soupir en balbutiant ces mots sans
suite :

— Georgette !.. Le petit !.. Initial !.. Yves !..
Zig! zag !

Quelques articles trouvaient le moyen d'arranger cela en blague spirituelle.

Yves et Madeline essayèrent en vain de cacher leurs larmes à l'enfant. Ils ne purent se contenir. Leur douleur était plus forte qu'eux et débordait de leur cœur.

— Qu'est-ce qu'il y a donc? fit Georget. Oh! vous ne voulez pas me le dire. Mais je devine, allez! C'est mon père Tombre qui ne vient pas. J'en suis sûr. J'en suis sûr. Il m'avait bien juré cependant!

Et il se mit à pleurer aussi.

— Georget! mon mignon, dit Madeline en l'embrassant, il ne faut pas lui en vouloir, à ton pauvre père Tombre. Il est allé rejoindre ta maman. Tu les reverras tous les deux, plus tard, plus tard.

Yves n'avait pas la force d'ajouter un mot; et tandis qu'il montait sangloter tout seul dans sa chambre, Madeline câlinait et calmait l'enfant, qu'elle avait pris sur ses genoux, et elle tâchait, d'une voix tremblante, de lui chanter une des chansons qu'il aimait.

Elle eut plus de mal à consoler Yves, qu'elle alla retrouver une demi-heure ensuite, pendant que le grand-père emmenait l'enfant jouer au jardin. Et non-seulement ce jour-là, mais bien des jours encore, Yves resta triste, sans que rien pût ramener le sourire sur ses lèvres. Madeline eut même peur qu'il ne tombât malade. Il ne tra-

vaillait plus. Il mangeait à peine. Il laissait
devant lui, à la fin des repas, le flacon d'eau-de-
vie de cidre sans y prendre son petit verre habi-
tuel. Il avait cessé de fumer.

— Allons, lui dit-elle un soir, trinque avec
grand-père, voyons. A la santé de notre petit
Georget !

— Non, répondit-il doucement. Je ne veux plus
boire d'eau-de-vie. C'est bon à l'âge du grand-
père, ça, pour se soutenir, pour se ravigoter. C'é-
tait bon pour moi à Paris, à cause du mauvais
air, du travail fiévreux. Mais ici, vraiment, ai-je
besoin de ça, quand je respire tout le jour l'haleine de la mer? Non, non. Mauvaise habitude,
va. J'aime mieux y renoncer.

— Fume au moins une cigarette, reprit Madeline. Tiens, voici ton tabac et ton papier.

— Ce sera donc pour te faire plaisir, répliqua-
t-il. Mais, après ce paquet-là, ne m'en achète plus.

— Pourquoi donc? demanda Madeline avec étonnement.

Yves eut un instant d'embarras.

— Mais, fit-il, parce que c'est encore là une
manie inutile à la campagne.

Les yeux de Madeline montraient bien que
cette explication ne lui suffisait point. Aussi en
chercha-t-il tout de suite une autre.

— D'ailleurs, dit-il, je crois m'être aperçu que
l'odeur du tabac n'est pas agréable aux Révérendes Mères.

— Ah! interrompit Madeline. Et le père Mélindaine, alors? lui qui fumait la pipe!

Yves était de plus en plus gêné.

— Bah! s'écria-t-il, ce n'est pas si fameux que
ça, en somme, la cigarette!

Madeline le regardait, toute attendrie, et comprenant; car en ce moment il humait la fumée avec
délices, sans prendre garde au démenti qu'il donnait en action à ses paroles. Il s'en aperçut soudain, rougit brusquement, jeta d'un geste brave
sa cigarette, et ajouta dans un sourire mélancolique, en savourant malgré lui sa dernière bouffée :

— Et puis, enfin, quoi? Il faut bien dire adieu
aux vices de jeunesse. Je suis en âge de me ranger. On ne peut pas toujours rester bohème !

FIN

Andante

A la mé-moi-re de Ca-ba-ner Je

dé-di-e ce li - vre.　　　J.　R.

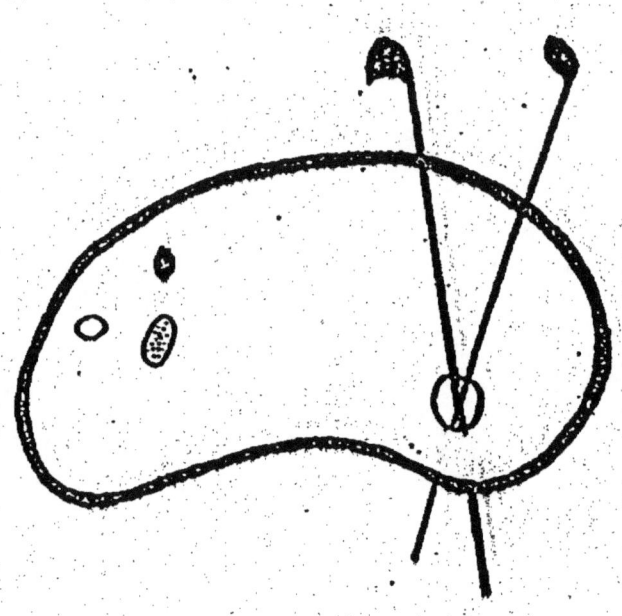

ORIGINAL EN COULEUR
NF Z 43-120-8